Ute Haese

Muss ja
oder
Quo vadis, Boomer?

Roman

BÄRENKLAU EXKLUSIV

Impressum

Texte: © Copyright by Authors/
Bärenklau Exklusiv

Cover: © Copyright Claudia Westphal nach Motiven, 2025

Der Verlag: Bärenklau Exklusiv / www.baerenklauexklusiv.de
Jörg Martin Munsonius (Verleger)
Koalabärweg 2
16727 Bärenklau
Kerstin Peschel (Verlegerin)
Am Wald 67
14656 Brieselang
www.baerenklauexklusiv.de
info.baerenkleuexklusiv.de

Die Handlung dieser Geschichte ist frei erfunden sowie die Namen der Protagonisten und Firmen. Ähnlichkeiten mit lebenden Personen sind rein zufällig und nicht gewollt.

Druck: epubli – ein Service der Neopubli GmbH, Berlin

Printed in Germany

Das Buch

Für Bernhard Biller, Vertreter der Boomer-Generation und als ehemaliger Versicherungs-Sachbearbeiter »Tier« seit Kurzem im Ruhestand, wandelt sich sein in Routine erstarrtes Dasein total, als an einem Dienstag im April um zehn Uhr fünfundzwanzig die Sache mit den Socken passiert.

Denn durch die Begegnung mit einer Unbekannten vor dem Kühlregal des heimischen Supermarktes beginnt für ihn eine Odyssee, in deren Verlauf er auf eine Reihe unterschiedlichster Menschen stößt – wodurch das bislang streng getaktete Leben des eingeschworenen »Muss ja«-Philosophen mehr und mehr aus den Fugen gerät …

Ute Haese

Muss ja
oder
Quo vadis, Boomer?

Prolog

Bernhard Biller war ein Mensch ohne Leidenschaften; ein Mensch, in dessen DNA die Vorsehung, der große Meister, die Schicksalsgöttin oder auch nur der Zufall ein unverwüstliches »Muss ja« einprogrammiert hatte. Klaglos hatte er all das getan, was man als funktionierendes Mitglied dieser Gesellschaft tun musste, um nicht unangenehm aufzufallen. Er hatte sich durch die Schule bis zum Abitur gequält, war anschließend durch ein Praktikum in die Versicherungsbranche hineingerutscht und hatte mit Ende zwanzig Hildegard Möller von schräg gegenüber geheiratet. Ihre Eltern kannten sich von gemeinsamen Rommé-Abenden, und Bernhard und Hildegard hatten bereits in der Sandkiste zusammen gespielt – sie war drei Monate älter als er und hatte ihm eines Tages aus heiterem Himmel mit voller Wucht die Plastikschaufel über den Schädel gezogen. Da waren sie fünf gewesen. Es hatte weh getan, aber eigentlich war er mehr über die Rohheit der Tat verstört gewesen als über den Schmerz, der schnell wieder abgeklungen war. Seitdem hatte er ein bisschen Angst vor ihr, auch wenn er das niemals, nicht einmal vor sich selbst, zugegeben hätte. Nach der Hochzeit zogen sie in sein Elternhaus, weil es einfach praktisch war und ihre Geldbeutel nicht allzu sehr belastete. Das junge Paar wohnte anfangs unten, die Alten oben. Als es mit der Treppe nicht mehr ging, tauschte man. Und als Bernhards Eltern rasch hintereinander starben, kam man ohne große Diskussion überein, dass Hildegards verwitwete Mutter ihr Haus aufgab und zu ihnen in die untere Etage zog.

Nachwuchs hatten sie keinen. Es hatte sich einfach nicht ergeben, und sie hatten auch nie darüber gesprochen. Was ihn betraf, betrachtete er Kinder als Quälgeister, die nichts von strukturierten Tagesabläufen hielten. Hildegard schien das ähnlich zu sehen, wofür er ihr dankbar war.

Vierzig Jahre lang stand Bernhard morgens um halb sieben auf, trank zwei Tassen Kaffee – schwarz und im Stehen –, aß dazu zwei Scheiben Brot – eine mit Honig, die andere mit roter Marmelade –, stieg anschließend zwei Straßen weiter in die S-Bahn, um pünktlich sechs Minuten vor acht das Foyer der *SecSuperPlus (SSP)*, vormals *Securitas 2000*, zu betreten. Nachdem er im Winter seinen Mantel, im Sommer eine leichte Joppe und in der Übergangszeit eine gefütterte Jacke ausgezogen, das Kleidungsstück sorgfältig über den Bügel gehängt und im dafür vorgesehenen Schrank seines Büros verstaut hatte, versenkte er sich bis Punkt halb eins in seine tierischen Schadensfälle, die die Chefetage ihm vor elfeinhalb Jahren aufgedrückt hatte, nahm anschließend in der Kantine bis zehn vor eins eines der Hauptgerichte ohne Nachtisch zu sich, genehmigte sich um halb drei in seinem Büro eine Tasse Kaffee – weiß –, fuhr um halb fünf den Computer herunter, zog je nach Jahreszeit Mantel oder eine der Jacken über, eilte zur S-Bahn-Station und schloss um fünf Minuten nach fünf die Haustür auf, um seine auf der Diele wartende Frau mit einem Kuss auf die rechte Wange zu begrüßen. Hildegard arbeitete seit fünfunddreißig Jahren halbtags in der Bäckerei fünf Straßen weiter und war deshalb stets vor ihm zu Hause. Um achtzehn Uhr aß man gemeinsam zu Abend, tauschte sich dabei über den Tag aus und schaute in den dunklen Monaten fern. Hildegard liebte die Tierfilme der BBC und Roland Kaiser, Bernhards Herz schlug für Quizsendungen und Actionfilme, in denen es ordentlich krachte und etwas auf die Mütze gab. Im Sommer pusselte Hildegard abends oft im Garten, während Bernhard die Zeitung las und sowohl das Weltgeschehen als auch die Lokalpolitik mit Seufzern unterschiedlicher Couleur kommentierte. Am Samstagabend besuchten sie ihre zwei Häuser weiter wohnenden Nachbarn Edith und Heiner. Man spielte Rommé. Den Sonntagnachmittag verbrachte jeder für sich, denn ein gewisser Freiraum hatte einer Ehe noch nie geschadet. Da war man sich einig. Hildegard traf sich mit Freundinnen oder ging ins Kino, Bernhard unternahm bei gutem Wetter einen Spaziergang, bevor er sich mit gemäßigter Hingabe seiner Eisenbahn widmete. Bei Regen begann er den Nachmittag mit zehn Kniebeugen.

Darüber war er Mitte sechzig geworden. Bernhard Biller befand sich seit drei Wochen und vier Tagen im Ruhestand, als im Supermarkt an einem Dienstag im April um zehn Uhr fünfundzwanzig die Sache mit den Socken passierte.

1. Kapitel

»Hundert Wasser?«, sagte die Frau fragend und schenkte ihm dabei einen Blick, der nicht nur die veganen Burger im Kühlregal hinter ihm ausschloss, sondern auch die Früchtejoghurt einsortierende Fachkraft schräg unten an seinem Knie. Sie hatte grüne Augen wie die aus dem letzten Frühling stammende Katze der Schmidkes von schräg links gegenüber.

»Wie bitte?«, fragte er verdutzt zurück.

Die Frau kam ihm keineswegs verrückt vor. Etwas überkandidelt vielleicht unter ihrem Leoparden-Hut samt dem dazugehörigen Leo-Schal, aber die Pupillen waren trotz des leichten Silberblicks klar und wirkten tatsächlich so, als wisse sie, was sie da von sich gab. Er wusste es nicht. Wovon zum Teufel sprach diese Person? Bernhard hatte sich seit seiner Verrentung erst zweimal allein zum Einkaufen gewagt, und da war alles höchst normal verlaufen. Niemand hatte ihn angesprochen; nur ein junges Mädchen hatte ihm letzte Woche – es war am Donnerstag-Vormittag so gegen elf gewesen – ihren Einkaufswagen in die Hacken gerammt, weil sie so starr und konzentriert auf ihr Smartphone schaute, als spräche der Messias höchstpersönlich zu ihr aus dem Gerät. Nicht einmal entschuldigt hatte sie sich, als er mit einem leisen Wehlaut und einem Ausfallschritt eilends seine Hacken vor weiteren Attacken in Sicherheit gebracht hatte. Na ja, er hatte auch nichts anderes erwartet. In der Raucherecke der *Securitas* – für ihn blieb sie das, obwohl der alte Name mittlerweile seit über zwanzig Jahre nicht mehr galt – starrten Alt und Jung auch immer auf ihre Handys: in der Linken die Zigarette, in der Rechten das Smartphone. Niemand sprach, wenn er aus seinem Bürofenster auf die gebeugten Köpfe unter sich hinabsah. Oh ja, Bernhard wusste genau, wessen Haar sich lichtete, wer färbte und wer nicht. Und wer diesbezüglich flunkerte und wer nicht. Nur einmal hätte er der Versuchung fast nachgegeben, sein Wissen als Waffe zu benutzen. Als das schreckliche Füllgraf-Weib aus der Haftpflicht ihn beschuldigte –

»Hundert Wasser!«, wiederholte die Frau vor ihm nun ungeduldig angesichts Bernhards offensichtlicher Begriffsstutzigkeit und ließ ihren Silberblick dabei bedeutungsvoll zu seinen Füßen wandern, die wie stets ab dem 1. April jeden Jahres in Socken und Sandalen steckten. Sie war wohl doch nicht ganz bei Trost, entschied er und gab sich einen Ruck.

»Nein, nein, Käse soll es sein«, raunte er mit samtweicher Stimme, um sie nicht weiter aufzuregen, während er unwillkürlich ihrem Blick folgte.

Und da sah er es.

Hildegard hatte ihm wie jeden Dienstag- und Freitagmorgen frische Socken auf das Rattanregal neben der Dusche gelegt. Und während er dem ungewohnten Gedanken nachhing, was es für ihn heute in Haus und Garten zu tun gäbe, hatte er das Knäuel automatisch auseinandergepult, sodann wie jeden

Morgen die Zehenzwischenräume mit erhöhter Sorgfalt – »Fußpilz, Bernhard, wie oft soll ich dir das noch sagen!«, hörte er seine Mutter immer noch durch die Badezimmertür keifen – ein zweites Mal mit dem Handtuch trocken getupft, um anschließend die Socken, ohne ihnen weiter Beachtung zu schenken, überzuziehen. Das war ein Fehler gewesen. Denn sein linker Fuß steckte in einer schwarzen Socke, während seinen rechten Fuß ein blau-weiß geringeltes Exemplar schmückte.

Du lieber Himmel! Bernhard ächzte vor Entsetzten laut auf und ruderte mit der Hand Halt suchend Richtung Kühlregalgriff. Das war noch nie passiert! Hildegard war ein genauso zuverlässiger Mensch wie er selbst. Aber im letzten Winter hatte seine Frau das Stricken angefangen, und seitdem waren weder Hals noch Fuß, ja eigentlich keines aller nur denkbaren Körperteile mehr vor ihren Nadelkünsten sicher. Das blau-weiß geringelte Paar hatte sie ihm zum letzten Weihnachtsfest mit den Worten überreicht: »Etwas mehr Farbe steht dir gut, Bernhard«. Er hatte es in der sandalenlastigen Sommerzeit lediglich einmal im Dienst getragen und vor Scham die Zehen gekrümmt, als die junge Frau Biebensack aus der Rechtsschutz unerwartet sein Büro betreten hatte und ihr Blick an seinen Füßen hängengeblieben war. Ihren ebenso fassungslosen wie amüsierten Gesichtsausdruck würde er nie vergessen. Am Abend hatte er die Ringelsocken ganz hinten in der

Schublade verstaut. Und jetzt waren sie wieder da. Zumindest eine von ihnen.

»Geht's denn?« Die Leo-Frau musterte ihn besorgt, während eine sonore Männerstimme aus dem Lautsprecher plärrte. Er verstand kein Wort.

Bernhard nickte verkrampft, obwohl es eigentlich nicht ging.

»Friedensreich Hundertwasser«, bemerkte sein Gegenüber jetzt überdeutlich mit energischer Stimme. »Der Mann war ein begnadeter Maler, ach was rede ich denn da, er war ein begnadeter Künstler.«

»Ah.«

Bei ihr war wohl doch eine Schraube locker.

»Sie sind anderer Meinung?« Es war ein rhetorischer Einwurf, denn ohne seine Antwort abzuwarten, fuhr sie fort: »Hundertwasser konfrontierte die Welt nämlich mit der Frage, ob ein Mensch stets und ständig zwei gleiche Socken tragen müsse. Genial, nicht? Denn wo steht das geschrieben? In der Bibel? Auf dem Stein von Rosetta? Im Koran? Nein, nirgends. Man nimmt es einfach an, und alle halten sich daran wie Schafe. Das ist doch verrückt.«

»War der nicht selbst auch ein bisschen verrückt?«, entfuhr es Bernhard, während ihm der Schweiß ausbrach. Es war das Einzige, was er an Informationen mit dem Künstler verband. Und das entsprang auch nur der vagen Erinnerung an einen Kurzbericht aus den Lokalmeldungen im Dritten Programm.

Prompt merkelten ihre Mundwinkel. Ihr war das »auch« offenbar nicht entgangen.

»Verrückt, wie Sie es nennen, war er vielleicht ein bisschen, ja«, meinte sie spitz, »aber in erster Linie würde ich es philosophisch nennen. Sie malen nicht?«

Bernhards Hand umklammerte den Griff des Kühlregals unwillkürlich noch etwas fester. An seinem Knie stieß die Früchtejoghurt-Fachfrau einen erstickten Laut aus, den man für Husten, aber auch für ein erheitertes Prusten halten konnte. Ihre massigen Schultern bebten, sodass der Schriftzug der Lebensmittelkette auf ihrem Rücken ein wellenartiges Eigenleben entwickelte.

»Nein«, sagte er. Dann stotterte er weiter, völlig überfordert von dieser abstrusen Situation: »Ich will … äh … eigentlich nur Käse kaufen. Fürs Abendbrot. Scheiblettenkäse, um genau zu sein. Meine Frau mag den.« Bernhard spürte deutlich, dass er an seine Grenzen kam. Er war einfach mehr der Zahlen- und Faktentyp. War er schon in der Schule gewesen. Handfest und eindeutig musste es sein. Gedichte und mehr noch ihre Interpretationen waren ihm stets ein Graus gewesen. Wenn er da mal auf eine Dreiminus kam, war das schon gut. Und den Kunstunterricht hatte er – tatsächlich wie ein Schaf – lediglich über sich ergehen lassen.

Sein Gegenüber nickte wissend. Dabei wippte der Leo-Hut so heftig, dass sich eine Locke löste. War sie grau-blond? Oder blond-grau? Bernhard hätte es nicht sagen können; ihm fehlte die Perspektive aus seinem Bürofenster.

»Und Sie als braver Ehemann tun natürlich immer, was Ihre Frau Ihnen aufträgt.« Ihr Tonfall war dermaßen neutral, dass selbst er den Spott heraushörte.

»Oh, oh«, erklang es leise an seinem Knie. Es konnte aber auch Einbildung sein.

»Nein«, entgegnete Bernhard nach ein bis fünf Schrecksekunden mit erhobener Stimme. »Natürlich nicht. Also manchmal selbstverständlich schon. Das lässt sich ja nicht vermeiden. In einer Ehe muss man Kompromisse eingehen«, setzte er geschwollen hinzu. Du liebe Güte, was redete er denn da! Und das auch noch mit einer völlig Fremden. Der Zustand seiner Ehe ging nun wirklich niemanden etwas an. Zustand? Was denn überhaupt für ein »Zustand«? Das klang ja nach einem Halskatarrh. Hildegard und er befanden sich in keinem wie auch immer gearteten »Zustand«! Sie waren seit fünf-, nein, Moment, seit sechsunddreißig Jahren verheiratet. Und ihr Hochzeitstag war am … herrjeh, am … Sein Herz pochte. Den hatte er doch noch nie vergessen. Selbstverständlich nicht aus romantischen Gründen, sie waren schließlich erwachsene Menschen, sondern weil Zahlen sein Ding waren. Ha, zweiundzwanzig zwölf! Jedes Jahr am 22. Dezember, genau, weil es dann mit Weihnachten ein Aufwasch war, hatten Hildegards und seine Mutter damals in schönster Eintracht gemeint. Er musste wirklich ziemlich von der Rolle sein, um das zu vergessen.

In diesem Moment hüstelte die Joghurt-Fachfrau dezent. Dann entwich ihr erneut ein Geräusch, das einem Heiterkeitsausbruch sehr nahe kam. Bernhard strafte sie mit Nicht-Beachtung.

»Ja, da haben Sie wohl recht«, stimmte die Leo-Dame ihm zu seiner Überraschung zu. »Mögen *Sie* dieses geschmacklose Zeug denn, das den Namen Käse nicht verdient?«

Bernhard zuckte hilflos mit den Schultern. Da stand er hier an einem ganz gewöhnlichen Dienstagvormittag im Supermarkt vor dem Kühlregal und besprach mit einer Fremden Sachen, die erstens bekloppt waren und sie zweitens überhaupt nichts angingen. Das war doch entschieden nicht normal.

»Nein, eigentlich nicht«, gab er trotzdem ebenso ehrlich wie erstaunt zu. »Also, nicht so sehr.« Seit wann war das denn so? Damals als Kind hatte er ihn auf Toast Hawaii jedenfalls immer ganz gern gegessen. Seine Mutter hatte das Gericht geliebt und den Toast für den Inbegriff des Exotischen gehalten, während sein Vater … Nein, das war nichts für den Oberamtmann Friedemann Biller. Aus heiterem Himmel erinnerten die allabendlichen Scheibletten auf Graubrot seinen Sohn plötzlich eher an Kitt: Zweifellos bestens geeignet zum Abdichten zugiger Fenster, aber keinesfalls etwas für den menschlichen Magen; allein schon wegen des unverwechselbaren Geruchs der feuchten Klebmasse. Fast hätte Bernhard gelacht über seinen verwegenen Gedanken.

»Haben Sie denn anderen Käse schon einmal probiert?«, bohrte diese penetrante Frau unerbittlich weiter. »Einen Roquefort mit einer saftigen Birne vielleicht?«

Sie schloss die Augen und schmeckte sichtbar in sich hinein, denn plötzlich nahm Bernhard auf ihren Zügen eine Sinnlichkeit wahr, die ihn zusammenzucken und automatisch einen halben Schritt zurücktreten ließ, wobei er prompt die Supermarktbedienstete anrempelte.

»Verzeihung«, entschuldigte er sich in Richtung Boden. Seine Eltern hatten ihm schließlich noch Manieren beigebracht.

»Keine Ursache. Und Roquefort schmeckt wirklich lecker«, behauptete die Joghurtfachfrau zu seinen Knien. »Da stimme ich der Kundin gern zu. Das ist ein Schimmelkäse aus Frankreich. Wussten Sie das?«

»Nein«, musste Bernhard zugeben.

Die Leo-Dame öffnete die Augen.

»Mit der saftigen frischen Birne wird das natürlich nichts zu dieser Jahreszeit. Es ist bekanntlich April, und ich weigere mich, diese beinharten Kugeln aus Neuseeland oder Südafrika zu kaufen, die zwar den Namen Obst tragen, ihn aber keineswegs verdienen. Denn das taugt zwar dazu, Scheiben einzuschmeißen, aber auf meinen Teller kommt mir so etwas nicht.« Sie überlegte, während Bernhard sie anstarrte wie eine Erscheinung aus den unendlichen Weiten des Alls. »Aber gefroren? Oder aus der Dose?«

»Aus der Dose«, mischte sich die andere Roquefortliebhaberin eifrig von unten ein.

»Gut«, stimmte die Leo-Dame ihr zu. »Da soll man nicht päpstlicher sein als der Papst, finde ich. Wir können ja nicht bis zum Herbst warten. Bis dahin ist die Erde vielleicht schon untergegangen – mitsamt sämtlichen Birnen dieser Welt, egal ob hart oder weich. Also Dose? Was meinen Sie?«, wandte sie sich an Bernhard.

Er zuckte erneut hilflos mit den Schultern. So ähnlich musste es sich anfühlen, wenn eine Flutwelle über einen hereinbrach und man nur noch mit Armen und Beinen rudern und nach Luft japsen konnte.

»Gut«, sagte sie erneut, als habe er tatsächlich etwas von sich gegeben, hob ihre Rechte und pikste mit dem Zeigefinger in seine Richtung. Drei Zentimeter vor dem Kontakt mit seiner Brust verharrte er. »Hören Sie, damit das klar ist: Ich leiste zwar gern kulinarische Entwicklungshilfe, aber damit hört der Spaß auch auf, verstanden. Also keine Fisimatenten, wenn ich bitten darf.«

»Nur Käse«, entgegnete Bernhard schlagfertig und war über sich selbst überrascht. »Und natürlich Birne. Verstanden.«

Sie beäugte ihn misstrauisch.

»Genau. Und Sie können Ihre Frau gern mitbringen, wenn Sie möchten.«

»Nein«, lehnte Bernhard schnell ab. »Danke. Das … äh … ist nichts für sie. Glaube ich. Nein, eigentlich bin ich mir da ganz sicher«, setzte er eilig hinzu.

Über das Gesicht der Leo-Frau huschte ein wissendes Lächeln. Sie hatte mittig eine Lücke zwischen den oberen Schneidezähnen. »Na, wie Sie meinen. Das dachte ich mir. Scheiblettenkäsefans sind schon seltsame Leute. Oder sollte ich eher ›spezielle‹ sagen? Ich halte mich ja für grundsätzlich offen und tolerant, aber irgendwo hört der Spaß auf.« Und das war aus ihrer Sicht noch höflich formuliert, da war Bernhard sich sehr sicher. Er hatte gar nicht gewusst, dass die simple Frage nach dem angemessenen und richtigen Käse offenbar in den letzten Jahren zu einem weltanschaulichen Streitpunkt mutiert war. Also hatte dieser launige Kochsendungsmoderator von letzter Woche doch den Nagel auf den Kopf getroffen, als er mit markiger Stimme verkündete: »Sage mir, was du isst, und ich sage dir, wer du bist.« Hildegard und er hatten sich über den Mann lustig gemacht. Fast hätte er angesichts seiner Überlegungen die nächste Bemerkung der Leo-Dame verpasst.

»Die Ringelsocken stehen Ihnen«, bemerkte sie ohne jeden spöttischen Beiklang. »Wirklich, oder?« Das galt der Früchetjoghurtfachkraft zu seinen Knien.

»Und wie!«, meinte die, ohne hochzublicken.

»Die mischen das Ganze ein bisschen auf. Und ich wohne gleich um die Ecke. Von-der-Tann-Straße 25. Dritte Etage. Heute Nachmittag um sechzehn Uhr?«

Er brummelte etwas Unverständliches.

Fragend schaute sie ihn an. Doch sein Mund war mittlerweile so trocken, dass er nur noch krächzen konnte:

»Ihr Name? Äh … bitte.«

»Oh natürlich, Entschuldigung. Ich bin Hanne Wiedmann.«

*

Selbstverständlich würde er nicht hingehen. Das kam überhaupt nicht infrage. Weil es erstens lächerlich war und sich zweitens nicht gehörte. Er war ein Mensch, der sein Ehegelöbnis ernst nahm, das war er stets gewesen. Denn auch wenn es in diesem Fall lediglich um die Erweiterung seines kulinarischen Horizonts ging, war sie doch eine Frau und er ein Mann. Punkt. Da brauchte man nicht stundenlang Roland Kaiser zu hören, um zu wissen, was sich daraus ergeben könnte. Nein, *ergab*, Bernhard, *ergab*, musste es selbstverständlich heißen, korrigierte er sich, während er raschen Schrittes den Supermarktparkplatz und die Bundesstraße querte, die ihn ins Dellenheimer Zentrum führte, um sodann rechter Hand in das Gartenviertel und damit nach Hause und in die Sicherheit seines Eigenheims zu eilen. Im billerschen Kosmos existierten keine platonischen Freundschaften zwischen Männern und Frauen. Da ging es über kurz oder lang »zur Sache«, wie seine Schwiegermutter eine Liebschaft zu nennen pflegte. Und an noch so eine Lebensweisheit von Hildegards Mutter erinnerte Bernhard sich plötzlich wieder in aller Deutlichkeit: »Ja, ja, Gelegenheit macht Diebe«, hatte die alte Frau stets mit erhobenem Zeigefinger geweisheitet, wenn er etwa vergessen hatte, die Gartentür abzuschließen. Oder wenn Hildegard sich über Jugendliche beklagte, die im Bäckerladen klauten. Und ganz genau so war es. Nein, Bernhard hatte weder vor, sein Leben als Einbrecher noch als Ehebrecher zu beschließen. Da konnte die Dame mit einer ganzen Käse*platte* locken, er würde widerstehen!

Hildegard erwartete ihn bereits, als er mit seiner Einkaufstasche an den wie Zinnsoldaten ausgerichteten Häusern des Storchenwegs – die Siedlung war Anfang der fünfziger Jahre gebaut worden, als es um schieren Wohnraum ging und das Wort Komfort ein Fremdwort war – entlanghastete und in die Auffahrt einbog. Seine Frau hatte am Küchenfenster gestanden und ihm mit ihrem Nörgel-Gesicht entgegengeschaut; jetzt öffnete sie ihm die Tür.

»Himmelherrgott, wo bleibst du denn?«, begrüßte sie ihn ungeduldig. »Du solltest doch nur fünf Teile einkaufen. Das kann nun wirklich nicht so lange dauern.«

Sie hatte schon heute Morgen schlechte Laune gehabt.

»Ich musste die Sachen erst einmal suchen. Ich kenne mich im Supermarkt ja noch nicht so aus wie du«, erinnerte er sie milde, weil höchst zufrieden mit seinem unumstößlichen Entschluss.

Als Antwort schmetterte sie hinter ihm die Haustür ins Schloss, dass die Zarge zitterte. Sie trug ihren alten Rock, den sie nur noch zum Kochen anzog. Er hatte vorn über dem linken Knie ein Loch, und der Bund war ausgeleiert. Merkwürdig, das war ihm noch nie aufgefallen.

»Kann der nicht mal weg?«, entfuhr es ihm wider besseres Wissen.

Hildegard starrte ihn so entgeistert an, als habe er sich gewünscht, sie solle in Zukunft nackt um den Herd tanzen.

»Nein«, beschied sie ihn barsch, als sich ihre Wangen-, Kinn- und Stirnmuskeln wieder entkrampft und in ihre Alltagsgesicht-Stellung gerutscht waren. »Kann er nicht.«

»Aha.« Bernhard marschierte in die Küche und packte die Tüte aus. Aus langjähriger Eheerfahrung wusste er genau, wann es besser war, den Mund zu halten. Dies war so ein Fall. Beim Scheiblettenkäse verharrte er jedoch und linste unter gesenkten Lidern verstohlen zu seiner Frau hinüber.

»Was ist denn jetzt schon wieder?«

»Magst du den eigentlich?« Sein Tonfall war bedächtig und keinesfalls aggressiv. Darauf achtete er.

»Den Käse?« Jetzt war sie sichtlich irritiert.

»Ja, diesen Käse.«

»Doch, ich glaube schon. Den essen wir schließlich immer.«

»Ich würde gern mal einen anderen probieren.«

Eine Weile war es vollkommen still in der Küche; fast so, als sei die Welt erstarrt und die Zeit stehengeblieben. Denn nicht einmal die Uhr tickte, weil Bernhard vergessen hatte, die Batterie zu wechseln. Es war keine einträchtige Stille zwischen zwei Menschen, die sich verstanden, nein, es lag eine leichte Spannung in der Luft. Bernhard atmete tief ein.

»Was denn für einen?«, erkundigte sich Hildegard, die soeben erworbene Mehltüte wurfbereit in der Hand wie einen Ziegelstein, so vorsichtig, als beträte sie damit ein Minenfeld. Bernhard atmete zischend aus, was sich wie eine kaputte Hydrauliktür anhörte.

»Ich weiß nicht. Einfach mal einen anderen eben. Jetzt, wo ich im Ruhestand bin und du doch auch nur noch ein paar Stunden an manchen Tagen arbeitest, könnten wir uns durch das Angebot der Käsetheke essen und jeden Tag etwas Neues probieren. Roquefort zum Beispiel.« Der Name des Käses war ihm ohne sein Zutun herausgerutscht.

Hildegard bedachte ihn mit einem Blick, als sei ihm ganz plötzlich ein zweiter Kopf gewachsen.

»Wie kommst du denn ausgerechnet auf Roquefort?«

Das war der Moment, in dem er hätte beichten müssen. Mit einem ebenso entspannten wie souveränen Lachen hätte er ihr von seiner Begegnung mit Hanne Wiedmann und deren Einladung erzählen sollen. Hildegard hätte mitgelacht, und damit wäre das Thema vom Tisch gewesen. Stattdessen deutete er auf seine Füße.

»Guck mal. Da ist wohl heute Morgen etwas gründlichst schiefgelaufen.« Sein Tonfall war angemessen vorwurfsvoll, doch zu seinem Erstaunen fing Hildegard nach einem Blick auf seine Socken schallend und erleichtert an loszuprusten.

»Mein armer Bernhard«, gluckste sie. »Das ist also der Grund.«

»Grund? Für was?«

Hildegard lachte noch immer, was ihn ungemein irritierte. Nichts war offenbar im Ruhestand, wie es stets gewesen war, denn normalerweise hätte sich seine Frau über ihre Nachlässigkeit geärgert und es keinesfalls erheiternd gefunden, wenn sie in ihrer Funktion als Hausfrau und Ehegattin versagte!

»Du bist so anders heute«, behauptete sie jetzt auch noch. »Aber die Sache mit den Socken erklärt das natürlich. Das bringt dich ganz durcheinander, nicht? Es tut mir leid, ich war da wohl abgelenkt. Ich suche dir rasch die zweite schwarze heraus.«

»Ich will aber lieber die Ringelsocken anhaben«, hörte er sich so bockig wie ein Fünfjähriger protestieren, dem eine böse Tante droht, das Eis wegzunehmen, weil er nicht artig »Dankeschön« gesagt hat.

Jetzt war sie ehrlich schockiert. Er sah es an dem kaum wahrnehmbaren Zucken ihres rechten Augenlids.

»Geht es dir auch gut, Bernhard?« Sie klang so besorgt wie die Leo-Dame vor dem Kühlregal. Hanne Wiedmann. So hatte sie geheißen.

»Danke. Es geht mir ausgezeichnet. Deshalb ist mir ja heute auch nach Ringelsocken«, setzte er eilig hinzu. Dass ihm ebenfalls nach Roquefort mit Birne war, verschwieg er.

*

Nach dem Mittagessen teilte er Hildegard mit, dass er beabsichtigte, bei diesem schönen Wetter einen ausgedehnten Spaziergang zu unternehmen. Er wisse nicht, wann er zurückkäme, erklärte er ihr wie nebenbei, dabei mit gesenkten Augen die Serviette zusammenfaltend, um sie anschließend sorgfältig neben dem Teller zu deponieren. Das hänge nicht vom Wetter ab, er werde sicherheitshalber einen Schirm mitnehmen, denn er wolle einfach drauflosl aufen und die neue Freiheit genießen. Das sei schließlich nicht ungewöhnlich für einen frischgebackenen Rentner, oder? Das machten ja viele so; mehr oder weniger ziellos in der Gegend herumzuspazieren und dabei dieses ungewohnte Gefühl der Zwanglosigkeit zu genießen. Und der Gesundheit zuträglich sei es ohne Zweifel ebenfalls. Hildegard stimmte ihm zu. Aber zum Abendbrot sei er doch wohl wieder zurück, meinte sie dann. Das wisse er noch nicht, erwiderte Bernhard wahrheitsgemäß, während ihn das unangenehme Gefühl beschlich, dass seine Frau – entgegen seinen Befürchtungen – über seine Ankündigung gar nicht so schockiert war, wie er es eigentlich erwartet hatte.

»Ist gut«, sagte sie nur gleichmütig, in Gedanken sicht- und hörbar bereits im Garten. Bernhard fühlte sich durch ihr kaum verbrämtes Desinteresse an seinem neuen Leben unerwartet tief getroffen. Kopfschüttelnd schaute er ihr hinterher, als sie mit den beiden leeren

Tellern in der Küche verschwand. Sie würde die Spülmaschine einräumen und sich dann, ohne noch einmal zurückzukommen, umziehen und in den Garten eilen. Das machte sie immer so, seit sie nur noch stundenweise und spaßeshalber, wie sie es nannte, in der Bäckerei arbeitete. Heute störte es ihn. Und zwar gewaltig.

Als er Hildegard daher kniend vor dem Rhododendronbusch erblickte, nahmen seine Füße ohne sein Zutun Kurs auf die Treppe, die hinauf ins obere Stockwerk zum Schlafzimmer führte, und trugen seinen Körper hinauf. Er musste frische Wäsche anziehen, denn man wusste ja nie, ob man nicht bei so einem Spaziergang unter die Räder kam und im Krankenhaus landete. Und dass zu allem Unglück auch noch mit einer Unterhose, die nicht blütenrein war. So hatte seine Mutter stets argumentiert, wenn er als Kind und Jugendlicher aus seinen Klamotten geschält werden musste. Mutti hatte natürlich, wie so oft, völlig recht gehabt. Das hatte er noch nie so klar gesehen wie jetzt in diesem Moment.

Kaum im Schlafzimmer angekommen, zog Bernhard sich komplett aus und stopfte seine Sachen nach kurzer Überlegung unters Bett, denn es war ihm klar, dass er hier, um für alle Eventualitäten gerüstet zu sein, bei null beginnen musste. Mit den Ringelsocken – er fand die zweite ganz hinten eingeklemmt in der Schublade – fing er an, denn in der Tat verliehen sie seinem Aussehen so etwas Frisches und ja, geradezu frühlingshaft Lässiges.

Dann zögerte er jedoch und trat unschlüssig vor den mannshohen, an der Frontseite des Kleiderschranks angebrachten Spiegel, um den nackten Mann, der ihm da ernst entgegenblickte, einer eingehenden und schonungslosen Musterung zu unterziehen.

Seine blau-weißen Füße überging er, weil ein nackter älterer Herr in Ringelsocken … nun ja, eben nichts weiter war als ein nackter älterer Herr in Ringelsocken. Bernhard war Realist: Auf Außenstehende würde seine momentane Erscheinung zweifellos lächerlich wirken. Da machte er sich nichts vor. Doch es sah ihn ja niemand, und seine Beine fand er durchaus passabel. Sehnig wie bei einem Zwanzigjährigen waren sie selbstverständlich nicht mehr, aber die Knie knubbelten nicht, und O-Beine wie Heiner, die jeden Elfmeter glatt durchlassen würden, hatte er auch nicht. Gut, dafür war sein Manko ein veritabler Busen. Seine Brüste hatten sich im Laufe der Jahre vergrößert und gehorchten deutlich sichtbar dem Gesetz der Schwerkraft, stellte er fest. Bereits als junger Mann hatte er oben herum nicht wie der frühe Arnold Schwarzenegger ausgesehen, doch mittlerweile hätte er einen BH gebrauchen können. Vierzig Jahre hatte ihn das nicht weiter gestört, ja, er hatte es nicht einmal zur Kenntnis genommen; jetzt aber fand er es niederziehend, zumal die spärlichen Haare zwischen den beiden hängenden Hügeln allesamt eisgrau waren. Mit siebzehn, achtzehn hätte er gern einen dichten Bewuchs gehabt: vom vollen Haupthaar über einen kräftigen Bart zur Sean-Connery-mäßigen

Brustbehaarung, die sich über seinen Bauch hinunter zur Scham zog. Er hatte das äußerst maskulin gefunden; einem Löwenmännchen gleich, das mit seiner Mähne nicht nur Löwendamen, sondern auch Menschen beiderlei Geschlechts beeindruckte. Bernhard seufzte. Er war fast Mitte sechzig. Da war das eindeutig Schnee von gestern. Dafür sprang ihn das kraftvolle Braun seiner Schamhaare geradezu an, und auch sein Schwanz glich keineswegs einem verschrumpelten Wurm, sondern konnte sich sehen lassen, wie er – jawoll – mit einem Gefühl des Stolzes fand. Hildegard hatte sich zumindest noch nie beschwert, wenn sie mit ihm schlief, was in den letzten Jahren allerdings nicht mehr allzu häufig vorkam. Aber das war schließlich normal nach über dreißig Jahren Ehe.

Er fixierte seinen Bauch. Tja, er besaß zweifellos ein Bäuchlein, doch fett war er keineswegs. Darauf achtete Hildegard schon. Freitags gab es deshalb nur Obst zum Abendbrot seit er sechzig und damit »in die Jahre gekommen« war, wie sie es ausdrückte. Erst hatte er gemurrt, aber dann hatte er sich daran gewöhnt. Bernhard zog den Bauch ein und drehte sich zur Seite, um sein Ganzkörper-Profil ebenfalls einer Musterung zu unterziehen. Doch, ja, es war noch ganz passabel. Manchmal hatte Hildegard eben auch recht. In diesem Moment empfand er eine tiefe Dankbarkeit für ihre manchmal über das Ziel hinausschießende Rigorosität und sog voller Erleichterung die Luft ein, als er sich zurückdrehte, um seine ursprüngliche Stellung wieder einzunehmen.

Sein Gesicht. Mhm. Es war vielleicht ein bisschen voll, aber dafür unbedingt interessant. Intelligenz sprach zweifellos aus seinen wachen Augen ebenso wie ein untrüglicher Sinn für Humor. Ob Hanne Wiedmann ihn vielleicht auch deshalb angesprochen hatte? Unsinn, Bernhard Biller, ermahnte er sich augenblicklich streng. Das Käsegespräch war mit Sicherheit keine originelle Form der Anmache gewesen. Ihre Miene hatte doch Bände gesprochen, als sie ihm von Roquefort mit einer saftigen Birne vorgeschwärmt hatte. Darum ging es, nicht um ihn, gestand er sich schonungslos ein. Ohnehin war das für sich genommen ein vermessener Gedanke, der ihn zum Lachen reizte. Es musste an der Frühlingsluft liegen. Seidig hatte sie einmal ein Dichter genannt. Oder war es lieblich? Bernhard wusste es nicht mehr. Aber beides stimmte. Selbstverständlich würde ein Besuch bei Hanne Wiedmann am heutigen Nachmittag völlig harmlos sein. Man probierte Käse zusammen, machte dabei höflich Konversation und ging anschließend seiner Wege. Was war denn dabei? Sie lebten schließlich nicht mehr im 19. Jahrhundert und waren zudem beide erwachsene verantwortungsbewusste Menschen.

Ob er sich möglicherweise einen Vollbart oder Schnauzer stehen lassen sollte? So eine richtige Rotzbremse, an der er jeden Morgen sorgsam herumschnippelte, damit sie gepflegt aussah? Nein, entschied

Bernhard. Eisgraue Oberlippenbärte waren etwas für vertrottelte britische Colonels aus alten Filmen wie »Emma Peel«. Er würde damit nur albern aussehen, und zumindest Hildegard würde ihn garantiert auslachen. Doch alles in allem war er zufrieden mit sich. Sicher, er hatte leichte Hamster-Hängebacken und auch keinen dichten Haarschopf mehr, aber der olle Cicero, von dem die Welt selbst nach zweitausend Jahren immer noch sprach, als sei der Mann erst gestern in den Götter-Olymp aufgestiegen, hatte auch nicht mehr Locken auf dem Kopf gehabt als er. Bernhard sah das Bild des Marmorkopfes mit den toten Augen in seinem Schulbuch immer noch vor sich und griente sein Spiegelbild an, das aufmunternd zurückgriente, und ohne sein Zutun plötzlich »Auf in den Kampf, Toreheheherooo« zu pfeifen begann.

Er entschied sich für die neue graue Stoffhose und das marineblaue Hemd, das Hildegard ihm zum letzten Geburtstag geschenkt hatte. Grau und blau, das passte zusammen. Plötzlich schoss ihm ein beunruhigender Gedanke durch den Kopf. Sollte er vielleicht besser noch einmal duschen? Und sich rasieren? Damit quasi alles tipptopp war für den Fall der Fälle. Also, einmal natürlich für das Krankenhaus, aber auch möglicherweise … Nein, entschied er, nicht unbedingt überrascht von der Richtung, die seine Gedanken nahmen. Einmal würde Hildegard das höchst sonderbar vorkommen, und außerdem hatte Hanne Wiedmann ihn lediglich zum Käsekosten eingeladen, nicht zum Geschlechtsverkehr. Das hatte sie mehr als deutlich gemacht. Und Käse aß man bekleidet. Allerdings konnte ein dezenter Hauch von Rasierwasser gewiss nicht schaden, um das Ganze sozusagen abzurunden.

»Ich bin dann mal weg«, rief er wenig später übermütig und ohne den Hauch eines schlechten Gewissens in den Garten hinaus, sorgfältig darauf achtend, dass sein blaugrau gewandeter Körper durch den Vorhang verdeckt wurde. Ihm würde schon eine Erklärung für sein neues Aussehen einfallen, wenn er zurückkehrte. Jetzt kam es erst einmal darauf an, in diesen verheißungsvollen Nachmittag zu starten.

Hildegard kniete inzwischen neben einem anderen Busch, beide Hände bis zu den Handgelenken in der Erde. Sie drehte lediglich kurz den Kopf in seine Richtung und bedachte ihn mit einem ausdruckslosen Blick, ohne jegliches Gespür dafür, was für ein bahnbrechendes Ereignis ihrem Mann an diesem Nachmittag möglicherweise bevorstehen könnte.

»Übernimm dich nicht.«

Einen Moment hatte er nicht den Schimmer einer Ahnung, wovon sie sprach, und Hitze wallte in ihm auf. Ob sie ahnte … Dann fiel es ihm wieder ein: Offiziell wollte er ja endlos spazieren gehen.

»Nein, nein. Bis heute Abend dann.«

*

»Und? Was macht das mit Ihnen?«

Bernhard hatte diese Phrase schon immer ausgesprochen dämlich gefunden, genau wie das eine Zeit lang durch die Republik und jede Politikerrede geisternde »Ross und Reiter nennen«; aus Hanne Wiedmanns Mund klang sie jedoch seltsamerweise echt und überhaupt nicht nach Therapiestunde. Gespannt schaute sie ihn an. Auch sie hatte sich umgezogen. Den Leo-Look hatte sie in den Schrank gehängt, jetzt trug sie eine feuerrote Bluse und dazu einen langen schwarzen Rock; beides harmonierte mit dem Grün ihrer Augen sowie seltsamerweise mit ihrer Zahnlücke vorzüglich. Bernhard fand sie ziemlich attraktiv.

Sag was, Junge, befahl er sich, während er das Roquefort-Birnen-Gemisch im Mund hin- und herschob. Irgendetwas, aber sitz nicht stumm da wie ein abgestorbener Baum.

»Es ist … wirklich interessant«, quetschte er hervor, im selben Moment wissend, dass es die falsche Antwort war, ganz so wie »nett«. Das Wort hatte seine Mutter ebenso bis zum Erbrechen strapaziert wie den Spruch »Wie gut, dass die Geschmäcker verschieden sind.« Der passte scheinbar immer und besagte dennoch oder gerade deshalb – nichts.

»Sie mögen es nicht.« Sie klang enttäuscht.

»Doch, doch«, versicherte er hastig. »Der Geschmack ist nur etwas ungewohnt.«

Sie saßen im Wohnzimmer. Sie auf einem hellgrauen 3er-Sofa, auf dem ein Riesenbär im Matrosenanzug thronte und mit unbewegter Miene den Raum musterte;

er auf einem Sessel, der mit seinem zerschlissenen grünlichen Bezug und dem dunklen Holz offenbar ein Erbstück war. Oder vom Flohmarkt stammte. Sie hatten an einem schlichten grau-braunen Couchtisch Platz genommen und saßen sich über Eck gegenüber; der Käse lag auf einem Holzbrett zwischen ihnen, der Teller mit den Birnenhälften stand unter den Tulpen, die er mitgebracht hatte. Es waren sieben Stück. Sie waren gelb. Hanne Wiedmann hatte keine Miene verzogen, als er ihr im Flur den Strauß in die Hand gedrückt hatte. Jetzt hätte er ihn jedoch am liebsten aus dem Fenster gepfeffert. Ging es überhaupt noch langweiliger, ja stieseliger als mit Tulpen aus dem Supermarkt? Bernhard hatte sich beim Kauf keine Gedanken gemacht. Wenn man eingeladen war, brachte man Blumen mit. So hatte er es von den beiden Frauen in seinem Leben gelernt. An Konfekt hatte er zwar auch kurz gedacht, doch er kannte Hanne Wiedmanns Geschmack nicht. Deshalb konnte man mit einem Blumenstrauß nichts falsch machen, hatte er sich eingeredet. Konnte man wohl, war ihm allerdings in dem Augenblick klar geworden, als sie die Tulpen samt Vase auf den Tisch gestellt hatte. Ein Kopf hing bereits schlaff herab und berührte fast die Platte, und die Farbe der Blüten changierte zwischen kanarien- und kotzgelb. Seltsam, im Supermarkt hatte er das nicht bemerkt. Da hatte ein Strauß wie der andere ausgesehen, sodass er nach dem erstbesten gegriffen hatte.

»Sind Sie schon lange verheiratet, Bernhard?«

Sie waren noch im Flur übereingekommen, sich zwar mit den Vornamen anzusprechen, aber beim »Sie« zu bleiben. Trotzdem hatte sich das Gespräch bislang nur mühsam entwickelt, was sicher auch daran lag, dass er kein Konversationsheld war und keinerlei Übung darin besaß, sich mit einer völlig Fremden – zumal in einer derartigen Situation – locker zu unterhalten.

»Sechsunddreißig Jahre.«

»Das ist eine lange Zeit.«

»Ja.«

Er stach in ein Stück Roquefort und führte es zum Mund. »Und Sie?«

Hanne Wiedmann lachte und entblößte dabei ihre Zahnlücke. Er zwang sich, nicht allzu intensiv hinzuschauen. Denn die unbestreitbare Erotik dieses Spalts drohte ihn noch mehr zu verwirren.

»Die Birne«, musste sie ihn da auch schon erinnern. »Dreimal geschieden.«

Er starrte sie verblüfft an. Es gab solche Leute, das war ihm selbstverständlich klar. Scherbfeld vom Marketing war so einer gewesen. Der Mann gelte seine Haare, sodass er obenherum meist aussah wie ein abwehr-bereiter Igel, und war auf dem linken Arm bis zum Handgelenk tätowiert. Bernhard hatte ihn in der Raucherecke beobachtet, wie er so mir nichts, dir nichts sein Hemd auszog und den offenbar neu gestochenen Bullen der Schwendke aus der Unfall zeigte. Dieser Mensch hatte es seines Wissens sogar auf vier gescheiterte Ehen gebracht. Bernhard hatte den

Flurfunk damals nicht weiter verfolgt; derartige Begebenheiten gehörten nicht zu seinem Leben. Er verurteilte da nichts, na ja, nicht über die Maßen wie ihre langjährigen Nachbarn und Freunde Heiner oder Edith es taten, nein, es interessierte ihn schlichtweg nicht. Bis jetzt.

»Woran lag's denn?«, hörte er sich fragen, während seine Mutter irgendwo in einer seiner hinteren Hirnwindung missbilligend die Stirn runzelte.

»Wollen Sie das wirklich wissen?«

»Ja.« Zu seiner Überraschung entsprach das tatsächlich der Wahrheit.

Hanne Wiedmann legte die Gabel beiseite, verschränkte die Finger ineinander und ließ die Hände in ihren Schoß sinken. Es war eine anmutige Geste.

»Tja, der erste erklärte mir unaufgefordert stets und ständig die Welt.« Sie verdrehte die Augen. »Am Anfang fand ich das toll und sexy, dann nur noch ermüdend.« Sie zuckte mit den Achseln. »Heute verstehe ich ihn besser. Er war zwölf Jahre älter als ich und hielt mich mit meinen zwanzig Jahren für ein Gänschen, dem man auf die Sprünge helfen musste, während er von sich meinte, er sei der legitime Nachfolger von Einstein.« Sie maß Bernhard mit einem langen Blick, aus dem Genugtuung und Erheiterung gleichermaßen sprachen. »Er ist Lehrer an einer Gesamtschule im Rheinland geworden. Für Erdkunde und Sport. Am Nobelpreis ist er bislang haarscharf vorbeigeschrammt, soweit ich weiß.«

»Und der zweite?«, stupste er sie an, als sie versonnen schwieg.

Sie lehnte sich zurück und schlug die Beine übereinander, was sehr fraulich aussah, wie er widerwillig feststellte.

»Oh, Fabian.« Auf ihrer Stirn erschien eine steile senkrechte Falte, die ihr Gesicht in der Verlängerung der Nase in zwei Hälften teilte. Bernhard bereute fast, sie gefragt zu haben. Aber nur fast. »Der hielt sich für ein Gottesgeschenk an die Damenwelt.« Sie zuckte erneut mit den Schultern. »Er sah zweifellos außergewöhnlich gut aus und besaß oberflächlich gesehen Charakter und jede Menge Charme. Kein Kleiderständer mit Sixpack und definierten Muskeln also, sondern ein Mensch, der einen erst einmal für sich einnahm.« Ein flüchtiges Lächeln huschte über Hanne Wiedmanns Gesicht. »Es ist ein Klischee, aber Fabian gab einem das Gefühl, ausgesprochen richtig für jedermann und vor allem für jede Frau zu sein. Er tat so, als höre er intensiv zu, nahm den Gesprächsfaden immer wieder auf und sah einem dabei tief in die Augen. ›Du bist the one and only‹. Das war die Botschaft und sein Geheimnis. Denn sonst war da, schaute man hinter die Kulissen beziehungsweise die Stirn, nicht allzu viel.« Sie tippte sich an die Schläfe. »Weder in der Birne noch an seinem Charakter. Ich habe fünf Jahre gebraucht, um zu erkennen, dass Fabian ein Arschloch war. Fünf Jahre, in denen er mich nach Strich und Faden betrogen hat. Haben Sie Ihre Frau schon einmal betrogen, Bernhard?«

Er zuckte zusammen. Er würde sich an diese abrupten Themenwechsel nie gewöhnen, einmal ganz abgesehen von ihrer Art, kein Blatt vor den Mund zu nehmen. Hildegard ging die Sachen ja auch direkter an als er, aber sie blieb beim einmal gewählten Thema, wie ein Terrier, wenn der den Geruch eines Dachses in der Nase hat und entschlossen die Verfolgung aufnimmt.

»Nein.«

Wie Hildegard ihn wohl gegenüber einem Dritten beschreiben würde. Der Gedanke ließ ihn nicht mehr los. So wie Hanne Wiedmann selbstverständlich auf keinen Fall. Weil er mit deren Männern überhaupt nichts gemein hatte. Er war anders. Trotzdem beschlich ihn der Verdacht, dass er mit Hildegards Charakterisierung nicht einverstanden sein würde. Der Gedanke peinigte ihn. Hielt sie ihn für … pingelig? Engstirnig? Langweilig? Unflexibel? Oder eher für einen Ausbund an Zuverlässlichkeit? Vielleicht. Darüber hatte er sich noch nie Gedanken gemacht. Aber sie höchstwahrscheinlich ebenfalls nicht, versuchte er sich zu beruhigen. So war sie nicht. Allerdings war sie eine Frau. Und die tickten anders, wie Heiner stets behauptete. Als solche schnatterten sie ständig über alles und jedes um die Wette, und wenn er unvermutet in der Teeküche der *Securitas* aufgetaucht war, hatte er das Gespräch so manches Mal schlagartig zum Verstummen gebracht.

»Und sie?« Nur mühsam drangen die beiden Worte in sein Bewusstsein.

»Wer? Hildegard?«, fragte er zurück, obwohl es keinen Zweifel daran gab, wen Hanne Wiedmann meinte.

»Nein, ich glaube nicht.« Du meine Güte, auch auf diese Idee war er in seiner Unschuld – oder war es Einfalt gepaart mit Fantasielosigkeit? – noch nie gekommen. Dass seine Frau fremdgehen oder etwas Gravierendes in ihrer Ehe vermissen könnte – nein, das war unvorstellbar. Er war sich bewusst, dass Hanne Wiedmann sein Mienenspiel genau beobachtete.

»Aber Sie wissen es nicht«, stellte sie in aller Seelenruhe fest, während sie sich ein Stück Birne in den Mund schob.

»Nein.« Sein rechtes Augenlid fing an, unkontrolliert zu zucken. »Nein, ich weiß es nicht.«

Hanne Wiedmann räusperte sich, bevor sie leise meinte:

»Wollen wir vielleicht ein Glas Wein zum Käse trinken? Es ist zwar eigentlich noch ein bisschen früh für Alkohol, aber Sie sehen mir so aus, als ob Sie einen Schluck vertragen könnten.«

Bernhard senkte stumm den Kopf, und sie stand auf, um wenig später mit einer geöffneten Flasche Rotwein und zwei Gläsern zurückzukehren.

»Es ist kein besonders edler«, entschuldigte sie sich, als sie sich wieder setzte. »Aber ich mag ihn.«

»Gut.«

Sie schenkte ein, und sie prosteten sich verhalten zu. Der Wein war Bernhard ein bisschen zu herb. Aber er hatte auch nicht viel Ahnung davon. Hildegard und er gönnten sich allenfalls zu Festtagen einen Schluck. Und der war dann immer halbtrocken, also nicht so sauer und deshalb bekömmlicher, wie seine Schwiegermutter Zeit ihres Lebens behauptet hatte. Soweit er sich jedoch erinnerte, hatte sie lediglich in Maßen Sherry getrunken. Der gehe nicht so auf die Schleimhäute, weil er keine oder nur wenig Säure habe, während Wein unweigerlich die Magenwände angreife, lautete ihr unumstößliches Urteil.

»Und wie war das mit Ehemann Nummer drei?«, tastete Bernhard sich vor, mutig geworden nach dem ersten Glas, und bemüht, das Thema Hildegard und deren eheliche Treue eilends zu verlassen.

»Thomas. Ja.« Hanne Wiedmann wandte kurz das Gesicht ab. »Er hat mich verlassen. Seine Vorgänger habe *ich* in die Wüste geschickt, aber Thomas … ist von sich aus gegangen.«

»Weshalb denn?«

Es musste am Alkohol liegen; der normale, nein, der nüchterne Bernhard hätte eine derartige Frage niemals gestellt.

»Ich hätte ihn nicht verstanden, meinte er. Thomas war … ist Maler, Künstler und eine schwierige Persönlichkeit.«

»Was malt er denn so?« Ohne zu fragen, schenkte Bernhard ihnen beiden großzügig nach.

»Oh, er malt in erster Linie abstrakt. Er hasst gegenständliche Malerei und hält sie seiner nicht für würdig.« Hanne Wiedmann seufzte, während sie gleichzeitig versuchte, eine widerspenstige Haarsträhne hinters Ohr zu klemmen. Sie war zu kurz. Es klappte nicht. »Was hat dieser Mensch über die Sonnenuntergangs-Fraktion geschimpft, wie er sie nannte. Jeder frischgebackene Rentner, jede brandneue Seniorin mit Uniabschluss und einem Konzert- oder Theaterabo in der Tasche greife irgendwann zum Pinsel, hat er immer gemeint. Es sei nur eine Frage der Zeit und so vorhersehbar wie das Amen in der Kirche. Entsprechend langweilig und uninspiriert sei dann das Ergebnis: Meer mit Leuchtturm, Hirsch vor Berg, Schiff auf Welle, die Weiten des Ozeans ohne alles.«

Bernhard räusperte sich vorsichtig.

»Das ist ja eher nicht so meins.« Hildegard hatte das tatsächlich einmal im Scherz an einem ihrer Rommé-Abende bei Edith und Heiner vorgeschlagen, damit er nicht in das berüchtigte Rentenloch falle. Doch sie hatte sogleich selbst eingesehen, dass er mit einem anderen Steckenpferd wie etwa das der Ahnenforschung sehr wahrscheinlich weitaus besser bedient wäre.

»Nein«, stimmte Hanne Wiedmann ihm zu. »Sicher nicht.«

Sie erklärte das mit einer Bestimmtheit, die ihr nicht zustand, wie Bernhard fand. Sie kannte ihn doch gar nicht, und vielleicht besaß er ja mehr verborgene Talente und Tiefen, als sie sich vorzustellen vermochte.

»Und wovon lebte Thomas? Von Ihnen? Denn von abstrakter Malerei doch sicher nicht, mhm?« Er ließ es bewusst abschätzig klingen.

Wieder seufzte Hanne Wiedmann nur.

»Genau das war der Punkt zwischen uns«, gestand sie dann. Es schien ihr nicht leicht zu fallen. »Ich würde ihn, den Künstler, die reine Seele, zu schnöder Brotarbeit drängen, hat er mir immer wieder vorgeworfen. Dabei habe ich ihn nur gebeten, doch auch einmal etwas zu versuchen, das zumindest etwas Geld einbrachte.«

»Sonnenuntergänge und Rehe im Wald«, deklamierte Bernhard mit sonorer Stimme, um zu demonstrieren, dass er das Problem vollkommen verstand.

»Nein!«, entgegnete sie zu seiner Überraschung scharf. »Das hätte ich nie von ihm verlangt. Es gibt doch schließlich auch noch etwas dazwischen.«

»Aha.« Bernhard hatte keinen Schimmer, was sie meinte, und beließ es dabei. Er wollte schließlich nicht wie ein ahnungsloser Spießer daherkommen. So hatte die junge Miller aus der Leben einmal den alten Salnow aus der Rechtsschutz tituliert, als der sich erdreistete, irgendetwas als »cool« zu bezeichnen. Es war ein vernichtendes Verdikt gewesen.

»Er ist gegangen, als ich ihm vorschlug, vielleicht doch einmal Malkurse gegen Geld abzuhalten. Das fand er unter seiner Würde.«

Die Flasche war mittlerweile leer, und auch von dem Roquefort glänzten nur noch ein paar blauschimmelige Krümelreste und Schlieren auf dem Holzbrett. Bernhard, dem mittlerweile der Kopf schwirrte vom Käse, vom Wein, von der Männerthematik an sich und von Hanne Wiedmann im Besonderen, wollte das offenbar immer noch heikle Thema Thomas keinesfalls weiter vertiefen und erhob sich nach einem Blick auf seine Armbanduhr bedächtig.

»Ich glaube, ich gehe jetzt dann mal. Vielen Dank für den Käse und den Wein. Und natürlich für Ihre Gesellschaft«, setzte er unsicher hinzu.

»Bitte. Gern geschehen«, sagte sie und stand ebenfalls auf. »Hat es Ihnen denn gefallen?«

»Sehr«, gab er ehrlich zu und war über sich selbst überrascht. Dieser Nachmittag war anstrengend, ungewohnt, teilweise verstörend, aber irgendwie auch schön gewesen. Und entsprach der reinen Wahrheit.

»Es gibt auch noch andere Käsesorten«, bemerkte sie ernst, als sie schon an der Tür standen und ihre Hand auf der Klinke lag. »Wenn Sie also mögen …«

»Ja«, sagte Bernhard. »Ich melde mich. Versprochen.«

2. Kapitel

Vier Tage später bog Hildegard in flottem Tempo in den Stadtpark ein, den die Ratsversammlung erst vor drei Jahren mit viel Tamtam – nach immer lauter werdenden Protesten aus der Bevölkerung und gefühlt vierhundert Anhörungen im Stadtrat – von Hindenburg- in Pedrosawosk-Park umgetauft hatte. Den neuen Namen vermochten zwar nur Wenige flüssig auszusprechen – der Mehler aus der Reise hatte das Wortungetüm damals deshalb sogleich auf einen handlichen Zweisilber zurechtgestutzt –, dafür war der Name der russischen Partnerstadt, die irgendwo in den Weiten der russischen Pampa lag, seinerzeit unverfänglich bis völkerverbindend gewesen. Na ja, es war einmal, *Pedro* hatte mittlerweile durch den Zarenverschnitt im Kreml auch einen mächtigen Malus, dachte Bernhard, während er ebenfalls in den Park einbog, sicherheitshalber jedoch erst einmal hinter dem seit Urzeiten geschlossenen, mittlerweile halb vermoderten Kiosk Deckung suchte. Es war das alte Lied: Die Stadt hatte kein Geld für seine Sanierung, ein Pächter fand sich auch deshalb nicht, und die Zeit von *Capri-Sonne* und *Bluna* gehörte der Vergangenheit an, ganz zu schweigen von der der Zigaretten. Bernhard hatte nie geraucht. Sowohl seine Mutter als auch Hildegard vertrugen den Gestank in der Kleidung und in der Wohnung nicht. Und so war es bei einer Zigarette mit vierzehn im Park und einer weiteren mit sechzehn bei einem Schulfreund namens Peter

Keller geblieben. Außerdem war ihm beide Male schwindelig geworden.

Vorsichtig schaute Bernhard seiner Frau hinterher. Hildegards Schritt war geradezu aufreizend forsch und federnd, und sie hielt sich außergewöhnlich gerade. Ganz so, als sei eine Last von ihren Schultern genommen worden. Hätte Bernhard es nicht besser gewusst, wäre ihm der Verdacht gekommen, dass sie heimlich ein tägliches Lauf- und Fitnessprogramm absolvierte. Er hingegen keuchte und schnaufte bereits nach diesen wenigen Metern wie eine Dampflok auf dem Weg zum Gipfel.

Da Hildegard keinerlei Anstalten machte, sich umzudrehen, verließ Bernhard jetzt seine Deckung und eilte hinterher. Plötzlich drosselte sie jedoch ihr Tempo und schaute auf die Armbanduhr, die er ihr bei Juwelier Fieske in der Bahnhofstraße für eine erkleckliche Summe gekauft und zum Fünfzigsten geschenkt hatte. Bernhard verharrte und erstarrte in einem. Der Park war an diesem frühen Sonntagnachmittag menschenleer, und kein Versteck war weit und breit in Sicht, nur Natur. Hektisch blickte er sich um. Da! Ein dicker Pappelstamm, der den Beginn der großstädtisch-kümmerlichen Gebüsch- und Wildwuchszone markierte, bot sich als Rettung an. Rasch schoss er über den Rasen auf ihn zu, drückte sich mit dem Rücken gegen die Rinde und bekämpfte sein kurzatmiges Japsen, indem er sich zwang, tief und regelmäßig Luft zu schöpfen. Eiiiin, auuus. Und noch einmal: eiiiin, auuus, bis sein Puls wieder auf Normalmaß heruntergeregelt war und die Lunge nicht mehr allzu sehr flatterte. Behutsam schob er sich anschließend mit stocksteifem Rücken, die geraden Arme fest an die Rinde gepresst, um den Riesen von Baum herum, sodass Hildegard wieder in sein Blickfeld kam. Sie steuerte eine leere Bank an und zog beim Gehen ein Taschentuch aus der Hosentasche, um damit die Sitzfläche abzuwischen. Das tat sie, seit sie verlobt waren, und irgendwie erleichterte Bernhard dieses vertraute Prozedere ungemein. Nun setzte sie sich, schloss die Augen und wandte ihr Gesicht der Sonne zu. Er konnte ihr Mienenspiel nicht erkennen, doch etwas an ihrer durch und durch entspannten Körperhaltung verriet ihm, dass sie es genoss, hier zu sitzen – und allein zu sein? Der Gedanke verstimmte ihn. Oder wartete sie etwa auf jemanden? Dieser Gedanke verstimmte ihn noch mehr. Hanne Wiedmanns so achtlos dahingeworfene Worte wollten und wollten ihm einfach nicht aus dem Kopf gehen. Er hatte seine Frau in den letzten Tagen beobachtet. Sie verhielt sich wie immer, aber das konnte natürlich lediglich Tarnung sein. Aber wofür? Er mochte gar nicht darüber nachdenken. Bernhards Hemdkragen wurde feucht. Er schwitzte, obwohl es nicht warm war, sondern ein kühler Wind wehte. Jetzt strich sich Hildegard auch noch mit einer geradezu anmutigen Geste die Haare aus dem Gesicht und lächelte dabei versonnen. Ja, sie genoss dieses Sonnenbad eindeutig mehr, als sie eigentlich sollte, denn der Himmelskörper hatte noch nicht allzu viel Kraft, und außerdem – das wusste mittlerweile ja wohl jeder – war das überhaupt nicht gesund und führte unweigerlich zu Hautkrebs. Das war ihr doch bekannt!

»Na warte«, knurrte er aufgebracht, als etwas an seinen Füßen raschelte. Automatisch schaute er nach unten. Ein pudelgroßer, grottenhässlicher Mischlingshund mit den Ohren einer Fledermaus und dem räudigen Fell einer Kanalratte erwiderte seinen Blick furchtlos.

»Hau ab«, zischte Bernhard, als er auch schon einen Mann vom Weg her mit zärtlichem Schmelz in der Stimme rufen hörte:

»Ringo, Süßer, wo steckst du denn?«

Der Hund reagierte nicht, sondern stierte weiter unverwandt zu ihm hoch.

»Hörst du schwer?«, knirschte Bernhard und begann drohend mit dem rechten Fuß vor der Nase des Tieres zu wedeln. »Herrchen ruft. Verschwinde, Kläffer.« Jetzt knurrte das Vieh. Nicht besonders laut, aber dafür schien dieses Knurren geradewegs aus den Tiefen des Hundekörpers zu kommen. Bernhard setzte den Fuß hastig wieder auf den Boden.

»Ach hier bist du, Ringo!«, erklang es in diesem Moment hinter ihm streng. Bernhard, der den Mann nicht über den weichen Boden des Rasens hatte kommen hören, zuckte erschrocken zusammen. Und an ihn gewandt, fuhr der Unbekannte indigniert fort: »Was machen Sie denn hier? Sie pinkeln doch nicht etwa?«

Das geht Sie gar nichts an, hätte Bernhard den Kerl am liebsten angeschnauzt, doch er bezwang sich.

»Nehmen Sie den Hund an die Leine«, blaffte er den Mann stattdessen an. »Er knurrt.«

Was hatte er, der *SecSuperPlus*-Fachmann der Abteilung Tier, im Laufe der Jahre schon für Schadensfälle bearbeiten müssen: zerbissene Kindergesichter, kaputte Männerwaden, zerfleischte Seniorinnenarme, ganz zu schweigen von Dutzenden zerrissenen Hemden, Hosen und Jacken. Ja, aus den Akten ging unmissverständlich hervor: Hunde, die bellen, beißen doch. Wobei der Fifi meistens völlig unschuldig an dem Malheur war, wenn man den Besitzern Glauben schenkte durfte. Was Bernhard in der Regel nicht tat. Und mit der Invasion der aus dem Urlaub mitgebrachten Straßenköter – die allesamt verhaltensgestört waren, wenn jemand an seiner unmaßgeblichen Meinung interessiert sein sollte – hatte sich das Problem zusätzlich verschärft. Und noch eins drauf setzte die Kampfhund-Mode. Mit diesen Biestern schmückten sich in der Regel Männlein, um sich mithilfe der Töle groß und stark zu fühlen.

Nein, keine Frage, Bernhard betrachtete sich nicht als Tierfreund. Viecher brachten nichts als Ärger und Unruhe ins Haus und machten Dreck. Wie Kinder eben.

Die Augen seines Gegenübers hatten sich bei seinen Worten verengt.

»Er tut nichts.«

Natürlich nicht. Hatte jemals ein Hundebesitzer in den zehntausend Jahren des Zusammenlebens von Mensch und Tier die güldenen, weil wahren Worte formuliert: »Stellen Sie sich besser auf der Stelle tot, sonst beißt er Sie krankenhausreif, und ich kann ihn nicht halten, weil er zu groß und kräftig für mich ist. Wir besuchen natürlich manchmal die Hundeschule, aber … tja … deshalb gehorcht er eben auch nicht immer, sondern nur manchmal. Logisch, nicht? Außerdem liebt er fremde Hosenbeine und nacktes Menschenfleisch über alles. Da kann ich nichts machen.« Nein, derart ehrliche Worte waren einem Hundeliebhaber weder zu Neandertals noch zu Karls des Großen Zeiten über die Lippen gekommen. Ganz zu schweigen vom Hier und Jetzt; da grenzte eine derartige Aussage an Blasphemie oder Hundelästerung, und der verbale Scheiterhaufen folgte auf dem Fuße.

»Nehmen Sie ihn an die Leine, verdammt«, insistierte Bernhard. »Oder halten Sie ihn zumindest am Halsband fest, bis ich weg bin.«

»Wie gesagt, er tut nichts. Er will nur –«

Bernhard fing schwer an zu atmen, und sein Puls schraubte sich in schwindelerregende Höhen.

»Aber *ich* will nicht spielen, verstehen Sie?«

Ein Frauenkopf erschien jetzt seitlich am Pappelstamm, dann schob sich der dazugehörige Körper um den Baum herum.

»Ach, hier seid ihr.« Ihre Stimme klang freundlich-besorgt. »Gibt es Ärger?«

Man konnte sie kaum mehr eine Hundebesitzerin nennen; Rudelführerin traf den Sachverhalt eher, denn neben dem freilaufenden Ringo hielt sie vier weitere Hunde von der Größe eines Zwergpinschers bis hin zur Deutschen Dogge an der Leine. Lediglich die Hässlichkeit der Tiere einte die Meute; eindeutig Promenadenmischungen allesamt. Was die Rudelführerin keineswegs daran hinderte, Bernhard mit dem herausfordernd-stolzen Blick einer frischgebackenen Mutter, die ganz in ihrer Rolle aufgeht, zu mustern.

»Hat er was gegen Hunde?«, wollte sie vom Herrchen wissen. Ihre Stimme hatte immer noch einen weichen Klang.

»Nein, hat er nicht«, erwiderte Bernhard patzig, bevor der Mann antworten konnte. »Er hat bloß etwas dagegen, von ihnen angeknurrt zu werden.«

»Sie haben also etwas gegen Hunde«, stellte die Frau im Brustton der Überzeugung fest, ganz so, als habe er sich gar nicht zu Wort gemeldet.

Bernhard trat probehalber einen Schritt vor. Ringo knurrte.

»Er mag Sie nicht«, konstatierte das Frauchen ungerührt. »Aber das ist ja auch kein Wunder. Er erkennt Hundehasser sofort.«

»Ist doch klar, bei seinen schlechten Erfahrungen«, assistierte Herrchen düster.

»Hören Sie«, Bernhard zwang sich zu einem fast schon freundlichen Tonfall, denn Hildegard würde ihren Weg ins Unbekannte bestimmt schon bald fortsetzen. »Nur weil ich nicht vor den Viechern auf die Knie falle und sie ausnahmslos süß und entzückend finde, bin ich noch lange kein Hundehasser, wie Sie es nennen.« Vergebens, er hätte es wissen müssen.

»Sind Sie doch«, widersprach die Chefin der Meute prompt. In ihren Augen loderte inzwischen das Feuer der unverrückbaren und absoluten Gewissheit. Bernhard kamen unwillkürlich die Kreuzritter in den Sinn. Die waren das Steckenpferd seines Geschichtslehrers gewesen und hatten im Unterricht immer mal wieder Erwähnung gefunden, selbst wenn es um die Einteilung Deutschland nach dem Zweiten Weltkrieg in die vier Besatzungszonen oder Bismarcks Bündnispolitik gegangen war, Lehrplan hin, Lehrplan her. Diese Kreuzfahrer hatten auf dem Weg nach Jerusalem guten Gewissens alles niedergemacht, was sich ihnen in den Weg stellte. Oder auch nur einfach da war. Gut, das lag ein paar Jahrhunderte zurück, aber an dem Grundprinzip hatte sich nichts geändert. Fanatismus blieb Fanatismus, ob nun religiöser, politischer oder canidischer Art.

»Hören Sie, können wir die Diskussion nicht beenden?«, bat er. Denn etwa dreihundert Meter hinter der Bank, auf der Hildegard – noch? – saß, gabelte sich der Weg. Daran erinnerte Bernhard sich, auch wenn er den Park seit ewigen Zeiten nicht mehr besucht hatte.

»Bitte.« Sie trat einen Schritt zurück. »Wir halten Sie nicht.«

Bernhard tat eineinhalb Schritte. Ringo knurrte, die Meute fiel prompt ein; die Lautstärke war sowohl beachtlich als auch bedrohlich. Unwillkürlich hüpfte er wieder zurück an den Baum. Hildegards Bank war leer gewesen, das zumindest hatte er in dieser Zehntelsekunde sehen können. So ein Mist! Am liebsten hätte er mit der Faust gegen den Stamm geschlagen. Oder Frauchen und Herrchen ein paar saftige Ohrfeigen versetzt. Ob es nun an seiner maßlosen Enttäuschung lag oder an der ungewöhnlichen Situation an sich, plötzlich hörte sich Bernhard entnervt blöken:

»Meinetwegen können Sie so viele Tölen aus Ihren Urläuben mitbringen, wie Sie wollen. Das ist mir scheißegal, solange die Viecher niemanden verstümmeln und Sie deren Hinterlassenschaften mitnehmen. Ich hab auch nichts gegen Leute, die Mutti einen weißen Hund kaufen und Papi einen schwarzen, damit es keine Eifersüchteleien zwischen den menschlichen Partnern gibt und jeder ein Leinenende in der Hand hält. Denn die Frage, wen hat unser Mausilein lieber, kann ein gestandenes Paar schon zum Scheidungsrichter treiben.« Bernhard beugte sich vor, fixierte die beiden starr und stumm wie Statuen dastehenden Menschen vor ihm grimmig und stach mit dem Zeigefinger auf sie ein. Das Kläffen des Rudels steigerte sich derweil zu infernalischer Lautstärke. »Aber ich habe etwas dagegen, wenn man im Restaurant nur noch in einem Pulk von Hunden essen kann, kapiert!« Denn genau das war letztens passiert. Heiner, Edith, Hildegard und er hatten in einem Anfall von Wagemut beschlossen, den Rommé-Abend mit einem Pizzaessen beim Italiener einzuleiten. Unter dem Nachbartisch hatten drei Hunde gelegen. Sie waren meistens still gewesen, das stimmte schon, aber als noch ein Paar mit dem erwähnten Duo in Schwarz-Weiß erschien, hatte es zeitweise so ausgesehen, als ob man die Feuerwehr rufen musste, um aus dem Hundeknäuel wieder Einzelteile zu machen. »Ich bringe doch auch nicht meine Boa constrictor ins Restaurant mit, deponiere sie unterm Tisch und versichere den anderen Gästen hoch und heilig, wenn sie sich auf einen der anwesenden Dackel schmeißt, um ihn zu zerquetschen, dass sie nur spielen will. Das will sie nämlich nicht. Sie will ihn fressen, weil er ihr schmeckt – im Gegensatz zu diesen ganzen Lachsterrinen mit Bio-Zusatz und Petersiliensträußchen, die da dauernd im Fernsehen für irgendwelche verwöhnten Viecher angeboten werden.« Bernhard hustete. Er hatte gar nicht gewusst, dass er zu derartigen Tiraden fähig war. Ein Gefühl von Stolz durchzuckte ihn.

»Die sind meistens für Katzen«, wandte das Herrchen fast schüchtern ein. »Nicht für Hunde. Und auch nicht für Schlangen, soweit ich weiß.«

»Ist doch wurscht«, brüllte Bernhard. Herrgott, Hildegard näherte sich wahrscheinlich bereits dem Nordpol! Und er hatte keine Ahnung, was sie da wollte! »Die Katze kriegt Schlemmermahlzeiten, und der Mensch hat irgendetwas mit Darm. Reizdarm ja meistens oder irgendwelche Bakterien, die nicht so tun wie sie sollen. Zumindest ist das beim deutschen TV-Menschen kurz vor der Tagesschau so. So sieht's aus.« Er rang nach Luft.

»Tja«, brummte der Mann. »Aber es hilft, wenn Sie mich fragen.«

»Die Pillen gegen Reizdarm?«, entfuhr es Bernhard ungläubig.

Jetzt nickte das Paar eifrig und im Gleichklang, als hingen beide Köpfe an dem Faden eines Puppenspieler. Die beiden hätten Geschwister sein können, betrachtete man die Linienführung ihrer Augenbrauen. Doch an den Haaren zeigte sich, dass sie es höchstwahrscheinlich nicht waren: Während sie ihre fast weißen langen kräftigen Haare zu einem Zopf zusammengebunden hatte, erinnerte er mit seinem Vokuhila und den dünnen krausen Löckchen an den frühen Rudi Völler. Er trug einen Norwegerpullover und Jeans, sie einen bestickten halblangen Kaftan. Beide waren wohl so um die vierzig, schätzte Bernhard und schob ein »Ehrlich jetzt?« hinterher.

Das Duo nickte heftiger. Ringo hatte sich inzwischen zu seinen Füßen niedergelegt, den Kopf auf den Vorderpfoten. Nun ja, an manchen Tagen wollte es mit der Verdauung auch bei Bernhard nicht so richtig klappen. Das war schon immer so gewesen, und er hasste den Geschmack von getrockneten Backpflaumen. Vielleicht sollte er deshalb ebenfalls einmal … Aber hatte ein Reizdarm überhaupt etwas mit Verstopfung zu tun?

»Darf ich Ihnen unsere Karte geben?« Das Herrchen hielt ihm eine Visitenkarte hin. Bernhard nahm sie und warf einen neugierigen Blick darauf. Mittlerweile war höchstwahrscheinlich eh alles egal, Hildegard würde über alle Berge sein.

»Rita & Dennis«, las er. »COACHES« in schreienden Großbuchstaben, darunter zentriert »für« kleingeschrieben und dann in sehr großen Lettern sowie kursiv: »*Selbstoptimierung, Das Göttliche in uns, Kampf den Lebenslügen, Achtsamkeit und Work-Life-Balance*«. Man finde sie auf: TikTok, X - früher Twitter, WhatsApp, Instagram, Facebook. Eine Adresse mit Straße und Hausnummer war nicht angeben, Sprechzeiten oder eine Telefonnummer ebenfalls nicht.

»Mhm«, bemerkte Bernhard dümmlich. Im billerschen Haushalt war man in keinem Dienst unterwegs. Im Gegensatz zu Edith und Heiner, die auch erst skeptisch gewesen waren, was die schöne neue Welt der Sozialen Medien betraf, aber mittlerweile ihr Smartphone bei jedem Stuhlgang mit auf den Lokus nahmen. Bei Edith hing es um den Hals, Heiner hatte sich extra eine Hose mit Seitentaschen in Revolverhöhe zugelegt, in denen er es verstaute. Wenn sie Rommé spielten, lagen die Geräte griffbereit auf dem Tisch, allzeit bereit, in Aktion zu treten.

»Ich hab's nicht so mit dem Netz«, gestand er. Erstaunlicherweise war ihm das den Hundeliebhabern gegenüber peinlich. Er kam sich vor wie ein Cromagnonmensch, der auf der Jagd nach einem saftigen Mammut keulenschwingend durch den Urwald schlich. Edith und Heiner gegenüber empfand er hingegen stets aus genau dem gleichen Grund ein Gefühl der Überlegenheit.

»Ach, das macht nichts. Ich schreibe Ihnen rasch meine Telefonnummer auf. Wir bieten auch Einzelgespräche an und leiten eine Selbsthilfegruppe«, erklärte Rita und zückte Block und Stift, Relikte aus einer vergangenen Zeit, die sie in ihrem Rucksack offenbar für Oldtimer wie ihn griffbereit mit sich trug. »Schauen Sie doch mal bei uns rein.«

»In eine Selbsthilfegruppe gegen Reizdärme?« Bernhard war ehrlich erschüttert. Heutzutage gab es wirklich nichts, was es nicht gab. Er hatte mit dem ganzen Analyse- und Therapiegeschwafel, ohne das heutzutage ja anscheinend nichts mehr ging, nichts am Hut.

»Nicht *gegen*«, korrigierte Rita ihn sanft, während sie ihm den Zettel reichte. »*Für*. Für unseren Darm. Wir sehen die Dinge grundsätzlich positiv. Ja.«

Diese Information musste Bernhard, ob er wollte oder nicht, erst einmal verdauen.

»Na, ich schau mal«, blieb er schließlich feige im Unbestimmten. Einer der Rudelhunde fing ungeduldig an zu kläffen. »Es war sehr interessant. Aber wenn Sie mich jetzt bitte entschuldigen würden …«

Ringo zu seinen Füßen hob den Kopf. Aber er knurrte nicht, sondern deutete sogar ein freundliches Wedeln an, als er aufstand und sich nach Hundeart mit durchgedrücktem Rücken reckte und dabei ausgiebig gähnte.

»Bist ein feiner Junge«, hörte Bernhard sich säuseln, während er Rita und Dennis zunickte und sich zum Gehen wandte. Schließlich war er wirklich kein Hundehasser; die Tiere als Tiere interessierten ihn bloß nicht. Als Versicherungsfall war das selbstverständlich etwas anderes gewesen. Aber das war vorbei. Und vielleicht hatte er ja tatsächlich unverschämtes Glück, und Hildegard hatte sich, wie er es zu tun beabsichtigte, tatsächlich für den linken Weg entschieden …

Ebenso hoffnungsvoll wie tatendurstig setzte Bernhard sich in Bewegung.

Allerdings hatte er die Rechnung ohne seine neuen Freunde gemacht. Denn in dem Moment, als er seinen Schritt beschleunigte, stürzte sich die Hundemeute ebenso freudig wie laut kläffend auf ihn, das Frauchen wie eine willenlose Marionette hinter sich herziehend, während das Herrchen anfing zu brüllen, dass sich mit Sicherheit das Göttliche in ihm die Ohren zuhielt. Es half nichts. Das Rudel sprang voller Begeisterung an Bernhard hoch, vertüderte sich dabei in dem Leinengeflecht, verhedderte dadurch Bernhards Beine und brachte ihn, der heftig mit den Armen rudernd das Unglück vergeblich zu verhindern suchte, zu Fall. Instinktiv und schützend hob er seine Arme vors Gesicht, als eines der Tiere anfing, ihn zärtlich abzuschlecken. Schnüffelnde Hundenasen an Kothaufen oder diversen Hundeöffnungen und -flüssigkeiten kamen ihm in den Sinn. Er röchelte.

»Momentchen, das haben wir gleich«, hörte er Dennis schreien. Doch dem war nicht so. Es dauerte geschlagene zehn Minuten, bis der Mann die Leinen, die Hunde, Bernhard, Ringo und Rita auseinandersortiert hatte. Als Bernhard schließlich reichlich ramponiert den Weg entlangschaute, war der bis auf zwei Erpel, die pürzelschwingend zum nächsten Teich watschelten, immer noch leer. Hildegard hatte selbstverständlich ihren mysteriösen Spaziergang fortgesetzt und war nicht etwa zurückgekehrt, damit er ihr erneut folgen konnte. Er kam sich vor wie ein kompletter Idiot.

Nach dem Käseverkostungs-Nachmittag bei Hanne Wiedmann war Bernhard mit einem ungewöhnlichen und weitgehend unbekannten Gefühl nach Hause geschlichen. Konnte man es … mulmig nennen? Ein Ausdruck, der zwar etwas antiquiert wirkte, ihm aber uneingeschränkt treffend für die Beschreibung seines Zustands erschienen war. Denn aufgeregt allein traf es nicht. Durcheinander schon eher? Nein, der Begriff erschien ihm eindeutig zu harmlos. Oder fühlte er sich gar ein bisschen konfus? Höchstwahrscheinlich war es eine Mischung von allem, hatte er vermutet, während er an einer Ampel wartete, bis die auf Grün schaltete. Bernhard wartete stets an roten Ampeln, gleichgültig ob ein Auto kam oder nicht, denn hier ging es ums Prinzip. Sein Zustand hatte jedenfalls nichts mit den beiden Gläsern Wein zu tun gehabt, zumindest in dieser Hinsicht war er sich sicher gewesen. Nein, wenn

Bernhard über Hanne Wiedmanns Andeutungen zu Hildegard sowie seiner Ehe und das ganze Drumherum nachdachte, war es doch schon – gelinde gesagt – sonderbar gewesen, dass seine Frau auf seine Ankündigung hin, er wolle einfach so, quasi aus Jux und Tollerei einen ausgedehnten Spaziergang unternehmen, kaum oder doch sehr verhalten reagiert hatte. Gleichgültig konnte man es auch nennen, hatte er sich schließlich an der Ampel schonungslos eingestanden, während ihn einer dieser jungen Männer mit stramm nach hinten gegelten glänzenden Haaren, einem Shirt ohne Ärmel trotz der frischen Frühjahrstemperaturen sowie Bizeps wie Luftballons mit einem geradezu mitleidigen bis verächtlichen Blick bedachte. Du eierloser scheintoter Trottel verkündeten Gestik wie Mimik ohne Zweifel, als der Bursche ihm bei Rot aufreizend langsam und mit wiegendem Schritt entgegenschlenderte, beide Hände tief in den Taschen einer auf dem Hintern hängenden Hose vergraben. Wahrscheinlich hielt der Kerl das für den Gipfel der Lässigkeit, hatte Bernhard düster gemutmaßt. Was Hildegard wohl davon gehalten hätte, wenn er ihr am Mittagstisch die Wahrheit erzählt hätte? »Du, ich treffe mich heute Nachmittag mit einer anderen Frau, die ich im Supermarkt vorm Joghurtregal kennengelernt habe. Wir wollen zusammen Käse essen. Sie will meinen Horizont in dieser Hinsicht erweitern, aber ich habe keine Ahnung, ob es dabei bleibt. Die Chemie zwischen uns stimmt nämlich.«

Gut, das wäre vielleicht ein bisschen übertrieben gewesen und damit ansatzweise gelogen, aber ganz falsch war es eben auch nicht. Hätte sie nach dieser Mitteilung mit ausgebreiteten Armen die Haustür blockiert, um ihm wie eine Hüterin seiner Tugend sowie ihrer Ehe den Weg zu versperren? Oder hätte sie ihm lediglich einen Vogel gezeigt (»Du solltest mehr trinken, Bernhard, sonst knirscht es im Alter beim Denken«) und wäre kopfschüttelnd im Garten verschwunden? Er hätte es nicht sagen können. Und Hildegard selbst? Er näherte sich diesem Komplex gedanklich erst in weiten, dann immer enger werdenden Kreisen wie ein Hütehund, der seine Herde zusammentreibt, bis er sie da hatte, wo er sie haben wollte und es für sie keinen Ausweg mehr gab. War seine Frau tatsächlich … unglücklich? Oder zumindest unzufrieden, wie Hanne Wiedmann angedeutet hatte? Er wusste es nicht. Fast wäre Bernhard über seine eigenen Zweifel in lautes Lachen ausgebrochen. Ausgerechnet Hanne Wiedmann. So ein Unsinn! Diese Frau hatte doch nun wirklich keine Ahnung von einer intakten Ehe. Sie war schließlich dreimal verheiratet und dreimal geschieden gewesen, und zwar mit Männern, die er nicht mit der Kneifzange angefasst hätte. Allesamt Filous, wie sein Vater sie genannt hätte. Nein, so jemand konnte man doch nun wahrlich nicht als Expertin in Sachen gelungener Ehe bezeichnen. Er und Hildegard hingegen waren seit über dreißig Jahren verheiratet. Sicher, es hatte gute und auch weniger gute Zeiten gegeben. Das war ja wohl ganz normal in einer derart langen Verbindung. Edith und Heiner hatten auch einmal drei Monate nur das Notwendigste miteinander gesprochen, als Heiner den gemeinsamen Sohn Volker fälschlicherweise des Diebstahls bezichtigt hatte. Dabei hatte Edith den Zwanzig-Mark-Schein lediglich verschusselt, und Heiner hatte es nicht für nötig befunden, sich bei einem Vierzehnjährigen zu entschuldigen, als das Geld – zwischen zwei Zeitungsseiten klebend, die aus hygienischen Gründen unter der Sandschicht des Wellensittichkäfigs lagen – wieder aufgetaucht war. Was Edith ihrem Mann sehr, sehr übel genommen hatte; ganz zu schweigen von dem Jungen. Ja, nach über dreißig Jahren des Zusammenlebens kannte man den anderen besser als sich selbst. Natürlich war Hildegard ihm treu. Und glücklich damit, wobei das ein Begriff war, der sich nicht so leicht in Bernhards Wortschatz fand. Man war zufrieden, wenn es gut lief im Leben. Aber glücklich? Und dass auch noch dauerhaft? Nein, damit schoss man weit über ein realistisches Ziel hinaus. Außerdem hätte er es doch bemerkt, wenn Hildegard unzufrieden gewesen wäre. Ihm fehlten zwar manchmal die richtigen Worte, darüber war er sich durchaus im Klaren, aber er war keinesfalls tumb. Außerdem versagte ihm die Fantasie, wenn er sich seine Frau in den Armen eines anderen vorstellte. Sobald er es versuchte, wurde die Leinwand vor seinem inneren Auge schwarz. Bernhard war gerade in den heimischen Storchenweg eingebogen und hatte leutselig der alten Mühlbein zugewunken, als ihn der

Verdacht beschlich, dass dies allerdings mehr mit ihm als mit ihr zu tun haben könnte. Manchmal amüsierten sich Hildegard und ihr Chef nämlich offenbar zusammen über etwas, das er nicht verstand. Es kam nicht oft vor, dass sie ihm Geschichten aus der Backstube erzählte, aber es kam vor. In solchen Momenten verband die beiden etwas geradezu Intimes, und er fühlte sich ausgeschlossen. Bislang hatte ihn das nicht allzu sehr gestört, und er hatte es schlicht hingenommen. Das war nun anders.

Hildegard hatte vor dem Fernseher gesessen, als er ins Haus getreten war.

»Ich bin's«, rief er gegen das Studiolachen einer Quizshow an. Die ließ sie sich neben Roland Kaiser und den BBC-Tiersendungen ebenfalls nur ungern entgehen.

»Abendbrot steht in der Küche«, rief sie zurück und machte keinerlei Anstalten, ihn zu begrüßen oder willkommen zu heißen, sondern blieb einfach sitzen. Einen kurzen Moment erwog er, demonstrativ in seinen Nachmittags-Klamotten ins Wohnzimmer zu marschieren, nur um zu sehen, wie sie reagierte und sie aus ihrer Trägheit und Gewissheit zu reißen. Doch dann kniff er, eilte fast schon dankbar die Treppe hinauf ins Schlafzimmer, kramte die Vormittags-Hose samt Hemd unter dem Bett hervor und zog beides hastig an. Alles andere hängte er sorgfältig in den Schrank zurück, als wäre nichts gewesen.

»Ich hab keinen Hunger«, erklärte Bernhard wahrheitsgemäß, als er seinen Platz im Wohnzimmer einnahm. Eine Stulle mit Scheiblettenkäse oder Aufschnitt reizte ihn wahrlich nicht.

»Hast du dich doch übernommen?« Hildegard wandte die Augen nicht vom Bildschirm. »Du bist das Laufen ja nicht gewohnt.«

»Nein.« Gelogen war das schließlich nicht. Endlich flimmerte Werbung über den Schirm. Eine glückliche Menschengruppe unterschiedlichster Hautfarben und Augenfalten hampelte ausgelassen vor und in einem Pool herum, um ein wie immer auch geartetes Spielzeug anzupreisen. Jetzt schaute seine Frau mit einem Anflug von Besorgnis zu ihm herüber.

»Nanu, was ist denn mit dir los, Bernhard? Du lässt doch sonst keine Mahlzeit aus.«

»Ich hab mir unterwegs eine Currywurst gegönnt«, improvisierte er. »Rot-weiß mit Fritten.«

Nun hatte er ihre volle Aufmerksamkeit. Entgeistert starrte Hildegard ihn an, obwohl der Werbeblock zu Ende war.

»Einfach so?«

»Einfach so«, bestätigte er. Seine Laune hob sich. Er hätte jetzt wirklich eine solche Cholesterinbombe verdammt gut gebrauchen können, auf jeden Fall keine Stulle, sondern etwas Warmes, Herzhaftes, das den Magen rundherum ausfüllte. Das lag wohl an dem ungewohnten Wein. Er rülpste leise.

»Na, na«, bemerkte sie nur.

»Was soll das denn heißen?«, verlangte er zu wissen.

»Das kann ja heiter werden«, sagte sie kryptisch, während ihr Kopf sich wieder Richtung Bildschirm drehte.

Plötzlich fühlte er sich so müde und erschöpft wie ein uralter Mann. Der Tag war aber auch zu aufregend gewesen.

Nach den Nachrichten um halb elf schickten sie sich an, zu Bett zu gehen. Hildegard und Bernhard waren seit den ersten Tagen ihrer Ehe stets nach den Nachrichten um halb elf ins Bett gegangen, denn eine gewisse Regelmäßigkeit erleichterte das Leben. Da waren sie sich einig.

»Ich bleibe heute noch ein bisschen auf«, kündigte Bernhard unvermittelt an, nachdem er sich automatisch halb erhoben hatte, und setzte sich wieder. Sein Herz pochte, und Bruchteile von Sekunden kam er sich vor wie ein Rebell. Zu seiner Überraschung nickte Hildegard lediglich, während sie zur Tür ging.

»Das dachte ich mir fast«, lautete ihr nüchterner Kommentar. Er war enttäuscht und aufgewühlt und schaffte es gerade mal, bis zehn nach elf sitzen zu bleiben. Denn der Spielfilm war langweilig und zog ihn nicht in den Bann, wie er gehofft hatte. Es ging um einen Beziehungsstreit, in dem eine ständig weinende Frau mit verquollenen Augen einem steinern guckenden Mann pausenlos Vorwürfe machte: Der arme Kerl liebe sie nicht; er gäbe sich überhaupt keine Mühe, sie zu verstehen; Gefühle an sich, aber besonders ihre Gefühle seien ihm fremd. Und so weiter und so fort. Natürlich war das Paar geschieden. Es war für ihn die dritte, für sie die zweite Ehe. Bernhard schaltete mitten im Film ab, überlegte kurz, ob er sich durch die Kanäle zappen sollte, bis er etwas Besseres fand, entschied sich dagegen und ging nach oben. Hildegard war noch wach gewesen. Er hörte es an ihren unregelmäßigen Schnaufern, fast Seufzern gleich, denn sie drehte ihm bereits den Einschlafrücken zu. Bernhard huschte ins Bad, zog sich aus und putzte die Zähne. Dann eilte er zurück und schlüpfte lautlos unter die Decke. Die Straßenlaterne direkt vor ihrem Fenster tauchte das Zimmer in ein Dämmerlicht, sodass er Hildegards Silhouette genau erkennen konnte.

»Schläfst du schon?«, flüsterte er nach einer Weile.

»Mhm?«

Sie schlief eigentlich schnell ein, das wusste er aus langjähriger Erfahrung. Kaum berührte ihr Kopf das Kissen, wurden ihre Atemzüge auch schon tief und regelmäßig.

»Kann ich dich mal etwas fragen?«

»Mhm?«

»Bist du eigentlich glücklich? Oder auch nur zufrieden?«

Ihr Atem stockte. Er hörte es deutlich; als käme ein gut geölter Motor ins Stottern.

»Geht es dir auch wirklich gut, Bernhard?«, brummte sie.

»Doch, doch«, versicherte er. »Ich frage mich nur manchmal –«

»Das liegt an der Rente«, erklärte sie mit schwerer Stimme. »Das geht vorbei. Bei Männern ist es schlimmer als bei uns Frauen. Die denken immer, sie seien nichts mehr wert. Du musst dir eine Aufgabe suchen. Das hab ich dir doch schon mal gesagt.« Sie machte keinerlei Anstalten, sich umzudrehen. Das machte ihn wahnsinnig. Da versuchte er, eine echte Unterhaltung vom Zaun zu brechen, und sie drehte sich nicht einmal um!

»Hildegard! Ich rede mit dir.«

»Mhm«, brummte sie wieder. »Können wir das nicht auf morgen verschieben? Ich bin hundemüde.«

Nein. Er war nicht gewillt nachzugeben.

»Können wir uns nicht einmal mehr darüber unterhalten, ob wir glücklich sind und was wir vielleicht anders machen wollen in unserem Leben?« Selbst für seine Ohren klang seine Stimme zu laut und fast ein bisschen quengelig.

Endlich drehte sie sich zu ihm um. Nach einem Blick auf sein Gesicht setzte sie sich sogar auf.

»Wie neue Käsesorten durchzuprobieren etwa?« Sie musterte ihn scharf. »Meinst du das?«

»Zum Beispiel.«

Jetzt zuckte sie mit den Schultern.

»Wenn dir so viel an diesem Käse liegt, bitte, dann machen wir das eben.«

»Du hältst nichts davon?«

Er beobachtete sie aufmerksam. Es hätte nicht viel gefehlt, und sie hätte mit den Augen gerollt. Er ging ihr zweifellos gehörig auf den Geist. Sei's drum.

»Wenn es dich glücklich und zufrieden macht, Bernhard, und davon offenbar deine Seligkeit abhängt, habe ich nichts dagegen. Ich lege dir keine Steine in den Weg. Und jetzt lass mich endlich schlafen.«

Hildegard war wieder aufs Kissen zurückgesunken und hatte sich abgewandt. Doch ihre Atemzüge waren weder tiefer noch gleichmäßiger geworden. Er hatte noch lange ihre Rückenlinie betrachtet. Ja, eindeutig, sie hatte nicht geschlafen, und das kam alle Jubeljahre ein-, vielleicht auch zweimal vor. Kein Wunder, dass ihm das endgültig zu denken gegeben hatte, oder? Dermaßen zu denken, dass er noch in dieser Nacht beschlossen hatte, ihr an jenem Sonntagnachmittag zu folgen – mit dem bekannten Ergebnis, dass er zwar nun jederzeit einer Selbsthilfegruppe *für* seine Darmgesundheit beitreten konnte, seine Frau jedoch aus den Augen verloren hatte.

*

Die Woche nach der vergeigten Verfolgungsjagd war die Hölle. Bernhard hatte nicht einmal in Ansätzen geahnt, welch eine üppige Vorstellungskraft er besaß, denn seine Eltern waren sich stets einig gewesen, dass es ihrem Sohn weitgehend an Fantasie mangelte. Und Hildegard hatte an dieser Einschätzung nie etwas korrigiert. Doch das von Hanne Wiedmann gepflanzte Samenkorn war zu einer prachtvollen Blume erblüht, die ihn selbst in höchstes Erstaunen versetzt hatte:

Montagabend –Hildegard und er lagen nach einem Tag der Gartenarbeit und des Einkaufens im Bett, und sie hatte ihm bereits den Einschlafrücken zugekehrt – sah er sie plötzlich und ohne jegliche Vorwarnung in ihrem Kochrock und der alten gelben Bluse mit dem zerschlissenen Kragen an ganz anderer Stelle vor sich. Seine Frau saß in haargenau dem Matrosenanzug, den Hanne Wiedmanns Teddy trug, irgendwo im Nirgendwo auf einem altdeutschen Sessel aus dunklem Eichenholz mit grünen Troddeln an der Seite, lässig den Hörer eines Festnetztelefons samt Schnur zwischen Schulter und Kinn geklemmt, vor sich eine Tasse Kaffee und stöhnte in die Membrane, dass sich zunächst nur sämtliche Härchen an seinem Körper aufstellten. Zwischendurch bedachte sie den Menschen am anderen Ende der Leitung mit Ausdrücken, die er lediglich aus Filmen kannte. »Du obergeiler Bock« und »Soll ich dir einen blasen, Süßer? Magst du das?« waren da noch die harmlosesten. Und erst ihre Stimme! Sie hauchte, gurrte, liebkoste und schmeichelte, dass es ihn erregte wie schon lange nicht mehr. Und als sie »Ja, jaa, jaaaaa!« in den Hörer röhrte, zwang er sich mit aller Macht, das verstörende Bild zu verscheuchen. Schweißnass und keuchend setzte er sich auf. Hildegard und Telefonsex? Undenkbar. Wie Gartenzwerge für den Weltfrieden. Seine Erektion schrumpfte. Trotzdem hatte er kaum geschlafen in dieser Nacht.

Dienstagabend trank er als Einschlafhilfe vorsichtshalber gleich zwei Bier, was ihm ein verhaltenes Kopfschütteln seiner Frau einbrachte. Doch sie sagte nichts. Der Alkohol half zunächst tatsächlich, aber um drei erwachte er und wusste sofort, dass an Schlaf nicht mehr zu denken war. Also stand er leise auf, schlich ins Bad, um seinen Bademantel zu holen, ging hinunter ins Wohnzimmer, schaltete den Fernseher ein und zappte sich durch die Kanäle. Es war wie verhext. Die Werbeblöcke waren um diese Zeit vollgepflastert mit dicklippigen, vollbusigen, halbbekleideten Damen, die ihm ihre Telefonnummer entgegensäuselten. Dabei schienen ihre Zungen ein geradezu zwanghaftes Eigenleben zu führen, bewegten sie sich doch in den Mündern wie kleine pelzig-putzige Tierchen, die nicht wussten, ob sie in der Höhle bleiben oder herausspringen sollten. Fasziniert schaute Bernhard eine Weile zu und ertappte sich tatsächlich dabei, dass er überlegte, ob er nicht eine der Telefonnummern ausprobieren sollte. Einfach so und sozusagen zu Studienzwecken. Denn ein bisschen erregte ihn diese plumpe Anmache schon; na ja zumindest stieß sie ihn nicht total ab. Er seufzte und schüttelte gleichzeitig über seine Reaktion den Kopf, während ihm eine Szene aus den letzten Tagen in der *Securitas* einfiel. Der Mann sei ja im Prinzip ein eher schlichtes Wesen, hatte er die junge Frau Dehnenbein aus der Haftpflicht kichernd auf dem Flur direkt vor seiner Tür sagen hören, die einen Spalt offenstand. »Unterkomplex«, hatte daraufhin wiehernd die Schmincke aus der Rechtsschutz zugestimmt. Bernhard war aufgestanden und hatte seine Tür demonstrativ zugeschmettert, sodass er den Rest der Unterhaltung nicht gehört hatte. Doch das »unterkomplex« hatte er behalten. Die Beleidigung kam auf leisen Sohlen daher – und entwickelte sich erst bei genauerem Nachdenken zu einem Tiger! Standhaft ignorierte er das Telefon und Chantals Telefonnummer, auch weil ihm Hanne Wiedmann ganz sicher einen Vogel zeigen würde, wenn sie ihn so sah. Um fünf schlich er wieder nach oben, um bis halb sieben mit unter dem Kopf verschränkten Armen an die Decke zu starren. Sie war mit Styroporquadraten aus den 70ern des letzten Jahrhunderts gepflastert, die mittlerweile ziemlich angegilbt aussahen. Was natürlich kein Wunder war, wenn man bedachte, dass seine Eltern sie noch für ihr Schlafzimmer ausgesucht hatten. Bernhard hatte diese Platten nie richtig zur Kenntnis genommen, sie waren einfach da. Doch jetzt bei genauerer Betrachtung fand er sie hässlich. Grottenhässlich sogar, um ehrlich zu sein. Er hatte sie niemals gemocht, stellte er erstaunt fest.

Am Mittwoch überlegte er kurz, Hanne Wiedmann anzurufen, um ihr zu erzählen, was sie mit ihren achtlos dahingeworfenen Worten angerichtet hatte. Doch das würde die Sache nur noch verschlimmern, erkannte er, und er würde dastehen wie der letzte Depp. Und wie war es mit den beiden Hundefreunden, Darmberatern und Coaches Rita und Dennis? Konnte ihm ein Gespräch mit ihnen vielleicht helfen? Ebenfalls nein, entschied er, denn mit Selbstoptimierung oder dem Göttlichen in ihm hatte das Ganze nichts zu tun. Dann schon eher mit den Lebenslügen. Was für ein großes Wort. Da konnte er auch gleich einen Reizdarmkurs bei den beiden buchen, um mit fremden Leuten lustvoll in der Jauchegrube seiner Kindheit herumzuwühlen. Die allerdings ganz normal verlaufen war, dachte Bernhard voller Trotz, und ganz sicher nichts hergab für irgendwelche Psychospielchen. Heutzutage hatte doch jeder mindestens einmal im Leben eine Depression, einen Burnout oder war von irgendetwas traumatisiert. Die Wubke aus der Unfall hatte sich mit so einer Diagnose satte vier Monate krank schreiben lassen und war auch noch völlig ungeniert in den Urlaub gefahren. Er hatte es nicht verstanden, aber als weiser alter Mann, wie Heiner stets voller Ingrimm zu sagen pflegte, wenn ihm etwas nicht passte, schön den Mund gehalten. Tja, und Heiner? Bernhard stöhnte unwillkürlich auf. Auf gar keinen Fall, der kam als Gesprächspartner für so etwas überhaupt nicht infrage, weil er … also, weil er eben Heiner war, todsicher nichts verstand und nur seinen Spaß an Bernhards brandneuen Zweifeln, Unsicherheiten und Ängsten haben würde. Zu seiner Überraschung schlief er an diesem Abend vor lauter Erschöpfung sofort ein und wie ein Klotz durch.

Donnerstagnacht rekelte sich Hildegard in den Armen eines schwarz- und drahthaarigen, virilen Gigolos mit Waschbrettbauch, definierten Muskeln und einem kleinkugeligen, knackigen Hintern. Ihren Gesichtsausdruck konnte er nicht erkennen, aber er befürchtete das Schlimmste. Merkwürdigerweise war sie physisch genauso knusprig wie der Lover. Dabei wusste Bernhard selbst in dieser Schlaf-Wachphase ganz genau, dass ihre Brüste mittlerweile hingen, der Bauch nicht zu übersehen und an Armen und Beinen nicht mehr allzu viel straff war. Es war wie verhext; nichts stimmte. Also zwang er sich, die Styroporquadrate an der Decke vorwärts, rückwärts und in der Diagonale zu zählen, bis er endlich in einen unruhigen Schlaf fiel.

Freitagmorgen erkundigte sich Hildegard besorgt, ob ihm etwas fehle. Er sehe so abgespannt und erschöpft aus. Bernhard verneinte. Da eröffnete sie ihm, dass sie am Samstag nicht mit zu Hartkes kommen werde; Edith wisse schon Bescheid. Denn Gesine, eine Kollegin aus der Bäckerei, habe sie zu ihrem Geburtstag eingeladen.

»Aber das hat sie doch noch nie getan«, entfuhr es Bernhard alarmiert.

»Sie nullt«, entgegnete Hildegard in aller Seelenruhe und nahm sich noch eine halbe Brotscheibe, was sie sonst nie tat. Bernhard schluckte und beschloss auf der Stelle, ebenfalls den Rommé-Abend zu schwänzen, um ihr erneut zu folgen. Denn dass sie ihm schamlos ins Gesicht log, war nach dieser Woche ja wohl so klar wie die sprichwörtliche Kloßbrühe.

Am Abend tranken sie beim Fernsehen – Bernhard hatte kompromisslos auf einen seiner Hau-drauf-Filme bestanden, wie Hildegard sie nannte – eine Flasche

Wein. Er war, natürlich, halbtrocken. Hildegard hatte das vorgeschlagen, damit er ein bisschen zur Ruhe käme, obwohl sie von Alkohol als Medizin grundsätzlich nicht allzu viel hielt. Bernhard schmeckte er nur mäßig, doch er beklagte sich nicht. Weil er nach dem zweiten Glas eine Doppelgängerin Hanne Wiedmanns in den Nachrichten mitten in einem Bericht über das US-Repräsentantenhaus sah. Die Frau stand auf den Stufen des Kapitols und sah toll aus in ihrer fast durchsichtigen Bluse und diesen Hosen, die wie eine zweite Haut Unterkörper und Beine umschlossen. Zu seinem Erstaunen schlief Bernhard bis zum Samstagmorgen um acht durch, sodass er voller Tatendrang erwachte. Heute würde die quälende Ungewissheit endlich ein Ende haben; heute würde er endlich wissen, was Hildegard trieb! Ein Gefühl der Erwartung verbunden mit dem der Erleichterung machte sich in ihm breit. Als sie sich gegen achtzehn Uhr mit einem freundlichen »geh du man schon zu Bett, es kann spät werden« von ihm verabschiedete, war er bereit.

*

Mühelos folgte er ihr wenig später durch die halbe Stadt. Sie zockelten durch Dellenheims ehemalige zentrale Einkaufsmeile, die den Charme des letzten Jahrhunderts immer noch nicht abgelegt hatte. Man hatte sie damals mit sechsetagigen Kauftempeln zugepflastert, deren Zeit heute eindeutig vorbei war. Viele Läden standen leer; die kleineren beherbergten 1-Euro-Shops, aus deren geöffneten Türen Bernhard der typische Geruch von Billigheimern und Tand entgegenwaberte; Trostlosigkeit roch, das war ihm nie so klar geworden wie an diesem frühen Aprilabend. Hildegard ignorierte diese Läden und überquerte zielstrebig den Platz vor der Kirche, den die Stadtväter und -mütter vor fünfzig Jahren mit ehemals futuristischen Einstöckern verbaut hatten, sodass das imposante Gotteshaus am Rande des Platzes klebte wie ein achtlos unter den Schultisch gepepptes Kaugummi und in seiner Pracht überhaupt nicht mehr zur Geltung kam. Aber davon einmal ab, wie Heiner zu sagen pflegte, fiel es Bernhard wesentlich leichter, seine Frau in diesem Ambiente zu beschatten als im Park, denn hier wimmelte es nur so von Haus- und Geschäftseingängen, Menschengruppen und Werbeschildern, in beziehungsweise hinter denen man bei Bedarf verschwinden konnte. Er reagierte deshalb auch keineswegs panisch, als Hildegard ihren Schritt verlangsamte und vor dem Schaufenster einer Buchhandlung stehenblieb. Der Aufsteller vor der Tür warb mit schreienden Buchstaben für ein Werk, dass die »megaheißesten Tipps für eine Sause durch Dellenheim bei Nacht« offerierte, samt »Frühstücklocations«, die bis in den frühen Abend hinein Müsli, Brötchen und alle der Welt bekannten Kaffeevariationen feilboten. Bernhard hatte weder in diese Frühstücksbutzen noch in das Buchgeschäft jemals einen Fuß gesetzt. Er las nicht, während Hildegard hin und wieder durchaus in ein Buch schaute.

Jetzt musterte sie die Auslage im Schaufenster nachdenklich, strich sich dabei übers Kinn und trat von einem Fuß auf den anderen. Na los, hätte er am liebsten gerufen, ein Buch kostet nicht die Welt! Nun geh schon hinein und kauf es. Das tat sie nicht. Stattdessen machte sie zu seinem Entsetzen plötzlich Anstalten, sich aus unerfindlichen Gründen umzudrehen, um direkt in seine Richtung zu schauen. Automatisch schob er sich in die nächstbeste Menschengruppe hinein, um mit ihr zu verschmelzen.

»Ey, Boomer, pass doch auf, wo du längsstolperst«, ranzte eine nölige Stimme ihn an. Eine Bierfahne mit Anklängen von Knoblauch und Zwiebeln ließ ihn unwillkürlich die Luft anhalten.

»Tschuldigung«, sagte Bernhard verlegen und nahm den Pulk Jugendlicher, in dessen Mitte er sich plötzlich befand, erst jetzt so richtig wahr. Er schluckte. »Entschuldigung«, wiederholte er sicherheitshalber noch einmal akzentuiert.

»Der Alte hat Schiss, Leute«, johlte daraufhin ein Jüngling mit blauen Haaren. Das heißt lediglich die Haare der einen Hälfte waren blau gefärbt, die andere Hälfte seines Kopfes war weitgehend kahl; unter hellen Stoppeln schimmerte die rosige Haut durch. Bernhards Augen verharrten auf der Mundpartie. Die Oberlippe des Jungen war in den Winkeln gepierct. Doch daran lag es nicht, dass er eine Gänsehaut bekam. Aus der Nase baumelte – befestigt an der durchbohrten Nasenscheidewand und damit die Oberlippe direkt über den Schneidezähnen verzierend – ein silberner Totenkopf.

»Wird man da eigentlich betäubt?«, rutschte es Bernhard heraus, dessen rechte Hand plötzlich und ohne sein Zutun schützend über Mund und Nase lag.

Der Totenkopfträger blickte ihn belustigt an.

»Nee, nur'n bisschen. Da musste durch. Willste das nicht selbst mal versuchen?«, näselte er spöttisch. »Ich kenn da einen richtig geilen Laden.«

Einer der Umstehenden lachte. Sie hatten ihn jetzt umzingelt; sechs, sieben kaum Zwanzigjährige; herumlungernde Rowdys hätten Heiner und Bernhard sie in der Sicherheit des billerschen beziehungsweise hartkeschen Wohnzimmers genannt. Ihre Blicke waren skeptisch und nicht allzu freundlich.

»Ich denke nicht, nein. Äh … danke. Ist nicht so mein Ding«, setzte Bernhard hastig hinzu, um sein Gegenüber weder zu verletzen noch ihm einen Vorwand zu liefern, aggressiv zu werden. Denn davon hörte und las man ja immer wieder. Ein falsches Wort und – zack – hast du die Faust mitten im Gesicht und keine Zähne mehr. Aber zu Bernhards Erleichterung lachte der Junge, wobei sein Gesichtsausdruck sich wie von einem Zauberstab berührt verwandelte. Plötzlich war nichts mehr bedrohlich, stellte Bernhard überrascht fest. Außerdem war der Knabe wohl jünger, als das ganze Metall in seinem Gesicht vermuten ließ.

»Stimmt. Würde auch nicht zu Ihnen passen.«

Bernhard entging nicht, dass er jetzt gesiezt wurde und registrierte gleichzeitig voller Erleichterung, dass sich der dicke Kloß in seinem Hals langsam zu verflüchtigen begann. Irgendetwas hatte er richtig gemacht. Die Drohkulisse, die sich eben noch aufgebaut hatte wie ein dräuendes Gewitter am Horizont, löste sich in Wohlgefallen auf. Der Totenkopfträger trat einen Schritt zurück und deutete eine leichte Verbeugung an.

»Man sieht sich«, erklärte er mit ausgesuchter Höflichkeit.

»Ja«, sagte Bernhard hastig. »Danke.«

»Wofür?«

Das war eine durchaus berechtigte Frage, erkannte Bernhard, doch er winkte lediglich geistesabwesend ab, während er sich gleichzeitig den Hals verrenkte, um über die Schulter des blau gefärbten Jünglings Hildegard nicht aus den Augen zu verlieren. Zu spät! Der Platz vor dem Schaufenster des Buchgeschäfts war verwaist; sie war verschwunden. Er merkte, wie seine Gesichtszüge entgleisten. Und Gesines Nachnamen hatte er – natürlich – vergessen oder erst gar nicht behalten, als seine Frau ihn einmal erwähnt hatte. Die Adresse wusste er ebenfalls nicht. Ende der Fahnenstange also. Wieder einmal. Bernhard hätte vor lauter Wut und Frust über sich selbst heulen können. Sein ganzes bislang so wohlgeordnetes Leben geriet langsam aber sicher aus den Fugen, und er bekam es schon wieder nicht hin. Noch so eine Woche hielt er nicht aus. Dann war er reif für die Klapsmühle.

»Was ist denn los, Boomer? Alles okay mit dir?«

Sein jugendlicher Bekannter guckte ihn besorgt, ja geradezu teilnahmsvoll an. Bernhard, der das Gefühl hatte, in tausend Stücke zu zerspringen, wenn er seinem Herzen nicht auf der Stelle Luft machte, schüttelte heftig den Kopf, und es brach mit einer Unbeherrschtheit aus ihm heraus, die ihn selbst erschreckte:

»Nein, nichts ist okay«, knirschte er. »Alles läuft gerade komplett schief und aus dem Ruder.«

Der Totenkopfträger beäugte ihn eine Weile stumm und nachdenklich. Dann fing er an, in seinem zerschlissenen Rucksack zu kramen.

»Hier«, brummte er schließlich und hielt Bernhard eine Selbstgedrehte hin. »Der Stoff ist gut. Das bringt dich garantiert runter, Mann.«

3. Kapitel

Hildegard Gertrud Barbara Biller war im Kern ihrer selbst, also in ihrer vollendeten Persönlichkeit, ein vollwertiges eigenständiges Wesen. Punkt. Deshalb führte sie auch ein höchst eigenes, unabhängiges, eigenständiges Leben. Nochmals Punkt. So einfach war das, da biss die Maus keinen Faden ab. Man musste es lediglich begreifen. Und das tat Bernhard in diesem Moment mit einer nie gekannten Klarheit und Geistesschärfe, die ihresgleichen suchte. Bislang hatte er diese unumstößliche Tatsache, wenn überhaupt, lediglich geahnt *und*, darauf kam es an, keinesfalls in seiner ganzen Dimension verstanden – bis zu diesem Zeitpunkt, als er bestens gelaunt mit Kai, Melly, Murad, Sasha, Big Five und Socke durch die Dellenheimer Innenstadt schlenderte, immer mal wieder verstohlen an dem kreisenden Joint ziehend, um den Rauch so tief wie möglich in seine Lungen zu leiten. Anfangs hatte er mächtig gehustet, jetzt ging es etwas besser. Natürlich wurde diese bunte Truppe von den braven Spießbürgern angeglotzt, doch das störte Bernhard nicht. Einer Frau mit dem offenen Mund eines nach Wasser schnappenden Karpfens – was für ein köstliches Bild! – und einem miesepetrigen Gesichtsausdruck, der sämtliche Vandalen sowie die mongolischen Horden zugleich in die Flucht geschlagen hätte, hatte er sogar lässig zugewunken und ihr mit einem Augenzwinkern bedeutet, was er von ihr und ihresgleichen hielt. Sie hatte sich an ihrer Einkaufstüte festgehalten und sich kopfschüttelnd abgewandt, als Bernhard auch noch angefangen hatte, Grimassen zu schneiden. Blöde Ziege! Mann, fühlte er sich gut. So gut wie schon lange nicht mehr. So leicht, so klarsichtig, ja so … lebendig! Das Leben höchstselbst selbst tropfte ihm aus jeder Pore.

Und weil Hildegard, sinnierte Bernhard nach diesem Intermezzo scharfsichtig weiter, obwohl seine angetraute Ehefrau seit nunmehr sechsunddreißig Jahren und damit logischerweise mit seinem Leben aufs Engste verbunden, bereits so lange seine Gattin war, besaß sie trotzdem – oder gerade deshalb? Er hätte es nicht sagen können in diesem Moment – zweifellos das Recht auf Stunden, ach was, Tage zu ihrer freien Verfügung. Denn sie war ein Mensch. Genauso wie er, Bernhard Matthias Friedemann Biller, einer war. Schwungvoll kickte Bernhard mit der Schuhspitze einen Stein zur Seite, der nur um Haaresbreite die Wade einer jungen Mutter verfehlte. Hoppala, war nicht so gemeint. Er zuckte entschuldigend mit den Schultern, als sie ihm einen finsteren Blick zuwarf und ihr Kind hastig mit sich zog. Ihm ging es blendend. Weil plötzlich nichts mehr verschwurbelt und kompliziert, sondern alles vollkommen einfach und logisch war. Er hörte sich hell auflachen. Denn *weil* sie, also seine Hildegard, dieses Recht besaß und auch ausübte, konnte sie naturgemäß erst für sich in Anspruch nehmen, ein eigenständiges Wesen zu sein. Umgekehrt wurde nämlich ebenfalls ein Schuh daraus. Auch dieser Zusammenhang war ihm seltsamerweise noch nie aufgefallen. Dabei war es ohne jeden Zweifel so. Jedes klar denkende Wesen erkannte das. Manchmal erstickte der schnöde Alltag mit seinen Anforderungen und Dramen Erkenntnisse von erheblicher Tragweite, die doch für einen denkenden *und* fühlenden Menschen wie ihn eigentlich auf der Hand lagen. Bernhard nickte heftig. Genau so war es nämlich. Verstand und Gefühl zur Deckung gebracht, wie in seinem Fall, sprachen mit einer Zunge. Nein, er brauchte gar nicht weiter wie ein Doofmann hinter seiner Frau her zu dackeln, um sie zu bespitzeln. Mit einem derartigen Verhalten beschämte er sie und sich bloß selbst. Mumpitz also. Bernhard stieß einen tiefen Seufzer aus, höchst zufrieden mit sich selbst. Er fühlte sich völlig mit sich im Reinen.

»Na, besser, Mann?«

Kai, so hieß der Junge mit den halbblauen Haaren und dem baumelnden Totenkopf auf der Oberlippe, schaute ihn prüfend an. Er war die ganze Zeit nicht von seiner Seite gewichen, das war Bernhard durchaus nicht entgangen.

»Aber so was von«, röhrte er, hob den Daumen und nahm noch einen Zug von dem Joint, den sein neuer Freund ihm unauffällig hinhielt. Text samt Geste hatte er an einem seiner letzten Tage in der *Securitas* den Praktikanten, dessen Namen er sich schon nicht mehr gemerkt hatte, sagen hören, als der gefragt wurde, ob es ihm hier gefalle. Kai grinste, was wiederum Bernhard gefiel. Offenbar hatte er den richtigen Ton getroffen.

Was kein Wunder war, denn mit ihm war in der Tat alles in Ordnung. Gib mir eine Eiche, und ich reiße sie mit bloßen Händen aus, dachte er und gnuggerte leise. Wer hat da ein Problem? Her damit, Kinder, keines ist vor mir sicher. Ich löse es in Nullkommanichts. Ja, bei ihm war alles bestens, aber hallo, wie die Gehrke aus der Reise in jedem passenden und unpassenden Moment zu rufen pflegte; er hatte sie trotzdem gemocht. Es fühlte sich an, als ob er an einem Energiedepot hing und Power pur tankte.

Derart mit sich beschäftigt, bemerkte Bernhard erst jetzt, dass ihre Gruppe geradewegs auf den Stadtpark mit seinen künstlich angelegten Teichen, den blumenbestückten Schlängelwegen und den integrativen Spielplätzen für Jung und Alt zusteuerte. So hatte es damals in der Zeitung gestanden. Bernhard hatte keine Ahnung gehabt, wie ein solcher Spielplatz aussah: Bänke und Notfallset gegen plötzlichen Herzstillstand für die Alten, Rutschen und Schaukeln für die Jungen? Wahrscheinlich, umgekehrt würde es nicht sein. Jedenfalls hatte der Stadtrat für dieses Projekt ordentlich Geld in die Hand genommen. Was natürlich kein Wunder war. Denn um diesen Park herum wohnte »man« in Dellenheim, das heißt, die Leute mit Geld lebten hier. Bernhard war nur einmal vor Urzeiten hier gewesen, als sein oberster Vorgesetzter – so ein junger Mensch frisch von der Uni mit etlichen Flausen im Kopf – zwecks Kennenlernen der Mitarbeiter zu einem Plauderstündchen bei sich zu Hause geladen hatte. Sechs

Zimmer, Dachterrasse und von den Häppchen wurde nur ein Spatz satt. Die Atmosphäre war furchtbar krampfig gewesen, und Bernhard hatte sich bei der ersten sich bietenden Gelegenheit davongeschlichen.

Obwohl mittlerweile ein kühler Abendwind wehte, steuerte die Truppe auf die breiten Betonstufen zu, welche die ineinander übergehenden Teiche umrahmten, und schaute eine Weile in schöner Eintracht den Enten, Blesshühnern und einem gründelnden Schwanenpaar zu: selbst Socke hatte sich hingelegt. Der Hund, eine Promenadenmischung mit einem überaus freundlichen Charakter, war wirklich unglaublich: blitzgescheit, gehorsam, na ja, in Maßen, und gesegnet mit einem wunderhübschen zotteligen Fell. Bernhard konnte sich nicht erinnern, einem anderen Lebewesen gegenüber einen derartig tiefgehenden Respekt empfunden zu haben. Die Hündin passte auf sie alle und speziell auf ihn auf. Er erkannte es an dem Ausdruck ihrer Augen. Sie waren von einem seelenvollen Dunkelbraun mit einem hellbraunen Ring um die Iris, der seinesgleichen suchte. Und dann war da noch Melly, wenn er ihren Namen richtig verstanden hatte. Melanie wahrscheinlich, aber Bernhard hütete sich nachzufragen. Das Mädchen war irgendetwas zwischen vierzehn und zwanzig, na ja siebzehn vielleicht, vermutete er, der mit dem altersmäßigen Schätzen von Menschen unter dreißig ja stets seine Schwierigkeiten gehabt hatte. Irgendwie sahen die alle gleich aus, nämlich kindlich, hatte er immer gemeint. Aber das stimmte gar nicht, stellte er jetzt fest. Man musste lediglich genauer hinsehen, dann ergaben sich da schon Unterschiede. Melly trug eine dieser Hosen mit Rissen an den Knien, die aussahen, als gehörten sie nicht einmal mehr in die Altkleidersammlung, sondern gleich in die Tonne. Hildegard wäre entsetzt gewesen. Nein, korrigierte sich Bernhard sofort. Das wäre sie eben nicht. Denn seine Hildegard war ihrem Wesen nach ein äußerst toleranter Mensch, auch wenn sie ihm damals im Sandkasten ohne erkennbaren Grund die Schaufel über den Schädel gezogen hatte. Im Gegensatz zu Edith und Heiner. Die waren frühverkalkt, erkannte er jetzt in aller Klarheit, waren total engstirnig und vollkommen kleingeistig. Bei der nächsten Gelegenheit würde er das einmal ansprechen, nahm er sich vor. Denn schließlich konnten vernünftige Menschen über alles miteinander reden – wenn man es nur richtig anpackte. Und das würde er tun, keine Frage.

»Ups, was macht der denn da?«, wunderte sich Big Five, der sich neben ihm halb sitzend, halb liegend hingelümmelt hatte, träge. Auch er hatte einen Hund dabei, der genauso mager war wie der Junge. Nur Haut und Knochen. Beide sahen aus wie ausgesetzt: Der Hund räudig, das Fell farblos, das rechte Ohr zerbissen; der Junge ungewaschen, speckiges T-Shirt mit Schweißflecken unter den Achseln und Fingernägel mit Trauerrändern wie ein Totengräber, der seine Kunden mit bloßen Händen verscharrte. Die Haut war blass und schorfig, mehrere Pusteln verunstalteten sein Kinn, von denen eine blutig gekratzt war. »Pinkelt der etwa den Enten auf den Kopf?«

»Wer? Wo?« Bernhard setzte sich ruckartig auf, jäh aus seinen Betrachtungen gerissen.

»Na, der Heinz da hinten. Der steht doch da, als ob er ihn gleich rausholen will.«

Bernhard kniff die Augen zwecks Scharfstellung zusammen und starrte blinzelnd in die angegebene Richtung.

»Der Heinz ist eine Frau.« Sie hatte zwar extrem kurze Haare, doch der Körperbau war filigran und eindeutig weiblich, auch wenn die Rundungen des Hinterns nur angedeutet war.

»Quatsch«, widersprach Big Five mit Nachdruck. »Das is'n Kerl. Sag du doch auch mal was, Kai.«

»Du brauchst 'ne Brille, Mann. Die füttert die Enten.«

»Aber sie steht doch so breitbeinig da wie ein Kerl, das müsst ihr zugeben«, beharrte Big Five.

»Mensch Five, nun mach keinen Stress. Kerl oder Nicht-Kerl, ist heute doch sowieso nicht mehr eindeutig«, kam es gleichgültig von Melly mit geschlossenen Augen. »Und ist doch auch scheißegal. Hauptsache Mensch. Sind wir doch alle irgendwie.«

»Finde ich nicht«, mischte sich Sasha mit ihrer unangenehm hellen Stimme ein. »Auch Tiere haben Rechte.«

»So isses«, stimmte Kai ihr friedfertig zu.

Sie lachten. Das war das Schöne an diesen jungen Leuten, dachte Bernhard. Sie regten sich nicht so leicht über Nichtigkeiten auf, sie lachten lieber gemeinsam. Und wenn man es richtig bedachte, war das Leben ja auch gar nicht so ernst, wie es einem immer verkauft wurde. Es gab viel mehr Komisches, als ein verdammter Normalbürger so dachte. Er knöpfte seine Jacke zu. Langsam wurde ihm kalt, was kein Wunder war, denn die Sonne schickte sich an unterzugehen.

»Bernie?«

»Hier«, antwortete er zackig. Sie hatten anfangs alle herzhaft miteinander über seinen Namen gelästert. Bernhard Biller, was sollte denn der Scheiß, hatte Murad gefragt. Deine Eltern hatten ja wohl einen Sockenschuss.

»Nee, sie fanden es witzig«, hatte er gebrummt. B. B. – Brigitte Bardot für Boomer wie ihn, genau. Seine Mutter hatte sich immer ein Mädchen gewünscht, wie sie ihm nicht nur einmal erklärt hatte. So hatte er zumindest die Initialen mit der Sexbombe gemein. Aber der Name sagte Kai und Co. bestimmt gar nichts mehr, erkannte Bernhard scharfsinnig, die Frau gehörte ins letzte Jahrhundert und war ein Dinosaurier aus der Vor-Google-Zeit. Er verzog das Gesicht. Wenn Edith und Heiner jetzt hier wären, würden sie auf der Stelle ihr Smartphone zücken und es Kai, Murad, Big Five, Sasha und zur Not auch Socke mit dem Bild der Bardot unter die Nase halten, ob die sich dafür interessierten oder nicht. Er schwieg lieber.

»Ich werde dich Bernie nennen«, hatte Murad beschlossen, als er den Joint genommen und den ersten Zug getan hatte. Muri, wie er von den Freunden genannt wurde, war ein dicklicher junger Mann mit einem Haarteller auf dem Kopf, einem Dreitagebart und einem ausgesprochenen Milchgesicht. »Klingt besser.«

»Auch gut«, hatte Bernhard zugestimmt und gar nicht erst versucht, mit seiner Freude darüber hinter dem Berg zu halten. Noch nie hatte ihn jemand »Bernie« genannt, auch in der Schule nicht, denn da war er immer ein Außenseiter gewesen. Heute würde man wohl von Mobbing sprechen. Ja, Bernhard fühlte sich geschmeichelt. »Bernie«, das klang einfach gut und vor allen Dingen ganz so, als ob er dazu gehörte.

Anfangs hatte er den von Kai offerierten Joint selbstverständlich vehement abgelehnt. Er hatte noch nie mit Drogen experimentiert und hatte es im Alter von 60plus auch nicht vor. Das gehörte sich einfach nicht und lag jenseits seiner Vorstellungskraft. Alkohol trank er natürlich, aber in Maßen. Das war etwas anderes. Dabei war Bernhard zumindest vage klar, dass Wein, Bier und Schnaps zwar auch in gewisser Weise irgendwie zu den Drogen zählten, aber es waren eben keine, bei der er automatisch menschliche Wracks vor Augen hatte, die blicklos und mit wachsbleicher Haut durch die Straßen rund um den Bahnhof wankten, aggressiv Passanten anbettelten und einschlägigen Stadtvierteln ihren fürchterlichen Ruf verpassten. Mit Alkohol verband er hingegen ab und zu ein Bier, ein oder zwei Gläser Wein, in Ausnahmefällen wie Weihnachten oder Geburtstagen einen Schnaps. Und das alles in gesitteter Gesellschaft in einem gediegenen Wohnzimmer oder in einer Gastwirtschaft. Kontrollierten Genuss würde er das nennen, während sich so ein Junkie total haltlos alles reinpfiff, was … Mitten in seine Überlegungen hinein hatte Kai jedoch spöttisch gemeint: »Scheiße, Boomer, nun spiel dich doch nicht so auf. Ihr Alten gebt euch die Kante mit Alk, wir mit Rauchen und na ja, manchen anderen Sachen, okay. Bedröhnen tun wir uns alle, um das Leben auszuhalten. Also, was ist schlimmer? *Ich* weiß es nicht. Du?«

»Nun, ich denke …«

»Wenn du was rauchst, fällst du jedenfalls nicht so auf oder gleich total aus wie bei Alk«, hatte Kai noch eins draufgesetzt, und alle hatten ernst dazu genickt. »Ist außerdem bio. Also nicht so ein gepanschter Kram von der Straße. Da passe ich höllisch auf. Und weiter geh ich auch nicht, bin ja nicht blöd und knall mir die Birne weg.«

»Nee«, hatte Bernhard zugestimmt. Blöd war der Junge bestimmt nicht.

»Hab ich aus dem Netz«, hatte Kai erklärt und zur Demonstration des Bestellvorgangs sein Smartphone aus der Hosentasche gezerrt.

»Das kommt per Post?«, hatte Bernhard erschüttert gefragt, der automatisch eine dämmerige, nach Urin und Gekotze riechende Straßenecke vor sich sah, in der zwei abgehalfterte schmierige Gestalten verstohlen Päckchen gegen Scheine tauschten.

»Klar. Du bestellst, löhnst, und zwei Tage später ist das Päckchen da. In neutraler Verpackung, versteht sich.«

Bei diesen Worten war Bernhard augenblicklich ein Licht aufgegangen. Zumindest das kannte er.

»Damit die Eltern oder Nachbarn nichts mitkriegen. Wie bei den Sexsachen früher.« Er hatte nonchalant mit den Schultern gezuckt. »Und heute vielleicht auch noch.«

Big Five hatte aus seiner Erheiterung keinen Hehl gemacht und lauthals gegluckst.

»Echt keine Ahnung, Boomer?«

»Nein«, hatte Bernhard würdevoll entgegnet. »Ich hab's nur irgendwo gelesen.«

»Höhöhö«, hatte Big Five gewiehert. »Hört euch das an, Leute. Er hat's ge-le-sen. In einer Zeitung, stimmt's?« Die anderen waren in das Gelächter eingefallen.

»In einer Zeitung«, hatte Bernhard bekräftigt. Und dann hatte ihn der Teufel geritten. »Das sind diese Dinger aus Papier, die vor hundert Jahren beim Lesen in der S-Bahn regelmäßig zu Mord und Totschlag geführt haben, weil man den Nachbarn beim Umblättern dauernd mit der Hand im Gesicht rumgefummelt hat.«

»Hey, der Mann hat einen Witz gemacht, Leute.« Kai hatte regelrecht geprustet.

»Für den Anfang war der gar nicht mal so schlecht«, hatte Murad behauptet.

Bernhard hatte sich nach allen Seiten verbeugt, und die anderen hatten geklatscht. Wenn Hildegard oder Heiner ihn so sehen konnten. Der Gedanke durchzuckte ihn kurz. Nein, das war undenkbar. Die beiden Welten passten nicht zusammen, ach was, das war aber so was von untertrieben, sie waren sich so fremd, wie Edith Hartke und eine Amöbe aus den Weiten des All es waren.

»Die handgewirkten toskanischen Nudeln aus hundert Prozent Bio-Eiern kamen letztens auch in so neutraler Verpackung«, hatte Kai dann begeistert gekeucht.

»Wer bestellt denn so etwas?«

»Meine Eltern«, hatte die Antwort gelautet. »Und fast alle, die sie kennen.«

»Hildegard und ich bestellen so etwas nie.«

Kai hatte nur mit den Achseln gezuckt.

»Dachte ich mir schon. Du bist nicht so der Bordeaux-unter-fünfundzwanzig-Euro-geht-gar-nicht-Typ, mhm? Die wohnen entweder hier oder in einer Riesenhütte; zwei Garagen, drei Bäder, dreihundert Quadratmeter, dazu tausendfünfhundert das Grundstück. Minimum.«

»Äh, nein. Wohnst du in so was?« Bernhard hatte es als Witz gemeint. Doch zu seiner Überraschung hatte Kai mit verkniffener Miene genickt.

»Meine Alten wohnen so. Also, was ist nun? Springste oder springste nicht? Noch einmal jung sein, Mann, oder bretterst du dir lieber wie ein Greis die Birne mit Alk zu, um runterzukommen?« Das war die Gretchenfrage, hatte Bernhard erkannt. Oder zumindest war es eine, diesen Komplex betreffend. »Kann ja nix passieren, Mann. Wir passen alle auf dich auf. Und dann geht es dir garantiert besser.«

Seltsamerweise hatte Bernhard Kai aufs Wort geglaubt. Trotzdem hatte er immer noch gezögert, als er plötzlich Hanne Wiedmann aus heiterem Himmel rufen hörte: »Himmelherrgott, Bernhard, nun seien Sie doch nicht so ein entsetzlicher Hasenfuß! Zwei, drei Züge bringen Sie nicht um. Und Roquefort mit Birne haben Ihnen auch gemundet. Probieren Sie es doch zumindest einmal aus.«

Und genau in diesem Moment hatte sich zu seiner nicht gelinden Überraschung sein Arm mit der rechten Hand selbstständig gemacht und nach dem Dübel gegriffen. So nannten Kai, Murad und ihre Freunde einen Joint. Und er war ihm tatsächlich gut, ja fast schon ausgezeichnet bekommen. Da hatten die jungen Leute eindeutig recht gehabt. Jetzt fühlte er sich allerdings ein bisschen müde, aber auf jeden Fall entspannt. Und außerdem verspürte er einen gewaltigen Hunger. Und einen höllischen Durst. Er hätte einen Ochsen – begleitet von einem ganzen Fass Bier – im Alleingang verschlingen können.

»Ich lade euch ein … äh … Leute. Kommt, wir holen uns was zu essen.«

Das zumindest war er ihnen schuldig, wie Bernhard fand. Und sie wirkten allesamt nicht so, als würden sie in Geld schwimmen; vom jugendlichen Alter einmal ganz abgesehen.

»Döner für alle«, seufzte Murad beglückt, zückte sein Smartphone und blickte auffordernd in die Runde. Mittlerweile hatte es sich bewölkt, und der Park leerte sich. Lediglich zwei Senioren verharrten mit einer Decke auf den Knien auf ihrer Bank, während auf der Wiese vor ihnen vier Jungs lautstark Fußball spielten. Hildegard amüsierte sich bestimmt mittlerweile prächtig auf ihrer Feier. Bernhard wünschte es ihr zumindest von ganzem Herzen. »Also, wer will was?«

»Ohne Zwiebeln«, fing Kai an. Murad tippte in Windeseile.

»Auf jeden Fall vegan«, orderte Melly streng.

»Kein Knoblauch, aber mit extra viel Soße«, bestellte Big Five.

»Für mich eine Falafel bitte.« Das kam von Sasha. »Nimm doch besser auch eine, Melly. Das ist sicherer.«

»Okay, ja«, stimmte Melly zu. »Und du, Muri?«

»Eine Currywurst mit Pommes. Ich mag das einfach«, setzte er verlegen hinzu. »Und manchmal geht das schon, … äh … finde ich. Also, nicht allzu oft natürlich. Mache ich auch nicht.«

Kai verdrehte die Augen.

»Nun hör schon auf, dich zu rechtfertigen, Junge.« Er lachte. »Das ist ja wie bei meinen Eltern. Da haben auch alle Bekannten und Freunde irgendwelche seltsamen Vorlieben und vor allem Intoleranzen, Intoleranzen, Intoleranzen. Kein Zucker, kein Gluten, kein Weizen, keine gebundene Soße, kein Fleisch, keine Tofuburger, kein gekochtes Gemüse, kein irgendwie gefährlich. Ich esse mit Verstand und habe eine Haltung, also bin ich.« Für einen kurzen Moment verzog er die Lippen, als habe er Zahnschmerzen. Dann fuhr er brummig fort: »Früher war man Sozialist, katholisch oder Bildungsbürger. Tja, das ist Schnee von gestern, wie meine Oma es nennen würde. Heute ist man eher nix, und dieses Essensding gehört zum Lifestyle. Und du, Bernie?«

»Mit allem«, sagte Bernhard fest. Er verabscheute lediglich Kümmel; ansonsten vertrug und mochte er alles, was offenbar furchtbar altmodisch war, denn die Runde kreischte begeistert auf.

»Das gibt's ja nicht«, keuchte Big Five und streckte Bernhard die offene Hand hin, damit der abklatschen konnte. »Unser Bernie, ein Bruder nicht nur im Geiste, sondern auch im Magen.«

Bernhard gestattete sich ein Lächeln, und Murad schickte die Bestellung ab. In zwanzig Minuten war sie abholbereit.

»Macht roundabout fünfzig Euro«, meldete er sich zu Wort. »Ohne Getränke.«

Bernhard zückte sein Portemonnaie. Es war ein altmodisches dunkelbraunes Herrenportemonnaie, das durch den langen Gebrauch an den Ecken abgestoßen war und die Krümmung seines Hintern angenommen hatte. Kai, Melly, Sasha, Murad und Big Five verkniffen sich ein Grinsen. Er sah es wohl.

»Hochgradig retro unterwegs, unser Bernie.« Big Five kicherte. Es klang nicht abfällig. Deshalb biss sich Bernhard lediglich kurz auf die Lippen, bevor er einen Fünfziger herausrückte.

»Reicht nicht«, meinte Murad. »Sorry, aber mit den Getränken … Du weißt schon: Bier auf Gras, das macht Spaß.«

Bernhard entfuhr unwillkürlich ein wieherndes Geräusch. Manches wiederholte sich eben oder blieb immer gleich. Na ja, das Rad wurde auch nur einmal erfunden. Zu seiner Zeit hatte der Spruch »Wein auf Bier, das rat ich dir« gelautet.

Murad fuhrwerkte auffordernd mit der ausgestreckten Hand vor seinem Gesicht herum.

»Nun komm schon, Bernie.«

Bernhard zauderte, obwohl sich mittlerweile offenbar ein Pelztier in seinem Mund eingenistet hatte. Hildegard und er gingen nicht oft essen, also fast nie, weil ihnen die Preise viel zu hoch erschienen und weil es zu Hause meistens doch am besten schmeckte. Ein Stück Fleisch, ein bisschen Gemüse in Butter geschwenkt und dazu Kartoffeln und Soße kosteten im Restaurant ja mittlerweile ein Vermögen; meist weit über zwanzig Euro, das war doch Wucher. Und wenn es auf der Speisekarte Gerichte mit »an« sowieso gab, konnte man schon gleich einen Zehner drauflegen.

»Aber das sind doch nur Döner«, brummelte er.

»Aber saugute«, konterte Murad. »Gib mir noch einen Fuffi. Den Rest kriegst du wieder. Wer kommt mit?«

Melly und Sasha erhoben sich, sodass Bernhard mit Kai, Big Five und den Hunden allein zurückblieb.

Er blinzelte träge in die untergehende Sonne und schaute sich gemächlich um. Jetzt saßen wieder überall um das Wasser herum Leute; in Grüppchen, zu zweit oder auch allein, obwohl es spürbar kälter geworden war. Die Stimmung war entspannt. Keinerlei Aggressivität lag in der Luft. Man genoss einfach den nahenden Frühling, die ersten Sonnenstrahlen, den Geruch von feuchter Erde, zart knospenden Bäumen und den aus dem Winterschlaf erwachenden Pflanzen. Trotzdem fragte sich Bernhard bang, was zum Teufel er hier eigentlich zu suchen hatte.

Er hatte Hildegard folgen wollen. So weit, so gut. Und jetzt hockte er hier inmitten einer Horde wildfremder junger Leute, die zwar keine Rowdys waren, aber allesamt unmöglich aussahen. Nein, sie sahen abstoßend aus mit dem ganzen Metall in den glatten Gesichtern, den löcherigen Hosen und den bunten Haaren. Trotzdem mochte er sie und hatte sich mit ihnen amüsiert. Ja, er fand sie richtig … sympathisch, stellte er verdutzt fest. Heiner und Edith hätten an seinem Verstand gezweifelt, wenn sie ihn so sehen würden. »Bist du jetzt unter die Chaoten und Hippies gegangen?«, meinte er Heiner in seinem inneren Ohr, wenn es denn so etwas gab, entsetzt rufen zu hören, während Edith ihn mit diesem moralinsauren Gesichtsausdruck betrachten würde, der ihn schon immer gegruselt hatte – als wäre man ein unbotmäßiges Subjekt, das es zu zertreten galt. Und wenn ihn hier nun tatsächlich jemand sah, dem er schon einmal begegnet war? Bernhard brach der Schweiß aus; verstohlen blickte er sich um. Nein, er kannte niemanden, aber das sollte ja nichts heißen! Auf jeden Fall würde er schnurstracks – neben »aber dalli« ein Lieblingswort seines Vaters – nach Hause eilen, sobald er den Döner verzehrt hatte. Das war wohl das Mindeste, was er tun konnte und als erwachsener vernünftiger Mensch auch tun sollte. Obwohl … Erneut kam ihm Hanne Wiedmann in den Sinn. Sie hätte ihn sicherlich ermuntert, nicht gleich wegzulaufen, kaum dass die Wirkung des Dübels nachließ. Ob sie das Wort kannte? Zuzutrauen wäre es ihr. Er würde sie bei der nächsten Käseverkostung sicherheitshalber einmal diesbezüglich aushorchen. Komisch, bislang war er eigentlich davon ausgegangen, dass es die gar nicht geben würde. Aber jetzt … Selbstverständlich würde er erneut bei ihr vorbeischauen – nachdem er Hildegard in Kenntnis gesetzt hatte. Das gehörte sich einfach.

»Und was macht ihr eigentlich so«, wandte er sich hastig an Kai, um den beunruhigenden Gedanken an Hanne Wiedmann in die Schranken zu weisen, »wenn ihr nicht durch die Stadt zieht, dübelt und Döner esst, meine ich?« Er hatte keine Ahnung, was und wie man mit der heutigen Jugend sprach. Sprach man überhaupt besonders mit ihr? Oder irgendwie normal? Doch ja, er glaubte schon. Aber was war normal? Er wusste es nicht; die Frage erschien ihm allerdings unverfänglich; außerdem fiel ihm sonst nichts ein.

Kai und Big Five wechselten einen kurzen, nichtsdestotrotz beredten Blick.

»Ach, kommt jetzt die Wie-siehst-du-denn-aus und mach-doch-endlich-mal-was-Vernünftiges-Masche?« Kais Gesichtszüge verhärteten sich bei diesen Worten. Alles Weiche, Entspannte hatte sich verflüchtigt.

»Nee.« Bernhard war ehrlich erstaunt. »Ich bin nur neugierig.« Und das war die Wahrheit. »Ist das denn keine gute Frage?«, schob er unsicher hinterher, weil ihn das unangenehme Gefühl beschlich, voll ins Fettnäpfchen getreten zu sein. Er hatte bloß keine Ahnung, weshalb das offenbar so war.

Kai zuckte betont gelangweilt mit den Schultern. Der Totenkopf schwang sachte hin und her.

»Damit fängt der Ärger meistens an«, orakelte er düster. Socke, die den Stimmungsumschwung genauestens registrierte, hob den Kopf, stand auf und drängte sich eng an Kais Beine.

»Du meine Güte«, knickte Bernhard eilends ein. »Dann wechseln wir eben das Thema. Ich wollte wirklich nicht … Verzeihung.«

Ein lang verschüttetes Bild stieg plötzlich vor seinem inneren Auge auf: Großtante Brigitte, aus seiner damaligen kindlichen Sicht mindestens dreihundert Jahre alt und so runzelig wie eine verschrumpelte Mirabelle, die ihn auf Familienfesten wie eine Sprechpuppe stets und ständig mit dem gleichen Fragenkanon traktierte: Bist du auch immer schön artig? Lernst du auch schön? Bist du auch fleißig? Er war sich nicht sicher gewesen, ob sie überhaupt seinen Namen kannte. Er hatte es jedenfalls gehasst und sie für bekloppt erklärt, was ihm prompt eine Ohrfeige seiner Mutter eingebracht hatte, als er den Gedanken laut ausgesprochen hatte.

Kai beobachtete ihn aufmerksam, das entging Bernhard keineswegs, doch die Ankunft Murads und der anderen mitsamt dreier Papiertüten voller Döner und Bier enthob ihn einer Antwort.

»Hier«, nuschelte Murad und drückte ihm einen Döner in die Hand. »Und für jeden zwei Bier. Ist nicht viel übrig geblieben.« Er wedelte mit einem 20 Euro Schein vor Bernhards Nase herum. Wortlos griff der danach und verstaute ihn sorgfältig in seinem Portemonnaie. Dann wickelte er den Döner aus und beschnupperte ihn ebenso misstrauisch wie neugierig. Es war wirklich Lichtjahre her, dass Hildegard und er so eine gefüllte Brottasche probiert hatten. Damals auf dieser Busreise nach Berlin war es gewesen, kurz nachdem die Mauer gefallen war, erinnerte er sich. Es war gegen Abend im Westteil der Stadt gewesen, in dem sie sich irgendwie … heimischer gefühlt hatten als im Osten, wo ihnen manches nicht recht vertraut erschienen war. Und bei ehrlicher, also ganz ehrlicher Betrachtung musste er sogar zugeben, dass die Mauer in seinem Kopf irgendwie immer noch da war. Er war nun einmal in einer Zeit groß geworden, als hinter der sogenannten Zonengrenze zur DDR das Niemandsland begann. Polen, die baltischen Staaten, Weißrussland waren gefühlt so weit entfernt wie der Südpol. Da kam und wollte man als westlicher Normalbürger nicht hin. Da lauerten überall Gefahren. Dass das anders werden musste, war klar, aber er, Bernhard Biller, fühlte sich dafür nicht zuständig. Das sollten die jungen Leute übernehmen. Damals hatten Hildegard und er den Döner zwar gegessen, allerdings doch mit eher langen Zähnen und einem Gefühl der Fremdheit. Bratkartoffeln mit Sauerfleisch oder einem Schnitzel war ihnen nach wie vor lieber.

»Ist nicht giftig und schmeckt echt super«, bemerkte Murad mit vollem Mund. Bernhard guckte kurz zu ihm hoch. Der Junge gab ein schmatzendes Geräusch von sich, und Bernhard biss endlich beherzt hinein. Kaute langsam, schmeckte eine ganze Weile den fremden Aromen nach und schluckte schließlich.

»Stimmt. Lecker«, stellte er erstaunt fest. Da hatte sich im Dönergewerbe aber Einiges getan! Das musste er Hildegard erzählen. Er schlug seine Zähne in den Teil mit der Soße. Der schmeckte noch würziger. Ohne es zu merken, stieß er einen wohligen Laut aus. Dann griff er nach seiner Bierdose und zog den Nippel hoch. Etwas von der Flüssigkeit spritzte auf seine Hose. Hildegard würde sich wundern, denn die Joghurtsoße des Döners hatte auf seinem Beinkleid bereits ebenfalls die eine oder andere Spur hinterlassen. Bernhard hatte es bislang nur nicht bemerkt. Er würde heute Abend einiges zu erklären haben – wobei sie an diesen Flecken ja nicht ganz schuldlos war. Denn sie war es ja schließlich, die …

»… wieder Zoff zu Hause, Bro? Du siehst echt scheiße aus.« Die von Murad an Kai gerichteten Worte sickerten erst nach und nach in Bernhards Bewusstsein. Murad schaute Kai dabei besorgt an, während er sich mit dem Handrücken über den Mund wischte.

»Jo.«

»Was ist es denn dieses Mal?«

Kai stellte sorgfältig sein Bier neben Sockes Kopf ab, während er das Gesicht verzog, als habe der Hund in die Dose gepinkelt.

»Wie immer«, nuschelte er. Die beiden jungen Männer beachteten Bernhard nicht, sodass der sich unwillkürlich vorkam wie der Lauscher an der Wand.

»Ich bin erwachsen. Ich habe alle Möglichkeiten. Ich soll endlich etwas Vernünftiges machen.« Er leierte die Sätze hinunter wie ein ungeliebtes Mantra. Sasha begleitete es mit einem verständnisvollen Nicken, während Bernhard unwillkürlich überlegte, was daran denn so falsch war. Er sah es nicht. Zudem hätte er als Vater zunächst einmal darauf bestanden, dass sein Sohn sich eine vernünftige Frisur zulegte und dass das Metall aus dessen Gesicht verschwand. Wer sollte ihn wohl mit diesem Totenkopf auf der Oberlippe einstellen? Die Sparkasse etwa, damit alle zwei Stunden die Polizei anrückte, weil ein Kunde sich in einem Überfall wähnte? Der Gedanke war dermaßen absurd, dass Bernhard nur mit Mühe ein Kopfschütteln unterdrücken konnte. Nein, es war doch nun wirklich kein Wunder, dass der Junge nichts fand.

Murad nahm bedächtig einen Schluck Bier, bevor er mit hörbarer Resignation in der Stimme meinte:

»Deine Alten haben eben keinen Durchblick mehr, was heute so läuft.«

»Du sagst es«, pflichtete Sasha ihm bei; ihre Stimme klang womöglich noch einen Tick schriller. »Als die jung waren, war alles klar und total vorgezeichnet: Ausbildung, Job, Knete, Haus, Hund, vielleicht Kinder, Rente, Wohnmobil und ab in die Kiste.« Das Mädchen hörte sich an, als vereinigten sich in ihr die Jahrtausende alte Weisheit des Ostens mit den geballten Erkenntnissen des Westens. Bernhard zog unwillkürlich eine Augenbraue hoch, begradigte sie jedoch rasch wieder, bevor sein Unwillen auffiel. Das nennt man ein normales Leben, Mädchen, hätte er sich am liebsten zu Wort gemeldet, auch wenn diese Aneinanderreihung von Daseinsabschnitten in ihrer Geradlinigkeit und ohne Zwischentöne Furcht einflößend, ja gruselig klang. Das musste er schon zugeben.

»Genau. Aber bei uns …«

»… läuft das nicht mehr.«

Bernhard schwieg eisern, obwohl er das Gefühl hatte, dass dieses Gespräch auch in gewisser Weise ihm galt – als einem jener alten Säcke, die nichts mehr schnallten.

Jetzt bedachte Kai ihn mit einem herausfordernden Blick; Bernhard senkte rasch die Augen. Am besten war es wohl, er würde sich schnellstens auf die Socken machen. Denn er hatte keine Ahnung, was heutzutage so anders war und vermochte dazu nichts zu sagen, auch wenn ihn mehr und mehr das unangenehme Gefühl beschlich, dass gerade das von ihm erwartet wurde. Er machte Anstalten, sich zu erheben.

»Ich gehe dann mal. Es war –«

»Fahnenflucht, Bernie?«, spöttelte Murad prompt. »Wenn's ungemütlich wird, geht man stiften, was?«

Er setzte sich wieder. Es war eindeutig der falsche Zeitpunkt, um sich abzusetzen. Schließlich war er kein Feigling.

Sasha ballte die Fäuste, ihre Wangen waren gerötet.

»Da wird zwar immer oberklug daherschwafelt: ›Mach, was du für richtig hältst, Kind. Mama und Papa stehen voll hinter dir.‹ So'n Quatsch.« Ihr Tonfall drückte abgrundtiefe Verachtung aus. »Das ist genauso gelogen wie dieses ganze Gerede von wegen ›Wir machen dir überhaupt keinen Druck, Süße. Ü-ber-haupt nicht. Leistungsgedanke, ach wo, nicht doch! *Wir* unterwerfen uns diesem Diktat nicht. Wir doch nicht.‹« Sie pustete eine Haarsträhne aus dem Gesicht. »›Aber ein Abi mit einer Eins vor dem Komma sollte es doch bitteschön sein. Damit was aus dir wird, Kind. Wir meinen es ja nur gut mit dir.‹« Sasha spie aus. »Von wegen! Aber so sieht es aus, Bernie.«

»Tatsächlich?«, würgte er hervor. Am liebsten hätte er gerufen: »Hört mal, ihr redet hier mit dem Falschen. Ich habe keine Ahnung von euren Problemen.« Jetzt starrten sie ihn an. Alle. Bernhard setzte sich erschrocken auf. Seine Stimmbänder verweigerten umgehend ihren Dienst, aber ihm war klar, dass er sich mit einem zustimmenden Brummton nicht aus der Affäre ziehen konnte. Ihm musste etwas einfallen. Und zwar rasch. Angestrengt blickte er reihum in die jungen angespannten Gesichter. »Das ist wohl so ähnlich«, begann er vorsichtig, »als würde man in einem Moor stehen und sähe sich selbst beim langsamen und gnadenlosen Untergehen zu. Bei derart viel … Druck und Unsicherheiten heutzutage, meine ich.« Er wartete mit klopfendem Herzen. Traf das zu? Zumindest ein bisschen? Wo hatte er diesen Spruch bloß letztens gehört? Er wusste es nicht. Er erinnerte sich lediglich, dass das Wort »gnadenlos« besonders wichtig gewesen war. Auf jeden Fall war er tausendmal besser als die Lebensweisheiten der Eltern, mit denen er groß geworden war. »Kleiner Mann, kleine Sorgen, großer Mann, große Sorgen« etwa oder »Die Zeit heilt alle Wunden.« Letzteres hatte Hildegards Mutter stets bei jeder passenden und unpassenden Gelegenheit zum Besten gegeben. Sie hätte auch husten können; Bernhard hatte diese Sentenzen schließlich nur noch als Grundrauschen wahrgenommen.

»Geiles Bild«, stellte Big Five nach einer gefühlten halben Stunde fest.

»Ja, finde ich auch«, stimmte Kai zu. Es war albern, aber Bernhard fiel ein Stein vom Herzen.

»Und dazu kommen noch Klimakrise und Kriege, wohin man auch guckt. Und wir sollen jetzt alles richten. Das ist unfair; aber die Alten lassen uns auf diesem Misthaufen sitzen und machen einfach weiter wie bisher. Ich könnte kotzen«, nölte Melly. »Kann mir einer mal sagen, wozu und weshalb wir da hübsch brav ›unseren Weg‹ gehen sollen? Wo führt der wohl hin?«

»In den Abgrund?«, schlug Big Five mit der Abgeklärtheit eines Achtzigjährigen vor.

Bernhard startete erneut einen Versuch, sich zu erheben. Er kannte sich schließlich. Wenn er jetzt nicht ging, würde er sich garantiert irgendwann erkundigen, wer ihr Leben eigentlich finanzierte, wie es mit ihnen weitergehen sollte, und ihnen vor den Kopf knallen, dass sie so, wie sie aussahen, keine Chance hatten. Das hatte ihn das Leben gelehrt. Und dass das nicht gut ankommen würde, war selbst ihm sonnenklar.

»Willst du los?«, fragte Kai.

Bernhard nickte. Wenn Hildegard nun aus irgendeinem Grund früher von ihrer Nullerfete nach Hause kam, befand er sich in Erklärungsnöten. Und das hätte er heute nicht auch noch verkraftet. Außerdem war es mittlerweile stockfinster, und seine Augen waren nicht mehr so gut. Seit einigen Jahren vermied er es, im Dunkeln Auto zu fahren.

»Ja, ich muss dann mal. War … äh … nett mit euch.« Ausgerechnet »nett«. Du grüne Neune, aber auf die Schnelle wollte ihm kein passendes Wort einfallen. Er hätte sich ohrfeigen können und hoffte inständig, dass die Beliebigkeit dieser Vokabel an ihnen vorbeirauschte.

»Danke für den Döner«, erwiderte Murad höflich, »und wenn du mal wieder einen Dübel brauchst … wir sind oft hier im Park.«

»Danke«, sagte Bernhard schnell. »Ich komme dann auf euch zurück.«

Einen Augenblick war es still. Kein Hund bellte, kein Auto röhrte auf der Hauptstraße vorbei, kein Ton drang von den anderen Grüppchen aus der Dunkelheit zu ihnen herüber. Dann fing Kai schallend an zu lachen.

»Toll«, prustete er, »Leute, unser Bernie meint das ernst. Er ›kommt dann auf uns zurück‹«, äffte er ihn nach. »Da seht ihr mal, was aus uns noch alles werden kann. Tschüss, Bernie, war … nett, dich kennengelernt zu haben. Und halte uns nicht für komplette Loser, eh. Sind wir nämlich nicht. Man sieht sich.«

Bernhard kräuselte zaghaft die Lippen und tippte sich als Abschiedsgruß mit zwei Fingern an die Stirn. Dann drehte er sich um und eilte auf schnellstem Wege nach Hause.

4. Kapitel

Er hatte nicht auf Hildegard gewartet, sondern war gleich ins Bett geschlüpft, um tatsächlich so tief und fest durchzuschlafen wie schon lange nicht mehr. Er hatte sie nicht einmal nach Hause kommen hören. Die bekleckerte Hose hatte er nach kurzer Überlegung in den Wäschekorb geworfen. Um dieses Problem, eigentlich ja nur ein Problemchen, würde er sich morgen kümmern. Rasch war in einen traumlosen Schlaf der Erschöpfung gesunken, aus dem er am folgenden Morgen mit ungewohnt neuer Kraft und Zuversicht aufwachte. Doch dieser Zustand hielt nicht lange an.

Sie saßen am Frühstückstisch. Verstohlen beobachtete Bernhard seine Frau. Sie sah ungewöhnlich tatendurstig aus, fand er. Denn er kannte die Anzeichen: das kaum merklich vorgestreckte Kinn, die funkelnden Augen, und alle Muskeln ihres Gesichts schienen unter Spannung zu stehen. Es wirkte nicht verkrampft, sondern lediglich sehr präsent und signalisierte ihm, dass Hildegard auf dem Sprung war und irgendetwas ausheckte. Manchmal war seine Frau tatsächlich für eine Überraschung gut. Wie damals, als sie die Duschkabine einbauen ließen; da hatte sie an dem Morgen, als sie ihm den Gedanken schmackhaft zu machen versuchte, genauso ausgesehen. Gut, dann hatte er noch ein wenig Zeit, sich um die schmuddelige Hose zu kümmern. Bernhard wappnete sich.

»Du hast heute Nacht ja ordentlich nach Zwiebeln und Knoblauch gerochen«, begann sie ihren Feldzug. »Und geschnarcht hast du auch.«

»Mhm.« Was sollte er dazu sagen? Dass er nicht nur gedönert, sondern auch gedübelt hatte? Das würde todsicher über ihren Horizont gehen. Über seinen ging es ja auch. Denn was hatte er sich nur dabei gedacht, Rauschgift zu nehmen? Der Gedanke riss ihn jäh aus seiner guten Stimmung. Und genau das war dieses Zeugs doch, keine Frage. Reines Gift. Und noch dazu von einem jugendlichen blau behaarten Fremden auf der Straße. Es war nicht zu fassen! Er hatte sich benommen wie ein Hohlkopf, gestand Bernhard sich schonungslos ein, und herumgehangen wie einer dieser Penner, die die Stadt verschandelten und nichts weiter taten, als Geld vom Staat zu beziehen. Heiner und er kriegten sooo einen Hals, wenn sie über solche Leute sprachen. Zu unserer Zeit, fingen Heiners Tiraden meistens an … Ein schrecklicher Gedanke durchzuckte Bernhard. Ob er etwa unter einer dieser schleichenden Hirnkrankheiten litt, auf die man in den letzten Jahren in Zeitungsartikeln und Fernsehsendungen stets und ständig stieß? Demenz, Alzheimer und was es da noch alles an Furchtbarkeiten gab; früher wurde man im Alter ja einfach tüdelig, aber diese Zeiten waren definitiv vorbei, jetzt hatte man gleich sonst was. Und gehörten zu diesem Krankheitsbild nicht auch Blackouts, also so etwas wie schwarze Löcher im Kopf? Obwohl Bernhard sich an alles genau erinnerte. An alles. Minutiös. Und die niederschmetternde Erkenntnis war: Er hatte sich überhaupt nicht schrecklich gefühlt und die jungen Leute tatsächlich sympathisch gefunden und nicht nur nett – trotz ihres ganz und gar unmöglichen Aussehens und ihrer komischen Ansichten. Heiner würde auf der Stelle die Polizei rufen, sollte er die Bande vor seinem Haus entdecken. Der Gedanke erheiterte Bernhard und zauberte ein Lächeln auf sein Gesicht, das er allerdings in Windeseile zu unterdrücken suchte, bevor Hildegard es sah und anfing, sich ihre Gedanken zu machen. Doch es half nichts. Er griente, als ihm Murad einfiel, der ihn »Bernie« genannt hatte, einfach so. Und Probleme hatten diese Jugendlichen durchaus, auch wenn ihnen da ein bisschen der Durchblick fehlte. Nur gut, dass ihm spontan die Sache mit dem Moor eingefallen war. In dem Moment hatte er es vollkommen ernst gemeint. Und sie hatten offenbar das Gefühl gehabt, er verstünde sie. Tat er aber nicht. Natürlich nicht. Er war schließlich kein Vater, ja, nicht einmal ein Onkel. Und Edith und Heiner hatten nie etwas in der Art verlauten lassen. Na ja, ihr Sohn Volker besuchte sie auch nicht allzu oft, vielleicht alle drei Monate schaute er einmal auf ein Stündchen nach seinen Eltern; er habe ständig viel zu viel um die Ohren, wie seine Mutter es ausdrückte. Heiners Gesichtsausdruck wurde bei diesen Worten immer ganz verbissen und bekam so etwas Verkniffenes. Außerdem war Volker schon fünf- oder sechsunddreißig, da sah sie Welt anders aus als mit Anfang zwanzig.

»Bernhard?« Hildegards Stimme drang nur mühsam zu ihm durch. »Träumst du?«

»Wie?«

»Ob – du – träumst, fragte ich«, wiederholte sie so akzentuiert, dass es wie eine Drohung klang. Er riss sich zusammen.

»Nein, nein, tue ich nicht. Wie war denn deine Party?«, erkundigte er sich hastig, während er sein Brot mit Himbeermarmelade bestrich. Himbeermarmelade mit einem Hauch von Thymian. Das Rezept stammte noch von seiner Mutter. Seit er in Rente war, aß er drei Scheiben Brot jeden Morgen. Zwei rot, eine wie gehabt mit Honig. »Es muss ja richtig spät gewesen sein. Ich –«

Hildegard zielte mit dem Brötchenmesser auf seine Brust, und er verstummte.

»Lenk nicht ab, Bernhard Biller.«

»Ich habe einen Döner gegessen; und zwar mit allem. Ich hab da nichts weggelassen, und er schmeckte lecker.« Er hörte selbst den Trotz in seiner Stimme.

»Du warst in der Stadt?«

Wie du höchstwahrscheinlich, hätte er am liebsten erwidert, doch er blieb stumm. Woraufhin sie lediglich eine Braue hochzog, als sei ihr in diesem Moment so manches klar geworden.

»Dir schmeckt urplötzlich unser Käse nicht mehr, du holst dir einen Döner, was du meines Wissens noch nie gemacht hast. Und letzte Woche hast du eine Currywurst zwischendurch verdrückt«, zählte Hildegard langsam auf. Es fehlte nur noch, dass sie ihm zur

Illustration seiner Verfehlungen drei Finger vors Gesicht hielt.

»Ich? Also, das stimmt doch gar …« Er brach ab. Das mit der Currywurst hatte er ihr vorgelogen, als er bei Hanne Wiedmann gewesen war und in aller Eile irgendetwas erfinden musste, weil er am Abendbrottisch keinen Hunger gehabt hatte. Sein Magen verknotete sich. Puh, das wäre fast schiefgegangen. Trotzdem war er gespannt, auf was sie hinauswollte.

»Offenbar ist dir meine Küche zu eintönig und –«

»Aber das stimmt doch gar!«, unterbrach er sie erschrocken.

Sie hob die Rechte wie ein Verkehrspolizist aus längst vergangenen Zeiten, der auf der Kreuzung eine ausgefallene Ampel ersetzte.

»Das lassen wir jetzt einmal dahingestellt sein. Du interessierst dich plötzlich für Lebensmittel und fürs Essen. Das ist neu, das kannst du nicht leugnen. Ich hatte deshalb an einen Kochkurs gedacht, Bernhard.« Sie bemühte sich um einen bewusst beiläufigen Ton, ganz so, als teile sie ihm mit, dass es heute fünf Minuten früher Mittagessen geben würde. »Den wir beide gemeinsam besuchen werden.«

Zur Bekräftigung ihrer Absicht, so schien es ihm, biss sie mit Aplomb in ihr mit Honig bestrichenes Graubrot.

Er starrte sie überrascht an. In Hildegard schlummerten offenkundig Tiefen und Abgründe, die sie bisher sorgsam vor ihm verborgen hatte. Hanne Wiedmann mit ihren Verdächtigungen fiel ihm an dieser Stelle natürlich prompt ein. Sie hatte den Keim für sein Misstrauen gelegt. Denn die Zubereitung zweier Spiegeleier war bislang seine heroischste Tat am Herd gewesen, als seine Frau wegen ihrer Schulter zur Kur gewesen war und seine Mutter zum Friseur musste. Sicher, er wusste durch den Flurfunk in der *Securitas*, dass das bei den jungen Männern heute inzwischen anders aussah – der junge Knieriehm aus der Unfall war offenbar ein begnadeter Bäcker, und der Hiller aus der Fahrzeug kochte die Frauen reihenweise in sein Bett –, aber Bernhard hatte sich kulinarisch sein gesamtes Leben in weiblich-kundigen Händen befunden, war mit dem Tage seiner Verlobung von denen seiner Mutter in die Hildegards übergegangen. Er hatte das ganz normal gefunden und sich darüber nie Gedanken gemacht. So war es eben; das gehörte zum Lauf der Dinge. Und er hatte nie das Bedürfnis verspürt, daran etwas zu ändern. Einmal ganz abgesehen davon, dass beide Frauen sich seiner festen Überzeugung nach schwer bedankt hätten, wenn er mit dem Wunsch an sie herangetreten wäre, in ihre ureigenste Domäne vorzudringen. Beide hätten sie ihn bei seinen ersten – zwangsläufig dilettantischen – Versuchen gnadenlos niedergelacht und alles besser gewusst.

»Na, ich weiß nicht«, wandte er daher lahm ein.

»Aber ich«, versetzte Hildegard energisch und legte endlich das Messer wieder auf den Tisch. »Dein Verhalten spricht doch Bände. Du suchst nach neuen Aufgaben und Herausforderungen. Also werden wir uns zu einem Volkshochschulkurs anmelden. Der für die leichte Frühlingsküche scheint mir genau der richtige zu sein. Er beginnt schon in drei Tagen.«

»Hast du darüber gestern Abend mit den Damen gesprochen?«, erkundigte sich Bernhard, dem endlich ein Licht aufging. Natürlich! Daher wehte der Wind. Hildegard hatte sein künftiges Leben mit den Kolleginnen bekakelt. Er hatte sowieso schon lange den Verdacht, dass sie ihm nicht alles erzählte, was sich in der Bäckerei so tat.

»Mit den Damen?« Sie warf ihm einen verblüfften Blick zu, während sie nach einer Scheibe Schwarzbrot langte, sie dick mit Käse – ihrem Käse – belegte und erneut herzhaft hineinbiss. Seine Frau hatte zwar noch nie unter Appetitmangel gelitten, aber dieses demonstrative Hineinbeißen, ja geradezu Zähnehineinschlagen empfand er als … also irgendwie als … ach was, als demonstrativ eben. »Oh ja, die Damen, natürlich. Da waren auch einige Herren, Bernhard.«

Männer also. Er deponierte sorgfältig die Serviette neben seinem Teller. Eigentlich stand ihm noch die dritte Brotscheibe zu. Er hatte keinen Appetit mehr.

Denn Hildegards Ton war geradezu aufreizend lässig. Frauen, Männer, was spielte das für eine Rolle, schien sie ihm mitteilen zu wollen; fast wie Melly. Und dabei spielte das doch wohl die entscheidende Rolle in einem anständigen Leben. Bernhard biss nun seinerseits die Zähne zusammen und dachte dabei flüchtig und sehnsüchtig an Kai sowie seine Wunder bewirkenden Dübel.

»Ich habe mich mit Henry, Annabells Mann, ausgezeichnet unterhalten. Er ist wirklich ein an allem interessierter Mensch.«

»Annabell? Und Henry?«, echote Bernhard dümmlich. Die Namen waren in diesem Haus noch nie gefallen, das hätte er auf seinen Rentenbescheid geschworen. »Ich dachte, die Frau heißt Gesine. Und wieso war ich eigentlich nicht eingeladen?«, brach es aus ihm heraus. Er hatte keine Ahnung, weshalb er felsenfest davon ausgegangen war, dass Hildegard zu einem Mädelsabend gegangen war, wie die junge Frau Mitter aus der Glasbruch es immer nannte, wenn sie freitags oder samstags mit ihren Freundinnen in einer Kneipe versackte und Montagmorgen noch unter einem dicken Kopf litt.

»Weil du Gesine doch gar nicht kennst natürlich, Dummkopf. Du hättest dich da nur gelangweilt. Da werden ganz andere Themen abgearbeitet, die nicht die deinen sind.« Es klang fast liebevoll, das hörte er wohl, trotzdem war er verletzt. Und so festgelegt, wie sie offensichtlich meinte, war er nun wirklich nicht. Siehe gestern Nachmittag! »Also, was hältst du von meinem Vorschlag?«

»Welcher … ach so, ja. Der Kochkurs.«

»Genau.«

»Na ja, um ehrlich zu sein, weiß ich nicht so recht.«

»Das sagtest du bereits.« Hildegard beugte sich über den Tisch zu ihm herüber. Sie hätte mal wieder etwas gegen ihren Damenbart unternehmen müssen, fiel ihm auf. Allerdings würde er den Teufel tun und das erwähnen. Sie grinste ihn an. Jawohl, sie lächelte nicht, sie grinste fast schon durchtrieben, das traf es ganz genau, obwohl er den Unterschied nicht hätte sprachlich fassen können. Doch in diesem Moment erkannte er, dass er verloren hatte, was ihre nächsten Worte bestätigten. »Aber ich weiß es, Bernhard. Keine Widerrede, ich werde uns gleich heute anmelden.«

*

Der Kurs sollte am frühen Donnerstagabend stattfinden, von achtzehn bis zwanzig Uhr. Den Montag, den Dienstag, den Mittwoch und den halben Donnerstag verbrachte Bernhard mit dem Versuch, sein aus dem Ruder gelaufenes Leben wieder in geordnete Bahnen zu lenken. Denn so unkontrolliert und wild – doch, doch, diese beiden Worte trafen es ganz genau – konnte es natürlich keinesfalls weitergehen: Am Montag nach dem Frühstück unternahmen Hildegard und er zusammen eine Einkaufstour, mittags gab es eine Erbsensuppe, abends sahen sie fern. Dienstagvormittag räumte er den Keller auf und entschied sich nach reiflicher Überlegung dafür, die Regalmeter der linken Wand komplett für die Maschinen, die der rechten für Schrauben, Dübel – echte Dübel –, Nägel, Muttern und den ganzen Krimskrams zu nutzen, der sich im Laufe eines sechzigjährigen Lebens unweigerlich ansammelte. Am Nachmittag sortierte er die Schrauben nach Funktion und Größe. Am Abend schauten sie erneut gemeinsam fern, während draußen der letzte Frühjahrssturm über Dellenheim hinwegfegte. Es zog unangenehm durch die Fensterritzen, was kein Wunder war, denn das Haus stammte aus der Zeit nach dem Zweiten Weltkrieg und war mit Material errichtet worden, die jedem Dämmgedanken Hohn sprachen. In den 70ern hatte sein Vater einmal angeregt, die Fenster zu erneuern, war allerdings an der Mutter gescheitert, die der Gedanke an den Dreck, der unweigerlich mit einer derartigen Aktion verbunden war, erbleichen ließ. Danach war das Vorhaben in Vergessenheit geraten. Hildegard strickte an einem mattbraunen Pullunder für Heiner, während irgendwelche postkartenmäßigen Mittelgebirge über die Mattscheibe flimmerten; die Sonne schien, überall leuchtete es saftig grün, und sämtliche Kühe schienen ebenso zufrieden und glücklich zu sein wie die Menschen, die auf geranienumrankten Balkonen standen und strahlend auf die umliegenden Berge schauten. Niemand trug hier einen Pullunder. Und schon gar nicht in mattbraun. Bernhard guckte lediglich mit einem Auge hin, weil seine Gedanken ein Eigenleben führten und wie von einem Magneten angezogen immer wieder zum Stadtteich schweiften. Ob die jungen Leute auch heute dort saßen? Es pfiff ja nicht nur, es regnete auch leicht, aber kalt war es nicht. Wenn sie also Schirme dabeihatten … Nein! So ein Unsinn! Kai oder Murad unter einem Knirps war ein lächerliches Bild. Außerdem ging es ihn nichts an. Seinetwegen hätten die Eltern ihre Jungs auswringen können!

Am Mittwoch lehnte Bernhard es unter dem Vorwand ab, er fühle sich nicht besonders wohl und sei nicht ganz auf dem Damm, das Haus zu verlassen, um mit zum Einkaufen zu kommen. Stattdessen bot er Hildegard an, ihr nachmittags im Garten zu helfen. Der Sturm hatte sich gelegt, und ihr Grundstück, dreihunderteinundzwanzig Quadratmeter, umrahmt von stramm aufrecht stehenden Koniferen, sah bis auf die gelockerte und mit Dünger versehene Erde unter dem Rhododendron immer noch entschieden grau und nach Winterschlaf aus. Sie war nicht sehr begeistert von seinem Einsatz, das merkte er wohl. Denn er hatte von Blumenzwiebeln, Sträuchern, Gräsern und der Düngerei keine Ahnung und musste ihr ständig entlocken, was zu tun sei.

»Bernhard«, platzte Hildegard schließlich heraus, als er ihr erneut ratlos eine Blumenzwiebel unter die Nase hielt. »Geh bitte ins Haus, lege dich auf die Couch oder kuriere dich sonst wie aus, lies meinetwegen die Zeitung, sortiere die Schrauben im Keller anders oder spiele mit deiner Eisenbahn.«

»Aber –«

»Das geht auch an einem stinknormalen Mittwoch, du wirst es nicht glauben«, schnitt sie ihm scharf das Wort ab und sah dabei so vergrätzt aus, dass er hastig das Weite suchte. »Oder bereite dich seelisch auf den morgigen Kochkurs vor«, rief sie ihm noch nach. »In der Küche findest du Zwiebeln. Schau sie dir genau an.«

Beleidigt verschwand er im Haus. Er war doch kein Depp. Und spielte zwischenzeitlich ernsthaft mit dem Gedanken, ihr von seinen Erlebnissen in der letzten Woche zu erzählen. Nur um ihr fassungsloses Gesicht zu sehen und sich daran zu weiden. Aber er verwarf den Gedanken rasch wieder. Sein anderes Leben – großer Gott, das hörte sich wirklich beunruhigend an – blieb besser sein Geheimnis. Selbst schuld, Hildegard Möller!

Am Donnerstagvormittag widmete er sich seiner Hose. Hildegard war kurz drüben bei Edith und Heiner, um … ja was eigentlich? Er hatte keine Ahnung. Es interessierte ihn auch nicht. Er tat etwas Waschpulver ins Becken, tunkte sie hinein, rubbelte unentschlossen an den Flecken herum und spülte sie dann aus. Das musste genügen. Zum Trocknen nahm er sie mit in den Keller, um sie ans Regal mit den Schrauben zu hängen.

Der Kochkurs fand in der Küche der Gemeinschaftsschule *Thor Heyerdal* statt, die am anderen Ende der Stadt im sogenannten Hochhausviertel lag. Drei Türme mit je achtundzwanzig Stockwerken waren von Architekten, die das Ganze niemals als Bewohner, sondern lediglich auf dem Reißbrett von oben betrachtet hatten, dem Zeitgeist der Sechziger und Siebziger entsprechend auf die grüne Wiese geklotzt worden; dazwischen hatten sie zur Auflockerung fünfzehn Sechsstöcker platziert sowie ein Gemeinschaftszentrum samt Kindergarten errichtet und besagte Schule bauen lassen. Das Viertel hatte sich rasch vom Vorzeigeobjekt zu Dellenheims Schandfleck entwickelt, was kein Wunder war, wie Bernhards Vater seinem Sohn in einem ihrer seltenen Zweiergespräche einmal erklärt hatte: Denn wenn auch nur einer der Architekten und Stadtplaner sich die Mühe gemacht hätte, eines der kaum zu erfassenden Massen-Klingelschilder unten an so einem Hochhausturm in Augenschein zu nehmen und auf sich als Bewohner wirken zu lassen, dann hätte derjenige gewusst, wie es ist, als Ameise zwischen Pappwänden zu leben.

Ein bisschen aufgeregt war Bernhard ja schon, das musste er zugeben. Und Hildegard tat zwar so, als habe sie ihr Leben lang unzählige Volkshochschul-Kochkurse besucht, doch als er sie am frühen Nachmittag vor ihrem Kleiderschrank ertappte, wusste er Bescheid. Ihr erging es nicht besser als ihm. Sie würde sich allerdings lieber die Zunge abbeißen, als zuzugeben, dass sie aufgeregt war. Warum eigentlich? Das war doch völlig unnötig; alles Unbekannte machte einen normalen Menschen schließlich erst einmal nervös. Erst nach einer ganzen Weile fiel ihm auf, dass das keine bernhardsche, sondern eine charakteristische Hanne-, Muri- oder Kai-Überlegung war.

Gegen siebzehn Uhr fuhren sie los, schlängelten sich aus dem Storchenweg hinaus – das neu hinzugezogene junge Paar sechs Häuser weiter parkte SUV und

Campingbus zum Ärger der Alteingesessenen stets breiträderig am Straßenrand –, bogen auf die den Stadtkern umrundende Umgehungsstraße ein und fuhren wenig später direkt auf den Schulhof. Bernhard und Hildegard waren früh dran und eine der ersten. Lediglich ein Auto stand neben ihnen. Am Steuer saß eine Frau, die sie ungeniert mit neugierigen Blicken traktierte. Sie war jünger als Hildegard und er, so um die vierzig, schätzte Bernhard, der interessiert ihre Frisur zur Kenntnis nahm. Mit der Extravaganz von Kais Haarschopf konnte sie zwar nicht mithalten, aber ein gewisses Etwas hatte sie schon, fand er, denn sie glich einem wuscheligen Mopp, der auf ihrem Kopf thronte wie ein umgedrehtes Vogelnest.

Hildegard und die Unbekannte öffneten gleichzeitig die Autotüren, um auszusteigen.

»Hallo«, grüßte die Fremde strahlend, als die Bleche sich fast berührten. »Ich bin die Claudia. Ihr wollt bestimmt auch zum Kochkurs, richtig?«

Hildegard deutete ein Nicken an.

»Super.«

Bernhard zuckte unwillkürlich zusammen. Die gängige Steigerungsform dieses allgegenwärtigen Wortes hatte die Ziegenbein aus der Unfall bis zum Erbrechen benutzt: ob es die letzte Urlaubsreise mit ihrem Freund war, das neue Shirt aus dem Ramschladen von nebenan oder die Buttercremekekse aus dem Ökoladen; alles war »supi«. Von dieser entnervenden Angewohnheit abgesehen, hatte er sie jedoch ganz liebenswürdig gefunden. Sie setzte sich nicht pausenlos in Szene wie die Heller aus der Rechtsschutz, prustete weder dröhnend noch unfraulich los wie diese selbsternannte Männerhasserin und Feministin aus der Leben – Klanke-Frahmel hieß die Dame, ein Name, den er sich mit Heiner immer mal wieder auf der Zunge zergehen ließ – und war stets höflich zu ihm gewesen.

In diesem Moment gab Claudia-ohne-Nachnamen ein fröhliches Lachen von sich und entblößte dabei ein Gebiss, das jedem Hai zur Ehre gereicht hätte: Eine Reihe großer weißer spitzer Zähne, die nur danach zu lechzen schienen, in festes Apfelfleisch geschlagen zu werden, um es Stück für Stück vom Gehäuse zu reißen. Bernhard schauderte. »Da sind wir also schon zu dritt. Ich glaube, sechzehn Staubgeborene sind wir insgesamt.« Sie dimmte ihr Lachen zu einem Lächeln herunter. »Das ist ja von der Zahl her nicht ohne.«

Bernhard blinzelte nervös. Was redete die Frau denn da? Ob Hildegard sich vielleicht im Kurs geirrt hatte und es heute gar nicht um gesundes Gemüse ging, sondern um … irgendetwas Spinnertes? Wie bei diesen Hunderudelführern im Park? Er hatte die Namen vergessen und schielte zu seiner Frau hinüber.

Doch die schritt bereits energisch und ohne sich oder ihn vorzustellen auf die zweiflügelige Glastür zu, die am Vormittag sicher stets offenstand, sofern das Wetter es zuließ, jetzt am Nachmittag jedoch geschlossen war. Bernhard eilte ihr hinterher, überholte sie und probierte es mit der Klinke. Sie gab nach. Höflich hielt er erst

Hildegard, dann dieser Claudia die Tür auf. Ein schreiend orangefarbenes Schild mit dem schwarzen Aufdruck »Zum Kochkurs« lenkte sie nach links. Unwillkürlich schnupperte Bernhard, als sie den Gang entlangschritten. Er hatte aus seiner Jugend den unverwechselbaren Geruch von Kreide, Staub, bekleckerten Kindern, müffelnden Turnbeuteln, durchgespeichelten Kaugummis in jeder Ritze, schweißelnden Jungsfüßen, angebissenen Schokoriegeln sowie verschmähten Pausenbroten in den hintersten Ecken der Fächer unter den Tischen in der Nase, doch diese Schule roch klinisch rein. Ob es Kreide und Tafeln überhaupt noch gab, überlegte er, während er hinter den Frauen hertrottete. Eine spaltbreit geöffnete Tür führte in den Klassenraum der »2a - Frau Weber-Hartlich«. Er linste neugierig hinein. Nein, statt einer klassischen Tafel befand sich vorn an der Wand hinter dem Pult so ein Riesendisplay mit einer Computertastaturleiste ganz unten. Dafür entdeckte er eine altmodische Landkarte, die Deutschland zeigte und an einem dieser krakenartigen Ständer hing, die er noch aus seiner Schulzeit kannte. Unsinnigerweise freute ihn das mächtig.

»Hilde-«

»Bernhard, kommst du jetzt endlich!«, hörte er seine Frau im selben Moment rufen. Er eilte hinterher. Von dem Kartenständer konnte er ihr auch später noch erzählen. Die Tür zur Küche stand weit offen. Drei Leute warteten auf sie. Ein Paar sowie eine einzelne

Frau, die von ihren Notizen aufschaute und sie mit einem breiten Lächeln begrüßte.

»Aha, es füllt sich«, bemerkte sie. »Willkommen. Und Sie sind …?«

»Biller, Bernhard und Hildegard«, stellte Hildegard sie vor. Die Kursleiterin, denn sie war es zweifellos, setzte einen Haken hinter ihren Namen.

»Und Sie?«, wandte sie sich an den spitzzähnigen Hai.

»Ich bin die Claudia. Claudia Steinke.«

Bernhard schaute sich neugierig um. Eine Luxusküche mit sechsflammigem Herd in einem mittigen Kochblock, wie er es aus der Werbung und manchen Filmen kannte, suchte er hier vergebens. Schnurgerade und in fünf parallelen Reihen waren jeweils drei Küchenensembles in einer Zeile untergebracht: Herd, Spüle, Arbeitsfläche. Töpfe; Besteck und Pfannen befanden sich wahrscheinlich in den Schränken darunter. Es sah überaus zweckmäßig aus.

»Es wirkt ein wenig steril, finde ich. Die Geschöpfe zwischen Himmel und Erde würden sich hier auch nicht gerade wohlfühlen, was?« Claudia blinzelte ihm kumpelhaft zu und hatte plötzlich gar nichts mehr von einem gefräßigen Riesenfisch an sich, sondern wirkte trotz ihrer Worte wie eine ganz normale mittelalte Frau.

»Nein, wohl nicht«, stimmte Bernhard ihr zu. Er hätte es zwar nicht auf diese Art und Weise ausgedrückt, aber im Grundsatz waren sie einer Meinung. Trotzdem wappnete er sich aus einer unbestimmten Ahnung heraus, denn genau so hatte es mit Hanne Wiedmann auch angefangen, und er hatte keinesfalls vor, seine just wiedergewonnene Sicherheit, ja, sein geordnetes Leben erneut infrage stellen oder auch nur ansatzweise durcheinanderwirbeln zu lassen. Doch hier in dieser Küche befand er sich nicht in Gefahr. Denn erstens hatte er seine Lektion gelernt, und außerdem war Hildegard dabei. Furchtlos erwiderte er daher Claudias amüsierten Blick, deren Mundwinkel sich hoben, als er ihr seine ungeteilte Aufmerksamkeit schenkte. Sie lachte leise. Es klang geradezu intim, bemerkte Bernhard mit einem Kloß im Hals.

»Elfen und Feen würden das ganz genauso sehen, fürchte ich.« Er öffnete den Mund zu einem lauten Lachen. Und schloss ihn augenblicklich wieder, als er ihre ernste Miene sah. Nein, sie machte keinen Witz. Bernhards soeben gewonnene Sicherheit löste sich schlagartig in Luft auf. Hilfe suchend linste er zu Hildegard hinüber. Aber seine Frau war in eine angeregte Unterhaltung mit zwei Neuankömmlingen vertieft. Claudia zog die Nase kraus und schien sein Unbehagen nicht zu bemerken.

»Was für ein Sternzeichen bist du; Bernhard?«

»Krebs.«

Das wusste er, auch wenn es ihn nicht sonderlich interessierte. Hildegard und er hielten nicht viel von der Astrologie, wohingegen Edith jeden Tag mit dem Lesen ihres Horoskops begann. Sie glaube selbstverständlich nicht ernsthaft daran, hatte sie auf Bernhards Nachfrage vor Jahren an einem ihrer gemeinsamen Rommé-Abenden nonchalant erklärt. Aber ein bisschen doch schon, hatte Heiner den Satz beendet. Was ihm umgehend einen funkelnden Blick seiner Gattin eingebracht hatte. Billers und Hartkes hatten nie wieder über dieses Thema gesprochen.

Jetzt hatte Claudia das Smartphone gezückt, wackelte leicht mit dem Kopf, sodass ihr Haartopf in leichte Schwingungen geriet, und hielt es ihm unter die Nase.

»Schau her. Zunehmender Mond im Zeichen des Krebses. Da ist es günstig, Blattgemüse wie Spinat oder Grünkohl zu essen. Leuchtet ein, nicht?«

»Unbedingt«, murmelte Bernhard verhalten und schielte erneut zu Hildegard hinüber. Sie redete immer noch mit den Neuankömmlingen und beachtete ihn nicht.

»Na ja, Grünkohl ist ja eher etwas für den Herbst; Spinat könnte es aber heute werden. Und Zimmerpflanzen zu gießen, ist auch günstig«, fuhr Claudia ungerührt fort, »genauso wie Bad und WC zu putzen.«

Bernhards Gedärm gab ein pfeifendes Geräusch von sich. Ob mit dem Tag seiner Verrentung etwas mit ihm passiert war? Also hormonell, wie in den Wechseljahren bei den Frauen? Aber Hitzewallungen hatte er noch nie gehabt. Oder schlechte Laune. Doch vielleicht sendete er ja mittlerweile unbewusst Signale aus, von denen all diese merkwürdigen Leute geradezu magisch angezogen wurden? Denn das war früher nicht so gewesen, da kannte er sämtliche Pappenheimer, mit denen er zu tun hatte. Bernhard war sich allerdings keiner Veränderung bewusst.

»Das macht bei uns eigentlich immer Hildegard«, versuchte er sich auf sicheres Terrain zu retten.

»Und die ist?«

»Was?«

»Was ist Hildegard für ein Sternzeichen?«, erkundigte sich Claudia geduldig. Er hätte es sich denken können.

»Ach so, Löwe, glaube ich.«

»Im abnehmenden Mond, aha. Da steht hier ausdrücklich, dass Putzen ungünstig ist, Gießen ebenfalls oder große Wäsche machen. Lackierarbeiten sollte deine Frau ebenfalls besser meiden.«

»Lackierarbeiten?«, ächzte Bernhard. Ob die Frau nicht doch einen gewaltigen Sprung in der Schüssel hatte? Also, richtig verrückt war, plemplem, und nicht nur ein bisschen liebenswert schräg wie Hanne Wiedmann. Natürlich hieß das heute politisch korrekt anders, aber was zum Teufel hatte der arme Mond damit zu tun, ob Hildegard das Klo putzte oder ihre Blumen goss? Bernhards bescheidener Meinung nach interessierte es den Himmelskörper einen Dreck, was Hildegard Biller, geborene Möller hier auf der Erde trieb. Wobei »interessieren« schon das falsche Wort war für eine vermutlich seelenlose, unwirtliche Kugel, die aus einem Haufen Geröll und Sandstürmen bestand.

»Bettenlüften solltest du ebenfalls meiden. Und Sport, wenn er anstrengend ist«, teilte Claudia ihm ungefragt mit.

»Werde ich«, knurrte Bernhard und ertappte sich dabei, wie er vor lauter Nervosität von einem Bein aufs andere zu treten begann, wie ein Schulkind, das dringend aufs Töpfchen musste. Hoffentlich fing dieser blöde Kurs bald an! Er hatte sich noch nie so intensiv danach gesehnt, Zwiebeln zu schneiden, wie in diesem Moment. Ob er der Leiterin Bescheid sagen sollte, dass diese Frau offensichtlich schwer gestört war? Denn Zwiebeln schnitt man bekanntlich mit einem Messer.

Claudia musterte ihn streng.

»Hör mal, ich denke mir das nicht einfach so aus, wenn du das meinst. Das stammt alles von einer Starastrologin, und die hat wirklich Ahnung.«

Mit diesen Worten bückte sie sich schwungvoll, um ihr Smartphone wieder im Rucksack zu verstauen. Bernhard atmete auf. Zu früh.

»Na, ich hoffe doch sehr, dass wir im Zeichen der Milz und des Herzens kochen, denn nur das ergibt klare Gedanken und auch Freude im Herzen. Und das ist ja gerade heutzutage so ungemein wichtig, nicht wahr?«, erklärte Claudia, als sie sich wieder aufgerichtet hatte.

»Oh … äh«, entfuhr es Bernhard, der trotz seiner Anspannung registrierte, dass er in letzter Zeit ziemlich oft mit einem »äh« reagierte, wenn seine Mitmenschen das Wort an ihn richteten.

Claudia schien seine unbeholfene Reaktion nicht zu stören. Ihr schien überhaupt nicht der Gedanke zu kommen, dass er sie für ein bisschen daneben halten könnte. Dabei hatte es Bernhard weder mit Sternzeichen und abnehmenden Monden noch mit Feen und Elfen. Du liebe Güte, wo blieb bloß Hildegard? Er schaute sich suchend um. Doch seine Frau beachtete ihn weder, noch eilte sie ihm zu Hilfe. Nein, sie sprach jetzt mit einem etwa gleichaltrigen Mann, der so eifrig zu ihren Worten nickte, dass es schon peinlich war.

»Hildegard«, rief Bernhard in ihre Richtung.

Sie drehte sich unwillig um. Er sah es an ihrer Miene.

»Ja, was ist denn?«, verlangte sie ungeduldig zu wissen.

»Ich … mhm … äh …« Bernhard schirmte mit dem Körper seinen linken Arm ab und versuchte gleichzeitig unauffällig mit der Hand auf Claudia zu zeigen, während er stumm das Wort »Hilfe« mit den Lippen formte.

Hildegard runzelte die Stirn.

»Was sagst du?«, rief sie dröhnend laut. »Ich verstehe dich nicht.«

»Schon gut«, quetschte er hervor. Er konnte schließlich nicht quer durch den Saal brüllen, dass sie ihn bitte schnellstens von dieser Sterndeuterin erlösen sollte.

»Ein guter Schlaf und eine gute Verdauung sind ja das A und O«, fuhr Claudia begeistert fort, als habe es keinerlei Unterbrechung gegeben. Die Küche füllte sich jetzt mehr und mehr mit Kochaspiranten, und der Geräuschpegel stieg. »Das bewegte Qi Gong hilft da sehr.«

»Ach, du kennst Dennis und Rita?«, rettete sich Bernhard endlich auf vermeintlich sicheren Boden und dankte dem Himmel, dass sein Unterbewusstsein wie auf Kommando die beiden Namen freigegeben hatte. Denn lediglich das Wort »Verdauung« war zu ihm durchgedrungen. »Und Ringo dann ja sicher auch.« Das war doch allemal handfester als Feen, Elfen oder unterirdische Wesen. Er dachte da eher an Regenwürmer und Maulwürfe, aber nicht an … Trolle. Oder lebten die in den Wolken bei den Sternen, die einem mitteilten, ob man mittwochs das Klo scheuern durfte oder doch besser mit einer Diät anfing? Er wusste es nicht.

Claudias Miene mutierte zu einem einzigen Fragezeichen.

»Dennis und Rita, sagst du? Nein, die kenne ich nicht. Und wer ist Ringo?«

»Ihr Hund. Also, einer ihrer Hunde. Sie haben fünf.«

»Ich habe keinen einzigen. Ich bin eher so der Katzentyp. Wie kommst du denn überhaupt da drauf? Bieten die denn auch Kurse an?« Claudia war sichtbar verwirrt.

»Oh ja! Eine Menge sogar. *Für* den Reizdarm und nicht *gegen* zum Beispiel«, plapperte Bernhard mit exakt der Betonung, die Rita gewählt hatte, um da ja nichts falsch zu machen. Denn offenbar war das Kurse-Wesen in gewissen Kreisen ein heißes Eisen und damit ein von Fettnäpfchen umgebenes Thema. Claudia öffnete die Lippen zu einer Erwiderung, aber in diesem Moment klatschte Cordula – Cordula Freese, Diätassistentin aus Leidenschaft, wie es im VHS-Prospekt geheißen hatte – in die Hände. Nur langsam verstummten die Gespräche um sie herum.

»So, wir sind vollzählig.« Sie bedachte die Runde mit einem professionellen Begrüßungslächeln. »Und bevor ich euch etwas zum Thema Ernährung erzähle, losen wir erst einmal unsere Partner aus. Oder unsere Partnerinnen.«

»Hildegard«, stieß Bernhard hibbelig hervor, nickte Claudia entschlossen zu, schob sich zu seiner Frau durch und stellte sich demonstrativ neben sie.

Cordula, der das Manöver nicht entgangen war, schüttelte den Kopf und drohte ihm schelmisch mit dem Zeigefinger.

»Nein, nein, unter Paaren gibt es beim Zwiebelschnippeln nur Streit. In meinen Kursen wird der Partner, die Partnerin gelost. Das macht doch auch viel mehr Spaß. Da lernt man ganz neue Menschen kennen. Und deshalb sind wir schließlich auch hier, nicht?«

Bernhard glaubte das mit dem Spaß keineswegs, und neue Menschen wollte er auch nicht kennenlernen, denn er fand es überhaupt nicht reizvoll, mit wildfremden Leuten geschlagene zwei Stunden lang über Kartoffeln, Kohl und Kohlrabi zu fachsimpeln.

»Stellt euch doch mal bitte in einer Reihe auf.«

Die Gruppe gehorchte, Bernhard zögerte bockig.

Cordula beachtete sein Unbehagen nicht weiter, sondern marschierte jetzt die Reihe ab wie ein General, der seine Truppen inspiziert, wobei sie jedem Zweiten mehrere Papierröllchen hinhielt, von denen es eines zu ziehen galt.

»Hildegard«, trompetete wenig später ein Mann in den sogenannten besten Jahren. Er war etwa in seinem Alter, schätzte Bernhard, na ja, vielleicht ein kleines bisschen jünger als er, und eindeutig allein hier. Offenbar hauste dieser Kerl im Fitness- und schlief im Sonnenstudio; ein knackbrauner Schönling, auf den Hildegard jetzt mit einem verklärten Gesichtsausdruck zuschwebte.

»Hallo … ich bin die Hildegard«, hauchte sie. Seine Frau hauchte sonst nie. Oder hauchte sie nur in seinen Ohren? Denn die anderen Kochkursteilnehmer verzogen keine Miene, ja sie schienen Hildegards Reaktion für ganz normal zu halten.

»Ralph«, stellte sich der Schönling mit sonorer Stimme vor und zwinkerte ihr zu wie einer dieser pomadisierten, ewig zu kurz geratenen südamerikanischen Machos mit Clark-Gable-Schnurbart. »Das hatte ich gehofft.«

Sülzbaron, dachte Bernhard finster, dem sich beim bloßen Anblick dieses Kerls die Nackenhaare sträubten. Der Knabe war ein Blender, wie er im Buche stand. Höchstwahrscheinlich fristete der seinen Lebensunterhalt als Heiratsschwindler. Solche Menschen stanken doch noch drei Meilen gegen den Wind nach Unehrlichkeit. Und Hildegard, die dumme Nuss? Merkte natürlich nichts, sondern stand dümmlich grinsend neben diesem Gigolo, als habe sie das große Los gezogen. Dabei war es eine Niete. Ihre Blicke trafen sich. Ihrer funkelte auf seltsame Art und Weise, irgendwie triumphierend und, ja, leicht belustigt. Bernhard traf es wie ein Schock, während seine

Gedanken rotierten. Und wenn sie diesen Mann nun schon vorher gekannt hatte? Er dachte an die ehefreien Sonntagnachmittage. Und wenn diese ganze Kochshow nur eine einzige Inszenierung war, damit sich die beiden Turteltäubchen »offiziell« kennenlernen konnten? »Ich lege dir keine Steine in den Weg, Bernhard«, hatte sie damals im Bett gesagt. Er hatte ihre Worte noch genau im Ohr. Bedeutete das im Umkehrschluss etwa: »Aber du mir bitte ebenfalls nicht?«

»Bernhard«, trillerte in diesem Moment jemand glockenhell am anderen Ende der Reihe.

»Ja?« Widerwillig beugte er den Kopf vor und drehte ihn in Richtung des Stimmchens.

Nein! Claudia winkte ihm mit ihrem Röllchen in der Hand zu. Sein Herz sackte in die Hose. Heute war eindeutig nicht sein Glückstag, da hatten diese verdammten Sterne beziehungsweise wer oder was auch immer richtig Mist gebaut.

»Ich habe dich gezogen.«

Scheiße, dachte Bernhard inbrünstig, der sonst Kraftausdrücke, wie seine Mutter derartige sprachliche Entgleisungen nannte, bewusst mied. Ausgerechnet. Er vermochte es nicht zu verhindern, aber seine Miene entglitt kurzzeitig. Zwei ellenlange Stunden dieses Himmels- und Innereien-Geschwätz, einmal ganz abgesehen davon, dass der Kosmos sich zu den wirklich wichtigen Themen auf diesem Planeten nicht äußerte: Wie hielt es seine Frau mit diesem Ralph? Das war doch hier die einzig interessante Frage.

»Ist das nicht ein Wahnsinnsglück?« Claudia trat aus der Reihe, trippelte mit raschen Schritten auf ihn zu, strahlte ihn an und entblößte dabei ihr Haigebiss. Als sie neben ihm stand, beugte sie sich zu ihm herüber, sodass sich ihre Schultern fast berührten. »Das ist es natürlich nicht, denn Zufälle gibt es auf dieser Welt nicht. Weil alles mit allem zusammenhängt. Wenn man die Antenne dafür hat und sich mit sämtlichen Sinnen darauf einlässt, kann man es mühelos erkennen.« Sie seufzte verträumt. Bernhard antwortete nicht. Hildegard hatte Ralph die Hand auf den nackten gebräunten sehnigen Unterarm gelegt, während sie ihm etwas zuflüsterte. Also wirklich, das war doch unmöglich.

»Manche, nein leider viele, sehr viele Menschen sind dafür schon zu stumpf«, fuhr Claudia an seiner Seite fort. »Fatale Lebensumstände, verstehst du? Da kann man allerdings etwas tun. Die Seele weiten, die Sinne schärfen, das Ich in den Fokus rücken und darüber das Wir nicht vergessen. Die unsichtbaren Geister helfen dir dabei.«

»Ach die. Ja natürlich«, sagte Bernhard nickend, die Augen immer noch auf Hildegard und ihren Schönling gerichtet. »Wer auch sonst.« Das war besser als »äh«, fand er, während er diesem Ralph mit aller Macht einen so richtig gnatzigen unsichtbaren Geist an den Hals wünschte, damit der ihm dann selbigen umdrehte!

Claudias Lächeln verrutschte leicht. Doch sogleich erhellten sich ihre Züge wieder.

»Du bist ein Ungläubiger, Bernhard. Noch! Das sehe ich dir an. Aber, glaube mir, im Universum hängt wirklich alles mit allem zusammen. Du wirst schon sehen.«

Hildegard und dieser Ralph hoffentlich nicht, dachte Bernhard patzig, dessen Laune sich dem Gefrierpunkt näherte.

»So, hat jeder seine Partnerin oder seinen Partner gefunden und schon ein bisschen beschnuppert? Gut. Wir fangen mit der Süßkartoffel-Ingwer-Suppe an«, rief Cordula mit dieser aufgesetzten Fröhlichkeit in die Runde, wie sie früher Krankenschwestern an den Tag legten, als sie noch nicht wegen allerorts fehlender Finanzen durch die Korridore hetzen mussten wie Richard Kimble auf der Flucht. »Ich habe euch das Rezept in die Küchen gelegt. Es ist ganz einfach. Und nachher werde ich euch noch etwas über den Nährwert erzählen.«

»Süßkartoffeln schälen und würfeln«, las Bernhard, als Claudia und er sich eine der Küchennischen gesucht hatten. Er hob den Kopf. »Wie groß denn?«

»Klein«, sagte Claudia fest. »Aber ein bisschen größer als die Zwiebeln und der Knobi und der Ingwer natürlich.« Sie kramte ihr Smartphone hervor. »Keine Blähstoffe«, hörte er sie nachdenklich flüstern, während sie lippensaugend auf das Display starrte. »Na ja, auch eine Star-Astrologin kann wohl mal irren. Ingwer ist ja tierisch gesund.« Plötzlich wackelte sie so heftig mit dem Kopf, dass das Vogelnest ins Wogen kam, und riss dabei die Augen auf, während gleichzeitig ein triumphierender Ausdruck ihre Züge beseelte. »Ich Ungläubige! Die Sterne lügen nicht. Ich hätte es wissen müssen. Hier steht es doch. Für mich sieht es gut aus. Ich soll mich nämlich mit etwas Schönem beschäftigen. Und das tue ich hier. Sorry, Bernhard.«

Er hatte keine Ahnung, wofür sie sich entschuldigte und knirschte mit den Zähnen. Hätte er doch diesem blödsinnigen Vorhaben niemals zugestimmt! Er hatte noch nie gekocht! Seine Mutter hätte nur den Kopf geschüttelt, wenn sie ihn so sehen würde. Und jetzt saß er auch noch mit dieser durchgeknallten Claudia an, während Hildegard … Sie hatte sich mit Ralph natürlich die Kochnische ausgesucht, die am weitesten von seiner entfernt lag. Bernhard hörte ihn losprusten; es handelte sich dabei um dieses tiefergelegte, sonore Männerlachen, das direkt aus den Eiern zu kommen schien. Er schwitzte. Wahrscheinlich war der Kerl wirklich nur hier, um Frauen aufzureißen. Über das Netz sollte das ja problematisch sein, hatte Heiner an einem Rommé-Abend gemeint, weil es dort niemand mit der Wahrheit allzu genau nahm: Schmerbäuche, schüttere Haare, Mundgeruch – gab es alles nicht. Aber beim ersten Treffen von Angesicht zu Angesicht konnte man einander nichts mehr vormachen. Da stand man nackt beziehungsweise unretuschiert vor dem anderen. Jetzt perlte Hildegard auch noch. Am liebsten hätte Bernhard diese alberne Süßkartoffel mit der bloßen Hand zerquetscht wie damals dieser Schauspieler die rohe Kartoffel. Wie hieß der noch gleich? Reinhold, Reinhard – egal. Das war ja tagelang durch die Presse gegangen. Dabei war er überhaupt nicht eifersüchtig. War er nie gewesen. Na ja, er hatte seines Wissens auch keinen Anlass dazu gehabt – bis Hanne Wiedmann mit ihren so leicht dahingeworfenen Worten … Nein, es ging in diesem Fall ums Grundsätzliche. Wie Hildegard sich da bei diesem Ralph anwanzte – und er sich an sie –, gehörte sich einfach nicht. Ihre Mütter wären entsetzt gewesen und hätten ganz sicher nicht mit deutlichen Worten gespart. Dieser Gedanke verschaffte Bernhard zumindest ein bisschen Erleichterung.

»Ich nehme die Zwiebeln und den Knobi. Ist das für dich okay?«, fragte Claudia.

»Ja. Natürlich.«

»Gut.« Sie schob ihm ein Schneidebrett zu, griff sich dann ein Messer und prüfte die Schärfe der Klinge, indem sie ganz sacht mit dem Daumen darüber fuhr. »Darauf kannst du nach Laramie reiten und zurück«, verkündete sie.

»Stumpf?«, fragte er hoffnungsfroh. Dann gab es höchstens einen blauen Fleck, wenn sie auf ihn einstach, weil der Himmel es ihr befohlen hatte.

»Und wie. Aber das macht nichts.«

»Weil es irgendwie Fügung ist. Schicksal. Oder der Einfluss einer himmlischen Macht.« Es war ein Versuch. Aber er gelang.

»Genau! Du hast es voll erfasst. So gefällst du mir, Bernhard. Weißt du«, fuhr sie mit Leidenschaft in der Stimme fort, während sie begann, die Zwiebel zu schälen, »das Frühjahr ist ja die Zeit, den Geist durch Freude im Herzen zu festigen. Da spielt natürlich eine gesunde Ernährung eine wichtige Rolle. Die sorgt für Klarheit in deinen Gedanken, denn die fehlt uns ja so oft, nicht? Alles ist wuschig, nichts scheint eindeutig.«

»Weil irgendwie alles mit allem zusammenhängt«, brummte Bernhard, während er sich abmühte, die Süßkartoffeln in gleichmäßige daumengroße Stücke zu schneiden. Zumindest in diesem Punkt hielt er sich gar nicht schlecht, fand er. Und er gab sich keinerlei Illusion hin. Claudia würde bis zum Nachtisch durchreden. Ausdauernd, langatmig und beseelt von einer Weltsicht, in der es von Trollen, sprechenden Sternen, Feen und vor allen Dingen von Sachen, die mit dem normalen Menschenverstand weder zu erkennen noch zu erfassen waren, nur so wimmelte. Bernhard stellte auf Durchzug. Sollten sämtliche Gaswolken und Gesteinsbrocken in den Weiten des Alls auch sonst was mit ihm vorhaben, er war noch nicht so weit. Und er würde den Teufel tun, diese Hohepriesterin des Glaubens zu fragen, ob eines ihrer Wesen vielleicht dafür verantwortlich war, dass er in letzter Zeit haufenweise sonderbare Leute kennenlernte. Wie sie.

Als sie zum Hauptgericht kamen – Cordula hatte sich für einen Frühlings-Gemüsetopf mit Käse-Griesklößchen entschieden, was bis auf den letzten

Spargelkopf mit Claudias Horoskop übereinstimmte –, berichtete sie ihm mit Verve von der heilsamen Wirkung der metaphergestützten Tiefenentspannung. Als sie den Nachtisch anrichteten – Quark mit Obstschnitzen –, stand die Harmonisierung von Feuer und Erde im Mittelpunkt. Er hatte keine Ahnung, was sie darunter verstand, fragte jedoch sicherheitshalber nicht nach. Denn das hätte nur einen neuen Wortschwall ausgelöst. Als sie gemeinsam die Küche klarierten, ging sie mit ihm auf Seelenreise durch Hypnose und berichtete von den Vorzügen einer Rückführung in frühere Leben. Denn nur so, versicherte sie mit einem geradezu gläubigen Unterton, könne man bestimmte Lebensfragen erst richtig beantworten: nämlich zum Beispiel die, ob man sich beruflich auf dem richtigen Weg befinde. Für einen kurzen Moment sah Bernhard sich selbst als Neandertaler, die nackten Beine um einen Baumstumpf geschlungen, dabei etwas auf Holztäfelchen ritzend, und vor sich den Hordenchef in einem Wisentfell, der vor der nächsten Säbelzahntigerjagd doch lieber eine Unfallversicherung abzuschließen gedachte. Bernhard klingelten die Ohren vor lauter Tiefenentspannung, dem Zusammenspiel von Herz, Milz und Leber – oder war es die Galle? – sowie der ganzen Energie, die sämtliche Kreativität in ihm freisetzte, um ihn zu erden und auf neue Lebenspfade zu führen. Oder war es umgekehrt? Er wusste es nicht. Claudia war ihm nicht unsympathisch, aber sie lebte eindeutig in einer anderen Welt. Er hatte sich nie viele Gedanken darüber gemacht, wie Menschen tickten. Sie taten, was sie meinten tun zu müssen, und das war's. So sah er es. Doch hier in dieser Schulküche beschlich ihn das Gefühl, dass es für manche Persönlichkeiten so einfach wohl nicht war. Weshalb sonst bevölkerte man seine Welt mit allerlei Fabelwesen wie Trollen, Feen und Engeln? Bernhard stutzte. Er war nicht religiös. Vielleicht hätte ein Theologe ihm den Unterschied zwischen Feen und Engeln erläutern können. Höchstwahrscheinlich sogar. Er konnte es nicht. Er sah lediglich das drängende menschliche Bedürfnis, die Welt nicht allein der Vernunft zu überlassen. Weil Nicht-Erklärbares Hoffnung gab? Aber worauf? Auf eine bessere Welt? Verdammt, was war bloß los mit ihm? Es mussten doch die Wechseljahre sein. Männer erwischte es ja später als Frauen, hatte er einmal gelesen. Er dachte wirklich über die seltsamsten Themen nach. Es erschien ihm allerdings ein bisschen unheimlich, wie er sich eingestand.

Und so war er fast froh, als die Stimme des Gigolos ihn mit einem raumfüllenden »Toll, Hildegard, das schmeckt wirklich köstlich!« aus seinen Gedanken riss. »Köstlich«? Gut, Hildegard konnte kochen und das allemal besser als er. Doch dazu gehörte bekanntlich nicht viel. Aber »köstlich?« Die Rouladen seiner Mutter hatten ihm immer besser geschmeckt. Ganz am Anfang ihrer Ehe hatte er in dieser Hinsicht einmal zart etwas angedeutet. Sie hatte drei Tage nicht mehr mit ihm gesprochen. Seitdem hatte er klaglos alles gegessen, was auf den Tisch kam. »Köstlich!«, ach was. Alter Schleimer.

»Nächste Woche ist ja dann unser Seminar«, hörte er Claudia wie durch eine Nebelwand zirpen, und einen winzigen Moment hatte er nicht den Hauch einer Ahnung, wovon sie sprach.

»Was?«

»Das Seminar«, wiederholte sie geduldig. »Das bringt dich total weiter und zu dir selbst. Gute Gedanken und ein freudiges Herz. Ist echt klasse.«

Sie guckte hoffnungsvoll zu ihm hoch.

»Tja«, brummte Bernhard und gab sich den Anschein, unschlüssig zu sein. Er würde natürlich den Teufel tun und sich einen ganzen Tag lang Claudias Geschwafel aussetzen. »Ich glaube, da haben wir etwas vor.«

»Ich habe dir doch noch gar kein Datum genannt. Es ginge auch an einem späteren Termin.« Mist!

»Tja«, murmelte Bernhard erneut und strich sich dabei scheinbar nachdenklich übers Kinn. »Da muss ich erst mit meiner Frau sprechen.« Es war die klassische Ausrede eines Feiglings, und genau so kam er sich in diesem Moment auch vor.

5. Kapitel

Langsam begann Bernhard die gemeinsamen Mahlzeiten am heimischen Küchentisch zu fürchten. Nach dem Kochkurs hatten sie an dem Abend noch ein bisschen ferngesehen und Belanglosigkeiten über ihre Erfahrungen in den letzten Stunden ausgetauscht. Genau genommen hatten Hildegard und er sich an Ralph und Claudia herangetastet wie ein Diplomaten-Duo, das im Namen seiner verfeindeten Länder einen Friedensschluss aushandeln sollte. Ralph sei nett, hatte Hildegard ihm mitgeteilt, als um Viertel nach neun eine hochgelobte Liebesromanze losging. Und Claudia? Auch, hatte er einsilbig gemeint, als auf der Mattscheibe eine gehetzte junge Frau mit dementem Vater und einer schwer gestörten dreijährigen Nichte beschloss, zu Fuß die Alpen zu überqueren, um endlich zu sich selbst und damit zum Glück zu finden. So hatte es in der Programmzeitschrift gestanden. Und man habe ja auch etwas gelernt über gesundes Essen. Hildegard stimmte ihm zu, während die Alpen sich als tückisch erwiesen. Es stürmte und regnete zum Gotterbarmen, die Nichte nölte, der Vater lief weg, die Heldin rannte voller Verzweiflung hinterher und traf auf einen einsamen, unverschämt gut aussehenden kernigen Kletterer auf irgendeinem Gipfel mit einem spektakulären Ausblick. Bernhard schaute nur mit einem Auge hin. Es interessierte ihn nicht sonderlich, und bald verlor er komplett den Faden. Ob es ihm denn Spaß gemacht habe, hatte Hildegard sich dann kurz vor dem Ende des Films bei ihm erkundigt; ihr Strickzeug hatte sie an diesem Abend nicht angerührt. Doch, ja, hatte Bernhard geantwortet, schon irgendwie. Es war ihm klar, dass sie nicht den Film meinte, in dem sich als Lover und Stütze im beschwerlichen Dasein mittlerweile der Kraxler angeboten hatte. Selbst schwer gebeutelt vom Leben, verstand er die junge Frau nur allzu gut. Und dann küssten sie sich unten im Tal, und alles war perfekt. Er würde allerdings lieber lernen, wie man einen vernünftigen Schweinebraten zurechtbrutzelte, statt pausenlos dieses ganze Grünzeugs zu schnippeln. Seinetwegen auch gern bio und mit Fleisch von glücklichen Viechern, hatte Bernhard hastig hinzugefügt, als Hildegard ihn mit diesem Blick bedacht hatte, den er noch aus der Sandkiste kannte, bevor sie ihm die Plastikschaufel über den Kopf gehauen hatte. Und Claudia, hatte sie jedoch lediglich nachgehakt. Na ja, die sei ein wenig anstrengend – er hatte seiner Frau direkt in die Augen geschaut –, weil sie mit Elfen und Trollen zusammenlebe. Mehr hatte er nicht erzählt, weil er seltsamerweise das Gefühl hatte, Claudia damit in die Pfanne zu hauen. Und das wollte er nicht.

»Bernhard Biller«, hatte Hildegard daraufhin zerstreut gesagt, »du machst Sachen.« Und du, hätte er sie am liebsten zur Rede gestellt, was machst du? Doch er hatte geschwiegen. Nach dem Film – die Uhr ging mittlerweile auf elf! – waren sie ins Bett gegangen. Hildegard hatte ihm den Rücken zugekehrt und war auf der Stelle eingeschlafen, während er die Quadrate an der Decke geduldig mit zwei und dann mit drei multipliziert hatte und erst gegen vier Uhr in einen leichten Schlummer gesunken war.

»Er ist Single und ziemlich einsam«, behauptete Hildegard jetzt am Frühstückstisch, während sie ihren Mann über den Rand ihrer Kaffeetasse aufmerksam beäugte.

»Wer?«

»Hörst du mir denn gar nicht zu, Bernhard? Ralph natürlich. Von ihm sprach ich die ganze Zeit.«

Bernhard drapierte sehr sorgfältig das Messer mit dem klebenden Honigklacks an der Scheide auf dem Tellerrand und erwiderte ihren Blick kühn. Er hätte es wissen müssen. Ihre Gesichtsmuskeln sprachen an diesem Morgen Bände.

»Unsinn, Hildegard, lass dich von dem Kerl doch nicht einseifen. Schau ihn dir an. Sieht der etwa so aus, als würde er auch nur eine Nacht allein verbringen?«

»Ja«, sagte seine Gattin, die naive Einfalt in Person. »Das hat er mir doch selbst erzählt.«

Bernhard schnaubte durch die Nase wie ein gereizter Stier.

»Beim Zwiebelschneiden? Mit Tränen in den Augen? Das lag an diesem Gemüse, nicht an seinem inneren Aufruhr. Das ist doch nichts als eine Masche, meine Liebe.« So hatte er sie schon lange nicht mehr genannt, und er bemerkte mit Genugtuung, wie sie zusammenzuckte. »Nichts als eine Masche«, wiederholte er fest,

»glaube mir. Die hat doch so einen Bart.« Mit dieser inszenierten Gefühlsduselei – der Mann als sensibles Wesen, das auch weinen konnte; sein Vater hätte gewiehert vor Lachen – hatte der Schmidtke aus der Kranken die Damen reihenweise flachgelegt. Das war ganz ähnlich wie mit der Bäckerei oder Kocherei. Kaum hatte der Kerl »sein Innerstes« offenbart, gingen die Frauen mit ihm ins Bett, um ihn zu trösten und dem Unglücksraben wieder auf den richtigen Weg zu helfen. Bernhard hatte das zufällig mitbekommen, als sich die Karl aus der Altersvorsorge mit der Kasunke aus der Fahrzeug in der Raucherecke unter seinem Bürofenster unterhalten hatte. Er hatte nicht bewusst gelauscht, doch sein Fenster hatte offen gestanden, und sie hatten nicht geflüstert. Beide Frauen hatte der Schlawiner mit diesem Gesülze auf seine Matratze bekommen. Und sie waren nicht einmal empört gewesen! Bernhard dafür umso mehr.

»Woher weißt du denn das so genau?«, meinte Hildegard schnippisch. »Weil du damit Erfahrung hast?«

»Quatsch!«

»Wieso soll ich dir dann glauben, Bernhard? Nenne mir doch mal ein Argument. Nur eines.«

Es hörte sich logisch an, das musste er zugeben, trotzdem war es natürlich totaler Blödsinn, was da aus ihrem Mund quoll.

»Ein Mann erkennt einen Schaumschläger, wenn er ihn sieht«, knurrte er kernig. Eine Weile war es still in der Küche. Lediglich eine Fliege brummte und knallte mit enervierender Energie immer wieder gegen die Scheibe. Na ja, die Sonne schien, draußen war es warm, und die ersten Blüten dufteten.

»Ein schöner Satz, Bernhard, wirklich«, stellte Hildegard nach einer Weile fest, in der sie beide den Brummer in seinen fruchtlosen Bemühungen beobachteten. »Wahrer wird er dadurch trotzdem nicht. Ich möchte Ralph nämlich einladen. Wir könnten etwas zusammen kochen, dabei ein bisschen schwatzen und –«

»Zu uns?« Bernhard war fassungslos. Mit allem hatte er gerechnet, damit nicht. »Aber wir haben doch nie Besuch, also fast nie. Und solchen Besuch schon gar nicht.«

»Dann wird es hohe Zeit, mein Lieber.« Jetzt war es an ihm zusammenzuzucken. Irgendetwas ging hier mächtig gewaltig schief, wie Egon Olson sagen würde. Er hatte die Filme um die dänische Komiker- und Loserbande aus den 70er Jahren immer gern geschaut. Damals. Herrje, war das lange her.

»Aber Heiner und Edith …«, hörte er sich stammeln. »Was sollen die denn denken?« Es war das schwächste Argument auf diesem Erdenrund, das wusste er selbst. Doch ihm wollte einfach nichts Zündendes einfallen. Wahrscheinlich würde er heute Nacht, wenn er die Quadrate durch dreieinhalb dividierte, auf die Idee der Ideen kommen. So war es ja immer. Jetzt tat sich dummerweise nichts in seinem Kopf. Sein Hirn war wie leergefegt, nur irgendwo ganz hinten an der Peripherie blinkte mit enervierender Regelmäßigkeit ein grellroter Alarmknopf.

»Ist mir egal.« Hildegard schenkte sich Kaffee nach und ihm nicht, obwohl seine Tasse bereits halb leer war und er ihn morgens schwarz trank. »Wenn du damit ein Problem hast, kannst du ja so lange ins Kino gehen. Oder in die Kneipe. Oder zu Heiner und Edith, um ihnen dein Leid zu klagen.«

»Hildegard!« So hatte sie noch nie mit ihm gesprochen. Er pflegte weder ins Kino noch in die Kneipe zu gehen! Das hatte er noch nie getan, und sie wusste das ganz genau. Wie vom Donner gerührt starrte er sie an. Litt sie etwa unter einem Rentenschock? Dabei arbeitete sie doch in der Bäckerei stundenweise weiter, und der Haushalt hatte sich ebenfalls nicht in Luft aufgelöst. Sicher, sie befanden sich beide im letzten Drittel ihres Lebens, wenn alles gut ging, aber … Bernhard stutzte, und sein Gedärm machte einen Looping, als ihn urplötzlich der Gedanke anflog, dass es möglicherweise gar nicht um *ihre* Rente ging, sondern um *seine*. Schließlich saß er nun den ganzen Tag zu Hause herum. Und irgendwann würde jede Schraube an ihrem Platz liegen und die Eisenbahn möglicherweise noch mehr an Reiz verlieren.

»Ja, mein Lieber?« Ihre Stimme war honigsüß. Oder unangenehm klebrig, dachte er wütend. Zu allem Überfluss griff Hildegard jetzt auch noch nach einer dritten Brotscheibe, was alle Jubeljahre einmal vorkam und ihm glasklar signalisierte, wie anders, nein, verfahren die

Situation momentan am billerschen Frühstückstisch war. Das gab ihm den Rest.

»Ich bleibe hier«, knurrte er drohend. »Wir kochen zu dritt, und dann werden wir ja sehen, wer recht hat!«

»Schön, wie du willst«, entgegnete sie gleichmütig. »Denn darum geht es ja in Wahrheit nur allzu oft, nicht? Ums Rechthaben, meine ich.«

*

Noch am selben Vormittag beschloss Bernhard, Hanne Wiedmann einen zweiten Besuch abzustatten, und zwar ohne auch nur den Hauch eines schlechten Gewissens zu verspüren. Wenn seine Gattin einfach so und nach einmaligem Kennenlernen wildfremde Männer in ihre Küche einladen konnte, hatte er ja wohl alles Recht der Welt, Roquefort mit einer anderen Frau zu essen. Er hatte Hildegard gedanklich noch nie als »Gattin« tituliert, das immerhin fiel ihm auf. Und wenn sie nun nach über dreißig Ehejahren die Abwechselung suchte, bitte, das konnte er ebenfalls. Das Leben in geordneten Bahnen war vergessen. Denn es stimmte ja keineswegs, dass er sklavisch an den wie Zinnsoldaten ausgerichteten Schraubengläsern im Keller hing. Oder an gewissen eingespielten Tagesabläufen. Nein, auch er konnte sich problemlos auf neue Menschen einlassen. Denn ja, auch er, Bernhard Biller, vermochte über seinen Schatten zu springen, was nicht zuletzt seine Begegnungen mit Hanne, Dennis, Rita oder Kai, Muri, Sasha, Melly und

Big Five samt Dübel und Socke in aller Deutlichkeit bewiesen hatten!

Das Mittagessen verbrachten sie weitgehend schweigend. Über »Reichst du mir bitte einmal das Fleisch?« und »Aber gern.« kamen sie nicht hinaus. Als der letzte Bissen Kasseler aufgegessen war, teilte Bernhard seiner Frau in einem Ton, der keine Widerrede duldete, mit, dass er einen Spaziergang machen werde.

»Tu das«, lautete die lapidare Antwort, die seinen Blutdruck erneut in schwindelerregende Höhen katapultierte. Sie tat ja gerade so, als sei er ein altes Möbelstück, das an der sattsam bekannten Stelle quietschte und dessen Farbe man nicht mehr zur Kenntnis nahm: grau, blau, beige, irgendwie gedeckt. Es war eben da. Wie er offenbar.

Abrupt stand Bernhard auf und marschierte mit geradem Rücken aus der Küche, die Treppe hinauf ins Badezimmer. Während er sich die Zähne putzte, ein gesundes Gebiss war schließlich die halbe Miete im Alter, zumindest in dieser Frage waren Hildegard und er sich – noch! – einig, beschloss er, sich nicht bei Hanne Wiedmann anzumelden, sondern sie zu überraschen. Für den Bruchteil einer Sekunde blitzte auch hier das Wort »feige« in seinem Hirn auf, aber das traf es nicht. Eine Ablehnung hätte er in seinem gegenwärtigen Zustand zwar nur schwer verkraftet, doch er wollte sie keineswegs mit vollendeten Tatsachen konfrontieren. Stattdessen stellte er sich ihre freudig-überraschte Miene vor, wenn er unversehens bei ihr auftauchte, bepackt mit Käse, Wein und Trauben …

»Ach Bernhard, Sie sind es«, begrüßte sie ihn jedoch nicht gerade überschwänglich, als er vor ihrer Tür stand. Hanne Wiedmann wirkte zwar nicht direkt abweisend, aber auch nicht dermaßen erfreut, wie er es sich insgeheim erhofft und ausgemalt hatte. Sein Herz sank in die Hose. »Ich habe Besuch. Aber das macht nichts. Kommen Sie doch herein.«

Freudensprünge sahen anders aus, das war ihm schon klar.

»Ich … also ich will nicht stören«, stammelte er enttäuscht. »Ich hätte mich wohl besser anmelden sollen.«

Sie wischte seinen Einwand mit einer Handbewegung fort.

»Unsinn. Nun stehen Sie da nicht länger rum. Das geht schon. Salman ist ein Lieber. Und wenn noch ein zweiter Bio-Deutscher die Runde verstärkt, umso besser. Das kann überhaupt nicht schaden.«

Es waren rätselhafte Worte, doch bevor Bernhard nachfragen konnte, was sie bedeuteten, stand er auch schon im wiedmannschen Wohnzimmer. Ein etwa zwanzigjähriger, eher schmächtiger junger Mann mit satten schwarzen Haaren und olivfarbenem Hautton saß am gedeckten Tisch und stand bei seinem Anblick höflich auf.

»Das ist Salman«, stellte Hanne Wiedmann ihn vor. »Und das ist Bernhard, also Herr Biller.«

»Hallo«, sagte der Junge leise, als Bernhard auf der Schwelle stehen blieb.

»Hallo«, grüßte er verdattert zurück.

»Setzen Sie sich doch«, forderte Hanne Wiedmann ihn auf. Ihr Blick fiel auf seine Taschen. »Zum Käse kommen wir später. Sie haben … ach was, ich hasse diese Förmlichkeiten. Ich bin Hanne. Du hast doch welchen mitgebracht?«

Sie lachte, wodurch die Zahnlücke zwischen den Schneidezähnen prachtvoll zur Geltung kam.

»Bernhard«, murmelte Bernhard verlegen.

»Ja«, sagte Hanne; dabei ruckte ihr Kinn Richtung Tisch, auf dem zwei gut gefüllte Teller standen. »Putenschnitzel, Erbsen und Möhren und Kartoffeln. Ein echt deutsches Essen also.«

»Guten Appetit«, wünschte Bernhard höflich. Die Tasche hatte er neben den alten Sessel gestellt. Der Junge und Hanne saßen auf der Couch beziehungsweise auf einem Stuhl. »Aber ich kann auch ein anderes Mal wiederkommen … also, wenn ich Sie, also dich störe …«

»Papperlapapp. Hör auf, dich zu entschuldigen, Bernhard. Du störst nicht. So, Salman, es geht weiter.« Hanne Wiedmann lächelte den jungen Mann auffordernd an, der sich daraufhin wieder setzte und seufzend nach Messer und Gabel griff. »Wir lernen nämlich, damit zu essen«, erklärte sie Bernhard ernst. »Salman ist es von zu Hause gewohnt, einen Löffel zu benutzen oder mit den Fingern zu essen. Messer und Gabel sind nicht so seins, aber da er im Herbst eine

Ausbildung zum Computer-Techniker anfangen will, habe ich mir gedacht: Das muss er lernen. Sonst geht das erste Geschäftsessen gleich in die Hose.«

Salmans olivfarbener Teint verfärbte sich leicht bei Hannes Worten, trotzdem fing er gehorsam an, das Gemüse auf die Gabel zu schieben, während Bernhard sich bemühte, den Jungen nicht allzu sehr anzustarren, als der die volle Gabel mit der Linken zum Mund balancierte. Unbewusst hielt er den Atem an, aber die Erbsen verschwanden ohne Ausnahme in Salmans Mund. Hanne Wiedmann klatschte anerkennend.

»Na also, geht doch.«

Der junge Mann grinste.

»Aber wer sich so eine Gerät wie ein Gabel ausgedacht hat, ist eindeutig bekloppt.« Bernhard hatte Mühe, ihn zu verstehen, weil die Betonung der Worte für seine Ohren eigenwillig und fremd klang.

»Sei froh, dass du es nicht bis nach China geschafft hast«, tröstete Hanne ihn. China? Es dauerte eine Weile, bis Bernhard die Anspielung verstand und auf die Stäbchen kam. Er fühlte sich unwohl. Da hatte er sich ein anregendes Käseessen mit Hanne Wiedmann vorgestellt, auf dem er vielleicht auch ein bisschen Dampf in Hinblick auf seine häusliche Situation ablassen konnte, und jetzt saß er hier mit einem Fremden und schaute dem beim Essen zu. Seit Kurzem war alles irgendwie verhext. Er wusste nicht, was er sagen sollte.

»Weißt du, es reicht ja nicht, den Leuten den Unterschied von der Aussprache her zwischen ›Killer‹ und ›Kellner‹ beizubringen, wenn sie dermaleinst im Lokal um die Rechnung bitten. Oder gerade die Frauen, die zu Hause eine Schule oft nur von außen gesehen haben, in Sprachkursen endlos mit dem Plusquamperfekt zu quälen.« Hanne spießte mit Nachdruck ein Stück Kartoffel auf und tunkte es energisch ins Bratfett. »Nee. Da stößt die wunderschöne, in der rundum abgesicherten Welt eines bundesdeutschen Ministeriums erdachte Theorie einfach an ihre Grenzen.«

Jetzt kullerten Salman drei Erbsen von der Gabel, landeten jedoch noch auf dem Teller.

»Mist«, fluchte er laut und völlig akzentfrei.

Bernhard wackelte stumm mit dem Kopf. Er traute sich immer noch nicht, etwas zu sagen. Er fühlte sich heillos überfordert. Sicher, dass damals vor Jahren ein Schwung meist junger Männer aus dem Süden oder sonst wo her ins Land gekommen war, hatten Hildegard und er natürlich ebenso mitbekommen wie das Merkel'sche »Wir schaffen das«. Wer hatte das nicht? Heiner und er hatten Letzteres allerdings stets bezweifelt. Sie hatten ihre Meinung zwar nicht weiter aufgedröselt, geschweige denn irgendwann einmal auf den Prüfstand gestellt – aber das hatte er bislang auch nie für nötig gehalten, denn ein Mann mit etwas Lebenserfahrung wusste das einfach. So einen Satz äußert nur eine gefühlige Frau. Und das war Merkel nun einmal, auch wenn sie als jahrelange Bundeskanzlerin diesen Job wohl nicht mit reiner Gefühlsduselei hatte wuppen können. Also, das war Bernhard schon manchmal klar, so irgendwie, was seiner Überzeugung jedoch keinerlei Abbruch tat. Allerdings hatte er bis heute noch nie einen Menschen kennengelernt – wie hatte Hanne sich selbst genannt? Eine Bio-Deutsche, genau – also er hatte noch nie eine Bio-Deutsche gekannt, die tatsächlich Kontakte zu diesen Leuten hatte; und das anscheinend auch noch so ganz privat. Bei Hanne Wiedmann wunderte ihn das allerdings nicht. Wer fremde Männer so mir nichts dir nichts zur Roquefort-Verkostung in seine Wohnung einlud, ließ sich auch auf Flüchtlinge ein.

Jetzt hatte Salman seinen Teller leergegessen, und sein Gesichtsausdruck entspannte sich sichtlich.

»Na«, sagte er zu Hanne Wiedmann, »wie war ich?« Es klang wie »isch«.

Dabei grinste er breit und entblößte eine beneidenswert gerade Reihe blütenweißer Zähne, die jeden Dentisten in die Armut gestürzt hätte.

»Super, du Held an der Gabel«, lobte ihn Hanne Wiedmann herzlich. »So können wir dich auf die bundesdeutsche Menschheit loslassen. Das üben wir noch ein paar Mal, und dann geht das schon automatisch.« Sie grinste nun ebenfalls. »Dann kannst du die Geschäftspartner gleichzeitig mit deinen Computerkenntnissen beeindrucken und den Kampf mit den Erbsen bestehen.«

»Die bestelle ich mich im Leben nicht freiwillig«, seufzte Salman. Es kam aus tiefsten Herzen, hatte Bernhard den Eindruck.

»Mir«, verbesserte Hanne Wiedmann automatisch. »Also gut, keine Erbsen mehr«, fuhr sie vergnügt fort. »Wann hast du denn noch mal Zeit?«

Salman legte den Kopf schief und überlegte.

»Nächste Freitag? Nach der Arbeit.«

»Ja, das passt mir gut. Dann üben wir mit Brokkoli, Spinat und Spiegelei.« Salman stöhnte theatralisch auf und verdrehte die Augen. Es war eine beeindruckende Pantomime, sodass auch Bernhard unwillkürlich grinsen musste. »Ohne Brot, aber dafür mit Kartoffeln«, fuhr Hanne Wiedmann unerbittlich fort.

»Kartoffeln, Kartoffeln, Kartoffeln«, brummte Salman. Es klang wie Kartuffeln, Kartuffeln, Kartuffeln. »Isst ihr denn nie was anderes? Das ist so deutsch.«

»So ist es, mein Lieber.«

Bernhard verfolgte das Geplänkel zwischen den beiden weitgehend ratlos, aber ja, mittlerweile durchaus mit Interesse. Sie mussten sich wirklich gut verstehen, was an und für sich schon ein bisschen merkwürdig war, denn neben allen anderen Unterschieden betrug der Altersunterschied nach seiner Schätzung locker vierzig Jahre.

»Salman arbeitet bis zum Beginn seiner Ausbildung im Supermarkt beim Bäcker als Aushilfe«, erklärte Hanne Wiedmann jetzt. Auch sie hatte ihren Teller leergegessen und lehnte sich gemütlich in ihrem Sessel zurück.

»Ach«, sagte Bernhard zaghaft.

Hanne beachtete seine Unsicherheit einfach nicht.

»Manche Leute sind wirklich völlig daneben«, verkündete sie. »Erzähl mal, Salman.«

»Och nö.«

»Doch«, drängte Hanne und bedachte den Jungen mit einem Blick, der dermaßen deutlich »Kann nicht schaden« besagte, dass Bernhard vor Verlegenheit ganz heiß wurde.

»Na, ja, manschmal ärgere ich mich schön.« Schön? Ah, schon natürlich, verbesserte Bernhard im Stillen. Jetzt schaute der Junge ihn direkt an. »Blicke sind oft gemein. Als bin ich Dreck. Oder unsichtbar.« Seine Augen verengten sich. »Das passiert den Ukrainern nicht. Da hat jeder Mitleid«, platzte es aus ihm heraus. »Und die dürfen hierbleiben, arbeiten oder gleich Sprachkurs machen. Wir Leute aus arabische Ländern und Afrika mussten früher warten, warten, warten.« Ein bitterer Unterton hatte sich in seine Stimme geschlichen. »Wir sind doch keine Menschen zweiter Klasse!«, stieß er grammatikalisch fehlerlos und von der Aussprache her vorbildlich hervor.

Hanne Wiedmann seufzte, beugte sich vor und legte ihm die Hand auf den Unterarm. War es eine tröstende Geste oder eine beschwichtigende? Eine Kombination aus beidem vermutlich, doch Bernhard wusste es nicht.

»Wir haben das ja schon oft besprochen, Salman. Eure Schulsysteme und Abschlüsse entsprechen nun einmal nicht unseren Standards. Und wir können und wollen diese Standards nicht senken. Ich finde das richtig. Das ist nun einmal unsere Kultur. Nein, das geht einfach nicht, denn wo würden wir dann stehen? Das ist ein entscheidendes Argument, ob du es nun hören willst oder nicht.«

Der Junge verzog das Gesicht.

»Und in der Ukraine ist es anders?«

»Ja«, sagte Hanne Wiedmann knapp. »Soweit ich das weiß, ja.«

»Scheiße«, sagte Salman erneut akzentfrei, um bedächtig fortzufahren: »Na ja, vielleicht ist unsere Schule tatsächlich nicht so doll. Mit der ganzen Reli- … Regelion und so.«

»So kann man es sehen«, stimmte Hanne Wiedmann ihm zu, ohne ihn zu korrigieren. »Von Darwin, der Evolution und verwandten Entwicklungen sollte man halt schon einmal gehört haben. Und ein bisschen mehr selbstständiges Denken und nicht nur Auswendiglernen wäre auch nicht schlecht«, fuhr sie fort. »Trotzdem ist diese Warterei nicht in Ordnung gewesen, da stimme ich dir völlig zu.« Eigentlich hatte Bernhard gedacht, dass diese wundersamen Gutmenschen, die am Münchner Hauptbahnhof damals eventmäßig Fähnchen geschwenkt hatten, als erwarteten sie eine siegreiche Fußballmannschaft und keine Flüchtlinge, dass diese Leute sofort an die Decke gingen, wenn man ihre Schützlinge auch nur ansatzweise kritisierte. Und jetzt fand Hanne Wiedmann selbst so deutliche Worte. Allerdings konnte er sie sich ehrlicherweise auch nicht mit wehendem Fähnchen juchzend an irgendeinem Bahnhof vorstellen. In einer Flüchtlingsunterkunft, ja, beim Sprachunterricht, ja, aber nicht als jubelnde Menschenfreundin, die sich selbst die Wichtigste war und alle anderen für blöd und vor allem für moralisch minderwertig hielt. »Die Warterei macht jeden Menschen wahnsinnig. Dazu Unsicherheit und Enge und – voilà – hat man eine explosive Mischung, die sich gewaschen hat. Das weiß jeder Trottel, weil man es sich mühelos vorstellen kann. Hast du eigentlich eine Meinung dazu, Bernhard?«

Augenblicklich beschlich ihn das Gefühl, als brause ungebremst ein ICE über ihn hinweg. In seinen Ohren klingelte es. Er hatte es gewusst und gefürchtet, dass sie ihm genau diese Frage stellen würde. Trotzdem war er nicht darauf vorbereitet.

»Ich … äh … eigentlich … so genau nicht, nein.« Das war zwar nicht ganz ehrlich, aber es erschien ihm sicherer. Mit Heiners und seinen Thesen konnte und wollte er ihr nicht kommen. Sie hätten hier, an diesem Tisch, nicht hingepasst. Seltsamerweise kamen sie ihm plötzlich selbst tatsächlich ein bisschen unausgegoren vor.

Hanne Wiedmann ließ sich durch sein Gestammel nicht aus der Ruhe bringen.

»So geht es vielen, denke ich.« Doch plötzlich schlug sie mit der Faust auf den Tisch, dass die Teller hüpften, und Salman und Bernhard erschrocken zusammenfuhren. »Was etliche Leute ja keineswegs daran hindert, eine in Beton gegossene Meinung, unbeleckt von sämtlichen Fakten, an den Tag zu legen.« Ihre Augen bohrten sich in seine, und er hatte das unangenehme Gefühl, dass sie ihn mühelos durchschaute. »Weißt du, wie ich an meinen ersten Sprachkurs gekommen bin?«

Bernhard schüttelte nur wortlos den Kopf.

»Als Ehrenamtliche natürlich. Es gab damals eine Bürgerversammlung, die Flüchtlinge sollten in der Jugendherberge gleich hier nebenan untergebracht werden. Und da stand doch allen Ernstes so ein biodeutscher Vollpfosten in den Vierzigern auf, faselte etwas vom gewesenen Paradies und verkündete mit Messern in den Augen – man beachte, da stand die Jugendherberge noch komplett leer –, er werde, sollten ›die‹ hier einziehen, sein Haus, seinen Hund und seine Frau mit allen Mitteln verteidigen. Wohlgemerkt in exakt dieser Reihenfolge. Und da habe ich mich spontan für einen Sprachkurs gemeldet; ich hatte das ursprünglich gar nicht vor. Um solchen, Verzeihung, Arschlöchern nicht das Feld zu überlassen. Denn dies ist auch mein Land, in dem ich gern lebe. Und ich möchte nicht, dass solche Gestalten mit ihrem Geblöke und Geschrei und ihren Hasstiraden alles kaputtmachen. Deshalb hab ich gedacht, ich packe bei der Integration ein bisschen mit an.« Sie holte tief Luft, für den Bruchteil einer Sekunde verdunkelten sich ihre Augen, und es lag ein bekümmerter Ausdruck auf ihrem Gesicht. »Hat nicht viel geholfen, was? Jetzt schwadronieren sie sogar schon über ›Remigration‹. Himmel, was für ein Scheiß. Packst du den Käse aus, Bernhard? Salman, möchtest du auch einen Schluck Wein?«

Der winkte ab.

»Nein, heute nicht. Danke.«

Bevor Bernhard seine Gesichtszüge kontrollieren konnte, starrte er den Jungen auch schon ehrlich verblüfft an.

»Aber du … äh … Sie dürfen doch nicht … ich meine, als Muslim. Da ist Alkohol doch verboten.«

Salman grinste.

»Oh, Allah hat ein großes Herz.« Das Doppel-»ll« kam irgendwo aus dem hinteren Teil der Mundhöhle. Bernhard ertappte sich unwillkürlich dabei, wie er seine Zunge nach hinten zog in dem Versuch, es dem Jungen nachzusprechen, während Hanne geduldig erklärte:

»Salman ist ein Kultur-Muslim, Bernhard. Wie bei uns die Kultur-Christen, die nur Weihnachten in die Kirche pilgern, weil es so schön was fürs Gefühl ist. Sonst haben die ja mit der Religion auch nicht viel am Hut. Für den Ostergottesdienst reicht es schon nicht mehr. Da ist das Wetter ja auch bereits besser. Und der Besuch eines normalen Sonntagsgottesdienstes liegt vollständig außerhalb der Vorstellungskraft.«

Bernhard beschlich langsam das unangenehme Gefühl, dass Hanne und Salman, na ja, vor allem Hanne, so eine Art Wissens-Pingpong mit ihm spielten und sich über seine Unwissenheit insgeheim amüsierten.

»Das gibt's?«, entfuhr es ihm jedoch erstaunt, ehe er es verhindern konnte. Am liebsten hätte er sich in ein

Mauseloch verkrochen. Hanne Wiedmann hustete. »Ja, das gibt's. Und wo wir nun schon dabei sind, die großen Themen des Islam zu behandeln – zumindest die aus deutscher Sicht – könnten wir die Themen Zwangsheirat, Kopftuch und Messerträger auch gleich abhaken, mhm?«

Bernhard hob abwehrend die Hände. Durch diese Aufzählung fühlte er sich wie der letzte Idiot. Was sie zweifellos beabsichtigt hatte, da machte er sich nichts vor. In gewisser Weise spielte sie mit ihm, seiner Unwissenheit sowie seinen Vorurteilen. Aber so kleingeistig war er nicht. Also, zumindest hielt er sich nicht dafür. Er musste bloß einmal in Ruhe über alles, was sie ihm an den Kopf geknallt hatte, nachdenken können. Und das würde er, allein Hanne Wiedmann zuliebe. Und weil dieser Junge, Salman, ihm tatsächlich nicht unsympathisch war. Denn mit Hildegard … nein, die wandelte auf anderen Pfaden und liebäugelte mit diesem Ralph. Bernhard gab sich da keiner Illusion hin, er war ziemlich durcheinander.

»Na gut, lassen wir das«, lenkte Hanne jetzt versöhnlich ein. Bernhard hatte allerdings das sichere Gefühl, dass ihm lediglich ein zeitlicher Aufschub gewährt wurde. »Der besoffen-torkelnde Christ mit zwei Schweinen unter dem Arm hält sich als Feindbild schließlich auch hartnäckig in manchem muslimischen Kopf.« Obwohl das Bild so abschreckend und verzerrt war, kamen Bernhard augenblicklich Asterix und Obelix in den Sinn, die er als junger Mann ganz gern gelesen hatte. Seiner Erinnerung nach liebte Obelix, der dicke Gallier, Wildschweine in jeder essbaren Form, fing sie daher, wo er nur konnte, und klemmte sie sich unter die Arme, um die Viecher in sein Dorf zu bringen. Der erklärte Feind Cäsars sprach jedoch eher dem kräftemultiplizierenden Zaubertrank zu als Cerveza, dem Bier, oder dem Wein. Ob Salman Obelix und seinen Kumpel Asterix kannte, schoss es Bernhard durch den Kopf? Nein, eher nicht, gab er sich selbst die Antwort.

Salman erhob sich.

»Ach, Hanne, ich komme dann Freitag. Wir essen. Ich übe. Und dann streiche ich die Kuche. Wenn du Farbe besorgst.«

»Ja, das wäre schön. Du bist ein echtes Goldstück, Junge.«

Das Goldstück strahlte und winkte gleichzeitig ab.

»Tschüss, Herr Biller.«

Salman wandte sich zum Gehen. Hanne stand auf und brachte den jungen Mann zur Tür. Als sie wieder im Wohnzimmer erschien, feixte sie. So kam es Bernhard zumindest vor.

»Das ist alles ziemlich neu für dich, stimmt's?«

»Na ja … irgendwie schon.«

Seine Kenntnisse in dieser Hinsicht bezog er aus den regionalen Medien und aus dem Fernsehen. Und da tauchten zwar in regelmäßigen Abständen Amokläufer und Messerstecher auf sowie andererseits gelegentlich Jungs und ganz selten auch Mädchen, die es mit einer unglaublichen Zähigkeit in einen Job geschafft hatten und von ihren Meistern in den höchsten Tönen gelobt wurde. Doch da der ganz normale Mittelbau in den Medien nicht stattfand, fehlte er weitgehend in Bernhards Bewusstsein, was ihm allerdings in dieser Deutlichkeit nicht klar gewesen war.

»Tja, mit dem Sprachunterricht ist es eben schon lange nicht mehr getan«, erklärte Hanne fröhlich. »Das war nur der Anfang. Jetzt geht es um … na, sagen wir Lebenshilfe. Und darum, Mut zu machen, wenn es einfach zu frustig wird und Deutschland sich doch in Vielem immer wieder als rätselhaft, fremd und vor allen Dingen als ober- und überbürokratisch erweist. Damit kämpfen ja mittlerweile nicht nur Geflüchtete, wie man an den zunehmenden Protesten sieht. Öffnest du den Wein?«

Gehorsam griff Bernhard nach dem Korkenzieher und machte sich ans Werk. Er hatte sich ganz bewusst für einen Wein mit Korken und nicht mit Schraubverschluss entschieden, weil der ihm edler vorgekommen war.

»Wie ist es, hast du nicht auch Lust, ein bisschen mitzuhelfen? Du hast doch jetzt Zeit. Und wir können jeden gebrauchen.«

Bernhard erstarrte.

»Ich? In der Flüchtlingshilfe?«

Der Gedanke war vollkommen absurd und ihm völlig fremd. Sie hätte auch versuchen können, ihm einen Schnorchelausflug in die Tiefsee schmackhaft zu machen. »Nein. Nein, ganz bestimmt nicht«, lehnte er intuitiv ab. »Das kann ich nicht.« Und bis jetzt wollte ich das auch nie, dachte er, doch das sagte er nicht.

Hanne nickte nur, trotzdem befiel Bernhard das Gefühl, sie enttäuscht zu haben.

»Der Junge kann ja wirklich schon ganz gut Deutsch«, bemerkte er daher hastig, als er einschenkte, demonstrativ die glutrote Flüssigkeit bewunderte, und sie den Käseteller zwischen ihnen auf den Tisch stellte. Puh, endlich wieder auf sicherem Boden, und gelogen war es schließlich nicht. Nach diesen wenigen Jahren hätte er bestimmt nicht so fließend Arabisch gesprochen. Bernhard fing an, sich zumindest ansatzweise zu entspannen. Jetzt begann der Teil des Nachmittags, den er sich erhofft hatte! »Man hört es zwar, dass er nicht hier geboren ist, aber im Großen und Ganzen …«

»Ja, es ist ganz ordentlich.« Hanne blickte Bernhard an, ihre Mundwinkel senkten sich, und er meinte fast so etwas wie Mitleid in ihren Zügen zu sehen. »Du glaubst, Salman damit ein Kompliment zu machen, nehme ich an?«

»Ja, natürlich.« Was kam denn nun schon wieder? Es war wirklich zum Verzweifeln. Langsam verfestigte sich bei Bernhard der Eindruck, über ein Minenfeld zu stolpern. Da meinte er es gut, und dann war es offenbar auch wieder nicht richtig!

»Tja, Salman schätzt es mittlerweile überhaupt nicht mehr, wenn man ihn wegen seiner Sprachkenntnisse lobt. Er sagt, dadurch werde ihm immer wieder klargemacht, dass er im Grunde nicht dazugehört.«

Hanne verzog die Lippen zum Ansatz eines Lächelns. »Nicht den Kopf hängen lassen, Bernhard. Ich musste das auch erst lernen. Das Thema ist nun mal kompliziert.«

»Aber es soll ja wirklich ein Kompliment sein«, hielt er hilflos dagegen. »Also so ist es zumindest gedacht.« Allmählich begann er an sich selbst zu zweifeln.

»Sicherlich. Allerdings ist es das irgendwann eben nicht mehr, Bernhard. Dann funktioniert das anders und läuft in Salmans Augen so ab; er hat es mir genau erklärt: Schwarze Haare, dunklere Haut ist gleich fremd und keiner von uns, deshalb Lob für Sprachkenntnisse, auch wenn derjenige hier geboren ist oder mittlerweile einen deutschen Pass besitzt, er also ein lupenreiner Deutscher ist.«

»Ein Bio-Deutscher aber nicht?«, versuchte Bernhard es mit einem schwachen Scherz.

»Nein, ein Bio-Deutscher nicht, aber ein deutscher Staatsbürger ohne Wenn und Aber.« Sie sagte das völlig aggressionsfrei. »Am Anfang war Salman ein schüchternes Knäblein. Aber wir haben immer wieder an seiner Aussprache, an seinem Vokabular und an seiner Grammatik gefeilt. Wieder und wieder. Und als er in die Phase kam, wo die meisten Jungs meinen, sie können alles im Schlaf und müssen sich nicht auf den Hintern setzen, habe ich ihm kräftig in den Allerwertesten getreten. Auch wieder und wieder.« Bernhard konnte sich das lebhaft vorstellen. Fast meinte er Hannes Schuhsohle auf seinem verlängerten Rücken zu spüren. »Na ja, diese Phase ist kein kulturelles, sondern eher ein hormonelles Problem, ich hatte da schon bei meinem Neffen geübt. Der ruhte mit sechzehn, siebzehn auch total in sich selbst und rührte freiwillig keinen Finger.« Hanne lächelte liebevoll bei der Erinnerung in sich hinein, und wieder fühlte Bernhard sich fast ein wenig abgeschnitten vom Leben. »Das wird doch bei dir ähnlich gewesen sein, Bernhard. Aber ich schätze mal, du weißt davon nichts mehr, mhm?«

»Nein«, gab er ehrlich zu. Außerdem hätte er schwören können, dass er so eine »Ruhe-Phase«, wie Hanne das nannte, niemals durchgemacht hatte. Da hätten seine Eltern ihm schon etwas erzählt. Er konnte sich lediglich daran erinnern, zweimal den Konfirmandenunterricht geschwänzt zu haben, weil er … nein, nichts anderes vorgehabt hatte, sondern um es einmal auszuprobieren, wie es ist, wenn man nicht tat, was von einem erwartet wurde. Er hatte sich im angrenzenden Wäldchen versteckt, das wusste er noch ganz genau. Und peinlich genau darauf geachtet, ja niemandem zu begegnen. Heute stand an dieser Stelle eine Neubausiedlung, in der um die Jahrtausendwende ein ganzer Schwung junger Familien eingezogen war. Aber seine Hausaufgaben hatte er stets ohne Murren gemacht, soweit er sich erinnerte. Es war ihm nicht schwergefallen, und er war schnell mit ihnen fertig gewesen. Ja, er war ein braves Kind gewesen.

Hanne stach in ein Stück Roquefort, griff nach einer Traube, steckte beides in den Mund und kaute genüsslich.

»Herrlich«, stöhnte sie genießerisch. »Hast du zu Hause mit deiner Frau schon mal über den Käse gesprochen?«

»Ja. Wir probieren jetzt andere Sorten aus.«

»Na siehst du.« Sie trank einen Schluck Wein. »Mann, der ist wirklich gut.« Sie betrachtete ihn über den Glasrand hinweg mit zusammengekniffenen Augen. »Aber deshalb bist du doch nicht hergekommen, oder?«

»Ach … nein, obwohl es sehr interessant war«, fügte er höflich hinzu, weil er das Gefühl hatte, ihr das schuldig zu sein. »Dieser Salman ist nett.« Er wählte das Wort bewusst, um da nicht auch wieder etwas falsch zu machen. Denn das durfte man doch hoffentlich noch sagen, oder lauerte da etwa auch schon wieder eine Klippe, die er nicht sah? Nein, tat es offenbar nicht.

»Ja«, stimmte Hanne Wiedmann zu. »Es bleiben halt die nach, die einem sympathisch sind und mit denen man jenseits des Sprachunterrichts etwas anfangen kann. Das ist wie im richtigen Leben. Aber das hatten wir ja alles schon. Seinen Cousin Ahmed zum Beispiel kann ich nicht leiden. Der greift alles ab und sieht nur sich. Also, was ist los, Bernhard? Kann ich dir irgendwie helfen?«

Mittlerweile hatte er sich schon ein bisschen mehr an ihre abrupten Themenwechsel gewöhnt. Zur mentalen Stabilisierung nahm er jedoch noch einen weiteren Schluck Wein, bevor er ihr umstandslos vom Kochkurs erzählte, von Claudia und von Hildegards Ralph, der – wenn es nach seiner Frau ging – bald bei ihnen am Herd stehen und ihre Küche mit seiner sonnengebräunten Männlichkeit verpesten würde.

»Und wegen dieser sonnengebräunten Männlichkeit willst du nicht, dass sie ihn einlädt? Bist du etwa eifersüchtig?« Sie schien das komisch zu finden, was er ihr übel nahm.

»Quatsch. Der Mann stört, das ist alles. Genau das tut er nämlich. Er passt nicht zu uns. Weder zu Hildegard noch zu mir. Und wenn du dir diesen … Herrn einmal ansiehst … nein, da habe ich was gegen.«

»Und was ist mit deiner Claudia?«, erkundigte sich Hanne.

»Was soll mit ihr sein?« Er hörte selbst, dass sich ein aggressiver Unterton in seine Stimme geschlichen hatte. »Und sie ist nicht meine Claudia.«

»Wie du meinst, Bernhard.«

»Sie …«

Hanne Wiedmann hob beide Hände, um ihn zu unterbrechen.

»Warte. Ich bin noch nicht fertig. Was hältst du denn davon, sie ebenfalls einzuladen?« Bei dieser Vorstellung giggelte sie wie eine Sechzehnjährige, die sich mit ihrer besten Freundin über das pickelige Kinn eines Neunzehnjährigen austauscht. Bernhard starrte sie fasziniert an. Hildegard hatte noch nie derart gegiggelt. Doch, gestern in der Schulküche mit diesem Ralph, schoss es ihm durch den Kopf. Denn im Normalfall lachte Hildegard zwar durchaus, wenn Anlass dazu bestand, aber sie kicherte nicht. Was eigentlich schade war. Vielleicht sollte er sie zu ihrem Lachverhalten einmal in einer stillen Stunde ins Kreuzverhör nehmen.

»Das ist doch eine Super-Idee, Bernhard«, begeisterte sich Hanne. »Die Mischung ist einfach klasse: dieser einsame Prachthengst, die Mondphasen-Frau und ihr beide. Schau dir doch mal an, was passiert. Vielleicht werdet ihr nach diesem Abend die allerbesten Freunde.« Sie hob ihr Glas und prostete ihm vergnügt zu. »Und wenn du hinterher noch lebst, erzählst du mir, wie es gelaufen ist, okay?«

6. Kapitel

Nachdenklich betrachtete Bernhard zwei Tage später den kunterbunten Inhalt der Schreibtischschublade, der auf der dazugehörigen massiven Eichenplatte so ungeordnet vor ihm lag wie sein momentanes Leben. Die zerdrückte grüne Schleife, die Hildegard an seinen neuen Rasenmäher gebunden hatte, bevor sie ihm das Geschenk voller Stolz zum 60sten präsentierte; der grüne Reisepass mit seinem jugendlichen Konterfei, auf dem er tatsächlich akzeptabel aussah und nicht wie ein Mörder, der mindestens vier Tote auf dem Gewissen hat; die ewig stumpfe Bastelschere seiner Kindheit, die mit ihren leicht geöffneten Scheren wie ein kryptisches Zeichen eines lang dahingeschiedenen Ritterordens die Einladungskarte zur Silberhochzeit von Edith und Heiner verdeckte. Mit spitzen Fingern nahm Bernhard das mit einer silbernen Fünfundzwanzig sowie allerlei stilisierten Blumenornamenten verhübschte Papier in die Hand und betrachtete es sinnend. Was hatte sich dieser Hans-Georg, Heiners Großcousin oder etwas Ähnliches von diesem entfernt-verwandtschaftlichen Kaliber, auf der Feier besoffen. Der eilends herbeigerufene Taxifahrer hatte sich kategorisch geweigert, die Schnapsleiche auf seinen kostbaren Polstern zu transportieren.

»Nee, nee«, hatte er dröhnend laut gerufen, als er den schwankenden Hans-Georg sah, »der kotzt mir doch alles voll.« Und weg war er. Woraufhin die Männer den

Großcousin mit vereinten Kräften nach oben auf die Couch in Ediths Nähzimmer bugsiert hatten. Die Frauen hatten ihn zugedeckt und ihm einen Eimer hingestellt. Geholfen hatte es nicht. Am anderen Morgen hatte Heiner mit steinerner Miene verkündet, dass sie sowieso schon lange vorgehabt hätten, sich einen neuen Teppich zu gönnen.

Gleich nach dem heutigen Frühstück – Hildegard hatte das Thema Ralph zu seiner Erleichterung mit keinem Wort erwähnt, sondern sich beziehungsreich ausgeschwiegen – hatte Bernhard erneut den dringenden Wunsch verspürt, etwas Sinnvolles zu tun. Aufräumen kam ihm da stets in den Sinn, Ordnung schaffen wie im Keller, in dem jetzt jede Schraube an ihrem Platz lag. Und es war doch ein gutes Gefühl, dachte er trotzig, nämlich in etwa so, als sei damit auch alles in seinem Inneren sortiert und befände sich an seinem angestammten Ort. Und so saß er nun bereits seit zwei Stunden in dem sogenannten Herrenzimmer, was drüben bei Edith und Heiner besagtes Nähzimmer war, und grübelte vor sich hin. Hildegard werkelte irgendwo im Haus. Ab und zu hörte er sie poltern. Aber sie ließ ihn in Ruhe, was er dankbar zur Kenntnis nahm. Er legte die Silberhochzeitskarte auf den Stapel mit den Sachen, die bewahrt werden sollten. Edith und Heiner zählten schließlich seit Jahren zu ihren engsten Freunden, und es wäre ihm pietätlos vorgekommen, die Karte der grünen Tonne zu überantworten. Die sorgfältig ausgeschnittene Todesanzeige seiner Mutter war ein bisschen angeknautscht und hatte einen Riss genau unter dem »In Liebe« über Hildegards und seinem Namen, was Bernhard allerdings gar nicht so verwerflich vorkam, denn er hatte seine Mutter nicht geliebt. Er hatte sie respektiert und gemocht, ja, aber geliebt? Nein. Sie war eine kalte Frau gewesen; stets beherrscht und an dem orientiert, was offiziell als vernünftig galt. Das hatte unbestritten seine Vorteile gehabt, doch irgendetwas hatte ihm immer gefehlt, ohne dass er das als Kind hätte in Worte fassen können. Als sie gestorben war, hatten Hildegard und er gemeinsam die Wohnung ausgeräumt. Er hatte noch nie so viele Dosen, Flaschen und Tuben mit Putzmitteln gesehen: drei ungeöffnete Plastikflaschen allein mit Scheuerpulver (Zitrusduft), zwei Badreiniger bereits geöffnet, zwei Kloreiniger mit Sprühverschluss (»Super-Sonderangebot zum Sparpreis von sechs DM fünfzig«), zwei Flaschen Neutralreiniger und mehrere Tuben mit irgendeiner »hochwirksamen« Paste, die dem Dreck am, im und auf dem Backofen und dem Herd chemisch zu Leibe rückte. Man hätte mit all den Reinigungsmitteln mühelos mehrere Putzorgien in zweiflügeligen, doppelstöckigen Herrenhäusern oder ganzen Burganlagen mit diversen Prunksälen veranstalten können; als ob allein der Kauf all dieser Pulver, Pasten und Flüssigkeiten das Haus sauber hielt. Dabei hatte sie seit Jahren nicht mehr gekocht. Bei seiner Schwiegermutter war es ganz ähnlich gewesen, fiel ihm jetzt ein, und die war vom Charakter her anders gewesen. Irgendwie optimistischer. Manchmal sogar fast schon ausgelassen. Hildegards Mutter hatte gern gesungen. Er hatte das, wenn er ehrlich war, immer als ein bisschen peinlich empfunden und sich manchmal richtiggehend fremdgeschämt, vor allem, wenn sie sich an irgendwelchen populären Musicalversionen versuchte und die auch noch mit der Andeutung eines frivolen Hüftschwungs garnierte.

Von unten ertönte das Heulen des Staubsaugers. Das Modell war mittlerweile hochbetagt, denn sie hatten es von seiner oder ihrer Mutter übernommen. Bernhard wusste es nicht genau, aber es störte ihn. Die alte Maschine fiel ja, wenn schon nicht unter den Begriff Lärmbelastung, dann aber eindeutig in die Rubrik Lärmbelästigung. Am liebsten hätte er Hildegard gebeten, den Sauger auszuschalten. Doch das wäre ihr vielleicht komisch vorgekommen, denn er hatte sich noch nie beschwert. Und das wollte er jetzt in der Rente nicht anfangen. Bernhard legte die Handflächen auf die Tischplatte und seufzte schwer. Nein, er war heute wirklich nicht gut drauf, wie Murad oder Hanne es wohl ausgedrückt hätten. Sollte er aber deshalb gleich das Aufräumen einstellen und sich vielleicht seiner Eisenbahn widmen? Nein, denn was man begonnen hat, führt man zu Ende. So hatte er es gelernt. Und so war es richtig.

Mit einer Mischung aus Missmut und Nachdenklichkeit ließ er seine Augen erneut über das vor ihm ausgebreitete Sammelsurium aus der Schreibtischschublade wandern. An drei alten Briefmarken mit dem Bild von Gustav Heinemann als Bundespräsident blieben sie hängen. Was die wohl jetzt wert sein mochten? Museumsstücke waren es allemal. Aber die hatte es damals natürlich in einer Millionenauflage gegeben, also konnte er sie höchstwahrscheinlich getrost wegwerfen. Und das alte Foto von Cousin Herbert und ihm? Als etwa sechsjährige Jungs standen sie schneidezahnlos rechts und links neben der Schaukel in Tante Gerdas Garten und grinsten schüchtern in die Kamera. In kurzen Lederhosen, die Haare nah am heutzutage überaus modischen … wie hieß das noch gleich … Undercut, genau. Bernhard hatte das Wort bei seinem letzten Friseurbesuch aufgeschnappt. Ein junger Kerl hatte lautstark darauf bestanden, dass man bis zur oberen Ohrkante – mindestens, Mann – die Kopfhaut sehen müsse. Alles andere sei voll spießig, eh. Er hatte ein bisschen geredet wie die Jugendlichen um Kai und Murad herum – gewollt lässig, aber in Wahrheit ziemlich verdruckst und unsicher, wie selbst Bernhard erkannt hatte, als der Junge sich auch noch mackerhaft in den Stuhl fläzte. Na ja, dieser Haarschnitt sah vor fünfzig Jahren nicht gut aus und heute ebenfalls nicht. Manierlich hätte sein Vater das genannt. Bernhard verzog unwillkürlich das Gesicht. Das hatte einen Klang wie sauber und ordentlich. Oder fleißig und patent. Das Wort war heute bestimmt komplett aus der Mode. In seiner Jugend waren alle vier Begriffe hingegen gang und gäbe gewesen: Fleißig war man als Kind in der Schule; sauber, pünktlich und ordentlich hatte man generell zu sein. Und natürlich als Dreikäsehoch sowie als Jugendlicher auch artig. Genau, artig war ganz wichtig gewesen, auch wenn Onkel Werner einen bis aufs Blut mit sogenannten lustigen Bemerkungen triezte und man nur die Möglichkeit hatte, sich zu wehren, indem man laut und pampig wurde. In so einem Fall wurden Kinder jedoch umgehend mit harschen Worten aus dem Zimmer gewiesen. Bernhard konnte sich plötzlich noch genau an das Ohnmachtsgefühl und die Wut erinnern, die er stets empfunden hatte, wenn er von seiner Mutter – wieder einmal, denn das kam gar nicht so selten vor – nach einem Zusammenstoß mit Onkel Werner mit eisiger Miene in den Garten geschickt wurde.

Mit Tugenden wie Pflichtbewusstsein, Gehorsam und Fleiß könne man auch die schlimmsten Verbrechen begehen, hatte irgendjemand mal vor Urzeiten behauptet. Nein, nicht irgendjemand. Bernhard erinnerte sich plötzlich wieder genau. Das war Oskar Lafontaine gewesen, so Anfang der 80er. Der hatte das im Zusammenhang mit Helmut Schmidt geäußert. Helmut Schmidt, damaliger Bundeskanzler, ehemaliger Wehrmachtsoffizier und Innensenator von Hamburg. Schmidt-Schnauze wurde der Mann Zeit seines Lebens liebe- und ehrfurchtsvoll genannt. Ein Aufschrei der Empörung war damals durch die Republik gegangen. Weil der gerade mal vierzigjährige Jungspund Lafontaine es gewagt hatte, diese Prinzipien, für die auch Schmidt stand, grundsätzlich als »Sekundärtugenden«

abzuqualifizieren, die eben nicht zwangsläufig uneingeschränkt positiv gesehen werden müssten, da man mit diesen Tugenden ohne einen moralischen Kompass auch ein KZ leiten könne. Heiner hatte sich einen ganzen Rommé-Abend lang nicht beruhigen können. Eigenschaften wie das Artigsein, die Manierlichkeit, Sauberkeit und Ordnung seien Werte an sich. Das spüre man einfach, wenn man alle Tassen im Schrank und noch einen Funken von Anstand und Ehre im Leib habe, hatte er wieder und wieder erklärt, während die Käsewürfel auf dem Tablett antrockneten. Deshalb brauche man darüber gar nicht zu reden, ja das sei sogar höchst gefährlich und führe in die total falsche Richtung. Dann gehe nämlich alles den Bach runter: Staat, Gesellschaft, Parteien, Vereine und letztendlich jegliche Ordnung. Man stünde doch in dieser Welt sowieso kurz vor dem Abgrund, wenn man ihn, Heiner Hartke, frage. Aber ihn frage man ja nicht.

Bernhard hatte ihm zunächst zustimmen wollen, doch dann waren ihm eben Onkel Werner und seine eigene kindliche Wut eingefallen. Er hatte Heiner zwar nicht lautstark widersprochen, aber in seinem Inneren diesem Lafontaine vorsichtig zugestimmt.

Er schmunzelte in sich hinein. Heutzutage würden Kai und Co. ihren Eltern oder so einer Gestalt wie Onkel Werner garantiert den Stinkefinger zeigen, eine Diskussion über die Würde des Kindes vom Zaun brechen oder gleich den Kinderschutzbund alarmieren. Bernhard wusste es nicht genau, aber so etwas gab es doch bestimmt. Zu seiner Zeit hätte man sich allein bei dieser Vorstellung ausgeschüttet vor Lachen und sich dabei an die Stirn getippt. Kinder waren Sache der Eltern, und zwar im wahrsten Sinne des Wortes. Heute hatten sie Rechte. Diese Vorstellung erheiterte ihn mächtig. Die Würde des Kindes, das klang gut; eine Menge kindlicher Arschlöcher gab es trotzdem. Wie der Kleine von der Petrovic aus der Leben. Der hatte den gesamten Flur mit seinem infernalischen Gebrüll terrorisiert, und seine Mutter hatte das auch noch »niedlich« und »durchsetzungsstark« gefunden. Sollte er ein derartiges Thema vielleicht einmal heute Abend bei Edith und Heiner anschneiden? Versuchsweise sozusagen? Nein, das würde er nicht. Das Rommétrio, denn in dem Punkt stünde auch Hildegard auf der anderen Seite, würde ihn lediglich angucken wie ein Mondkalb mit fünf Köpfen. Auf Verständnis hoffen dürfte er da wohl nur bei Hanne Wiedmann – die er allerdings keinesfalls wiederzusehen gedachte. Der zweite Besuch war auch definitiv sein letzter gewesen. Weil es sich nicht gehörte und weil Hanne ihn sowohl mit ihren seltsamen Ansichten als auch mit ihren fremdländischen Besuchern aus dem Gleichgewicht brachte. Sein Leben, das billersche Leben, sah nun einmal anders aus!

Langsam und unwillig begann Bernhard, die Schublade wieder einzuräumen. Heute war es einfach wie verhext, aber er fühlte sich schlechterdings nicht imstande, überhaupt etwas wegzuwerfen. Nicht einmal die Heinemann-Briefmarken. Und so landete Stück für Stück wieder in der Schublade des wuchtigen kantigen Schreibtisches, den er von seinem Vater geerbt hatte. Eigentlich hatte er ihn nie leiden können, weil er ihn schon als Junge unbewusst und undeutlich als das wahrgenommen hatte, was er war, nämlich Ausdruck der eigenen Wichtigkeit und einer Macht, die der Vater tatsächlich nur ihm gegenüber besaß. Der Schreibtisch war zu groß gewesen für seinen alten Herrn – und war es für ihn ebenfalls.

Mit einem Knall schloss Bernhard die Schublade. Unten im Wohnzimmer hörte er Hildegard jetzt telefonieren. Seine Hände verkrampften sich unwillkürlich und ballten sich zu Fäusten. Wahrscheinlich rief sie diesen Ralph an, um ihn in ihre Küche einzuladen. Einen kurzen Moment war er versucht aufzustehen, um zu lauschen. Doch er bezwang den Impuls. So tief würde er nicht sinken. Sonst öffnete er noch irgendwann heimlich ihre Post, auch wenn sie seines Wissens lediglich Briefe von der Telekom und der Sparkasse bekam.

Erschöpft legte Bernhard beide Unterarme auf den Schreibtisch und starrte eine ganze Weile blicklos auf das Porträt seines Erzeugers – in Öl! – an der gegenüberliegenden Wand. Einen kurzen Moment meinte er tatsächlich, ihn das stets glänzende, weil sorgfältig gecremte Haupt mit dem grauen Haarkranz schütteln zu sehen.

»Bernhard, Bernhard, was machst du bloß für Sachen!«

Die väterliche Stimme hatte er noch genau im Ohr: knarzig-streng und stets mit einem angerauten Unterton von den vielen Zigaretten, die jeden Morgen zu einer im ganzen Haus gut hörbaren Entschleimungsarie führten. Vielleicht lag es also nicht nur am Gestank von kaltem Rauch, sondern auch daran, dass Bernhard nie eine Liebe für Zigaretten oder Zigarren entwickelt hatte.

Aber in einem hatte der Vater zweifellos vollkommen recht gehabt. So ging das nicht weiter. Sein Leben war in diesen wenigen Wochen auf eine schiefe, abschüssige Bahn geraten. Hildegard trieb sich aus unerfindlichen Gründen neuerdings in der Stadt herum und lud wildfremde Männer in ihre Küche ein; er selbst stolperte von einer grotesken, absonderlichen, ja absurden Situation in die nächste. Nein, das war nicht seine Welt. Er liebte es nun einmal übersichtlich und in geordneten Bahnen. So war er immer gewesen; seit er denken sowie auf seine Eltern und Hildegard hören konnte. War es da vielleicht ein Wunder, dass er jetzt Nacht für Nacht Styroporquadrate nicht nur zählte, sondern in seiner Verzweiflung und Schlaflosigkeit auch dividierte und multiplizierte? Vor eineinhalb Monaten war seine Welt noch völlig intakt gewesen. Er hatte sich auf die Beschaulichkeit der Rente gefreut und überlegt, was er mit seiner freien Zeit anfangen sollte. Dass der Übergang nicht ganz einfach werden würde, war ihm schon klar gewesen. Er lebte schließlich nicht hinterm Mond und las auch ab und an Artikel, in denen das

Problem angesprochen wurde. Doch dass er jetzt in aller Heimlichkeit mit wildfremden Frauen Käse aß, von dem er noch nicht einmal wusste, ob er ihn mochte, Drogen am Stadtteich inmitten einer Gruppe von »Halbstarken« nahm, wie sein Vater Kai & Co bezeichnen würde – Bernhard errötete unwillkürlich vor Scham – und dann auch einem dieser Flüchtlinge, die ohne jeden Zweifel die Sozialsysteme belasteten und sich mit unseren Gepflogenheiten generell schwer taten, beim Erbsenessen mit Messer und Gabel zusah, hätte er sich im Leben nicht träumen lassen. Ganz zu schweigen von diesem indiskutablen, ja völlig blödsinnigen wiedmannschen Vorschlag, nicht nur den Schönling Ralph, sondern auch noch Claudia zum Kochen in sein Haus dazuzuladen. Bernhard spürte, wie es allein bei diesem Gedanken gefährlich in ihm zu brodeln begann. Nein, das war alles blanker Unsinn. Er hob den Kopf und fand sich Aug in Aug mit seinem Vater wieder. Die glänzende Kugel schien ihm wohlwollend aus dem Bilderrahmen zuzunicken.

Jawohl, er, Bernhard Biller, war irgendwo in den letzten Wochen falsch abgebogen. Das war die Wahrheit, gestand er sich schonungslos ein. Er hatte mit all diesen Leuten nichts am Hut. Sie lebten in einer Welt, die nicht seine war. Und in die er auch um keinen Preis weiter einzudringen gedachte. Punkt. Bernhard atmete tief und geräuschvoll durch. Diese Erkenntnis wirkte auf ihn wie ein Befreiungsschlag, als habe er seinen ganz persönlichen Gordischen Knoten mit einem Hieb durchtrennt. Er *musste* ja weder Hanne Wiedmann noch Kai, Murad, Rita, Salman oder Claudia jemals wiedersehen. Niemand konnte ihn dazu zwingen! Es war eine Episode gewesen, mehr nicht. Denn sein Leben spielte sich hier im Storchenweg und an Hildegards Seite ab. Und die Sache mit diesem Ralph würde er seiner Frau auch noch ausreden können. Da war er sich sicher. Sie war schließlich im Kern ein nüchterner Mensch, der nicht zu unrealistischen Vorhaben neigte. Und heute Abend würden sie – wie jeden Samstag – mit Edith und Heiner Rommé spielen, es sich gemütlich machen und dabei über dies und das plaudern; ganz locker und unverkrampft, eben wie ihnen der Schnabel gewachsen war. Heute besuchten *sie* ihre Freunde, nächstes Wochenende waren Hildegard und er dran.

Elastisch federnd stand Bernhard auf. Er freute sich auf den Abend.

*

»Hier«, sagte Heiner triumphierend und tippte mit dem Zeigefinger auf das Display seines Smartphones, wodurch das aktuelle Bild blitzartig verschwand und durch ein noch ekligeres ersetzt wurde, das er Bernhard ebenfalls so dicht unter die Nase hielt, dass es keine Ausweichmöglichkeit gab – außer beherzt hineinzubeißen, um das Gerät mit einem Happs außer Gefecht zu setzen und sich dadurch fast zwangsläufig einen der beiden Schneidezähne zu ruinieren. »Das ist doch wirklich eine einzige Sauerei, das musst du zugeben.«

Genervt schaute Bernhard in die Mülltonne der Bienstocks von gegenüber, genau genommen in deren graue Restmülltonne, aus der ihn ein abgeschnittener Fischkopf aus trüben beziehungsweise halb verwesten Augen anstarrte.

»Das gehört in die Biotonne, das weiß doch jeder verdammte Idiot außer dem Bienstock, der damit den Restmüll verschmutzt«, wetterte Heiner. »Und wir dämlichen und ehrlichen Steuerzahler löhnen dafür Milliarden. Und die Politiker unternehmen mal wieder nichts.« Er tippte sich an die Stirn und schaute Bernhard giftig an. »Erst letzte Woche habe ich den Bienstock erwischt, wie er drei so größere Lappen, die zwar aussahen wie Papier, aber keins waren, verstehste, ich hab den Reißtest gemacht, verstehste, das war eindeutig Plastik – also diese Dinger hat er einfach in die grüne Tonne geschmissen. Moment …« Er fuhrwerkte erneut auf dem Smartphone herum. »Nee, finde ich jetzt nicht.«

Hildegard, die Bernhard wie immer an den Rommé-Abenden bei Hartkes schräg gegenüber saß, warf ihm einen gequälten Blick über den mit Käsehäppchen und Crackern überfrachteten Tisch zu. Es war einer mit quadratischen Kacheln in der Mitte, die allesamt Seemotive zeigten: haushohe Wellen, elegant dahingleitende Segelschiffe, halb geöffnete Muscheln, springende Fische, Bojen in der Gischt. Merkwürdig, das war Bernhard bislang noch nie aufgefallen. Ein Tisch war eben ein Tisch war ein Tisch. Zum ersten Mal seit vierzig Jahren betrachtete er ihn nun genauer und fand ihn ungemein hässlich, zumal die Kacheln in ihrem heiter-verwaschenen Blau von dunkelbrauner erdenschwerer Eiche umrahmt wurden. Zumindest war es ein dunkles Holz, und da kam ihm eben Eiche als Erstes in den Sinn, weil … na ja, weil das eigentlich immer Eiche war. Letztlich gab die Holzsorte ohnehin nicht wirklich den Ausschlag. Der Tisch war einfach hässlich, da gab es keine zwei Meinungen. Er musste das einmal mit Hildegard besprechen; als Frau hatte sie sicherlich ein besseres Auge dafür. Er schaute sich in aller Ruhe weiter um, während ihre Gastgeber beide mit ihren Smartphones kämpften, begleitet von halb unterdrücktem, halb gefluchtem »Mensch, wo hab ich denn?«, »Warte, gleich geht's weiter«, »Nee, da nicht.«

Edith machte seit Kurzem in Torten und Kuchen, hatte Hildegard ihm schon vor einiger Zeit erzählt, und dokumentierte offenbar jeden Krümel ihrer bäckerischen Tätigkeit mit einem Foto. Bernhard sah, wie Hildegard lediglich mit Mühe ein Gähnen unterdrückte. Tränen traten ihr in die Augen, und sie zwinkerte. Edith und Heiner – den Blick nach wie vor konzentriert auf ihre Smartphones gerichtet – bemerkten nichts, sodass Bernhard das Wohnzimmer, in dem er so viele Stunden seines Lebens verbracht hatte, weiter in Augenschein nehmen konnte. Er blieb an der Schrankwand hängen. Sie füllte eine ganze Zimmerseite aus. Auch Eiche vermutlich, dunkles Holz war es auf jeden Fall, was das Zimmer klein und geduckt wirken ließ. Bei Hanne Wiedmann war dagegen alles hell und freundlich; außerdem herrschte dort eine wuschige Unordnung, die hier gänzlich fehlte. Bei Edith stand, lag und lehnte alles an seinem Platz: die selten benutzten Weingläser aus Kristall hinter Glas, mehrere Bilder von Volker in unterschiedlichen Altersstufen sowie von den Nichten, Neffen, Cousinen und diversen Großonkel in Reih und Glied geordnet im Regal daneben, das eigene Hochzeitsbild herausgehoben als einziges auf dem Bord darüber. Bernhard stieß unwillkürlich einen ächzenden Laut aus, als ihm aufging, dass auf ihrer Schrankwand daheim die Eltern dominierten, weil sie keine Kinder hatten und weder er noch Hildegard mangels Geschwistern Nichten und Neffen besaßen, die zahnlos in die Kamera grinsten, während sie in der Wanne plantschten. Und ihre Ledersessel waren nuss-, nicht schokoladenbraun, und die Intarsien auf dem Tisch fehlten. Ihrer war … Hilflos versuchte Bernhard sich zu erinnern. Meistens lag eine Decke darauf; fabriziert von irgendeiner älteren Tante, Cousine oder so, die offenbar ihr Leben damit verbracht hatte, ganze Wagenladungen voller Tischdecken zu besticken. Blumensträuße stellte Hildegard gern auf den Tisch. Und sie liebte Kissen in jeder Form und Größe, die sie ständig mit geübten Handkantenschlägen mittig in Form zu bringen pflegte wie eine Kämpferin dieser asiatischen Sportarten, die jetzt ja überall angeboten wurden. Tai-Chi? Qigong?

Karate? Irgendetwas in der Art war es. Boten Rita und Dennis davon nicht auch etwas an? Bestimmt.

»Hier!«, trompetete Heiner plötzlich, sodass Bernhard erschrocken zusammenzuckte. »Das Bild hab ich erst letzte Woche geschossen.«

Erneut hielt er Bernhard das Smartphone viel zu dicht unter die Nase; dabei besaß auch Heiner seit nunmehr zwanzig Jahren eine Gleitsichtbrille und wusste genau, wie das funktionierte. Bernhard hatte zwar in einem Reflex die Augen geschlossen, doch er war nicht schnell genug gewesen. Eine vollgekackte Windel lächelte ihm aus einer der Tonnen entgegen. Bienstocks' waren seit dem letzten Monat Großeltern und sehr stolz auf die kleine Mathilde, die es – glaubte man den erwachsenen Familienmitgliedern – vom Sprachvermögen her ohne jeden Zweifel in fünf bis sechs Monaten locker mit Goethe und Schiller aufnehmen würde. Mindestens.

»Und was hast du nun damit vor?«, erkundigte Bernhard sich brav, weil er wusste, dass das von ihm erwartet wurde. Heiner war schon immer ein Rechthaber gewesen, doch seit er die Fotofunktion seines Smartphones für sich entdeckt hatte, war der Spleen zu einer Obsession geworden.

»… erst mal nur dokumentieren«, schnarrte Heiner mit heiligem Ernst in der Stimme, als waberte durch das hartkesche Wohnzimmer weißer Rauch, und er, Heiner Hartke, sei auserkoren, der Welt den Namen des neuen Papstes zu verkünden. »Ich habe dafür extra einen Ordner im Netz angelegt. Das war früher so etwas wie eine Akte, verstehste. Und die wird dicker und dicker, kann ich dir flüstern.«

Noch vor zwei Monaten hätte Bernhard sich einfach einen weiteren Käsewürfel zu Gemüte geführt. Heiner, und vollkommen daneben fand er es ja auch nicht, obwohl dieses Verhalten … na ja, vielleicht ein bisschen arg pingelig war. Doch an diesem Abend fand Bernhard es nicht nur pingelig, sondern kleinkariert und ohne Wenn und Aber nervtötend. Was, zum Donnerwetter, ging ihn der Tonneninhalt der Bienstocks an? Er war doch kein Blockwart! Ob Volker sein Elternhaus auch aus diesem Grund nur ab und zu mit einem Besuch beehrte? Bislang war Bernhard immer davon ausgegangen, dass der Junge eben zu der Sorte Sohn gehörte, die ihr eigenes Leben führte und sich wenig um die Eltern scherte. Der Ausreden gab es schließlich viele. Doch dass Volker sich bei Edith und besonders mit seinem rechthaberischen, meinungsstarken Vater, wie man es heutzutage nannte, einfach nicht wohlfühlen könnte – der Gedanke war ihm noch nie gekommen. Hartkes sprachen nicht gern über ihren Einzigen, und Heiner hielt ihn für undankbar, eine Sichtweise, die Bernhard fraglos übernommen hatte.

»… mit gelben Blümchen«, sagte Edith in diesem Moment mit gesenkter Stimme zu Hildegard. »Das ist doch ein wunderschöner Kontrast zur Schokotorte, nicht?«

»Sicher«, hörte Bernhard seine Frau nur mäßig interessiert antworten. »Braun und gelb, das passt.«

»Politisch ist das aber nicht erwünscht«, brabbelte Heiner, während er auf dem Smartphone herumwischte, als gelte es sein Leben. »Selbst denkende Bürger. Die werfen nur Sand ins Getriebe der feinen Bonzen. Siehe Corona. Da haben sie auch …«

Blablabla. Bernhard schaltete auf Durchzug. Die Platte hatte einen Sprung, und er kannte sie zu Genüge. Er fühlte sich unwohl, dabei hatte er sich ehrlich auf den Abend gefreut.

»Kommt doch niemand«, knurrte Heiner jetzt voller Entrüstung, in den blassgrauen Augen ein empörtes Blitzen, das einem Terroristen alle Ehre gemacht hätte. »Das sei eine Bagatelle, haben sie behauptet. Dafür haben wir kein Personal.«

»Wer denn?«

»Die Polizei natürlich. Hörst du mir denn gar nicht zu?«, beschwerte sich Heiner und klang beleidigt.

»Ach so. Ja natürlich«, lenkte Bernhard ein.

Heiner funkelte ihn in dem sicheren Bewusstsein an, sowohl Recht als auch Moral auf seiner Seite zu haben. Einen Moment versuchte Bernhard sich Hanne Wiedmann, Kai oder Murad in einem Raum mit Heiner vorzustellen. Aber nein, es funktionierte nicht. Heiner würde glatt einen Herzschlag bekommen, sobald er den halbblauen Haarschopf sowie das Metall in Kais Gesicht erblickte. Und wenn Murad oder Hanne den Mund aufmachten oder Salman Erbsen auf der Gabel balancierte …

»Da. Guck doch selbst.« Zack, hatte Bernhard schon wieder das Smartphone vor der Nase kleben. Er plinkerte, griff nach Heiners Unterarm und schob ihn energisch so weit von sich weg, dass aus dem unscharfen Braun-Grün gestochen scharfe Zweige wurden.

»Wir haben bekanntlich Juni«, fuhr Heiner grimmig fort, »und sie hängen jetzt schon rüber. Spätestens im Juli ist der Weg in unseren Garten dicht. Und der Weber hat nur mit den Achseln gezuckt, als ich ihn darauf angesprochen habe. Interessiert den Mann nicht. Aber darum kümmert sich hierzulande niemand. Da muss der Bürger selbst durch. Die Polizei hat andere Sorgen.«

Heiner tippte und wischte voller Entrüstung auf dem Display herum, sodass Bernhard in den zweifelhaften Genuss weiterer Fotos von überhängenden Ästen kam nebst einem Lamento über die Ohnmacht des Bürgers, das Versagen sämtlicher Politiker im Allgemeinen und dem von Politik und Justiz im Besonderen. Früher sei zwar auch nicht alles hundertprozentig in Ordnung gewesen, beileibe nicht, aber ein bisschen besser habe es schon funktioniert. Und das könne er, Heiner Hartke, anhand seiner sorgfältigst geführten Dokumentation – Stichwort Ordner! – glasklar beweisen. Ob er damit allerdings an die Öffentlichkeit gehe, wisse er noch nicht. Denn die Medien … vergiss sie! Alle sonderten doch nur noch Einheitsbrei ab. Und deshalb werde er wohl auf eigene Rechnung sozusagen, nämlich im Internet … Edith und ihre Torten seien das beste Beispiel.

»Heiner«, versuchte Bernhard es an diesem Punkt nach zehn Minuten Dauerbeschuss schwach, »wollen wir jetzt nicht langsam mal mit dem Spielen beginnen?«

Sein Freund neigte neben der Rechthaberei auch zu sprachlichen Ergüssen, wenn ihn etwas umtrieb. Das hatte er immer getan. Normalerweise nahm Bernhard das klaglos hin, nickte hier und nickte dort, brummte ein zustimmendes Aha und ließ ihn gewähren. Heute nicht. Er hatte das Gefühl zu ersticken, wenn das so weiterging.

»Gleich«, wehrte Heiner sein Drängen ab. »Und wenn ich die Büsche nämlich auf meiner Seite einfach abschneide, was ja wohl für jeden, der über einen gesunden Menschenverstand verfügt, das Einfachste wäre, ist das Sachbeschädigung oder so was Idiotisches.«

Bernhard gähnte, ohne sich die Hand vor den Mund zu halten.

»… wart ihr nicht beim Kochkurs?«, sprang Edith in die Bresche. »Zeig doch mal die Bilder, Hildegard.«

»Nein«, sagte Hildegard, und es war nicht klar, ob sie die Fotos nicht zeigen wollte oder ob sie keine gemacht hatte. Bernhard vermutete Letzteres. Edith schaute pikiert, während seine Gedanken um die Frage zu kreisen begannen, ob Hildegard aber nicht vielleicht Bilder von diesem Ralph geschossen hatte. Er hatte zwar diesbezüglich nichts bemerkt, aber das besagte selbstverständlich nichts. So ein Foto knipste sich schnell, da hatte er sich nur nach einer Schüssel zu bücken brauchen und – zack – hatte sie auf den Knopf gedrückt.

»Schade«, meinte Edith, die Nichtsahnende. »Ich stelle meine Fotos ja seit Kurzem in den Status. WhatsApp«, fügte sie für digitale Analphabeten hinzu.

»Aha«, sagte Hildegard zerstreut, offensichtlich ebenfalls mit den Gedanken mittlerweile ganz woanders, während Bernhard ernsthaft überlegte, wie eine erwachsene Frau auf die Idee kommen konnte, die Menschheit interessiere irgendwelche blümchengeschmückten Torten, die Edith Hartke im Dellenheimer Storchenweg in ihrer Küche gefertigt hatte.

»Rommé«, insistierte er daher so laut und energisch, dass Hildegard ihn komisch anguckte. »Ich habe jetzt Lust zu spielen.«

»Gleich«, versuchte Heiner ihn erneut abzuwürgen. »Warte, ich will dir nur noch zeigen ...«

»Nein, jetzt«, beharrte Bernhard störrisch.

»Nimm doch noch ein Stückchen Käse«, schlug Hildegard zuckersüß vor. Sie senkte die Stimme. »Auch wenn es Edamer ist.«

»Wieso, seit wann hat er denn etwas gegen Edamer?«, wunderte sich Edith, die ein Gehör wie ein Luchs besaß und ungemein stolz darauf war.

»Oh, seit eineinhalb Monaten etwa. Seit Bernhard im Ruhestand ist, um genau zu sein. Seitdem essen wir anderen Käse.« Hildegard hielt ihre Stimmlage betont neutral, er hörte es wohl.

»Auch«, verbesserte er sie und kam sich vor wie ein Idiot. Die beiden Frauen wechselten bedeutungsvolle Blicke.

»Ach«, sagte Edith. Heiner schaute irritiert von seinem Smartphone auf und begriff sichtbar nichts.

»Himmel, es gibt so viele Käsesorten auf der Welt. Und alle schmecken unterschiedlich. Da bleibe ich doch nicht mein Leben lang beim Gouda«, verteidigte sich Bernhard hitzig.

»Das ist Edamer«, sagte Edith spitz. »Es ist immer Edamer.«

»Eben«, brummte Bernhard verdrießlich.

Die beiden Frauen tauschten erneut einen bedeutungsschwangeren Blick. Heiner öffnete den Mund.

»Was ist denn bloß los heute Abend?«, wollte er an niemanden Bestimmtes gerichtet wissen.

»Bernhard schmeckt plötzlich mein Käse nicht mehr«, erklärte Edith säuerlich.

»Unsinn«, wiegelte der ab. »Das stimmt doch gar nicht. Es ist nur … Ich würde auch gern einmal etwas anderes probieren. Roquefort zum Beispiel. Oder Schafs- und Ziegenkäse.«

Er war selbst erstaunt über seine kulinarische Kühnheit. Heiner setzte sich ruckartig auf.

»Wie die Kameltreiber? Ohne mich.« Er legte sein Smartphone beiseite, um den Ernst der Lage zu demonstrieren, und schüttelte den Kopf. »So etwas kommt bei uns nicht auf den Tisch, was Edith?«

»Nein«, stimmte sie zu. »Das gibt es ja jetzt überall im Supermarkt und in den Läden von denen … na ja, ich war noch nie in einem. Als Frau ist das ja schwierig …«

»Kopftuch, Zwangsheirat, Messerträger«, rutschte es Bernhard heraus, Hanne Wiedmanns Worte noch genauestens im Ohr.

»Genau«, stimmte ihm Heiner, der schon immer völlig ironiefrei gewesen war, umgehend zu. »Man weiß ja, wie die sind.«

Bernhard sah Salmans angestrengtes Gesicht vor sich, als er mit den Erbsen kämpfte. Und seine entspannte Miene, als er Hanne anbot, ihre »Kuche« zu streichen. Sollte er vielleicht jetzt an dieser Stelle …? Nein, es wäre ihm wie Verrat an dem Jungen vorgekommen. Außerdem hätte er dann seine Bekanntschaft mit Hanne Wiedmann erklären müssen. Und das ging nun wirklich gar nicht.

»Nee«, widersprach er also lediglich halblaut. »So einfach ist das alles nicht.« Zumindest das war er Hanne und Salman schuldig.

»Hört, hört«, rief Heiner da auch schon kopfschüttelnd. »Mensch, Bernhard, was ist bloß heute los mit dir? Ziegenkäse, also wirklich. Das ist doch eine völlig bekloppte Idee. So etwas isst man hier bei uns einfach nicht. Die Viecher stinken. Wie Schafe. Määäh, sag ich da nur.« Ediths schmale Lippen verzogen sich zu einem unsicheren Lächeln. Hildegards Gesicht blieb ausdruckslos. »Ich esse doch auch keine frittierten

Ameisen«, trumpfte Heiner, der sich für das Thema richtig zu erwärmen schien, jetzt auf.

»Wir sprechen über Käse«, erinnerte Bernhard ihn.

»Käse, Ameisen, das ist doch wurscht«, kalauerte Heiner. Doch er war jetzt hörbar verschnupft. »Die essen ihren Kram und wir unseren.«

»Ich sage ja immer, wie gut, dass die Geschmäcker verschieden sind«, zwitscherte Edith, die Friedensfee, dazwischen. Endlich meldete sich auch Hildegard zu Wort.

»Hört mal, ich denke, wir brechen das ab. Und da das Thema Käse ebenso tabu ist wie Bienstocks Mülltonnen, ganz zu schweigen von sämtlichen, irgendwo überhängenden Zweige in dieser Welt«, setzte sie hastig hinzu, als Heiners Smartphone ein brummendes Fiepen von sich gab und er begehrlich auf das Display schielte, »wie wäre es denn mit dem Wetter? Weiß jemand, ob es morgen regnen wird?«

Und es funktionierte, obwohl seine Frau es nur halbernst gemeint hatte. Da war Bernhard sich ziemlich sicher. Wie Pawlow'sche Hunde griffen sowohl Heiner als auch Edith bei diesem Stichwort nach ihren Smartphones.

»Regenradar. Moment, ich hab's gleich«, rief Edith.

»Wetter-App ist besser«, widersprach Heiner und nieste, was bei ihm immer ein bisschen so klang, als bellte er. »Morgen um zwölf regnet es.«

»Bei mir nicht«, sagte Edith.

»Und jetzt?«, fragte Bernhard und schaute aus dem Fenster. Es nieselte.

»Sonne scheint. Bis zwanzig Uhr«, setzte Heiner ihn in Kenntnis. Es war halb acht. Ohne einen Blick nach draußen zu werfen, beugte er sich vor, langte nach dem Gouda und steckte zwei Stücke auf einmal in den Mund. Edith blickte ihren Mann gespannt an.

»Lecker«, stieß Heiner schmatzend hervor, ein Käseteilstück sichtbar als Beule in der linken Wangentasche parkend. Edith nickte so heftig, dass ihre grauen Locken zum Leben erwachten und wippten, als stünden sie unter Strom. Ihr Mann legte sein Smartphone beiseite und schluckte.

»Mit dieser Technik muss man umgehen können«, verkündete er dann mit leerem Mund und großem Ernst in der Stimme. Sein Gesichtsausdruck wurde düster. »Die jungen Leute können das ja meistens nicht. Die hängen dran wie an der Nadel. Erst letztens hat mich einer fast umgerempelt. Nur weil ich ihn angebrüllt habe, hat er einen Bogen um mich gemacht. Und niemand kümmert das.« Heiner zuckte mit den Schultern. »Na ja, wie auch? Die werden doch alle von vorn bis hinten gepampert und müssen nichts selbst machen. Die Eltern sind immer für sie da und räumen ihnen alle Schwierigkeiten aus dem Weg. Kein Wunder, dass die alle auf der Straße enden.«

»Und als Dübler«, rutschte es Bernhard heraus. Er hätte sich auf die Zunge beißen können.

»Die arbeiten?« Heiner stieß einen hohen Laut, ja fast ein Quieken aus, in dem sich sein gesammelter Unglaube konzentrierte. »Nee, das wüsste ich. Die meisten hängen nur rum. Dübler?«, wiederholte er dann grüblerisch. »Nie gehört. Ist bestimmt neu, aber hört sich wenigstens nach einem soliden Handwerksberuf an.«

»So ähnlich«, sagte Bernhard und schwieg. Heiliger Himmel, ging ihm Heiner an diesem Abend auf die Nerven. Der Mann hatte zu allem eine Meinung und von nichts eine Ahnung. So deutlich hatte er sich das noch nie eingestanden. Vielleicht hatte er es bislang auch nur nicht bemerkt, dachte er selbstkritisch, weil er mit Heiner eigentlich oft einer Meinung gewesen war. Heute Abend traf das entschieden nicht zu. Heute Abend wäre er am liebsten nach Hause gegangen, hätte sich ins Bett gelegt und Quadratwurzeln aus den Styroporquadraten gezogen. In diesem Moment fing er einen von Hildegards gefürchteten Sandkastenblicken auf. Er wusste, morgen beim Frühstück – spätestens – würde er sich auf etwas gefasst machen können.

»Und wie war nun euer Kochkurs? Vorhin sind wir ja vom Thema abgekommen«, versuchte Edith erneut in einem Akt der Verzweiflung den verkorksten Abend zu retten. Die Goudaplatte stand als käsegewordener Ausdruck für die schlechte Stimmung weitgehend unangetastet da, was sonst nie vorkam. Alle vier langten im Normalfall mit Appetit zu.

»Oh, Hildegard hat sich bestimmt bestens amüsiert«, knurrte Bernhard.

Ediths Kopf schoss ruckartig in die Höhe.

»Du denn nicht?«

»Bernhard hätte lieber einen Schweinebraten in die Röhre geschoben«, erklärte Hildegard bissig.

Edith und Heiner setzten sich interessiert auf. Ein Ehekrach in ihrem Wohnzimmer? Das versprach spannend zu werden.

»Ja, hätte ich«, gab Bernhard ohne Umstände und betont gelangweilt zu, wild entschlossen, ihren Gastgebern den Spaß nicht zu gönnen. Dann schaute er Hildegard direkt in die Augen. »Und Ralph? Hätte der nicht auch lieber etwas anderes gekocht als dieses Gemüse?«

»Wer ist Ralph?«, bemerkte Heiner wie nebenbei. Bernhard täuschte er nicht.

»Bernhards Claudia«, erwiderte Hildegard kryptisch und nur für ihn verständlich. Edith und Heiner starrten sie jetzt mit offenen Mündern an.

»Wir haben nicht zusammen gekocht«, klärte Bernhard sie schließlich nach einer sich schier endlos hinziehenden Stille auf. »Wir haben unsere Kochpartner zugelost bekommen. Claudia hat mich gezogen und Ralph eben Hildegard.«

Heiner prustete los.

»Ach, kochen nennt man das heutzutage?« Er wieherte jetzt regelrecht. Bernhard hätte ihm den Hals umdrehen können. »Das kommt mir eher vor wie eine Tinder-Veranstaltung.« Nun entblödete der Kerl sich vollends und schlug sich auch noch auf die Schenkel.

Eine Weile war es erneut still im hartkeschen Wohnzimmer.

»Woher kennst du denn Tinder?« Ediths Stimme hatte plötzlich einen unangenehm schrillen Klang. Heiner griff nach seinem Smartphone wie nach einem Rettungsanker. Dabei war es eine höchst verräterische Geste, fand Bernhard.

»Und du?«, schoss Heiner umgehend zurück. Seine Frau besaß immerhin den Anstand, zart zu erröten.

»Da guckt doch mittlerweile jeder rein«, behauptete sie.

»Ich nicht«, trompeteten Bernhard und Hildegard wie aus einem Mund.

»Nee, ihr geht ja zum Kochkurs«, lenkte Heiner prompt das Gespräch wieder in gefährliche Bahnen. »Mit Ralph und Claudia«, setzte er anzüglich hinzu.

»Genau«, sagte Bernhard, ohne auf die Provokation einzugehen. »Und nächste Woche kommen Ralph *und* Claudia zu uns.« Er hörte Hildegard nach Luft schnappen, ignorierte sie jedoch, »Wir wollen sehen, was wir zusammen kochen können. Hast du schon eine Idee, *Schatz*?« Er hatte sie seit Jahren nicht mehr so genannt. Irgendwann im Laufe ihrer Ehe war das Kosewort still und heimlich verloren gegangen. Er hätte nicht sagen können, wann das gewesen war; einen aktuellen Anlass hatte es seines Wissens nicht gegeben. Doch Hildegard hatte sich trotz der ungewohnten Anrede rasch wieder im Griff.

»Oh, da findet sich bestimmt etwas, *Schatz*«, erwiderte sie liebenswürdig. Es klang bei ihr genauso ungewohnt und hörte sich falsch an.

Ediths und Heiners Blicke huschten so rasant zwischen ihren Gesichtern hin und her wie die Filzkugel in einem hochklassigen Tischtennismatch.

»Ja, das denke ich auch.«

Bernhard fühlte sich nach seiner Ankündigung schlagartig wohler. Als sei etwas Gutes in ihm aufgebrochen. Nein, das traf es nicht genau. Er konnte es nicht in Worte fassen, doch sein Gefühl sprach eine deutliche Sprache. Er war auf dem richtigen Weg. Und dass Ralph, Claudia, Hildegard und er die allerbesten Freunde werden würden, wie Hanne Wiedmann angedeutet hatte, glaubte er zwar nicht, aber anders als dieser Abend hier bei Edith und Heiner würde er todsicher werden. Und das war doch schon mal etwas.

»Ich freue mich drauf«, behauptete er. Ihm entging nicht, dass Hildegard ihm keineswegs zustimmte, sondern stattdessen drei Käsewürfel auf einmal in den Mund stopfte.

7. Kapitel

Ralph Wenatzki sah auch bei näherer Betrachtung aus wie ein unter Schonbedingungen gealterter Adonis aus dem griechischen Götterhimmel: ebenmäßige Gesichtszüge, gekrönt von einem äußerst männlich-markanten Kinn mit dem Ansatz eines Grübchens, das jedermann und vor allem jeder Frau Entschlossenheit gepaart mit Sensibilität signalisierte; dazu eine grau-weiße Haarpracht so dicht wie Heiners heillos wuchernde Efeuhecke, strahlend weiße Zähne, mit denen er auch ein in die Jahre gekommenes Liebeslebkuchenherz einer verflossenen Jugendfreundin problemlos zermalmen konnte, eine gleichmäßig sonnengebräunte Haut, als habe ihn ein diplomierter Grillmeister höchstpersönlich wie ein Hühnchen am Spieß in der Sonne gedreht, sowie eine Figur, der die Worte »Bäuchlein« oder – Gott bewahre! – O-Beine fremd waren. An Ralph Wenatzki war alles straff, faltenlos, gerade und wunderbar in Schuss. Neben ihm kam Bernhard sich vor wie ein mickriges betagtes Männlein, das bereits mit eineinhalb Beinen und knackenden Knien im Grab stand. Dabei war Ralph lediglich drei Monate jünger als er.

»Apropos Knie«, raunte der Beau jetzt mit düsterer Miene, und einen flüchtigen Moment überlegte Bernhard erschrocken, ob er seinen Gedanken laut ausgesprochen hatte. »Also da kann ich euch eine Story erzählen, die glaubt ihr nicht.« Er hatte seit zwei Jahren ein neues. Links. Und rechts sah es auch nicht gut aus. Maximal sechs Monate gab er dem Gelenk noch, dann mussten es und damit »seine Wenigkeit« nach eigener Schätzung wieder »unters Messer«, wie er sich ausdrückte. Und was dann daraus werden würde, wisse nur der große Meister im Himmel, wenn überhaupt, erklärte er, den düsteren Blick unverwandt auf das Schneidebrett mit den Zwiebeln und Äpfeln vor ihm gerichtet.

»Ach du liebes bisschen!«, rief Claudia laut und ließ das Messer sinken. Sie saß neben Ralph. »Schau doch erst einmal nach alternativen Heilmethoden, die im Einklang mit Körper und Seele stehen. Hast du schon einmal –?«

Vergeblich.

»Aus dem ganzen Schlamassel könnte man einen Krimi machen.« Ralph hustete. Höchstwahrscheinlich kündigte sich da eine beidseitige Lungenentzündung an, dachte Bernhard ketzerisch. Darunter machte es dieser Mann ja nicht. Außen hui, innen pfui, hörte Bernhard seinen Vater mit knarrender Stimme sagen. Wie ein Apfel: eine bildschöne Schale und innen verfault.

Wenatzki schaute jetzt mit ernster Miene in die Küchenrunde. »Der Täter schießt dem Opfer mit einer Glock ins Knie, und so kommt natürlich Luft ans Gelenk. Logisch. Und wenn es sich dann entzündet, ist Essig, kann ich euch sagen. Das Gelenk wird steif, und da ist dann nix mehr zu machen. Rollstuhl«, setzte er finster hinzu. »Könnte mir auch drohen.«

Seit nicht einmal einer Stunde saß man nun zusammen in der billerschen Küche, und sie hatten bereits Ralphs außer Rand und Band geratenen, keiner medizinischen Logik gehorchenden Cholesterinspiegel, die eingewachsenen Zehnägel – »aber so etwas von schmerzhaft, kann ich euch flüstern« – sowie seine letzte Darmspiegelung besprochen. Das heißt, Hildegard, Claudia und Bernhard hatten eher stumm zugehört, während Wenatzki geredet hatte. Der Mann war ein wandelndes Medizinlexikon und tat anscheinend nichts lieber, als über seine tatsächlichen oder eingebildeten Krankheiten zu schwadronieren.

Oder über Fernsehkrimis. Ob Erhängen, Erschießen, Erdrosseln, Verbrennen, Ertrinken, Ersticken – er liebte alle Todesarten gleichermaßen und führte genüsslich aus, was die jeweilige Methode im oder am Körper bis zum bitteren Ende des Opfers anrichtete. Auswahl hatte der Mann ja genug, dachte Bernhard. Mittlerweile liefen im Fernsehen fast nur noch Krimis. Ob in Friesland, in der Arktis, im Wattenmeer, der mongolischen Steppe, in Rio oder in einer anderen Großstadt irgendwo auf dieser Welt – es wurde gemordet, als gäbe es nichts Schöneres auf Erden. Irgendwo hatte er letztens gelesen, dass dieser Boom auf eine immer komplizierter und verwirrender werdende Welt- und Seelenlage des Einzelnen zurückzuführen sei. Deshalb sehne sich der heutige Mensch nach Übersichtlichkeit und klaren Verhältnissen. Das Gute siegt, das Böse wird verhaftet. Oder herausoperiert, wie Ralphs unbotmäßiger

Blinddarm. So einfach war das, zumindest eineinhalb Stunden lang. Früher trug der Sheriff einen weißen Hut und der Lump einen schwarzen, erinnerte Bernhard sich fast wehmütig. Als Kind hatte er gern Bonanza geguckt. Da war die Welt noch in Ordnung gewesen. Besonders den dicken Hoss hatte er klasse gefunden.

Er warf Hildegard, die an der Küchenzeile stand und stumm sowie ziemlich verbissen den Krustenbraten würzte, wie ihr angespannter Rücken ihm verriet, einen neugierigen Blick zu. Ob ihr Ralph Wenatzki auch so auf die Nerven ging? Er hätte es nicht mit Sicherheit sagen können, vermutete es aber.

Das gemeinsame Kochen gestaltete sich ohnehin schwieriger als gedacht. Weder er noch Hildegard waren sich im Klaren darüber gewesen, dass ihre Küche auf die klassische Hausfrau der 60er- und 70er-Jahre zugeschnitten war, die mutterseelenallein das Mittagessen für Mann und Kinder bereitete, während die im Wohnzimmer spielten oder Zeitung lasen. Kurz gesagt, ihre Küche war klein und bot nicht genug Platz für vier schnippelnde Leute. Deshalb saßen Ralph und Claudia dicht gedrängt am Küchentisch, zerkleinerten Äpfeln und Zwiebeln für den Rotkohl, während Bernhard sich mit eingezogenem Bauch an der Küchenplatte den Kartoffeln widmete.

Hildegard stellte das beschlagene Fenster auf kipp. Es wurde langsam warm in dem kleinen Raum.

Und Ralph redete, wobei er mühelos den Bogen von seiner Gallenblase zum Tod durch Ersticken spannte.

Nach einer Weile nahm Claudia ihm wortlos den Apfel aus der Hand und schälte ihn. Offenbar war der Mann kein Multitasker und gehörte nicht zu den Menschen, die zwei Dinge auf einmal erledigen konnten. Wenn Ralph Wenatzki sprach, ruhten alle anderen Tätigkeiten.

»Habt ihr denn keine Küchenmaschine?«, maulte er mit einem Blick auf die geschickt und geschwind werkelnden Hände Claudias. »Ich meine so einen Apparat, wo alles auf einmal reinkommt, und dann ist es fertig?«

»Nein«, beschied ihn Bernhard kalt. »Wir kochen lieber traditionell.« Hildegard hüstelte. Bernhard vermutete, es galt der nicht unbedingt wahrheitsgemäßen Verwendung des Personalpronomens.

»Schade. Na, da kann man nichts machen«, dröhnte Ralph und ließ demonstrativ die Augen wandern. »Ist halt eine echte Küche von vorgestern mit dem ganzen Kunststoff. Heute steht man ja mehr auf Holz. Oder auf Granit. Natürliches Material halt. Das ist was fürs Auge, ist gemütlich und arschteuer, was jeder sehen kann und soll. Der Tisch hier ist noch mit Resopal beschichtet, was?« Er klopfte mit dem Knöchel auf die Platte. »Sondermüll, fürchte ich.«

»Er ist praktisch«, zischte Hildegard durch zusammengebissene Zähne und ohne sich umzudrehen. Ralph hob in einer abbittenden Geste beide Hände.

»Nichts für ungut, ihr beiden. Anfang der achtziger Jahre, schätze ich mal. Muss man mögen. Also, wo war ich? Ach ja, als sie mir dann vor zwei Jahren endlich die Galle rausoperiert haben …«

Claudias Augen wurden im Handumdrehen glasig. Wahrscheinlich dachte sie inbrünstig an kräuterbasierte Reinigungszeremonien, wandernde Sterne im abnehmenden Mond oder beschwor irgendwelche Steine, ihr Ruhe und Frieden zu schenken. Und Kraft, um diesen Kochabend ohne seelische Blessuren zu überstehen. Hanne Wiedmann hätte diesen Dauerschwätzer bestimmt eindrucksvoll in die Schranken gewiesen. Bernhard stellte sich genüsslich vor, wie sie in herrischem Tonfall »Kusch, du Schwallbacke!« befahl. Und Ralph zog den Schwanz ein. Oder sie rief ihm ein genervtes »Halt endlich mal die Klappe, du Trottel!« zu. Gegen Wenatzki war Heiner mit seiner ewigen Besserwisserei ja der reinste Engel. Und das, fand Bernhard, sollte nun wirklich etwas heißen.

Was hatte Hildegard sich bloß dabei gedacht, als sie beschlossen hatte, ausgerechnet diesen unsäglichen Kerl einzuladen? Wollte sie ihm, Bernhard, damit vielleicht etwas sagen? Aber was? Er war völlig ratlos. Hildegard wurde ihm immer fremder. Und dabei hatte er gedacht, sie nach über dreißig Ehejahren in- und auswendig zu kennen. Tja, Irrtum, mein Lieber. Seine Frau besaß offenbar Untiefen, die er nicht kannte, ja bisher nicht einmal erahnte. Sie war ihm in letzter Zeit regelrecht fremd und unheimlich erschienen, und das Ganze verwirrte ihn zusätzlich.

Claudia erschauerte, als ihre Augen kurz an der blassen, wacholder- und pfeffergesprenkelten Schwarte des Bratenstücks hängenblieben. Tote Tiere esse ich nicht, hatte sie zu Bernhard am Telefon gesagt, als er sie stammelnd einlud. Aber Rotkohl, Kartoffeln und Soße fände sie schon lecker. Wenn das also okay sei … Das war es. Er hätte sie auch in die billersche Küche gebeten, wenn sie auf einer riesigen Schüssel Zitronen-Pudding aus der Tüte bestanden hätte. Wegen Hildegard und Ralph, der natürlich sofort und ohne Zögern nach der Einladung geschnappt hatte wie der Fisch nach einem sich ringelnden Wurm. Und natürlich wegen Heiner und Edith, die ihre Neugierde kaum im Zaum halten konnten und mittlerweile fast täglich »kurz« bei ihnen »hereinschauten«, obwohl es eigentlich nichts zu besprechen gab.

»Solange sie mir keine Hafermilch in meine Soße gießt«, hatte Hildegards Kommentar lediglich gelautet, als Bernhard ihr mitgeteilt hatte, dass Claudia überzeugte Vegetarierin sei. Ansonsten hatte sie seine Einladung nicht weiter kommentiert, wenn man einmal von den drei Käsestücken bei Edith und Heiner absah. Wobei sie jetzt wohl zugeben musste, dass ihr Schützling Ralph der Killer des Abends war. Der Mann hatte ein Kommunikationsverhalten wie ein Panzer. Einmal ins Rollen beziehungsweise Schwadronieren gekommen, war er nicht mehr aufzuhalten. Vielleicht sollte man ihn einmal zum Coaching bei dieser Rudelführerin und ihrem Kompagnon schicken, überlegte Bernhard, deren

Namen ihm schon wieder partout nicht einfallen wollten. Nein, nicht damit Wenatzki das Göttliche in sich entdeckte. Bloß das nicht, denn das hatte er zweifellos schon ganz von selbst getan. Aber vielleicht konnte man ihn anhand des hochspannenden Themas Reizdarm damit vertraut machen, was der Unterschied zwischen einem Mono- und einem Dialog ist: nämlich nicht alles und jeden plattzureden, sondern auch mal die Klappe zu halten und zuzuhören.

»… und da bemerke ich höflich, also wirklich sehr höflich, hören Sie mal, so kann das nicht sein. Sie irren sich.« Ralph machte eine Kunstpause, bevor er fanfarenartig hervorstieß: »Und wisst ihr, was diese Niete von Doktor dann gemacht hat? Glatt rausgeschmissen hat er mich. Glatt rausgeschmissen. ›Wenn Sie alles besser wissen, Herr Wenatzki‹, hat er in so einem zickigen Tonfall gesagt, ›dann suchen Sie sich lieber einen anderen Arzt. Dem Sie vertrauen können.‹ Ich war platt, kann ich euch sagen.«

»Aber gegangen bist du«, warf Claudia ein.

»Selbstverständlich.« Ralph stieß einen bellenden Laut aus. Es klang so sonor wie das Lachen eines Kinohelden aus der Ära des Schwarz-Weiß-Films, wenn der im Begriff stand, dem hübschen, aber kleinen dummen Frauchen an seiner Seite etwas Bahnbrechendes zu erklären. Das konnten die physikalischen Grundlagen der Raumfahrt sein, aber auch der Unterschied zwischen einem Brot und einem Brötchen. »Ich hätte ihm natürlich auch den Brieföffner zwischen die Rippen rammen können – das war ja letztens ein ziemlich interessanter Fall. Habt ihr den gesehen? Der Mörder hat so einen Schaschlikspieß benutzt, ihn extra noch ein bisschen scharf gefeilt, und ihn dann dem Opfer, das war so ein aalglatter Banker – zack – zwischen die dritte und vierte … nein, wartet, ich glaube, es war zwischen die vierte und fünfte Rippe, na ja, da hat er mit diesem Dolch direkt ins Herz gestoßen. Der Finanzheini war auf der Stelle tot, weil man ja so ziemlich schnell verblutet. Also innerlich. So ein Loch im Herzen ist halt nicht lustig. Hatte ich auch mal als Jugendlicher. Ist aber gut gegangen. War eine Not-OP und haarscharf, kann ich euch sagen. Da bist du nämlich schneller hinüber, als du mausetot sagen kannst.«

Der Braten fing an zu duften. Bernhard registrierte das mit Wohlgefallen. Hildegard hatte seit Jahrzehnten keinen Krustenbraten mehr gemacht. Das sei ihr zu aufwendig, und für sie beide lohne das ohnehin nicht, hatten ihre Worte gelautet. Er hatte sie immer noch im Ohr. Bernhard war stets anderer Meinung gewesen, doch er hatte kein Wort darüber verloren, denn die Küche war ihr Revier.

»Ralph«, sagte Claudia jetzt, als der Luft holte, »entschuldige, wenn ich so ehrlich bin, aber kann es sein, dass du tief in deinem Herzen unglücklich bist?« Sie schaute kummervoll mit ihren grau-blauen Augen zu ihm herüber. »Deine Aura ist nämlich richtig scheiße.«

Der derart Entlarvte öffnete den Mund zu einer Erwiderung, aber zu Bernhards Erstaunen klappte er ihn sogleich wieder zu, als habe jemand auf einen Schalter gedrückt.

»Schau mal«, redete Claudia, ermutigt von dieser Reaktion, weiter, »so viele grässliche Morde. Und es hängt ja auf dieser Welt und im Universum bekanntlich alles mit allem zusammen. Dein kaputtes Knie mit deiner Vorliebe für Krimis und diese … scheußlichen Mordmethoden, deine Leber mit dem Leben an sich. Und je nachdem, in welcher Phase sich die Sterne befinden und in welchem Zeichen der Mond steht, beeinflussen sie zusammen deine Gesundheit, deine Krankheiten, deine Fähigkeit zu lieben und zu leben. Das darfst du nie vergessen.«

Ihr Gesicht war ernst.

»Und den Weihnachtsmann gibt's doch«, lästerte Ralph, wirkte dabei aber eher quengelig wie ein Kind, das Mutti vom Schokoladenregal wegzieht. Bernhard befürchtete schon, dass Claudia bei dieser gezielten Beleidigung ausfallend werden würde, aber sie meinte nur ruhig und kontrolliert:

»Du bist ein Ungläubiger. Da kenne ich viele. Aber sie irren sich. Und zwar alle.« Es klang fast drohend, fand Bernhard. »Was für ein Sternzeichen bist du?«

»Moi?« Ralph tippte sich auf die Brust.

»Ja, du.«

»Äh … Löwe … äh … glaube ich.«

Claudia bedachte ihn mit einem flüchtigen Schmunzeln.

»Glaubst du, aha. Also Löwe. Da solltest du auf jeden Fall die Leber mit deinem Dünndarm in Einklang halten. Das kann ich dir nur wärmstens ans Herz legen.«

»Und wie ist es mit dem Osterhasen?«, knurrte Ralph aufgebracht. Sie stahl ihm die Show. Das mochte er gar nicht. »Gibt's den etwa auch?«

Hildegard setzte die Kartoffeln auf.

»In einer halben Stunde gibt es etwas zu essen«, kündigte sie freundlich und gelassen an. Bernhard bewunderte sie dafür. Denn bei ihm ging mittlerweile alles drunter und drüber. Er kam sich vor wie ein Zuschauer, der ohne sein Zutun in ein absurdes Theaterstück geraten war.

Das Essen – es schmeckte vorzüglich, wie alle vier nicht müde wurden, sich gegenseitig zu versichern – verlief dann relativ harmonisch. Man saß im Wohnzimmer am eigens dafür ausgezogenen Esstisch, was sonst nur an Rommé-Abenden, zu Weihnachten und an Geburtstagen der Fall war. Ralph vertilgte drei Scheiben Krustenbraten und ließ sich dabei mit mehr oder weniger vollem Mund über einen Kommissar aus, der unter Depressionen litt, sich zuschüttete, wo er nur konnte, und das alles, weil auch seine dritte Ehe gescheitert war und seine fünf Kinder von vier Frauen nichts von ihm wissen wollten. Der Krimi spielte auf den äußeren Hebriden, oder war es die innere Mongolei? Bernhard wusste es nicht mehr. Wind war jedenfalls wichtig und führte letztendlich zur Aufklärung der Tat, was Ralph »richtig raffiniert« fand. Claudia hingegen aß wenig und sprach kaum noch, Hildegard und er schwiegen sich ebenfalls weitgehend aus. Es war eine One-Man-Show, dessen unbestrittener Star Ralph Wenatzki hieß. Bernhard mied die ganze Zeit über sorgfältig Hildegards Blick. Doch er machte sich auf ein Nachbeben gefasst, gegen das jeder Tsunami verblasste, obwohl sie es ja gewesen war, die erstens diese unselige Koch-Idee gehabt hatte und zweitens diesen unter Logorrhöe leidenden Irren einladen musste.

Endlich verabschiedeten sich Ralph und Claudia; Ralph bedankte sich überschwänglich für den netten Abend und regte gut gelaunt und satt an, den doch möglichst bald zu wiederholen. Seine Küche sei dafür allerdings leider, leider zu klein. Ob nicht vielleicht Claudia, wenn es Hildegard zu viel sei … Claudia schwieg eisern, und Hildegard räusperte sich lediglich. »Na, das besprechen wir am nächsten Mittwoch beim Kochkurs in der Schule. Ihr kommt doch, mhm? Klar kommt ihr.« Fröhlich winkend verschwand Ralph hinter der Vorgartenhecke, gefolgt von Claudia, die sein Angebot, sie im Wagen ein Stück mitzunehmen, fast panisch abgelehnt hatte. Jetzt strebte sie entschlossen in die entgegengesetzte Richtung, obwohl die nächste Bushaltestelle ganz in der Nähe von Ralphs geparktem Auto lag. Wenig später wurde ein Motor gestartet, es hupte dreimal, und Ralph Wenatzki verschwand aus ihrem Leben, wobei Bernhard inständig hoffte, dass es für immer war. Zwei Häuser weiter bei Edith und Heiner schwang die Gardine sacht hin und her.

»Es war ein Fiasko«, bemerkte Bernhard, noch während sie in der Tür standen und ihren Gästen nachschauten.

»Aber stellenweise ein äußerst unterhaltsames«, gluckste Hildegard zu seiner Überraschung, drehte sich um und ging zurück ins Haus. »Ich klariere dann mal die Küche und das Wohnzimmer.«

»Warte, ich helfe dir natürlich.«

Bernhard war fast ein bisschen beleidigt. Was dachte sie denn von ihm? Dass er sie mit den ganzen Töpfen, Tellern und Schüsseln allein ließ? Sicher, er war kein Held der Küche, aber ein derart konservativer Knochen, der stramm auf seinem Hintern sitzen blieb, bis die Hausfrau alles erledigt hatte, war er nun auch nicht. Außerdem war Claudia sein Gast gewesen. Schweigend räumten sie die Spülmaschine ein. Sie hatten sie damals angeschafft, als Hildegard gegen den Willen ihrer Mutter auf die Idee gekommen war, ihr Ehemann könne sich nützlich machen und abtrocknen. Auf Bernhards Betreiben hin war sie bereits nach zwei Wochen geliefert worden und hatte seitdem gute Dienste geleistet.

»Noch einen Absacker, Herr Biller?«

Sie nannte ihn nur so, wenn sie gute Laune hatte.

»Oh ja, bitte.«

Wenig später durchzog der aromatische Duft von frisch gebrühtem Filterkaffee die Küche. Hildegard sank auf ihren Platz. Es war kein feindseliges Schweigen, sondern eher ein neutrales, doch Bernhard hätte sich gewünscht, sie würde etwas zu diesem Kochabend sagen. Weil er einfach nicht die richtigen Worte fand. Sollte er sich über Ralph lustig machen und sie fragen, was zum Teufel sie bloß an diesem eingebildeten Egomanen faszinierte? Dann ging sie sicher automatisch in die Defensive und war gleich eingeschnappt. Fing er mit Claudia an, würde sie ihn daran erinnern, dass diese Einladung ganz allein seine Idee gewesen war. Sprach er über den Krustenbraten, würde sie das wohl als Ausweichmanöver betrachten. Es war wie verhext. Doch Hildegard schwieg so eisern, als wolle sie sagen: Nix da, du hast den ersten Stich, mein Lieber.

Bernhard trank einen Schluck Kaffee, stellte sorgfältig die Tasse ab, wischte sich ebenso sorgfältig mit der Serviette über die Lippen und drückte seinen Rücken durch.

»Wir könnten …«, setzte er dann entschlossen an. Der Gedanke war ihm gekommen, als er die Küchenplatte von Soßenspuren und Spritzern befreit hatte. Zunächst war er nur blass und vage gewesen, ein Hauch von Gedanke sozusagen, doch jetzt, unter Hildegards forschendem Blick, nahm er immer mehr Gestalt an. »Na ja, wir könnten …«, versuchte er es erneut. »Also, die Küche ist ja wirklich ein bisschen alt. Da hat Ralph schon recht. Und es gibt heutzutage ganz andere Materialien als früher. Schönere, meine ich. Holzoptik oder Granit, wie dieser Wenatzki ja nicht müde wurde zu betonen. Und mit Backöfen, die auf Augenhöhe sind. Da muss man sich nicht mehr bücken.« Er scharrte mit den Füßen wie ein Junge, der dringend Pipi machen musste. »Also, ich finde das praktisch«, schob er lahm hinterher, als Hildegard nicht reagierte. »Wir werden auch nicht jünger. Und es muss ja nicht gleich so ein Küchenblock in der Mitte sein wie in der Werbung.«

»Mhm«, brummte Hildegard und rührte bedächtig in ihrer Kaffeetasse. »Den Platz für so ein Monstrum hätten wir auch gar nicht. Dies ist schließlich ein Nachkriegshaus mit kleinen Räumlichkeiten. Da müssten wir Wände herausreißen wie die jungen Bialas –«

»Die mit dem SUV?«

»Genau die. Es sieht gut aus, da gibt's kein Vertun. Aber für uns kommt das nicht infrage.«

Bernhard blinzelte überrascht.

»Du kennst die?«

»Ja, Carmen stand in der Supermarktschlange hinter mir, und wir sind ins Gespräch gekommen. Da hat sie mir anschließend das Haus gezeigt. Sie haben es quasi entkernt. Und sie ist nett.«

Hildegard hatte ihm nichts davon erzählt.

»Ach.« Bernhard hörte nur mit halbem Ohr hin. Hildegard lehnte seinen Vorschlag nicht rundheraus ab, wenn er ihre Worte richtig interpretierte. Das war doch schon mal was. Noch vor einem Jahr hätte sie ihn zweifelsfrei mit einem harschen »Was ist das denn für eine spinnerte Idee?« abgekanzelt. Doch jetzt … Sie wirkte verändert. Nicht grundlegend natürlich, das nicht, aber in den letzten Wochen war sie offener geworden, irgendwie weicher und nicht mehr so rigoros. Und Edith und Heiner schienen sie mittlerweile ebenfalls ein bisschen zu langweilen. Bernhard ging nicht davon aus, dass sie ein ähnliches Socken-Erweckungserlebnis gehabt hatte wie er. Er lächelte in sich hinein. Was für ein hübsches Wortungetüm. Nein, das war einzigartig. Lag es dann jedoch schlicht und ergreifend am Lebensabschnitt, vielleicht verbunden damit, dass sie nur noch ein paar Stunden in der Bäckerei arbeitete und somit das enge zeitliche Korsett fehlte? Möglich war es. Da hatte sie automatisch mehr Stunden zum Nachdenken und um der Frage nachzugehen, was sie sich noch vom letzten Drittel des Leben erhoffte. Wie er. Oder lag es an Ralph Wenatzki? Der spielte sicherlich eine Rolle, aber nicht nur. Bernhard hätte nicht sagen können, weshalb er sich da so sicher war, aber er war es. Doch, ja, auch Hildegard schien verborgene Sehnsüchte und Träume zu haben, die jetzt an die Oberfläche drängten. Es war ihm keineswegs geheuer, aber solange die sich nicht ausschließlich auf fremde Männer bezogen, musste er wohl damit leben.

»Ich denke, wir sollten mindestens zwei oder drei Nächte über der Frage schlafen«, fuhr sie nachdenklich fort. »So eine neue Küche ist teuer. Und alles will gut überlegt sein.«

»Ja. Ja natürlich, da kann ich dir nur zustimmen.«

Bernhard war folgsam wie ein Lamm. Hildegard stemmte sich hoch, stellte die leere Tasse in den Spüler und gähnte hinter vorgehaltener Hand. Es war bereits nach elf.

»Ich gehe dann mal schlafen. Das war ein langer und anstrengender Tag. Und morgen reden wir noch einmal über die neue Küche. Gute Nacht, Bernhard.«

*

In dieser Nacht schlief er durch. Kaum, dass er sich hingelegt und sein Kopf Kissenberührung gehabt hatte, war er auch schon eingeschlummert, um tatsächlich acht Stunden später in genau derselben Haltung wieder aufzuwachen. Schlaftrunken linste er zu Hildegards Bett hinüber. Es war leer. Sie war weg. Sein Herz machte einen Satz. Ging das überhaupt? Höchstwahrscheinlich nicht, da es im Brustkorb bestimmt ziemlich fest verankert, weil mit den ganzen Arterien und Venen verkabelt war. Wenatzki würde es todsicher wissen. Ralph Wenatzki! Bernhard lauschte mit angehaltenem Atem. Nein, seine Frau war nicht weg, denn unten im Erdgeschoss hörte er sie jetzt rumoren. Na, Gott sei Dank. Er wusste auch nicht genau, was er befürchtet hatte, doch so war es eindeutig besser, stellte er zu seiner Überraschung fest. Und das lag nicht nur daran, dass Hildegard nun einmal zu seinem Leben und zu diesem Haus gehörte wie ein altes Möbelstück oder wie der abgelatschte Läufer im Flur, sondern weil er … na ja, also weil er seine Frau doch irgendwie mochte – nach all den Jahren und trotz allem, was immer das nun wieder hieß. Sein Hirn weigerte sich ganz entschieden, darüber weiter nachzudenken. Solche seltsam persönlichen, ja verstörenden gedanklichen Anwandlungen hatte er früher nie gehabt, und sie machten ihm Angst.

Energisch schwang Bernhard die Beine über die Bettkante, stand mit einem Satz auf, um unter die Dusche zu gehen – seit seiner Verrentung duschte er für die Gesundheit abwechselnd heiß und kalt –, sich die Zähne zu putzen und sich anzuziehen. Als er in die Küche trat, war der Frühstückstisch fix und fertig gedeckt, und Hildegard war dabei, ihren Teller und ihre Tasse in den bereits ausgeräumten Spüler zu stellen.

»Guten Morgen«, begrüßte sie ihn aufgeräumt. »Gut geschlafen? Ich habe dich lieber nicht geweckt und dir alles hingestellt.«

Sie wandte sich zur Tür.

»Und was machst du?«, entfuhr es Bernhard verblüfft. »Gehst du etwa joggen?« Sie hatte zwar keine Sportschuhe an, solche besaß sie seines Wissens gar nicht, aber ihre praktischen Halbschuhe. Dazu hatte sie sich einen dicken Pullover übergezogen, weil es zu dieser morgendlichen Tageszeit trotz der sommerlichen Sonnenstrahlen noch ziemlich frisch war. »Oder einkaufen?« Genau, das war's.

»Nein«, widersprach sie gut gelaunt. »Ich gehe ein bisschen spazieren. Die Luft ist heute Morgen so klar und frisch. Das will ich nicht versäumen.«

»Warte doch«, rief Bernhard in seiner Hilflosigkeit. »Ich komme mit, wenn ich gefrühstückt habe. Ich beeile mich auch.«

»Ach, lass nur. Iss du mal dein Brot ganz in Ruhe und trink deinen Kaffee.«

Und weg war sie. Die Haustür klappte. Bernhard war der Appetit vergangen. Schwerfällig wie ein alter Mann ließ er sich auf den Stuhl fallen und schenkte sich Kaffee ein. Sogar die Zeitung hatte sie ihm hingelegt. Er fing wie immer mit der letzten Seite an. Klatsch und Tratsch aus der Welt der Reichen und Schönen, der Internet-Berühmtheiten, der Stars und der Sternchen. Viele von denen kannte er schon gar nicht mehr. Die spielten in irgendwelchen Serien und Shows mit, die im billerschen Haushalt nicht geguckt wurden. Und ob die nun im Internet bekanntgaben, dass ihnen ein Pups quer saß oder sie sich – »einvernehmlich« selbstverständlich, wie es die moderne Sprachregelung erforderte – nach dreieinhalb Tagen Ehe getrennt hatten, war ihm aber so was von egal. Sollten sie doch. Sein Leben fand im Dellenheimer Storchenweg 18 statt. Und zwar analog, wie er letztens gelesen hatte. Bernhard nahm einen Schluck Kaffee und stand auf.

Hildegard war nie, also wirklich noch nie einfach so nach dem Frühstück spazieren gegangen. Das war undenkbar, denn am Vormittag hatte man, zumal als Frau, doch immer etwas im Haus zu tun. Ein Fenster war stets schmutzig, eine Fußleiste schmierig. Und staubgesaugt, gewischt oder vorgekocht werden musste fast täglich, so hatten es bereits Mutter und Schwiegermutter gehalten. In Bernhards Kopf drehte sich alles. Nein, da musste etwas ganz anderes dahinterstecken als die wunderbar klare morgendliche Luft. Ralph, Claudia oder die neue Küche möglicherweise?

Er eilte in den Flur, schlüpfte rasch in seine Schuhe und warf sich die erstbeste Jacke über. Hildegard bog gerade um die Ecke in den Schwanenweg, als er auf den Gehsteig trat und sich hektisch umblickte. Aha, sie steuerte auf den Petropark zu, denn der Schwanenweg führte direkt auf den halb verfallenen Kiosk zu. Bitte, das konnte sie haben. Bernhard wusste schließlich, welcher Baum sich bestens zum Versteckspielen eignete. Ob sie sich hier mit diesem unsäglichen Wenatzki traf? Der ihr dann liebestrunken ins Ohr flüsterte, wie seine letzte Hirn-OP verlaufen war? Oder war das ganze Krankheitsgeschwafel gestern Abend alles nur Tarnung gewesen? Der Gedanke durchzuckte ihn wie ein Blitz. Sah Ralph Wenatzki am Ende nicht nur aus wie ein Gottesgeschenk an die Damenwelt, sondern verhielt sich auch so, wenn er nicht in der billerschen Küche saß und von ihm, Bernhard, argwöhnisch belauert wurde? War der Knilch in Wahrheit einfühlsam, aufmerksam, humorvoll, rücksichtsvoll, kurzum eine maskuline Lichtgestalt, der ein normaler Mann wie er nicht das Wasser reichen konnte? Bernhard wurde fast schlecht bei diesem Gedanken. Er hatte nur mit halbem Ohr hingehört, als Wenatzki sie in Grund und Boden gebrabbelt hatte. War ihm dabei möglicherweise eine geheime Botschaft an Hildegard durchgerutscht?

Jetzt schlenderte seine Frau den Hauptweg des Parks entlang, als habe sie alle Zeit der Welt. Bernhard blieb im Windschatten des maroden Kiosks stehen, um sie zu beobachten. Sie schaute weder hin und wieder auf die Uhr noch machte sie irgendwelche Anstalten, sich umzudrehen. Stattdessen schien sie mit den Blumen zu sprechen, die am Wegesrand blühten. Die Worte Müßiggang oder gar Lustwandeln kamen ihm unwillkürlich in den Sinn. Schon wieder so ein Begriff, der aus der Zeit gefallen war. Heute trug ja fast jeder so ein Fitnessdings ums Handgelenk, das höchstwahrscheinlich bei jeder Treppe auffordernd dudelte und jeden Schritt, jede Kalorie und jeden Schnaufer vermaß, um die Daten schnurstracks zu einem Bulletin zu verarbeiten, das dann irgendwo in den Weiten des Internets erschien: Bernhard Biller hat den Fahrstuhl benutzt statt elastisch die Treppe in den 13. Stock hochzusprinten. Alarm, Alarm und Schande über ihn. Furchtbar fand er das. Ein Schritt weniger, ein Schokoladeneis zu viel, und das Herz-Kreislaufsystem war unweigerlich im Eimer, ganz zu schweigen von den in schwindelerregende Höhen katapultierten Blutfettwerten. Puh, *das* war doch Stress pur. Wer tat sich bloß so etwas an? Etliche Leute in der *Securitas*, lautete die Antwort. Nicht gerade die, die sich in der Raucherecke trafen, aber so manch anderer, von denen er es nicht erwartet hatte. Der Semibold aus der Haftpflicht zum Beispiel, ein beleibter Enddreißiger, der offenbar eines Silvesterabends beschlossen hatte, seinen Körper in ein Muskelpaket zu verwandeln. Seitdem hantelte er sich durch den Tag, hüpfte und sprintete auf der Stelle, wenn man mit ihm redete, und vermaß mit diesem Fitnessmessdingsbums jede Kniebeuge. Kein Wunder, dass die Nation unter Stress litt und pausenlos über ein Zuviel an Belastung und Anforderungen jammerte. Nicht einmal die eingeschworenen Smartphone-Fans Edith und Heiner kamen auf solche Idee und seine Hildegard schon gar nicht.

Bernhard gab sich einen Ruck, verließ seine Deckung und folgte seiner Frau langsam. Zur Not konnte er ja wieder hinter die Pappel huschen, an der er damals bei der ersten Beschattung – was für ein Wort – die beiden coachenden Reizdarm-Spezialisten getroffen hatte. Ihre Namen lagen ihm auf der Zunge. Komisch, das Thema Darm war plötzlich in aller Munde, aber mit Ralph Wenatzkis Zotten schien ja so weit alles in Ordnung zu sein. Oder hatte er auch da etwas überhört? Schade drum wäre es selbstverständlich nicht. Na, vielleicht war das Thema zu gewöhnlich für einen wie den. Jetzt blieb Hildegard stehen und angelte nach einem Tuch in ihrer Hosentasche. Sie wollte sich also auf die Bank setzen. Das konnte dauern. Automatisch guckte Bernhard sich nach der Pappel um. Sie stand noch an Ort und Stelle und bot ihm mit ihrem dicken Stamm einen sicheren Sichtschutz. Rasch verließ er den Weg und bezog Posten.

Etwa eine Viertelstunde später – Bernhard beobachtete gerade einen schwer bebärteten jungen Mann, der selbstvergessen mit seinem Kind direkt vor Hildegards Bank Fangen spielte –, raschelte es plötzlich zu seinen Füßen. Fast gleichzeitig erklang aus seiner

Knieregion ein freudiges Bellen, denn Ringo, die Töle mit den Fledermausohren und dem räudigen Fell, hatte ihn offenbar wiedererkannt und als Freund identifiziert.

»Halt die Klappe, Hund«, zischte Bernhard ihn ärgerlich an. Ringo dachte nicht daran. Begeistert bellend sprang er an ihm hoch.

»Schnauze«, herrschte Bernhard ihn an. Es fruchtete nichts.

»Ringo«, brüllte die Rudelführerin da auch schon unüberhörbar in einem Umkreis von fünfhundert Metern unten vom Weg herüber. »Komm zu Frauchen, hörst du, Süßer.«

Die Reizdarmspezialistin hieß Rita und der Coach Dennis; jetzt fiel Bernhard es wieder ein, derweil Ringos Kläffen zu seinen Füßen einen hysterischen Unterton annahm. Wenn Hildegard nicht just an diesem Morgen ertaubt war, musste sie das Spektakel unweigerlich mitbekommen, und nach einer gewissen Zeit würde sie sich todsicher umdrehen, um der Ursache des Lärms auf den Grund zu gehen, ihn entdecken und dann … Bernhard entwich ein Wind, und er schluckte. Was sollte er sagen, wenn Hildegard ihn hier fand? »Och, ich dachte, ich mache im Alter noch mal rasch eine Detektivausbildung, und Beschatten gehört nun einmal zum Job dazu«? Lächerlich. Sie würde an seiner geistigen Gesundheit zweifeln. Und das zu Recht. Er bückte sich und fing in seiner Verzweiflung an, den Hund zu streicheln. Das half. Ringo verstummte augenblicklich, fiel wie vom Blitz getroffen um und streckte ihm vier

Pfoten und einen schneeweißen Bauch entgegen. Bernhard hockte sich neben das Tier und fing an zu kraulen.

»So?«, fragte er. »Das ist fein, nicht?«

»Ringo!«, rief Dennis jetzt streng, ganz das energische Herrchen in der Stimme. Bernhard verharrte. Ringo winselte. Wenn er aufhörte, würde der Hund garantiert gleich wieder ein Höllenspektakel veranstalten. Also kraulte er weiter. Doch mit der Zeit wurden seine Beine vom Hocken lahm. Schließlich erhob er sich ächzend, mit einer Hand an den Baum gestützt. Ringo linste zu ihm hoch, sprang mit einem eleganten Satz auf, landete ebenso elegant auf allen vier Pfoten – und bellte empört. Hildegard wandte den Kopf in seine Richtung, und Bernhard gelang es erst im allerletzten Moment, vollständig hinter dem Stamm zu verschwinden. Doch jetzt kamen Dennis und Rita auf ihn zugestapft. Rita hielt das Rudel wie gehabt an den Leinen, Dennis schob einen Kinderwagen vor sich her.

»Na, das ist aber eine Überraschung«, rief Rita unnötig laut, als sie ihn entdeckte. »Wieder mal an der frischen Luft?«

»Ja. Was macht der Kampf gegen den Reizdarm? Ich meine, *für* … den Darm natürlich«, stotterte Bernhard in seiner Verzweiflung. »Und wie ist es mit der Selbst – äh … also mit dem Coachen?« Verdammt, konnten sie ihn nicht einfach ignorieren und vor allem still ihres Weges ziehen? Dennis kaute auf seiner Unterlippe und betrachtete ihn mit finsterer Miene. Seine Nachfrage schien nicht überzeugend gewesen zu sein. Oder er hielt ihn für einen Spanner.

»Läuft hammermäßig«, blubberte er dann langsam und argwöhnisch.

»Wir bieten jetzt auch Workshops für Führungskräfte an«, ergänzte Rita, die es offenbar nicht befremdlich fand, ihn erneut hinter der Pappel anzutreffen.

»VW, Deutsche Bank, Shell oder Exxon?«, zählte Bernhard launig auf.

»Nee, eher so für den mittleren Bereich.«

»Und es läuft? Das ist ja die Hauptsache«, sagte Bernhard, der die Höhen und Tiefen des Freiberuflertums lediglich vom Hörensagen kannte. Es war ihm unheimlich. Schon sein Vater hatte davon nichts gehalten. »Alles Penner«, hatte er immer behauptet, »stehen mittags auf, sitzen schon nachmittags beim Rotwein und drehen alles so hin, dass sie keine Steuern zahlen müssen, während unsereins …« Nicht umsonst hatte Bernhard sich für eine solide und krisenfeste Arbeit entschieden.

»Echt hammermäßig«, blubberte Dennis erneut. »Danke der Nachfrage. Wenn Sie Bedarf …«

»Nein, eher nicht«, wehrte Bernhard hastig ab. Hildegard war aufgestanden! »Die Führungskraft bei uns zu Hause ist meine Frau.« Er untermalte seine Worte mit einem bemüht-belustigten Grienen, um ihnen die Wucht zu nehmen, ein Scherz, Leute; Heiner pflegte von Edith manchmal als »Präsidentin« zu sprechen. Doch prompt erschien auf Ritas weichem Gesicht eine steile Falte zwischen den Augenbrauen.

»Ah, Altherrenhumor. Das ist der Klassiker. Alte weiße Säcke, sag ich da nur. Wenn ein Mann sich um die Verantwortung und vor allem die Arbeit zu Hause drücken will, dann kommt so ein Scheiß dabei heraus«, verkündete sie. »Als ob das Talent zum Toilettenschrubben angeboren ist und den sogenannten Herren der Schöpfung da leider, leider ein Gen fehlt. Oder sie sind in dieser Beziehung mit zwei linken Händen gestraft.« Ringo, der Verräter, wuffte zustimmend.

»Sie hat sich in letzter Zeit viel mit dieser Thematik beschäftigt«, erklärte Dennis eifrig; sein Argwohn gegenüber Bernhard war offenbar vergessen. Hildegard beschirmte jetzt ihre Augen und schaute zu ihnen herüber. »Männer und Frauen, und wer wen unterdrückt und so.«

»Pah, das ist ja wohl so was von eindeutig. Seit Jahrtau-sen-den geht das nun schon so«, assistierte Rita mit Grabesstimme. »Na ja, das Scheiß-Patriarchat halt.«

Im Kinderwagen ruckelte es.

»Ach Gottchen, die arme Blondi ist unruhig.« Rita trat an den Kinderwagen heran und schaute mit einem mütterlich-warmherzigen Ausdruck hinein.

»Ihre Tochter?«, erkundigte sich Bernhard höflich. Heutzutage durfte man ein Kind ja ungestraft mit den seltsamsten Namen ins Leben schicken. Und »Blondi« ging ja noch, fand er, auch wenn die Namensgebung augenscheinlich eher eine Wunschvorstellung widerspiegelte, denn sowohl Rita als auch Dennis waren von der Haarfarbe her eher dunkel.

»Unser Neuzugang. Ein Kaninchen.«

Ritas Tonfall deutete an, dass sie nicht allzu viel Unterschied zwischen einem Karnickel und einem menschlichen Wesen zu erkennen vermochte. Sie übergab Dennis die Leinenenden, trat an den Wagen und hob ein hellbraunes zappelndes Fellbündel heraus, das in einem Brustgeschirr mit Leine steckte. Blondis Nase zuckte panisch, als das Tier behutsam auf den Boden gesetzt wurde.

»Sie ist es nicht gewohnt.« Rita klang besorgt. »Aber das wird schon. Sie ist in einem engen kleinen Käfig großgeworden, als Spielzeug für die Nachbarskinder. Und als die genug von Blondi hatten – das passiert ja unweigerlich bei Kindern, spätestens dann, wenn sie in die Pubertät kommen – na ja, man kann es sich denken, nicht? Dennis und ich haben sie jedenfalls sofort genommen, bevor die Leute das arme Tier aussetzen konnten.«

»Oder es am Ende noch in den Bratentopf wandern lassen«, setzte Bernhard roh hinzu, denn Hildegard näherte sich jetzt unerbittlich ihrer kleinen Gruppe, während die Hunde ihn schwanzwedelnd umringten und ihm dadurch den Fluchtweg versperrten.

Ringo fing leise an zu knurren, als Hildegard endlich dicht an sie herantrat.

»Er tut nichts«, hörte Bernhard sich ausrufen, ohne die Ironie seiner Worte zu erkennen. Dafür war er einfach zu angespannt.

»Ich war mir nicht sicher, ob tatsächlich du es bist«, sagte Hildegard und musterte ihn. »Aber jetzt … Die Jacke ist doch viel zu warm. Wir haben schließlich Sommer Wieso hast du denn nicht die dünnere braune genommen?«

Ringo knurrte erneut. Hildegard maß den Hund mit ihrem Sandkastenblick, und er verstummte auf der Stelle, kniff den Schwanz zwischen die Hinterbeine, winselte kurz, schlich hinter den Kinderwagen und plumpste dort in sicherer Entfernung auf sein Hinterteil. Bernhard wunderte das nicht; in diesem Moment waren das Tier und er ein Herz und eine Seele.

»Die hing auch da?«, stotterte er. »Die hab ich gar nicht gesehen.«

»Ihr kennt euch?« Ritas Tonfall war unangenehm scharf.

»Sie ist meine Frau«, gab Bernhard zu.

»Ach«, sagte Dennis nur.

»Willst du mir deine neuen Bekannten nicht vorstellen, Bernhard?«, forderte Hildegard ihn mit geradezu furchteinflößend neutraler Miene auf.

»Ja. Doch, natürlich. Also das ist schon mal Ringo.« Er deutete auf den Hund hinter dem Kinderwagen, der mit ängstlicher Miene durch die Speichen der Räder zu ihnen herüberlinste. »Die anderen Namen hab ich vergessen. Doch hinten an der Leine, das ist Rita und daneben, das ist Dennis. Sie sind Spezialisten für Reizdärme und Coachen, weißt du.«

Man tauschte stumme Blicke.

»Und das Karnickel?«, fragte Hildegard schließlich und blickte auf das zitternde Tier zu Dennis Füßen. Ihre Stimme klang angespannt.

»Blondi«, hauchte Bernhard und kam sich dabei unsagbar blöd vor. »Sie heißt Blondi.«

»Hörte nicht Hitlers Schäferhund ebenfalls auf diesen Namen?«

Hildegard musterte das Tier plötzlich so argwöhnisch, als könnte sich Blondi genau hier auf dem Boden des Petroparks – Abrakadabra – in eine zähnefletschende Bestie verwandeln. Sie hob den Kopf. Und Dennis – schwuppdiwupp – in den dazugehörigen Führer? Nein, Unsinn, Dennis hatte nichts Martialisches oder Charismatisches an sich, sondern wirkte eher wie ein Lauch. In Bernhards Ohren rauschte und brauste es, als stünde er direkt unterhalb der Niagarafälle.

»Ja dann«, bereitete Rita ihren Abgang vor, sichtlich überfordert von der Situation, was Bernhard ihr nicht verdenken konnte. Er war es schließlich auch. »Wir müssen. War schön, dich wieder getroffen zu haben. Du kommst öfter her, nicht? Na ja, Ringo wird dich auch beim nächsten Mal aufstöbern. Komm, Ringo. Dennis.«

Und damit hob sie grüßend die Linke, bückte sich in einer beneidenswert fließenden Bewegung jüngerer Menschen, griff mit der Rechten nach Blondi, setzte das Kaninchen behutsam in den Kinderwagen, nahm

Dennis die Hundeleinen ab und eilte, ohne sich noch einmal umzudrehen, davon. Mensch und Tiere folgten ihr; Ringo allerdings erst, nachdem er kräftig gegen einen jungen Eichenstamm gepinkelt hatte.

8. Kapitel

Schweigend, doch die Luft knisterte zwischen ihnen, als sei sie elektrisch aufgeladen, marschierten Bernhard und Hildegard zu der Bank hinüber und setzten sich. Er ganz außen auf die rechte, sie ganz außen auf die linke Seite mit einem Meter Abstand zwischen ihnen. Eiszeit, dachte Bernhard dumpf, hier und jetzt im Dellenheimer Petropark schmelzen die Polklappen zumindest nicht. Im Gegenteil, er meinte sogar zu spüren, wie die Temperatur um sie herum ins Bodenlose fiel. Dagegen hatte das Bild, das sich ihnen bot, etwas von einer Kitschpostkarte: Die Sonne schien, der Himmel direkt über ihnen war wolkenlos und von einem intensiven dunklen Blau, während er am Horizont in ein verwaschenes Grau-Blau überging. Die Luft flimmerte, und der junge Vater kniete jetzt auf dem Rasen vor seinem kleinen Sohn und knuddelte ihn hingebungsvoll, ohne aus seinen offensichtlich überbordenden Gefühlen einen Hehl zu machen. Die Kronen der Bäume schimmerten in einem satten kräftigen Grün, während der kurze Rasen – allerdings nur bei genauerem Hinsehen – erste Anzeichen des sommerlich-trockenen Grau-Brauns zu zeigen begann. Mehr als wettgemacht wurde dies jedoch durch die überall leuchtenden Inseln gelber, blauer und roter Blumen. Die kleinen Beete wirkten wie lässig hingeworfene Farbtupfer auf dem dürstenden Rasen. Schaut, Kinder, das ist doch nun wirklich ein Bild für die Götter, hörte Bernhard seine

Schwiegermutter jubilieren. Und dann hätte sie lauthals den Schlager »Schööön ist es, auf der Welt zu sein« angestimmt. Das hatte sie öfters getan, deshalb wusste Bernhard, dass der Zeile irgendetwas mit Sonnenschein, Bienen und Stachelschweinen folgte. Ein Wissen, das ihm in diesem speziellen Moment jedoch nicht unbedingt weiterhalf, wie er hellsichtig erkannte.

»Tja«, murmelte er verlegen und nicht einmal ansatzweise wissend, wem diese Silbe galt: Hildegard, der Situation, ihm selbst oder allen dreien zusammen? Wahrscheinlich war es von allem etwas, vermutete er, während er so behutsam das rechte über das linke Bein drapierte, als sei sein Untergestell aus Glas. Ewig konnten sie die Natur nun wirklich nicht betrachten, so üppig sie auch grünte und blühte und so schön sie auch war. Aber Hildegard machte keinerlei Anstalten, das Schweigen zu brechen. Doch!

»Genau«, sagte sie jetzt, ohne eine Miene zu verziehen.

Bernhards Kopf ruckte herum; ebenso vorsichtig wie perplex schaute er kurz zu ihr hinüber. Ihr Profil war undurchdringlich, nur die Nasenflügel blähten sich ein wenig, das heißt er nahm an, dass sich auch der linke blähte, der rechte tat es nämlich eindeutig. Er räusperte sich bedächtig. Da stand ihm offenbar noch einiges bevor. Aber aufstehen und weglaufen kam natürlich auf keinen Fall infrage. Das würde aussehen, als wäre er auf der Flucht. Nein, da musste er wohl oder übel durch. So oder so.

»Das ist schon komisch, nicht? Wir beide hier so nebeneinander auf der Bank«, startete er einen zweiten Versuch. Du meine Güte, etwas Intelligenteres hätte ihm auch einfallen können, schoss es ihm durch den Kopf, kaum hatte er den Satz ausgesprochen.

»Was ist denn daran komisch?«, fragte Hildegard sehr vernünftig zurück und ohne den Kopf zu wenden. »Ehepaare sitzen nun einmal nebeneinander auf Bänken. Besonders ältere. Und es soll durchaus vorkommen, dass sie miteinander reden. Solche Exemplare gibt es, habe ich gehört.«

»Ich meine ja bloß«, ruderte er hastig zurück.

Hildegard schüttelte kaum merklich den Kopf. Der rechte Nasenflügel blähte jetzt heftiger. Oder bildete er sich das nur ein?

»Lass uns besser noch einmal von vorn anfangen. So hat das wenig Sinn.«

Bernhard öffnete den Mund – und schloss ihn wieder. Er hatte keine Ahnung, was sie damit meinte. Doch sie sollte es ihm augenblicklich verdeutlichen.

»Also, was machst du hier, Bernhard Biller?« Jetzt wandte sie den Kopf und sah ihn endlich direkt an. Seltsamerweise stellte er als erstes fest, dass ihr linker Nasenflügel nicht so heftig blähte wie der rechte. »Und wer sind diese Leute mit dem Karnickel, die du ja gut zu kennen scheinst.«

»Blondi. Na ja …«

»Nein«, fuhr sie ihm mit Eis in der Stimme in die Parade; zumindest kam es ihm so vor. »Kein *Na ja*, kein

Tja, kein *Weiß nicht*, kein *Hat sich so ergeben*. Ich möchte eine Antwort haben, die diesen Namen verdient.«

»Ach so.« Er biss sich auf die Lippen. Das war bestimmt auch nicht gerade das, was sie hören wollte. Nein, war es nicht.

»Bernhard.« Er hatte gar nicht gewusst, wie drohend man seinen Namen aussprechen konnte: Ein falsches Wort, und die Welt, zumindest seine Welt, ging hier und jetzt im Petropark gnadenlos unter. Das wusste er, deshalb wand er sich innerlich wie ein Wurm am Haken und seufzte erdenschwer. Also dann …

»Ich bin dir gefolgt«, gestand er schließlich verschämt. »Und da hab ich Dennis und Rita mit ihrer Meute getroffen. Sie sind nur Bekannte, weiter nichts. Und nicht einmal gute. Sie coachen.«

»Das sagtest du bereits. Das ist an sich ja kein Verbrechen«, warf Hildegard ein. »Coachen sie auch das Kaninchen oder nur die Hunde? Nach dem Motto: Seid lieb zueinander und fresst euch nicht? Es ist sicherlich ungemein herausfordernd, ein fleischfressendes Lebewesen in einen überzeugten Vegetarier zu verwandeln.« Meinte sie das etwa ernst? Sie kam ihm so anders vor an diesem Morgen. Ihrer Miene war nichts zu entnehmen, die zeigte keine Regung.

»Ich glaube nicht«, erwiderte er vorsichtig. »Es geht ihnen wohl eher um Menschen. Selbstachtung und so. Aber vielleicht … gecoacht wird ja heutzutage alles und jeder; früher ging man zur Beichte, heute zum

Psychologen oder zum Coach. Insofern … vielleicht hat einer der Hunde ja auch Reizdarm.«

Er wagte sich an ein angedeutetes Lächeln. Doch es war noch zu früh, um das Eis zu brechen. Sie erwiderte es nicht. Also weiter im Text.

»Ich habe sie getroffen, als ich hinter dir her geschlichen bin wegen … äh … diesem Wenatzki und weil ich wissen wollte, was du so machst, wenn du allein weggehst.« Fast wäre ihm ein »was du so treibst« herausgerutscht.

»Wieso das denn?« Sie schien weder verstimmt noch böse zu sein, sondern eher überrascht. »Ich gehe spazieren, genieße den Sommer und denke dabei ein bisschen über alles und jedes sowie über uns nach. Du bist jetzt in Rente, ich auch fast … Was erwartet uns also noch?« Sie blickte ihm voll ins Gesicht. »Es kann doch nicht nur noch darum gehen, anständig von dieser Welt zu kommen.«

Das war es also. Er hatte recht gehabt mit seiner Vermutung, auch ihr schwirrten die Gedanken im Kopf herum. Er schluckte. Gelegentlich vergaß er allerdings, dass Hildegard schon immer zu deutlichen Worten geneigt hatte.

»Haben wir nicht eine Sterbeversicherung? Ich meine, ich hätte –«

»Bernhard Biller!« Sie verdrehte die Augen. »Manchmal könnte ich dich erwürgen, weißt du das!

Natürlich, darum ging es nicht. Das war ihm selbstverständlich klar. Ihn trieben schließlich ähnliche

Gedanken um; trotzdem wich er automatisch aus, wenn es ernst wurde. Das hatte er schon immer getan, erkannte er in diesem Moment schonungslos, und es … nervte ihn selbst, wie Hanne Wiedmann es wohl formuliert hätte.

»Und du isst jetzt anderen Käse und bekleckerst deine Hose«, fuhr Hildegard erbarmungslos fort. »Ich habe sie im Keller entdeckt, und mir wäre es entschieden lieber, wenn du sie nicht verschämt irgendwo hinhängst, sondern mit mir darüber sprichst.«

»Wie der Fleck auf die Hose kam?«, vergewisserte sich Bernhard.

»Wie der Fleck auf die Hose kam. Zum Beispiel«, sagte Hildegard und fügte etwas sanfter hinzu: »Oder was du hier machst.«

»Ich?«

»Bernhard, bitte.« Sie fixierte ihn forschend. »Du bist doch nicht etwa eifersüchtig? Oder entwickelst im Alter einen Kontrollzwang?« Er hörte ihr an, dass beide Gedanken für sie völlig abwegig waren.

»Na ja«, es rutschte ihm einfach so heraus, er verbesserte sich rasch, »direkt nicht, nein, aber ich habe mir schon so meine Gedanken gemacht, was du mit dem Kerl willst.«

»Wolltest«, korrigierte sie ihn mit fester Stimme. »Ralph Wenatzki ist unerträglich und deshalb Geschichte. Ich weiß jetzt, weshalb er so einsam ist, falls dich das beruhigt.«

Bernhards Herz machte einen Satz trotz aller Verkabelungen durch die Arterien, Venen und Muskeln; das hätte er schwören können. Dann verzog er vorsichtig die Mundwinkel.

»Wie geht's eigentlich deinem Knie?«, witzelte er. »Haste 'ne OP in Aussicht, wo ordentlich viel schiefgehen kann? Oder haste heute schon gemordet?« Es fühlte sich gut an.

Und tatsächlich: Hildegard versetzte ihm einen spielerischen Schlag auf den Oberschenkel. Dazu musste sie sich über die ganze Länge der Bank zu ihm hinüberbeugen, doch das hatte sie seit mindestens zwanzig Jahren nicht mehr getan und stimmte ihn froh.

»Hör bloß auf. Dieser Ralph war ein Albtraum; beim Kochkurs hat er sich noch zusammengenommen, um erst bei uns so richtig aufzudrehen. Denn in der Schulküche war er nicht so, da hat er zwar auch viel geredet, das schon, aber mich hat er ebenfalls zu Wort kommen lassen.«

Bernhards Miene war ein einziger fleischgewordener Zweifel.

»Doch, doch«, versicherte Hildegard. »Er war etwas ruhiger, glaub mir, und umgebracht hat er, wenn ich mich recht erinnere, am ganzen Abend lediglich zwei Leute. Na ja, und der Vortrag über Fette und die Galle war kurz. Wenn er sich nämlich dort so benommen hätte wie in unserer Küche, hätte ich ihm aus Mitleid allenfalls eine Fertigpizza geschenkt für seine Mikrowelle zu Hause. Eingeladen hätte ich ihn nie und nimmer.«

Womit schon einmal eines von Bernhards Rätseln gelöst war.

Der junge Vater vor ihnen auf dem Rasen warf jetzt sein Kind in die Luft, um es mit einem lauten Lachen wieder aufzufangen. Der kleine Junge jauchzte vor Vergnügen. Bernhard konnte sich nicht erinnern, dass sein Vater jemals so ausgelassen mit ihm gespielt hatte. Zu seiner Zeit hatte der Nachwuchs das Familienoberhaupt in Ruhe zu lassen, weil es so viel arbeitete und von einer Aura der Wichtigkeit umgeben war. Außerdem war sein alter Herr ein ernster Mann gewesen, der mit kleinen Kindern nichts anzufangen wusste. Bernhard und sein Erzeuger lebten in völlig unterschiedlichen Sphären, die sich lediglich am Abendbrottisch und beim sonntäglichen Mittagessen berührten. Nein, der Herr Oberamtmann Friedemann Biller war für seinen Sohn kein Papa gewesen, sondern immer ein Vater geblieben. Damit hatte er allerdings hundertprozentig dem Zeitgeist entsprochen. Denn sein Vater war keine Ausnahme gewesen, alle Väter waren so, soweit Bernhard sich erinnerte; die Ausnahme war einzig und allein Wolfgang Psorsch, der Vater von Roland, gewesen. Der Mann hatte dermaßen viel Unsinn und Flausen im Kopf gehabt, wie seine Eltern nicht müde wurden zu betonen, dass man nicht zwischen seinen Kindern und ihm unterscheiden könne. Bernhard hatte den Vater von Roland gemocht. Er schimpfte wenig und lachte viel. Aber Wolfgang Psorsch war im Storchenweg ein Außenseiter geblieben. Man grüßte sich zwar, sprach auf dem Bürgersteig kurz über das Wetter, wenn man sich traf, aber ansonsten war man sich straßenweit einig, dass der Mann nicht dazugehörte. Die Familie war Anfang der Siebziger weggezogen. Man hatte nie wieder etwas von ihr gehört.

»Der Abend war eine ziemliche Pleite, was?«, wagte Bernhard erneut zu bemerken.

»Aber witzig war er auch irgendwie«, wiederholte Hildegard ihre Bemerkung vom Vorabend und kicherte. Bernhard setzte sich schlagartig auf. Seine Frau kicherte. Ob das am Wetter lag? Oder an dieser befremdlichen Situation? An der lockeren Umgebung des Parks oder an der Sonne? Er wusste es nicht. »Wie deine Claudia versuchte, Ralph mit den Sternen und dem ganzen übersinnlichen Kram zu kommen. Wunderbar. Darf ich fragen, weshalb du sie eingeladen hast? Wegen Ralph vermutlich«, nahm sie die Antwort vorweg und schob ihre Unterlippe vor. Das machte sie stets, wenn sie nervös war. Sieh an. Er war also nicht allein.

Bernhard nickte kaum merklich und beschloss, den besitzanzeigenden Terminus »deine« in Bezug auf Claudia großzügig zu überhören.

»Ja«, gestand er schnörkellos. War jetzt etwa auch der Zeitpunkt gekommen, um seiner Frau vom Käsenachmittag bei Hanne Wiedmann zu erzählen? Nein, entschied er sogleich, dafür war es noch viel zu früh. Das zarte Pflänzchen der Harmonie würde dadurch eingehen wie die sprichwörtliche Primel; und nichts wollte er weniger. »Und wegen Edith und

Heiner«, fuhr er stattdessen fort, bevor er herausplatzte: »Mensch, sind die mir letztens auf die Nerven gegangen. Waren die eigentlich immer so?«

Er wusste es ehrlich nicht.

»Ja«, sagte Hildegard schlicht. »Die waren immer so.«

»Furchtbar.«

»*Du* hast dich verändert, Bernhard. Sie nicht.« In ihrem Tonfall lag keinerlei Vorwurf. Es war einfach eine Feststellung. »Seit du geschmacklich zu neuen Käserichtungen tendierst, bist du anders.«

»Schlimm?«, fragte Bernhard, während er sie bei sich korrigierte: Die Socken waren schuld und damit ja irgendwie auch Hildegard. Der Käse kam erst danach, aber das war jetzt nicht das Thema.

»Nein«, erwiderte sie gelassen. »Ich kann damit leben.«

Das war zwar nicht das, was er hören wollte, aber es war immerhin ein Anfang. Tja, von was eigentlich, überlegte Bernhard, und musste sich eingestehen, dass er keine Ahnung hatte. Von allem – irgendwie. Machte ihm das Angst? Früher hätte es das zweifellos getan. Jetzt nicht mehr, stellte er erstaunt fest. Na ja, nicht mehr ganz so schlimm, verbesserte er sich, denn ein bisschen mulmig war ihm schon. Wo sollte das bloß alles hinführen?

»Du bist plötzlich so still, Bernhard. Was ist los?«

Der junge Vater setzte seinen Sohn in die Karre und schob von dannen. Mit einer Hand grüßte er winkend in ihre Richtung. Hildegard und Bernhard erwiderten den Gruß erfreut.

»Ich denke nach.«

Hildegard schwieg, ließ das so stehen und überließ ihn seinen Überlegungen.

»Dass mit der neuen Küche habe ich übrigens nicht nur so dahingesagt. Ich meine das ernst«, stellte Bernhard nach einer ganzen Weile klar, weil es ihm plötzlich sehr wichtig war.

»Wegen Ralphs Bemerkungen?«

»Auch, ja«, räumte er ehrlich ein. »Aber ich habe schon selbst daran gedacht. Sie ist einfach nicht mehr zeitgemäß.«

Hildegard langte nach einem Taschentuch und schnäuzte sich. Umständlich verstaute sie es danach in ihrer Rocktasche.

»Na ja, und zum Kochkurs werden wir ja wohl nicht mehr gehen«, meinte sie dann bedächtig. »Zumindest nicht zu diesem.«

»Nein«, pflichtete Bernhard ihr bei. »Wenn ich Ralph Wenatzki per Los als Kochpartner ziehe, ramme ich ihm bestimmt irgendwann das Zwiebelmesser in die Seite.«

»Das war zu stumpf dafür«, brummelte Hildegard. »Damit machst du ihm nur einen blauen Fleck.«

»Das meinte Claudia auch.«

»Ich finde sie ganz nett.«

»Sie hat sich mit den Sternen, dem Gedärm im abnehmenden Mond und überhaupt der ganzen Astrologie zurückgehalten. Sie kann ganz schön anstrengend sein.« In diesem Moment hatte Bernhard nicht das Gefühl, mit diesen Worten Claudia zu verraten.

Eine Weile schwiegen sie in schönstem Einvernehmen.

»Und du meinst das mit der Küche wirklich ernst, Bernhard?«

»Absolut und todernst«, versicherte er. Der Gedanke elektrisierte ihn regelrecht. »Da muss etwas Neues her.« Er drehte sich schwungvoll zu seiner Frau um und musterte sie mit einer Intensität wie schon lange nicht mehr. »Wir könnten ja in unserer neuen Küche so etwas wie einen Privatkochkurs abhalten. Nur für uns beide. Was hältst du davon?«

»Dir hat das richtig Spaß gemacht, was?«

»Ja. Ich glaube schon.«

»Bernhard Biller«, sagte Hildegard streng, doch ihre Augen sprachen eine andere Sprache, »du bist mir vielleicht einer. Edith und Heiner fallen tot um, wenn sie das hören. In eurem Alter eine neue Küche«, imitierte sie Heiners stets leicht nölige Stimme, »das ist doch rausgeschmissenes Geld und nun wirklich nicht nötig. Das lohnt sich nicht mehr.«

»Doch«, widersprach Bernhard. »Und ob es das tut. Und wie.«

»Und Edith würde heimlich, still und leise vor Neid erblassen«, fuhr Hildegard gut gelaunt fort. Allein die Vorstellung schien ihr ausgesprochen zu gefallen.

»Aber für uns ist es einfach nur schön«, sagte er. »Wir haben etwas davon.«

Sie schauten sich an. Hildegard war in den letzten Jahren alt geworden, fiel ihm auf. Nein, nicht alt, sondern älter. Trotzdem erkannte Bernhard in ihren Gesichtszügen immer noch deutlich die junge Frau, die er geheiratet hatte. Ob es ihr umgekehrt genauso erging, überlegte er selbstkritisch. Er sah schließlich ebenfalls nicht mehr wie zwanzig aus, wie man landläufig so sagte, hatte sich jedoch gut gehalten für sein Alter. Das hatte die kritische Selbst-Inspektion vor dem Spiegel zweifelsfrei ergeben.

»Ich lade dich zum Essen ein«, sagte er spontan und holte tief Luft. »Neben dem Stadtmuseum hat ein neuer Inder aufgemacht. Den würde ich gern einmal ausprobieren.«

»Den Inder?«, ächzte Hildegard. Sie wusste selbstverständlich, dass er es eher mit Bratkartoffeln und Koteletts hatte.

»Den Inder«, bestätigte er. Ihre Fassungslosigkeit tat ihm gut. »Oder magst du das Essen nicht?«

»Doch. Das heißt, ich glaube schon.« Jetzt klang sie ein wenig atemlos. »Den Inder«, wiederholte sie versonnen. »Mit Vorspeise und allem Pipapo?«, erkundigte sie sich dann. Er hatte sie wirklich unterschätzt. »Die sollen dort nämlich besonders lecker sein, habe ich von den Kolleginnen gehört.«

»Mit so viel Pipapo, wie du möchtest«, versicherte Bernhard, erhob sich schwungvoll, hielt ihr die Hand hin und zog sie hoch. Auch das hatte er seit rund dreißig Jahren nicht mehr getan.

*

Das Küchenstudio lag gleich hinter dem Petropark, warb mit dem Slogan »**Extra für Sie:** Wir haben sie – die Küchen mit Persönlichkeit« und zog sich über drei Etagen hin. Die Buchstaben auf der gläsernen Fassade des Hauses waren mannshoch und die Schriftart betont locker, luftig, lässig und leicht. Bernhard kannte das Geschäft selbstverständlich, hatte es jedoch bislang mangels Interesse nie richtig zur Kenntnis genommen. Die fast wöchentlich in der Tageszeitung erscheinende Anzeige warb zudem mit einer äußerst fachkundigen Beratung und den aller-, wirklich allerneuesten Küchentrends, wie Hildegard ihm bei frittiertem Gemüse in gewürztem Kichererbsenteig, Teigtäschchen mit Fleischfüllung sowie einer überaus schmackhaften Flade, deren Namen er vergessen hatte, erklärte. Sie hatten das indische Essen beide – zu seinem Erstaunen, wie er ehrlich zugeben musste – äußerst lecker gefunden. Sicher, es war sehr würzig gewesen, und Bernhards Mutter hatte ihn Zeit ihres Lebens eindringlich vor derartigen Gerichten gewarnt: Ein Zuviel an Gewürzen, besonders diesen fremdländischen, sowie eine ungewohnte Schärfe im Essen führe unweigerlich zu Nasenbluten, deshalb hatte er es stets gemieden. Doch so war es gar nicht gewesen. Im Gegenteil, da blutete und schmerzte überhaupt nichts, sondern es schmeckte einfach nur wunderbar exotisch. Er hatte gar nicht gewusst, was es alles an Aromen auf dieser Welt gab. Hildegard war es genauso ergangen. Sie hatte sich sogar noch eine Nachspeise bestellt, was sie sonst nie tat.

Voller Tatendrang brachen sie am nächsten Morgen gleich nach dem Frühstück zum Küchenstudio auf. Es nieselte zwar, doch sie beschlossen trotzdem, zu Fuß zu gehen, denn schließlich gab es kein schlechtes Wetter, sondern lediglich falsche Kleidung, hatte einer der Standardsprüche seiner Schwiegermutter gelautet. Nur beim Jahrhundertwinter Ende der siebziger Jahre, als der Schnee überall meterhoch lag, der Strom ausfiel, das Einkaufen unmöglich wurde, bis das öffentliche Leben komplett zum Erliegen gekommen war, hatte sie diese Weisheit nicht mehr verkündet. In ihrem Fall würde es wohl reichen, wenn sie zwei Schirme mitnähmen, meinte Hildegard, die Praktische und in dieser Hinsicht ganz die Tochter ihrer Mutter. Darüber hinaus würde ihnen gerade in ihrem Alter gewiss ein bisschen Bewegung guttun – womit für einen kurzen Moment die Leichtigkeit des Augenblicks dahin war.

Heute, bei bedecktem Himmel seien die Farben der Natur lange nicht so kraftvoll und schön, stellte Bernhard fest, als sie zügig an ihrer Bank vorbeischritten, und Hildegard stimmte ihm zu. Sie hatte sich bei ihm untergehakt. Von Rita und Dennis, Ringo, Blondi und Co. war zu seiner Erleichterung weit und breit nichts zu sehen. Wahrscheinlich retteten sie gerade einen Hamster vor den zärtlich-gnadenlosen Händen eines Kleinkindes. Oder coachten einen Kater in die Achtsamkeit; das war doch jetzt in aller Munde. Der

Gedanke gefiel Bernhard, und er schmunzelte stillvergnügt vor sich hin.

»Was ist?«, fragte Hildegard. Er erzählte es ihr, und sie giggelte tatsächlich leicht, als ihnen von der anderen Seite des Parks eine Gruppe Jugendlicher entgegenkam. Die jungen Leute unterhielten sich, die Jungs rempelten sich freundschaftlich an und lachten dabei. Einer von ihnen hatte einen blauen Haarkamm und war auf einer Kopfseite glattrasiert.

Bernhard erbleichte. Wie sollte er es Hildegard erklären, wenn Kai stehen blieb, ihm auf die Schulter schlug und ihm einen Dübel anbot? Oder wenn Murad ihn Bernie nannte? Der Schweiß brach ihm aus. Doch er hätte sich keine Sorgen zu machen brauchen. Als Kais Blick seinen traf, verhakelten sie sich kurz ineinander. Bitte, sei still, sag nichts, flehten Bernhards Augen ebenso stumm wie inbrünstig. Er hatte keine Ahnung, dass er vor Schreck aussah, als begegnete er dem Leibhaftigen inmitten einer Schar von Todesengeln. Kai jedoch registrierte das sehr wohl. Seine Mundwinkel knickten kurz ab, dann wurde seine Miene geradezu beängstigend starr, und er flüsterte den anderen etwas zu. Als Bernhard und Hildegard die Gruppe passierten, sprach niemand ein Wort.

»Blaue Haare, wie furchtbar. Die armen Eltern«, meinte Hildegard, als sie außer Hörweite waren. »Aber der Junge hat ein liebes Gesicht, auch wenn dieser aus der Nase baumelnde Totenkopf schon …

gewöhnungsbedürftig ist. Ekelig finde ich das. Stell dir mal vor, das Kind hat Schnupfen!«

»Ja«, stimmte Bernhard hastig zu. »Vielleicht nimmt er den Totenkopf dann ab.« Er kam sich Kai und den anderen gegenüber vor wie ein Verräter, nein wie ein elender Feigling. Aber er konnte sich doch jetzt nicht umdrehen und ihnen einen schönen Tag wünschen. Das war unmöglich. Dann gefährdete er den neuen Ehefrieden ganz mächtig. Und das wollte er auf keinen Fall. Allerdings hätte er es auch nicht getan, wenn er und Hildegard nicht in schönster Eintracht auf dem Weg zur neuen Küche gewesen wären. Nein, Kai mit seinen Haaren und dem ganzen Metall im Gesicht war ihm peinlich, gestand er sich ehrlich ein. Mit Hildegard und ohne sie ebenfalls. »Das sind bestimmt alles ganz nette junge Leute«, hörte er sich nuscheln. »Das Äußere ist wirklich nicht meins, aber man sollte von dem nicht gleich aufs Innere schließen.« Was für eine gottverdammte Plattitüde, aber besser als nichts.

Hildegard warf ihm einen neugierigen Blick zu.

»Das ist neu«, meinte sie jedoch lediglich und beließ es dabei.

Ohne weitere Zwischenfälle erreichten sie das Küchenstudio und traten ebenso beherzt wie naiv ein. Denn dass der Kauf einer neuen Küche heutzutage tatsächlich in etwa vergleichbar ist mit der Planung eines bemannten Raumfahrtprogramms zum Mars und wieder zurück hatte Bernhard nicht für möglich gehalten. Er lernte es jedoch rascher, als ihm lieb war.

Nichts, aber wirklich gar nichts war offenbar so einfach, wie er es sich in seiner Unbedarftheit ausgemalt hatte.

»Was hatten Sie sich denn so vorgestellt?«, trompetete der dynamische junge Mensch, der auf sie zugetreten war, als sie unentschlossen im Foyer stehen blieben und sich umschauten. Er war etwa Mitte zwanzig und sah in seinem hellgrauen Anzug aus wie verkleidet. Sweatshirt und Jeans hätten besser zu ihm gepasst. Eine Krawatte trug er nicht, dafür aber rote Turnschuhe. Bernhard fiel es schwer, ernst zu bleiben. Waren das nicht die aktuell angesagten Treter für die Führungskraft von heute? Doch, ja. Derart beschuht erklärten die Top-Manager dieser Welt im Fernsehen ihren Aktionären, wo die ganzen Billionen geblieben waren. Bernhard schaute unwillkürlich an sich hinab: Braune Lederschuhe aus dem alteingesessenen Schuhgeschäft Winsenmeier; bequem und an der Hacke schon ein wenig schiefgelaufen. Dort kaufte er stets seine Treter; dort wusste man, was er wollte. Bernhard waren Mittvierziger bis Mitsechziger wie er, die so taten, als seien sie knappe dreißig und als ob Machtverhältnisse im Berufs- und Wirtschaftsleben keine große Rolle mehr spielten, ein Graus. Außerdem fand er diese Leute lächerlich. Denn all die Manager und Wirtschaftsgrößen wussten es doch besser. Wie hieß noch das Buch dieses Journalisten, der sich immer irgendwo eingeschlichen hatte, um über die Zustände als Müllmann oder als Redakteur vor Ort zu berichten? »Ihr da oben, wir da unten«. Genau. Und so sah die Welt aus, das war weder bei der alten *Securitas* noch bei der neuen *SecSuperPlus (SSP)* jemals anders gewesen. Daran änderten auch offene Hemdkragen und rote Turnschuhe nichts. Außerdem hatte der junge Mann abgebissene Fingernägel, die jedem Briten zur Ehre gereicht hätten. Die Engländer knabberten ja besonders gern an ihren Fingern herum, hatte er vor langer Zeit einmal gelesen. Er hatte vergessen, weshalb das so war und worauf die Seelenklempner das zurückführten. Mit dem Brexit hatte das jedenfalls definitiv nichts zu tun. Aber vielleicht mit den Kolonien? Dem Commonwealth? Oder der Klassengesellschaft? König Charles nagte jedenfalls nicht an seinen Händen herum. Das war damals bei der Krönungszeremonie deutlich zu sehen gewesen. Ah, jetzt fiel es ihm wieder ein: Der Name des Buchautors war Gunther oder Günther Wallraff. Und wegen der abgekauten Nägel würde es der junge Mann hier in Deutschland nicht nur als Führungskraft schwer haben.

»Wir möchten uns eigentlich erst einmal nur umschauen und einen Überblick verschaffen«, antwortete Hildegard in ihrer Ahnungslosigkeit auf die Frage, und damit fing das Elend an.

»Gerne. Da kann ich Ihnen behilflich sein.«

Der junge Mann strahlte sie an. Und dann fing er an, von Schichten aus gelebtem Material zu erzählen, die ihrer Küche zu einem absolut neuen Raumgefühl verhelfen würden. Bernhard hatte nicht den Schimmer einer Idee, was er damit meinen könnte. Dann fuhr die Fachkraft fort mit der ganz eigenen Welt der

Korpusfarben und erschlug sie, zumindest kam es Bernhard so vor, mit Begriffen wie grafitmatt, onyxgrau, betonschwarz, muschelweiß, lavaschwarz. Er berichtete von Ansetztheken in Nussbaum und betonte besonders den Nutzen von variablen Arbeitshöhen, denn jeder und jede habe ja heutzutage Rücken. Der junge Mensch war tatsächlich mit Feuereifer bei der Sache und hatte seine berufliche Bestimmung ganz offensichtlich gefunden. Küchen, die waren seins; ganz ohne Wenn und Aber. Unwillkürlich kam Bernhard, als der Verkäufer über die zukunftsträchtige Welt der Hängeschränke dozierte, Kai in den Sinn, der so ganz anders davor war als dieser enthusiasmierte Angestellte. Und plötzlich verstand Bernhard das Dilemma des Jungen besser. Wenn schon diverse Küchenpersönlichkeiten dafür sorgten, dass er nicht mehr wusste, was hinten und vorne war, wie erging es dann wohl einem Achtzehn- oder Neunzehnjährigen, der angesichts des immensen elterlichen und gesellschaftlichen Drucks, der Unsicherheiten allerorten sowie der schier unendlichen heutigen beruflichen Möglichkeiten eine Lebensentscheidung treffen sollte? Es musste sich tatsächlich anfühlen, als stünde man in einem Moor und sähe sich langsam beim Untergehen zu; das Bild war also wirklich absolut zutreffend. Allerdings war es wohl dem Dübel geschuldet gewesen, dass er es so hatte formulieren können, erkannte Bernhard klarsichtig.

Nach der vierten Hängeschrank-Sensation – oder waren es die Ausführungen zu den Eckschränken gewesen, die wahren Raumwundern gleichkamen und Stauraum für mindestens zwanzig Pötte boten – hatte er aufgehört, den Wortschwall mit pseudokundigen Aufmerksamkeits- und Brummlauten zu begleiten. Doch plötzlich unterbrach sich der Küchenspezialist mitten im Satz und lotste sie an mehreren Prunkküchen vorbei, für die sie das Erdgeschoss ihres Hauses hätten entkernen müssen, zu einem Schreibtisch, auf dem ein Computerbildschirm stand. Mit einer triumphierenden Miene, die einem römischen Imperator nach der siegreichen Schlacht gegen die Germanen alle Ehre gemacht hätte, zog er eine Schublade auf und hielt ihnen zwei überdimensionale Brillen hin.

»Hier!«, rief er strahlend. »MR, das Neueste auf dem Markt. Mixed Reality«, fügte er erklärend hinzu, als er ihre ratlosen Gesichter sah. »Der Clou bei der Sache ist, dass Sie beides gleichzeitig sehen: Ihre alte Küche und die jeweils neue.«

»Aha«, sagte Hildegard nur. Bernhard betrachtete das Brillenkino in seiner Hand skeptisch.

»... und die Smarthome-Geräte sind ja mittlerweile auch richtige Alleskönner. Damit heizen Sie von unterwegs Ihren Backofen an. Und wenn Sie dann zu Hause sind, kann die Pizza gleich in den Ofen.«

»Wir essen keine Pizza«, sagte Hildegard.

»Also, ganz selten und dann im Lokal«, ergänzte Bernhard. Den jungen Mann focht das nur kurz an.

»Das macht nichts«, beruhigte er sie. »Sie können nämlich auch Ihrem Kaffeeautomaten von unterwegs sagen, er soll doch bitteschön schon mal die Bohnen mahlen. Und wenn Sie dann vom Shoppen in der Stadt kommen, können Sie gleich eine schöne Tasse –«

»Ich glaube, das ist nichts für uns«, unterbrach Hildegard ihn resolut. »Wir sind eher häuslich.«

»Ja, gut. Aber es ist das Neueste auf dem Markt. Das ist total moderne Küchengestaltung, verstehen Sie?«

»Das mag ja sein, aber wir sind nicht mehr ganz so modern«, entgegnete Hildegard, »da liegt das Problem.«

Sein imposanter Adamsapfel fing bei diesen Worten an, im offenen Hemdkragen zu tanzen. Doch er fing sich schnell.

»Gut, dann zeige ich Ihnen mal kurz am Computerbildschirm, wie was aussehen könnte.« Seine Worte wurden von einem gequälten Grinsen begleitet, während seine dünnen Finger über die Tastatur flogen, als säße in jeder einzelnen Fingerkuppe ein Warp-Antrieb. Bernhard hatte Captain Kirk geliebt und keine Folge verpasst. »So, da wären wir auch schon. Jetzt bräuchte ich nur noch ein paar Maße von Ihnen. Sie haben Ihre Küche doch ausgemessen?« Bernhard hörte es ihrem Gegenüber an, dass man diesbezüglich nicht allzu viel Hoffnung hegte.

»Nein«, sagte Hildegard. »Noch nicht.«

»Gut«, seufzte der Jüngling in einem Ton, der signalisierte, dass er bereit war, heroisch allen, aber wirklich allen Widrigkeiten zu trotzen, die sich diesem Küchenkauf noch in den Weg stellen sollten. »Dann geht es auch so ungefähr. Ist Ihre Küche rechteckig, quadratisch, schlauchförmig oder rund?«

Hildegard und Bernhard wechselten einen irritierten Blick.

»Rund ja eher nicht«, legte sich Bernhard nicht sehr präzise fest. »Sie ist eher so ein Mittelding zwischen schlauchförmig und rechteckig.«

»Also, langgezogen rechteckig. Wie lang sind die Seiten jeweils? Wenigstens so ungefähr.«

Und so ging es in einem fort. Länge, Höhe, Breite – Bernhard kam sich vor wie in der mündlichen Abiturprüfung. Der Mathelehrer hatte damals auch diesen bekümmerten Ausdruck zur Schau gestellt. Aber als die ungefähren Maße schließlich eingegeben waren, entzündete der Computer ein wahres Feuerwerk an Farben und Formen. Bernhard schwirrte der Kopf, Hildegard schien es ebenso zu ergehen, denn plötzlich hob sie die Hand und zog die Notbremse.

»Bevor wir weitermachen, sollten wir vielleicht einmal über den Preis sprechen.«

»Sicher.«

Der junge Mann wirbelte auf seinem Stuhl zu ihnen herum und fixierte sie.

»Da gibt es natürlich von bis. Also, die billigsten Küchen – da sind zum Teil die Geräte drin enthalten – fangen im vierstelligen Bereich an, bei den vernünftigeren Angeboten müssen Sie mit einem fünfstelligen Betrag rechnen.« Er lächelte ihnen aufmunternd zu. »Aber da habe ich ein unschlagbares Angebot für Sie.

Wenn Sie sich für eine höherpreisige Ausführung entscheiden, bekommen Sie von unserem Haus ein HcF 2398 BC active Plus mit Pyrolysefunktion kostenlos dazu. Was sagen Sie jetzt?« Nichts, im ersten Moment, dann erkundigte sich Bernhard fast schon aufsässig:

»Und was ist das? Dieses Pyroteil, na, Sie wissen schon.« Langsam war ihm alles egal.

»Ein Herd, der sich selbst saubermacht«, klärte seine Frau ihn auf.

»Ganz genau«, jubelte die künftige Küchen-Führungskraft, als sei Hildegard eine Schülerin, die zum ersten Mal in ihrem Leben nicht am ABC scheiterte. »Schauen Sie, bei all dem sollten Sie natürlich bedenken, dass eine neue Küche ja auch immer eine Investition für und in das Leben ist, nicht wahr? Da will man es gemütlich haben, die muss passen wie ein alter Schuh, sage ich immer.« Bernhard war sich keineswegs sicher, ob die Marketingabteilung des Unternehmens über diesen Vergleich glücklich gewesen wäre. Er vermutete, eher nicht, denn jahrelang getragenen Schuhen ging nun einmal jede Dynamik und alles Tolle ab. Im Gegenteil, die müffelten aufdringlich nach Fußschweiß und alten Socken, wenn man Pech hatte. Der Verkäufer, der von Bernhards Überlegungen natürlich nichts ahnte, schwadronierte munter weiter.

»Funktionell sollte so eine Küche selbstverständlich ebenfalls sein, praktisch natürlich, aber auch schön, denn man muss sich in ihr wohlfühlen und nicht nur man selbst, sondern auch die Freunde, die gern zu Ihnen kommen.« Er zwinkerte ihnen zu, als seien sie mittlerweile eine verschworene Gemeinschaft. »Und wenn diese Freunde den Mund vor Staunen nicht mehr zukriegen, weil Ihre Küche einfach umwerfend ist – da ist man doch dann auch ein kleines bisschen stolz auf sich, nicht wahr?«

Edith und Heiner mit Maulsperre. Prompt sah Bernhard sie erneut vor sich, wie sie verzweifelt versuchten, sich nichts von ihrem bohrenden Neidgefühl anmerken zu lassen. Und Hildegard schien es ähnlich zu gehen, wenn er ihren entrückten Gesichtsausdruck zutreffend interpretierte. Der Verkäufer hatte endlich den richtigen Knopf gedrückt. Ihre Reaktion war ihm natürlich nicht entgangen. Jetzt rieb er sich die Hände und schwang auf seinem Stuhl wieder zum Bildschirm herum.

»Ich drucke Ihnen das mal rasch aus. Dann haben Sie etwas in der Hand und können in aller Ruhe zu Hause beraten. Und wenn Sie Fragen haben oder zu einem Ergebnis gekommen sind, statten Sie unserem Haus einfach erneut einen Besuch ab. Ich bin immer für Sie da.«

*

Hildegard favorisierte onyxgrau für die Unterschränke, Bernhard fand betonschwarz allein wegen der Bezeichnung schöner. Hildegard liebäugelte mit einem sechsflammigen Induktionsherd, Bernhard gab zu bedenken, dass sie dann sämtliche Töpfe und Pfannen wegschmeißen müssten. Er vermochte sich so ein Raumwunder von Eckschrank sehr gut vorzustellen, Hildegard hielt dagegen, dass sie dann beide abnehmen müssten, weil er zu viel Platz einnähme.

Auf Bernhards Vorschlag hin waren sie nach dem Mittagessen mit ihrer Tasse Kaffee in der Küche sitzengeblieben, um alles in situ in Angriff nehmen zu können. Der Tisch quoll über vor lauter Papieren und Prospekten. Sie waren gerade beim heiklen Thema Fußbodenbelag angelangt – Laminat, Echtholz, Steinfliesen, PVC in Holzoptik oder Stein, Teppichboden oder Kunstfliesen –, als es an der Tür klingelte.

Überrascht schauten sie sich an. Sie erwarteten niemand.

»Warte, ich gehe«, sagte Hildegard, als er sich schwerfällig erhob. »Das wird Heiner sein.« Sie verzog das Gesicht. »Vielleicht hat er ja wieder etwas in Bienstocks Mülltonne entdeckt, das da nicht reingehört.«

Bernhard gab ein undefinierbares Geräusch von sich, während seine Augen mit einem zunehmenden Gefühl der Hilflosigkeit über die Ausdrucke und Prospekte glitten.

Im Flur ertönten Stimmen. Heiners war nicht darunter. Es handelte sich war zwar um eine Männerstimme, aber er konnte sie nicht zuordnen. Doch Sekunden später öffnete sich die Küchentür – und

Kais blauer Halb-Schopf erschien. Auf seinen Lippen lag ein verlegenes Grinsen. Der Totenkopf schwang sachte hin und her.

»Hi … äh … hallo.«

Bernhard sackte das Blut in die Unterschenkel. Er öffnete den Mund, doch es kam nichts heraus als ein unartikuliertes Krächzen. Ihm war, als schickte der Himmel sich an, mit einem lauten Wumms auf ihn niederzukrachen. Ende. Aus. Vorbei. Keinen Pfifferling gab er mehr auf sein altes Leben, denn die Jungs waren natürlich gekommen, um ordentlich Stunk und Rabatz zu machen. Weil er heute Morgen so getan hatte, als ob er sie nicht kennen würde.

»So gehen Sie doch hinein. Mein Mann ist in der Küche«, hörte er Hildegard im Flur sagen. Klang sie böse, wütend, gar neugierig? Bernhard hätte es nicht einschätzen können. Es rauschte und klingelte in seinen Ohren, und ihm war selbst im Sitzen schwindelig.

»Kai«, gelang es ihm schließlich mit Mühe hervorzuquetschen. »Was machst du denn hier?« Blöde Frage.

»Na ja, schätze, wir wollten dich mal besuchen«, nuschelte der Angesprochene. Wir?

»Wer …?«

»Hallo Bernie«, brummelte Murad zaghaft hinter Kais Kopf; sein Haarteller war frisch onduliert und glänzte im schwärzesten Schwarz.

»Bernie?«, hörte er im Flur Hildegard mit einem riesengroßen Fragezeichen in der Stimme prusten.

»Bernie«, wiederholte sie sodann etwas leiser, wobei sie offenbar dem unvertrauten Klang der beiden Silben nachspürte. »Donnerwetter. Nun machen Sie schon, meine Herren, treten Sie ruhig ein. Bernie«, jetzt beim dritten Mal gelang es ihr, den Namen auszusprechen, als habe sie zeitlebens nichts anderes getan. Bernhard war das geradezu unheimlich, »beißt nicht, soweit ich weiß.«

Kai und Murad schoben sich so behutsam in die Küche, als beträten sie feindliches Gelände. Bernhard erhob sich langsam und immer noch wie betäubt.

»Wie habt ihr mich denn gefunden?«

»War nicht schwer«, quetschte Kai undeutlich hervor, während er nervös an seinem Totenkopf herumfingerte. Am liebsten hätte Bernhard seine Hand festgehalten. »Telefonbuch. Unter Biller. Bernhard und Hildegard Biller. Nee, umgekehrt: Hildegard und Bernhard Biller. Macht ja heute eigentlich kein Mensch mehr. Nur alte … äh … ältere Leute mit Festnetzanschluss.«

»Ja«, sagte Bernhard.

»Ich glaube, das war doch keine so gute Idee«, brummelte Murad, als Bernhard ihn und Kai lediglich mit schreckgeweiteten Augen ansah. »War schön, dich zu sehen, Bernie. Komm, wir verschwinden wieder, Alter.«

Die beiden drehten sich um wie ein Mann, aber in der Tür hatte mittlerweile Hildegard mit verschränkten Armen Position bezogen wie eine Zerbera und versperrte ihnen den Weg. Bernhard hätte nicht sagen können, was ihr durch den Kopf ging. Angst hatte sie zumindest nicht. Das sah er ihr an. War sie neugierig? Offensichtlich. Unsicher? Höchstwahrscheinlich auch ein bisschen, denn einen derartigen Besuch hatten sie noch nie gehabt.

»Hören Sie, wenn Sie nun schon einmal hier sind und … äh … Freunde oder Bekannte meines Mannes sind …«

»Eher Bekannte«, fiel ihr Kai hastig ins Wort. Für Bernhards Ohren hörte es sich an, als versichere er ihr, es sei nichts Ernstes.

»… dann finde ich«, fuhr Hildegard fort, als habe es keine Unterbrechung gegeben, »sollten Sie sich setzen. Was möchten Sie denn trinken? Was darf ich Ihnen anbieten? Ich habe Kaffee, Tee, Saft, Wasser, Bier und Milch.«

Milch! Es hätte nicht viel gefehlt und Bernhard hätte mit den Augen gerollt. Ging's noch? Das waren junge Kerle, die –

»Milch fände ich jetzt echt lecker«, erwiderte Murad, auf dessen Gesicht sich plötzlich ein hoffnungsvoller Ausdruck breitmachte, während er sich aus seinem Pullover schälte und den Rucksack gegen die Spüle lehnte. Kai tat es ihm nach. »Und haben Sie vielleicht … ich meine, haben Sie auch zufällig Kakao da?«

»Für eine heiße Schokolade«, ergänzte Kai mit glänzenden Augen.

Hildegard hatte. Sie sparte nie am Kakaopulver, das wusste Bernhard. Bereits ihre Mutter hatte die Familie im Winter hingebungsvoll mit echtem Kakao versorgt, und Hildegard war in ihre Fußstapfen getreten. Zwar hatten sie jetzt Hochsommer, aber heute war ein eher kälterer Tag, und es regnete wieder einmal seit fünf Uhr früh ununterbrochen. Und so saßen sie wenig später zu viert um den betagten Küchentisch herum und schlürften durch eine dicke Sahnehaube – denn die war in Hildegards Küche ein absolutes Muss – den herben köstlichen Kakao. Bernhard empfand die Situation als surreal und real zugleich, aber gar nicht mehr als so bedrohlich wie noch vor einer Viertelstunde. So leicht stürzte der Himmel offenbar doch nicht ein.

»Oberlecker«, seufzte Kai schließlich anerkennend und schleckte mit der Zunge ebenso gekonnt wie genießerisch die Sahne von seiner Oberlippe, ohne den Totenkopf zu berühren.

»Jo, finde ich auch«, stimmte Murad zu. Bernhard beschlich das Gefühl, dass der Kakao in diesem Moment einem Dübel in nichts nachstand.

Hildegard schmunzelte stillvergnügt in sich hinein. Es war das erste Mal, seit die beiden jungen Männer ihr Heim betreten hatten, dass sich ihre Gesichtszüge veränderten. Bernhard entspannte sich ein wenig. Und er entspannte sich noch mehr, als Kai mit dem Daumen auf die Prospekte und Ausdrucke wies, die Hildegard rasch auf die Spüle gelegt hatte, um Platz zu schaffen für die vier Becher.

»Neue Küche?«

Bernhard nickte, während er inständig hoffte, dass Kai und Murad sich nicht dermaßen wohlzufühlen begannen, dass sie die Dübel herausholten und ihm oder Hildegard einen anboten! Doch er hätte sich keine Sorgen zu machen brauchen. Kai rauchte nicht in geschlossenen Räumen, weil er den Gestank von kaltem Rauch in der Kleidung noch nie hatte ausstehen können. Die altertümliche Sitte, überall rauchen und sogar Restaurants hemmungslos verpesten zu können, empfand er als barbarisch. Doch das wusste Bernhard nicht.

»Da eine Wahl zu treffen, ist richtig schwierig«, versuchte er das Gespräch in harmlosen Bahnen zu halten. Zu seiner Überraschung kam Hildegard ihm zu Hilfe und erklärte ihren Gästen das Dilemma: Bernhard und sie hätten das Gefühl, mit den ganzen Informationen, Materialien, Preisen und Prospekten geradezu erschlagen zu werden. Wofür, du lieber Himmel, sollten sie sich bloß entscheiden? Es klang alles gut. Nach welchen Kriterien sollte man also vorgehen?

»Das kenne ich«, sagte Kai sachlich. Bernhard schaute ihn überrascht an. Dann dämmerte ihm, auf was der Junge anspielte. Auf seine Moorbild-Metapher!

»Ich weiß«, bemerkte er jedoch nur, trotzdem hatte er das sichere Gefühl, dass Kai sehr wohl verstand, was er ihm eigentlich sagen wollte. Und das freute ihn mächtig. Hildegard, der dieses Zwischenspiel nicht entgangen war, beäugte ihn erstaunt. Nachher, antwortete Bernhard stumm, frag jetzt bitte nicht, später erkläre ich dir alles. Und in diesem Fall hatte eine sechsunddreißigjährige Ehe doch ihren Vorteil. Seine Frau verstand ihn auch ohne Worte und fügte sich seiner unausgesprochenen Bitte.

Jetzt setzte Kai seinen Becher ab, griff hinter sich nach den Prospekten und Ausdrucken und fing an, sie skeptisch zu studierten.

»Was für ein blödes Gelaber«, brummte er. »Marketingdeutsch durch und durch. Wie der beschissene Abgang beim Wein, von dem meine Alten immer reden. Guck mal, Muri.« Gehorsam schob Murad seinen Stuhl neben den des Freundes. »Wie findste das? Ich glaube, wir machen uns mal ein paar Gedanken, was hier hinpasst. Und dann gucken wir, was es so gibt. Okay?«

»Genau richtig, Mann«, brummte Murad. Die jungen Männer musterten die Küche schweigend. Bernhards und Hildegards Blicke kreuzten sich, bis Hildegard kaum merklich nickte. Bernhard interpretierte das als nonverbales »Lass sie. Schauen wir mal.«

»Also, hell muss es sein«, begann Kai. »Weil der Raum nicht allzu groß ist. Und die Platte muss sich natürlich farblich abheben. Sonst gibt es so einen Einheitsbrei.«

»Weiß mit Holz«, schlug Murad wie aus der Pistole geschossen vor. »Oder weiß unten mit schwarz oben. Granit. Das wäre tierisch elegant.«

»Oder grau und so ein bisschen gemasert.«

Murad nickte.

»Ja, geht auch.«

Nach und nach verloren die beiden ihre Scheu und fachsimpelten munter drauflos. Hildegard und Bernhard hörten zu. Nur als Murad sich für einen Holzfußboden aussprach, protestierte Hildegard. Das sei verdammt unpraktisch, hielt sie dagegen, aber davon habe er vermutlich keine Ahnung.

»Nö«, gab Murad zu. »Wischen gehört nicht zu meinen liebsten Beschäftigungen.«

»Das dachte ich mir«, entgegnete Hildegard spitz. Bernhards Herzschlag beschleunigte sich, und er holte tief Luft. Seine Frau fuhr ungerührt fort: »Aber ein Aspekt ist es schon, das mit dem Sauberhalten, das müssen Sie zugeben, mhm?«

»Jo«, sagte Murad versöhnlich. »Tue ich. Aber es ist eben nur einer, oder? Gemütlich ist auch verdammt wichtig.« Mit diesen Worten beugte er sich gespannt vor und deponierte seine Unterarme auf der Tischplatte, den leeren Kakaobecher in beiden Händen. Bernhard beschlich das Gefühl, dass von Hildegards Antwort eine Menge abhing.

»Jo«, erwiderte die jetzt, Murad bewusst imitierend. Bernhard hätte sich fast verschluckt. »Da haben Sie wohl recht. Also spricht das doch letztendlich für einen Kunststoff in Holzoptik, was?«

»Aber hallo, das nennen wir einen waschechten Kompromiss«, quietschte Kai vergnügt und grinste so breit, dass der Totenkopf ins Schwingen kam.

Alle lachten. Hildegard erhob sich und musterte die Runde.

»Wie wäre es mit einer zweiten Runde Kakao, die Herren?«

»Oh Mensch ja, das wäre mega.« Murad hob den Daumen.

»Ja, echt obermega«, assistierte Kai. Bernhard hüstelte.

»Oh ja. Für mich bitte auch einen.«

Er hätte zur Not auch einen von diesen wie getrockneter Pferdedung schmeckenden Gesundheitstees getrunken, den Hildegard ihm immer bei einer Erkältung verabreichte.

Sie machte sich ans Werk, als es erneut an der Tür klingelte.

»Kümmer dich mal, Bernhard«, forderte sie ihn über die Schulter auf, weil sie gerade die Milch aus dem Kühlschrank holte.

»Klar.« Er stand auf und ging in den Flur. Vor der Haustür stand Heiner Hartke.

9. Kapitel

»Alles okay bei euch?«, flüsterte Heiner, während er versuchte, an Bernhard vorbei in die Wohnung zu gaffen, wobei sein Hals dabei so lang wurde wie der einer Giraffe.

»Ja, alles bestens«, erwiderte Bernhard erstaunt.

»Und Hildegard?«, raunte Heiner aus den Mundwinkeln heraus wie ein 007-Verschnitt in geheimer Mission. Er sah heute irgendwie besonders durchgeschossen aus, fand Bernhard. Die langen Strähnen seines schütteren Haares klebten ihm über den Schädel, der Rumpf war erwartungsvoll vorgebeugt, die Augen funkelten vor innerer Anspannung, und die zurückgezogene Oberlippe ließ den Eindruck entstehen, als wollte er gleich zubeißen. Sowohl Mimik als auch Körperhaltung signalisierten, dass der Mann offen war für jede Menge schlechter Neuigkeiten. Bernhard spürte, wie sich etwas in seinem Inneren verhärtete und auf Abwehr wechselte.

»Der geht es auch gut. Was ist los, Heiner?«

Sein Freund und Nachbar beugte sich so dicht vor, dass Bernhard das Mittagessen riechen konnte: Irgendetwas mit viel Knoblauch, denn heute war Mittwoch, Knoblauchtag, der sei gut für die Arterien, wie Edith nicht müde wurde zu betonen. Heiner und sie kauten jeden zweiten Tag vor dem Frühstück eine rohe Zehe; langsam und gründlich wegen all der Säfte. Das sei besser als jede Pille, behauptete Heiner.

Höchstwahrscheinlich stimmte das sogar, aber er musste sich ja nicht riechen, dachte Bernhard grantig und wich zurück.

»Ich hab da diese zwei jungen Burschen vor eurer Haustür stehen sehen. Der mit den unmöglichen blauen Haaren und der mit dem pechschwarzen Teller auf dem Kopf. Und Hildegard hat sie reingelassen.«

»Kai und Murad«, nannte Bernhard die Namen, um den Frisuren zu einer Persönlichkeit zu verhelfen. Es fruchtete nichts. Heiner befand sich im Katastrophenmodus und gedachte das offenbar bis zur Neige auskosten.

»Edith und ich haben uns gedacht, dass Hildegard das bestimmt nicht freiwillig getan hat«, flüsterte er. Dann wurde er jedoch lauter und vergaß offensichtlich, dass er in geheimer Mission unterwegs war. Voller Entrüstung krakeelte er: »Ich meine, da stimmt doch was nicht. Blaue Haare und den halben Kopf rasiert. Und der mit dem schwarzen Haar hatte so einen komischen Gesichtsausdruck. Gar nicht gut. Bedrohlich, hat Edith gesagt, richtig bedrohlich. Sie hat das genau gesehen.«

Bernhard öffnete schon den Mund zu einer Erwiderung, die sich gewaschen hatte, als hinter ihm die Küchentür klappte.

»Was ist denn los, Bernhard?«

»Heiner ist hier. Er macht sich Sorgen wegen Kai und Murad. Also, er macht sich nicht ihretwegen, sondern unseretwegen Sorgen.«

»Zwei fremde junge Männer«, flüsterte Heiner mit Stentorstimme, dass es die ganze Straße hörte. »Da kann man heutzutage doch nicht vorsichtig genug sein … Und eingebrochen wird ja immer wieder. Wenn es denn dabei bleibt«, unkte er, doch man hörte ihm an, dass er die Situation weidlich genoss und sehnlichst auf ein bisschen Drama hoffte, das er dann flugs ins heimische Wohnzimmer tragen konnte. Bernhard drehte sich Hilfe suchend zu Hildegard um.

Seine Frau stand da wie eine Königin: würdevoll und mit einem Rücken, als habe sie den sprichwörtlichen Stock verschluckt. Oder besser noch einen Degen, den sie mühelos zum Einsatz bringen konnte. Und den zückte sie jetzt tatsächlich, indem sie zuckersüß flötete:

»Bestell doch bitte der lieben Edith, es sei alles in bester Ordnung, Heiner. Wir werden weder ausgeraubt noch ermordet. Wir trinken Kakao zusammen und planen gemeinsam unsere neue Küche. Kai und Muri«, Bernhard holte tief Luft, »sind … äh … Bekannte von … äh … Bernie«, jetzt verschluckte sich Bernhard doch und fing gotterbärmlich an zu husten. »Die beiden Jungs sind nämlich echt fit in Küchenfragen. Ohne sie wären wir glatt aufgeschmissen. Du entschuldigst mich?«

Sprach's, drehte sich um und marschierte zurück an den Ort des Geschehens. Bernhard folgte ihr umgehend, nachdem er Heiner hustend zugenickt und die Tür vor dessen Nase zugeschlagen hatte. Es war ein wunderbares Gefühl, und er hätte seine Frau für diese

Antwort küssen mögen. In ihr schlummerten wirklich ungeahnte Tiefen, die sie bislang sorgsam vor ihm versteckt gehalten hatte.

In der Küche hatte Kai inzwischen in seinem Rucksack nach seinem iPad geangelt und das Gerät so aufgeklappt, dass Murad mitsehen konnte. Die beiden hatten offenbar von Heiners Auftritt nichts mitbekommen. Gut so, dachte Bernhard erleichtert.

»Schaut mal«, sagte Kai jetzt und hob den Kopf. »Ich habe da mal so einen Küchenplaner aufgerufen. Das macht es leichter. Da können Sie in aller Ruhe gucken, was Ihnen gefällt.«

»Ich glaube, das ergibt wenig Sinn«, wehrte Bernhard hastig ab. »Das hat der Verkäufer im Küchenstudio schon versucht.« Er verschwieg, dass er sich dabei zeitweise an etliche Besuche als Kind bei einem Augenarzt erinnert gefühlt hatte, der immer nur »Besser?«, »Schlechter?« gebellt hatte, während die Strichmännchen mit und ohne Stock an seinem Auge vorbeigeflogen waren wie Kumuluswolken in einem Orkan. Zack, zack, bumm, bumm. Furchtbar und am Ende wenig effektiv, weil er einfach irgendwas geflüstert hatte, um die Tortur zu beenden.

»Das war etwas für Sprinter und nichts für alte Leute«, sprang Hildegard ihm jetzt zur Seite. Ob sie auch derartige Augenarzterfahrungen hatte? Er musste sie einmal danach fragen. Sie hatten nie darüber gesprochen.

»Ach was. Nun mal keine Panik«, wiegelte Kai ab. »Wir sind ja da und machen langsam. Also, wie hätten Sie's denn gern?«

Hildegard überlegte nicht lange und fing mit mintgrünen Hängeschränken an. Sie liebte diese Farbe, das wusste Bernhard. Aber an den Küchenschränken? Die dann auch seine waren, und auf die er täglich gucken musste? Nein, er legte umgehend sein Veto ein. Sie schauten alle vier noch einmal intensiv auf das Display, und Hildegard stimmte ihm schließlich zu, nachdem sich auch Murad und Kai wortreich ausschwiegen.

»Lass uns mal mit den Klassikern anfangen«, schlug Murad vor.

Kai tippte, und prompt wurden die unteren Schränke metallischgrau, um im Küchenprospekt-Jargon zu bleiben, die Hängeschränke erstrahlten in Weiß, und die Platte erschien in heller Holzoptik.

»Na bitte, sieht doch schon nach was aus«, stellte Murad zufrieden fest. Kai tippte erneut. Die Hängeschränke wechselten ins Pastellfarbene.

»Toll ist das ja schon irgendwie«, meinte Bernhard versonnen, als jetzt die Küchenplatte vor seinen Augen ein dunkles Braun mit hellen Strähnen – oder waren es Flecken? – annahm.

»Diese Farbe?«, rutschte es Murad entgeistert heraus. »Das meinst du doch nicht Ernst, Mann. Das ist ein echtes Kackbraun. Mach weg, Alter.«

»War doch nur ein Scherz«, brummte Kai.

»Nee, ich meinte die Technik«, beruhigte Bernhard beide. Die momentane Farbe der Arbeitsplatte erinnerte ihn tatsächlich unangenehm an ein mit Puderzucker verziertes Hundehäufchen. Der Rudelführerin hätte sie vielleicht gefallen.

»Ach so, die«, meinte Kai achselzuckend und in einem Tonfall, als hätte Bernhard sich lobend über die bahnbrechende Erfindung des Kochtopfes geäußert. Er kratzte sich an der kahlen Kopfseite. »Das ist ja nun wirklich gar nichts mehr. Das hier ist computertechnisches Mittelalter, das kann jede alte Mühle. Nee, da sind wir heute schon viel, viel weiter. KI, ChatGPT, schon mal gehört? Da werden noch alle die Ohren anlegen. Da ist von der Entwicklung her nichts abzusehen. Die Sache boomt, und momentan hinkt man ziemlich mit der Gesetzgebung und den Regeln hinterher. Na ja, wie immer halt, wenn es etwas Neues gibt.«

Bernhard räusperte sich vorsichtig. Er hatte allenfalls eine vage Ahnung, wovon der Junge sprach.

»Ja, hab ich letztens etwas drüber gelesen. Künstliche Intelligenz kann ja wohl mittlerweile ziemlich viel.« Er blieb zwangsläufig so unbestimmt, wollte sich aber wenigstens nicht total als Tattergreis von vor-vorgestern outen. »Das macht einerseits Hoffnung und andererseits Angst. Von wegen, wo bleibt der Mensch und so. Und übernimmt nicht bald diese KI das Ruder auf der Erde, und dann guckt die Krone der Schöpfung in die Röhre?« Murad hob anerkennend den Daumen.

»Aber … das andere?«, fragte Bernhard, mutig geworden durch die Reaktion des Jungen.

Die beiden jungen Männer senkten verlegen und wie auf Kommando die Köpfe, als befürchteten sie, dass er sogleich in ein Fell schlüpfen und die Keule schwingen würde, um das nächste Mammut zu erlegen. Fred Feuerstein und Barney Geröllheimer kamen Bernhard prompt in den Sinn. Die beiden Steinzeitler, die mit ihren Familien im modernen Equipment der sechziger Jahre des vorigen Jahrhunderts hausten, kannten die beiden Jungs natürlich nicht. Steinzeit eben, so oder so. Er hatte die Zeichentrickserie damals geliebt und als Kind stets mitgegrölt, wenn der Held nach seiner Gattin »Wiiilmaaa« schrie. Seine Eltern hatten ihn nicht zurechtgewiesen. Vielleicht war das für ihn die eigentliche Sensation gewesen.

»ChatGPT«, wiederholte Murad sehr betont und buchstabierte es, »ist Englisch. Der Chatbot kann alles. Ist auch eine KI.«

»Ah.« Bernhard versuchte, eine sowohl verständige als auch interessierte Miene an den Tag zu legen; zumindest hoffte er, dass es so rüberkam.

»Gedichte schreiben, Bilder malen, dir sagen, wo Brasilien liegt und wie hoch das Bruttoinlandsprodukt von Namibia im letzten Jahr war, Vektorrechnung oder einen Artikel über das Leben auf der Venus verfassen. Na ja, einfach alles eben«, wiederholte Murad.

Hildegard und Bernhard tauschten einen ratlosen Blick. Sicher, ihnen war durchaus bewusst, dass die Welt sich drehte und zwar immer schneller drehte, doch immer öfter hatte Bernhard in den letzten Jahren das Gefühl, dass da eine Entwicklung stattfand, von der Hildegard und er sozusagen nur noch die Rücklichter sahen. Wie ein auf seinem betagten Klepper sitzender angejahrter Cowboy, der im 19. Jahrhundert mit dem Stetson im Nacken wehmütig einem Zug hinterhersieht, der auf Nimmerwiedersehen gen Westen in der untergehenden Sonne – und damit in der Zukunft – entschwindet.

»Hier«, sagte Kai, der währenddessen kurz getippt hatte. »Ein trauriges Gedicht über Küchen.« Mit ernster Stimme deklamierte er:

»›In der Küche einsam, der Raum so leer,
Verhallen die Lieder, kein Klang mehr.
Einst voller Leben, Gelächter und Glück,
Nun herrscht Stille, ein trauriges Stück.‹«

»Und das stammt nicht von einem Menschen?« Hildegards Miene verriet ihren Zweifel. »Der das gedichtet und dann dem Computer zur Verfügung gestellt hat, meine ich.«

»Der in der kleinen Maschine sitzt und sich die Haare rauft, wenn ihm nichts einfällt? Nee, das sind Algorithmen«, erklärte Murad sichtlich amüsiert. »Du sagst dem Bot, was du haben willst. Und er macht es, brav wie er ist.«

»Noch«, warf Bernhard sein gesammeltes KI-Wissen in die Waagschale. Murad beachtete ihn nicht weiter und fuhr fort:

»Also in diesem Fall wird Kai die Worte ›Gedicht‹, ›drei bis fünf Zeilen‹, ›mit Reim‹ und ›traurig‹ zum Thema ›Küche‹ eingegeben haben, schätze ich mal.«

»Dafür finde ich es ganz gut«, erklärte Bernhard vorsichtig. Er hatte keine Ahnung, ob er sich damit als kompletter Kunst-, KI- oder Sonst-was-Banause outete. Höchstwahrscheinlich war es so. Es war ihm egal.

»Ich auch«, pflichtete ihm Kai jedoch unerwartet bei. »Noch eins?« Mit einem vollkommen unschuldigen Gesichtsausdruck, der einem Engel zur Ehre gereicht hätte, schaute er zu Bernhard hinüber. »Über Dübel vielleicht, Bernie?«

So leicht ließ sich ein Bernhard Biller jedoch von so einem Küken nicht ins Bockshorn jagen. Er ballte die Hand zur Faust und hielt sie unter Kais Nase, bevor er lässig meinte:

»Ja, über Dübel, das ist gut.« Außerdem vertraute er dem Jungen und freute sich daran, dass Hildegard dieses Zwischenspiel mit großen Augen beobachtete. Er würde ihr später alles erklären. »Moment, dieses Mal mache ich aber die Ansage: Also, auch wieder vier bis fünf Zeilen, allerdings ohne Reim bitte. Und lustig soll es sein.«

»Okidoki, Chef.« Schon wenige Sekunden später deklamierte Kai laut:

»›In der Wand verborgen, fest und stark,
Der Dübel hält, was du auch markierst.
Ein unscheinbarer Held im Handwerkerpark.‹«
Stille.

»Na ja, nobelpreisverdächtig ist es nicht gerade«, meinte Hildegard nach einer Weile eher enttäuscht. »Klingt mehr nach Anfängerkurs in der VHS nach dem Motto: Gut gemeint und nicht gekonnt. Obwohl diese Algorithmen ja wohl von sich aus überhaupt nichts meinen können, wenn ich das richtig verstanden habe. Denen muss man sagen, was sie tun sollen.« Draußen schmiss jemand den Rasenmäher an. Es war Mittwoch. Das mussten Bienstocks sein. Plindermeiers pflegten freitags zu mähen.

»Das holpert total, und witzig ist es auch nur in Maßen«, stimmte Bernhard in die Kritik ein. »Trotzdem ist es an sich irgendwie … doll.«

Es war mitnichten das Wort, das die technische Entwicklung der letzten Jahre angemessen oder akkurat beschrieb, aber anders hätte er es nicht ausdrücken können. Sicher, er hatte wohl in der Zeitung manchmal davon gelesen. Also meist lediglich die Überschriften, wenn er ehrlich war, denn sobald es ins Detail ging, hatte er einfach nicht mehr verstanden, wovon der Artikel genau handelte. Es war eine Welt, die nicht mehr die seine war. Wenn sie vielleicht Kinder oder Enkel gehabt hätten … Nein, gestand er sich ein. Im Kern waren Hildegard und er draußen, abgehängt. Setzten die Urvölker am Polarkreis – verdammt, wie hießen die heute noch? Früher waren das Eskimos gewesen. Manchmal war sein Gedächtnis wirklich wie ein Sieb, denn er kannte den Begriff, das wusste er genau – setzten die … ha, jetzt hatte er es! Setzten die Inuit also nicht ihre Alten auf einer Eisscholle aus und zogen weiter, den fetten tranigen Robben hinterher, wenn Oma und Opa zu nichts mehr zu gebrauchen waren? Lang, lang war's her, doch Bernhard meinte das Gefühl des Seniors, der da auf der Scholle zwischen hungrigen Eisbären und grölenden See-Elefanten seinem sicheren Tod entgegendümpelte, in diesem Moment sehr gut nachempfinden zu können. Angst war dabei, natürlich, die Hoffnung, dass es schnell gehen möge, aber vielleicht auch die Erwartung auf ein besseres, in diesem Fall unbedingt auch wärmeres Leben nach dem Tod. Bernhard schauderte unwillkürlich. Er fror leicht, das war schon als Kind so gewesen. Obwohl in der Schollenlösung, überlegte er trotz der trüben Thematik erstaunlicherweise keineswegs schlecht gelaunt weiter, gesamtgesellschaftlich gesehen schon eine Option bestand. Denn das Rentenproblem durch die Boomer, die zahlenmäßig so viele waren und auch noch vorhatten, uralt zu werden und es dank der geballten Blutdruck-, Cholesterin-, Diabetes- und Was-auch-Immer-Pillen tatsächlich wurden, würde definitiv schrumpfen. Aber dafür müssten dann fortan alle Generationen etwas für das Klima tun. Sonst scheiterte der grandiose Plan am Fehlen der Schollen, wenn der Nordpol sich wegen des fortschreitenden Klimawandels in eine Eisbrühe verwandelte und die Dinger rar wurden. Vielleicht sollte er einmal an den zuständigen Minister schreiben, um ihm mit seinen grandiosen Überlegungen vertraut zu machen … Bernie Biller, du bist wirklich ein alter Quatschkopf, schalt er sich lediglich halb im Ernst. Und wenn er versuchen würde, sich im Computerwesen einzufuchsen, um mithalten zu können? Zeit genug hatte er ja jetzt. Aber weder das Interesse noch die Energie, gestand er sich ein. Nein, aus die Maus. Das war's, zumindest in dieser Hinsicht. Da beschäftigte er sich lieber mit der neuen Küche und lernte, wie man eine Lachsforelle im Ganzen oder eine hauchzarte Lammkeule zubereitete – um das Mahl anschließend mit einer köstlichen Käseplatte abzurunden. Er runzelte die Stirn. Wie kam er denn jetzt bloß darauf? Na ja, durch Hanne Wiedmann selbstverständlich. Er wusste eigentlich herzlich wenig über sie. Dass sie dreifach geschieden war und das von den falschen Männern, klar. Dass sie offen und neugierig war, dass sie sich in der Flüchtlingshilfe engagiert hatte … und Roquefort samt Birne und Rotwein liebte. Aber das war's im Großen und Ganzen. Von sich gab sie nicht allzu viel preis, fiel ihm jetzt auf. Doch er hätte liebend gern noch mehr über sie und ihr Leben gewusst, auch wenn er sie vielleicht nie wieder sah.

Begehrlich schielte er auf das iPad. Sollte er vielleicht Kai oder Muri bitten? Denn Heiner und Edith zu fragen, lag natürlich außerhalb des Denkbaren. Sicher, er konnte auf seinem Smartphone auch selbst ihren Namen eingeben und warten, was die Maschine ausspuckte. Allerdings war es für Kai entschieden einfacher als für ihn, wenn es um ein gezieltes Suchen ging. Das Problem war natürlich Hildegard, die neben ihm saß und zuhörte.

Außerdem war sie keineswegs doof, und wenn er jetzt aus dem Stand Hanne Wiedmanns Namen nannte, würde sie sich sofort ihren Teil denken. So weit kannte er seine Frau. Da half nur eins …

»Kai, wenn du einen Namen eingibst, also einen x-beliebigen, einfach so, kriegt man dann viel über die Person heraus?«

»Welchen?«, fragte Kai nur, die Hände schwebend über der Tastatur.

Bernhard tat so, als würde er scharf nachdenken.

»Na irgendeinen. Ist mir völlig egal. Mich interessiert das Prinzip. Weil man ja immer hört, wie diese Datenkraken alles sammeln, was nicht niet- und nagelfest ist.« Er war richtig stolz auf sich. »Was klingt denn gut?«

»Indiana Jones«, schlug Hildegard mit unbewegter Miene vor. Es hätte ihm zu denken geben sollen, tat es aber nicht.

»Langweilig, und außerdem sind wir dann übermorgen noch nicht fertig, so viel dürfte das sein. Valerie Mertens macht mehr Sinn«, entschied Kai.

»Kennst du die denn?«, fragte Bernhard. Das lief ja besser als erwartet.

»Wir haben zusammen Abitur gemacht.«

Kai gab den Namen ein. Kaum, dass er las, verzog sich sein Gesicht zu einer Grimasse, und einen kurzen Moment sah er trotz seiner jugendlichen glatten Haut aus wie ein miesepetriges altes Männchen. »Natürlich, die alte Streberin macht Medizin. Na, das hätte ich mir auch denken können. Bei Multiple Choice war die in der Schule eine echte Kanone, aber wenn es ums Denken ging … Deshalb guckt mich die blöde Kuh nicht mehr mit dem Hintern an.« Das klang bitter und verletzt.

»Edith und Heiner Hartke«, warf Hildegard rasch in die Runde.

»Okay.« Kai tippte.

Es war eine reine Ablenkungsmaßnahme, wie Bernhard wusste, denn eher verknotete sich ein Regenwurm freiwillig zu einer Schleife, als dass etwas Bahnbrechendes über Edith und Heiner aus dem Dellenheimer Storchenweg im Internet stehen würde. Die daddelten zwar beide, was das Zeug hielt, und stellten Gebäckbilder ins Netz, aber selbst …

»Oha. Also diese Edith hat schon mal eine eigene HP.« Kai klickte sie an und hob den Daumen, ohne die Augen vom Bildschirm zu lösen. »Die sieht sogar ziemlich ordentlich aus. Die ist nicht selbst gehäkelt, da hat ein Fachmann Hand angelegt. Die Frau backt; Torten, Kuchen, Bleche, alles da. Boah, achtzehntausend Leute haben eure Edith abonniert, das erklärt es natürlich. Und sie macht Werbung für Dinkelmehl. Auf TikTok. Und für die ältere Generation auf Facebook.« Erneut tippte er kurz, dann lachte er hell auf, schob das iPad zu ihnen herüber, um sie mitgucken zu lassen. »Ist sie das? Die ist richtig gut. Die verkaufen sie als Oma mit Retroschürze. Aber die Sprüche sind echt cool.«

»Ja, das ist sie.« Hildegard klang so erschüttert wie Bernhard sich fühlte. Ediths Leben als Backfee im Netz war bislang weitgehend an ihnen vorbeigegangen. Sicher, sie wussten, dass Edith immer wieder Bilder von Plätzchen einstellte. WhatsApp und so, das schon, ja. Aber in diesem Ausmaß? Ja, geradezu professionell? Weshalb hatte sie ihnen davon denn nichts erzählt? Wenn man Kai Glauben schenkte, war das doch eine reine Erfolgsstory, der man sich keinesfalls zu schämen brauchte. Sie mussten Edith da umgehend wohl so Einiges aus der Nase ziehen.

»Achtzehntausend Follo- … äh … Abonnenten, das ist ja wirklich eine respektable Menge«, klärte Murad sie ungefragt auf. »Okay, sie ist nicht Mick Jagger von den Stones, also von dieser Rockband Rolling Stones, meine ich«, fügte er erklärend hinzu. Bernhard räusperte sich, Hildegard hüstelte, um ihre Erheiterung zu kaschieren. Das war ihre Generation, und sie verstanden durchaus, wovon der junge Mensch redete. »Aber achtzehntausend, da hat die Frau in der Backszene einen echten Ruf.«

»Und Heiner? Heiner Hartke?«, krächzte Bernhard, auf das Äußerste gefasst. Vielleicht beriet Heiner ja neben der Fotografiererei von Bienstocks Mülltonneninhalten mittlerweile klammheimlich irgendwelche Börsenheinis in New York, London oder Tokio. Oder managte ganz nebenbei zwischen Frühstück und Mittagessen einen Autokonzern und nachmittags eine weltweit operierende Rüstungsschmiede. Die befanden sich angesichts der lausigen Weltlage ja wieder total im Aufwind. Bernhards Schleimhäute verweigerten die

Produktion, Saharasand schmirgelte über Gaumen und Zunge, und Hanne Wiedmann war vorerst vergessen.

»Keine Homepage, dafür aber seit Kurzem auf X, was früher Twitter hieß. Da sind sie ja alle. Mülltrennung ist offenbar sein Thema«, verkündete Kai. Bernhard schnaufte ebenso geräuschvoll wie erleichtert durch die Nase. Heiner war also Heiner geblieben, so wie er ihn kannte. Nein, war er nicht. »Da wettert der Mann, dass sich die Balken biegen; der fühlt sich offenbar von Idioten umgeben. Na, das tut im Netz etwa die Hälfte der Menschheit, da ist der Junge nicht allein. Aber, wartet, hier ist noch mehr.« Der Sand in Bernhards Mund erreichte den Umfang einer meterhohen Wanderdüne. »Er scheint sich sehr für Kommunalpolitik zu interessieren. Tempo dreißig hinten bei der Grundschule an den Wiesen findet er goldrichtig, die Verkehrsberuhigung und Tempo dreißig in der Innenstadt dagegen richtig scheiße wegen der Geschäfte und der alten Leute. Wölfe will er am liebsten abschießen, dafür hat er ein Herz für Krähen.« Kai runzelte die Stirn. »Kann man machen, finde ich. Er hetzt nicht, macht keinen fertig, und das ist ja heutzutage schon eine Menge, oder, Muri?«

»Einen Shitstorm wird er mit den Themen nicht lostreten«, kommentierte Murad unbeeindruckt Heiners Posts. »Na ja, das allein ist wahrlich kein Qualitätsmerkmal.«

»Nee«, stimmte Kai zu. »Noch ein anderer Name?«

»Nö. Doch, Moment, Hanne … äh … Wiedmann vielleicht«, schlug Bernhard nonchalant vor und beglückwünschte sich, dass er das eigentliche Ziel dieser Aktion nicht vollständig vergessen hatte angesichts der Neuigkeiten über Edith und Heiner. Sein Herz klopfte. »Den Namen habe ich letztens im Supermarkt aufgeschnappt. An der Fleischtheke.«

»Nee, nichts«, vermeldete Kai, »die Frau gibt es in der virtuellen Welt nicht. Die ist netzmäßig tot beziehungsweise noch gar nicht geboren. Schade.« Er klappte sein iPad zu. »Es reicht, oder?« Er gähnte herzhaft. »Für heute ist die Netzstunde beendet, Leute.«

Draußen erstarb der bienstocksche Rasenmäher.

»Hat der Blödmann an der Tür sich eigentlich wieder eingekriegt?«, erkundigte sich Murad angelegentlich aus heiterem Himmel, während er mit dem Zeigefinger die letzten Reste der Sahne aus dem Kakaobecher wischte. »Wer war das überhaupt? Der war ja nun wirklich nicht gerade woke. Fehlte nur noch, dass er mir ein Schnappmesser untergejubelt hätte.« Er zuckte mit gezwungen erscheinender Gleichgültigkeit die Schultern. »Wahrscheinlich hält der Frauen immer noch für Freiwild. Wie in der guten, alten Zeit. Na ja, alte weiße Säcke gibt's eben hinter jeder Kurve.«

Sie hatten Heiner also sehr wohl gehört. Mist.

»Heiner ist nicht so –«, versuchte Bernhard zu retten, was zu retten war.

Murads Miene begann sich bei diesen Worten auf der Stelle zu verfinstern: Seine Augenbrauen zogen sich bedrohlich zusammen, seine Lippen wurden schmaler, und die Muskeln an seinem Kinn verhärteten sich.

»Ist das etwa dieser Heiner mit dem Herz für Krähen?«, knurrte er drohend und ruckte mit dem Kinn Richtung iPad.

»Mhm«, brummte Bernhard unbestimmt.

»Ja oder nein, Bernie?«

»Ist er, ja.«

»Also ist er ein Freund von euch?«

Von draußen klang kein Laut in die billersche Küche. Kein Auto fuhr vorbei oder hielt direkt vor der Tür, kein Rasenmäher dröhnte mehr, keine Heckenschere ratterte. Keine Ablenkung weit und breit also. Widerwillig öffnete Bernhard den Mund, doch Hildegard kam ihm zuvor.

»Ja«, gestand sie die nicht zu bestreitende Tatsache. »Edith und Heiner wohnen zwei Häuser weiter.«

»Aha.« Murad begann drohend mit den Fingern der rechten Hand auf dem Tisch zu trommeln.

»Komm, lass stecken, Alter«, versuchte Kai sein Bestes.

»Nee, tue ich nicht«, widersprach Murad heftig. »Und sagt jetzt bloß keiner ›Oh, er hat es nicht so gemeint‹«, säuselte er plötzlich, um mit normaler Stimme fortzufahren: »Er hat es sehr wohl so gemeint. Solche Leute meinen es immer genau so. Die halten uns für Asis und für brandgefährlich, einfach weil wir junge Männer sind. Und dann noch mit solchen Haaren! Da haste als alter weißer Sack automatisch Schießerlaubnis. Dabei kennen die uns überhaupt nicht. Und Respekt ist für die ein Fremdwort.«

»Komm Muri, nun lass den Arsch doch«, brummte Kai, der Friedensengel. Bernhard hob hilflos die Hände.

»Murad liegt da vollkommen richtig«, mischte Hildegard sich ein. »Heiner meint es genau so. Da gibt es nichts dran zu deuteln.« Sie holte tief Luft. »Und ich finde das … scheiße!«

Bernhard blieb der Mund offen stehen. Wenn das seine Schwiegermutter vernommen hätte, schoss es ihm automatisch durch den Kopf. »So etwas sagt man nicht, Kind!«, hörte er sie streng rufen.

Doch Murads finstere Miene entkrampfte sich bei Hildegards Worten sichtbar.

»Immerhin lügen Sie nicht«, lobte er sie und wirkte besänftigt.

»Nein, tue ich nicht«, erwiderte Hildegard. »Das macht einen noch wütender. Das weiß ich aus Erfahrung. Weil man sich nicht ernst genommen fühlt, stimmt's?«

Murad nickte stumm.

»Ihr habt mal genauso gedacht, nicht?«, vermutete er dann leise.

Bernhard räusperte sich, um den Kloß im Hals zu bekämpfen, und schloss für Sekundenbruchteile gequält die Augen. War es jetzt vorbei mit der schönen Harmonie? Ging jetzt wieder jeder seines Weges, und man lebte in zwei Welten, die keine Berührungspunkte miteinander hatten? Nicht unbedingt. Einen Versuch gab es noch. Bernhard gab sich einen Ruck und sprang über seinen Schatten.

»Früher, Muri, ja. Früher war es wohl schon so. Aber inzwischen nicht mehr«, setzte er eilends hinzu. »Jetzt kennen wir ja euch zwei Kakaobrüder.«

Murad stieß einen leisen Pfiff aus.

»Kakaobruder hat mich noch niemand genannt. Ein schöner Titel.« Seine Augen begannen zu leuchten. »›KB Muri Öczalan‹. Wie klingt das?«

»Unerreicht und konkurrenzlos«, meinte Hildegard. »Das muss sofort auf Ihre Visitenkarte.«

»Weil es garantiert jeden Doktor schlägt«, witzelte Kai. »Guckt doch mal, ich habe jetzt die Küchenplatte aus schwarzem Granit gemacht. Der Korpus ist hellgrau und der Boden …«

»… ist in Holzoptik, aber aus Kunststoff«, ergänzten Murad und Hildegard wie aus einem Mund, was die gute Stimmung vollständig wiederherstellte.

Andächtig betrachteten sie zu viert die neue billersche Küche aus allen erdenklichen Perspektiven: von oben, frontal, von der Terrassentür aus, von der Diele her.

»Sie ist schön«, sagte Murad.

»Elegant«, ergänzte Kai.

»Gemütlich«, stellte Hildegard fest.

»Und dabei praktisch«, meinte Bernhard.

»Bingo!«, rief Kai. »Wann geht es los?«

»Tja.« Bernhard überlegte. »Wir müssen erst einmal alles herausreißen. Das machen wir selbst, oder, Hildegard? Und dann –«

»Ich hätte Lust«, wagte sich Murad vor und schielte zu Kai hinüber.

»Jo, geht klar«, sagte der. »Wann?«

»Äh … das … also vielleicht …« Bernhard fühlte sich überrumpelt.

»Wir sagen Bescheid«, unterbrach Hildegard voller Energie sein Gestammel. »Gegen drei oder vier Kakao mit Sahne, etwas Vernünftiges zu essen und zwei Hunderter?«

»Deal«, sagte Kai und hielt ihr die Hand hin.

»Deal«, wiederholte Hildegard, nahm sie und schüttelte sie so kräftig wie ein knorriger Rancher vom Schlage des seligen John Wayne, der just seine Rinderherde an den Viehbaron seiner Träume verkauft hat.

*

Gleich am nächsten Morgen marschierten Bernhard und Hildegard ins Studio, um ihre neue Küche mit allem Drum und Dran offiziell in Auftrag zu geben. Kai hatte »dem Laden«, wie er es despektierlich ausdrückte, noch am gestrigen Nachmittag eine Mail mit sämtlichen Daten geschickt. Nun mussten sie die Order nur noch bestätigen und zahlen.

Die Lieferzeit betrage sechs Wochen, teilte ihnen ihr Verkäufer mit, während er in Windeseile die Formalitäten erledigte, da könne man bedauerlicherweise überhaupt nichts machen. Die

Lieferkette, die an allen Ecken und Enden fehlenden Handwerker … Es sei ja bekannt, dass mittlerweile alles knapp sei. Und dann ließ die kommende Führungskraft – deren Füße heute in schneeweißen Sneakers steckten – die Enkel mit einem anzüglichen Augenzwinkern, das bereits bei einem doppelt so alten Mann antiquiert gewirkt hätte, herzlich grüßen. Hildegard und Bernhard dankten.

Am Abend gönnten sich Billers zur Feier des Tages nach dem Abendbrot eine Flasche Wein, die sie in wortlosem Einvernehmen in jener Küche tranken, die ihr Leben bis dato begleitet hatte und nun bald Geschichte sein würde.

»Also, Bernie«, begann Hildegard nach dem zweiten Schluck des gar nicht so schlechten halbtrockenen Dornfelders ihren Erkundungsfeldzug, »wo fangen wir an?«

»Mit der Spüle«, schlug Bernhard treuherzig vor, sie bewusst missverstehend, um die einvernehmliche Atmosphäre noch ein bisschen länger zu bewahren. »Die reißen wir als Erstes –«

»Oh nein«, meinte Hildegard nur, »Klartext bitte und nicht schon wieder auf die Tour!« Also dann. Bernhard versuchte es noch einmal.

»Du meinst Kai, Murad, die Küche und –«

»– den Bernie«, unterbrach sie ihn und stellte ihr Glas so schwungvoll ab, dass es fast übergeschwappte. »Mit dem fangen wir an. Also, mir gefällt's. Es ist gewöhnungsbedürftig, das leugne ich nicht, aber der Bernie steht dir.«

»Danke.« Ihre Worte freuten ihn mächtig. »Deine Mutter wäre in Ohnmacht gefallen.«

»Meine Mutter ist tot, wie deine übrigens auch«, entgegnete sie bestimmt, was zweifellos richtig war. Bernhard horchte erschrocken in sich hinein. Machte sich da etwa im allerhintersten Winkel seines Hirns, seines Herzens, seines Was-auch-Immer so etwas wie Erleichterung breit? Claudia hätte dieses Gefühl höchstwahrscheinlich auch noch in seiner Milz und in seinem kleinen rechten Zeh verortet, fiel ihm blödsinnigerweise ein. Doch bevor er den Gedanken richtig an sich herankommen lassen konnte, fuhr Hildegard bedächtig fort: »In dem gegenwärtigen Zustand unserer Mütter fällt es schwer, sich aufzuregen, soweit man hier auf Erden weiß. Tot ist nun einmal tot. Aber diese Hanne Wiedmann, die ist nicht tot, mhm? Die lebt.«

Er zuckte zusammen und spürte gleichzeitig, wie sich die Härchen auf seinem Rückgrat aufstellten. Und er hatte in argloser Selbsttäuschung wegen seiner sensationellen Vernebelungsstrategie triumphiert. Was für ein Irrtum. Er hatte seine Frau wieder einmal geradezu sträflich unterschätzt.

»Bernhard«, sagte Hildegard, als er schwieg. Nicht Bernie. Sie schaute ihn dabei nicht an, sondern fixierte das Etikett der Dornfelderflasche, als hänge ihr Leben davon ab. »Mach mir bitte nichts vor. Um diese Frau ging es dir doch die ganze Zeit. Edith, Heiner oder diese Klassenkameradin von Kai … phhht … die waren nur dazu da, um uns oder mir Sand in die Augen zu streuen. Hanne Wiedmann war das Ziel. Und komm mir nicht mit solchen Ammenmärchen, dass du den Namen an der Fleischtheke gehört hast … phhht … so'n Quatsch.« Sie neigte den Kopf. »Tja, Pech gehabt, mein Lieber. Für solche Mätzchen kenne ich dich zu lange und zu gut. Und du hast es ja gehört: Im Netz gibt es sie nicht. Aber offenbar in der Realität. Also, Bernhard, hast du eine andere?«

Sie sprach die großen Worte gelassen aus, das ließ sich nicht bestreiten. Jetzt löste sie den Blick von der Flasche und heftete ihn auf sein Gesicht, das dadurch dummerweise zu brennen anfing wie bei einem Schuljungen, der dem Nachbarn eine Tüte Gummibärchen geklaut hat und dabei vom Lehrer erwischt worden ist.

»Nein«, log er nach einer Schrecksekunde wahrheitsgemäß. Denn genauso fühlte es sich an. Es war die Wahrheit und trotzdem eine Lüge. Denn da war zwar nichts Sexuelles zwischen Hanne und ihm. Aber trotzdem … irgendwie war da eben doch etwas. »Es ist auf jeden Fall nicht so, wie es aussieht und wie du wahrscheinlich denkst.« Sein Magen meldete sich und gab ein verstörendes Gurgelgeräusch von sich. Das passierte manchmal, wenn er aufgeregt war. Er presste die Hand auf den Unterleib.

»Nicht«, wiederholte Hildegard nachdenklich, spitzte die Lippen und zog eine Schnute, was ein untrügliches Zeichen dafür war, dass sie ernsthaft überlegte und zweifellos eine Entscheidung herbeizwingen wollte. Er irrte sich jedoch, denn sie fuhr bedächtig fort: »Vielleicht erzählst du mir dann erst Näheres von der Dame, wenn es so ist, wie es aussieht. Und ich denke vorerst gar nichts. Ich möchte es lediglich wissen.« Sie schwieg kurz, um dann mit Nachdruck hinzuzufügen: »Aber ich möchte, wenn du so weit bist, nicht belogen werden, hörst du!«

»Ja«, würgte er hervor. »Ich meine natürlich, nein, das tue ich nicht. Das verspreche ich dir.«

Du meine Güte, er kam sich unendlich mies vor in diesem Moment, während er gleichzeitig seine Frau bewunderte. Hildegard zeigte wahrhaft Größe.

»Gut, belassen wir es vorerst dabei«, beendete sie die heikle Diskussion. »Ich vertraue dir. Du magst die beiden Jungs wirklich gern, nicht?«

»Ja«, ging er ebenso bereitwillig wie erleichtert auf den Themenwechsel ein. Das war allemal besser, als weiter über Hanne Wiedmann zu sprechen, denn über seine Gefühle ihr gegenüber war er sich ja selbst nicht im Klaren. »Ich glaube schon.«

Draußen auf dem Storchenweg röhrte ein Sportwagen heran und kam fünf Häuser weiter quietschend zum Stehen: Frank Bellma, der seine stolze Mutter besuchte. Es gab – wie stets – sein Leibgericht; Rouladen mit Rotkohl und Knödeln. Die schmeckten ihrem

Bübelchen auch an einem lauen Sommerabend, erklärte Frau Bellma jedem, der es hören wollte oder auch nicht. Frank war mittlerweile fünfundfünfzig, und Mutti hatte die Hoffnung auf eine Schar Enkel mittlerweile aufgegeben. Auch das erzählte sie jedem, der es hören wollte oder auch nicht.

»Dann erzähl doch mal: Wo hast du Kai und Muri kennengelernt?«

Bernhard ließ nicht einmal den Dübel aus. Hildegard fand das zwar kindisch, aber lange nicht so kriminell, wie er befürchtet hatte. Alles in allem war es ein Gespräch, das diesen Namen verdiente. Hildegard hörte zu, er erzählte und umgekehrt. Einvernehmlich beschlossen sie schließlich, ein Wörtchen mit Heiner zu reden; und zwar nicht nur über seine Aktivitäten im Netz, sondern auch über sein Verhalten an der Tür. Und mit Edith ebenfalls, da die trotz ihrer Berühmtheit als Backkönigin keinen Deut besser sei, meinte Hildegard. Denn wenn Murad und Kai zu ihrem Wort, bei dem Herausreißen der Küche zu helfen, stehen sollten – leise Zweifel schwangen da mit, Bernhard hörte es wohl –, dann sei es geradezu unvermeidlich, dass sich beide Parteien begegnen würden. Oder sie buchten vorsichtshalber gleich ein Toleranzcoaching für alle vier bei Dennis und Rita, schlug Bernhard launig vor. Die Flasche war mittlerweile leer. Einverstanden, meinte Hildegard. Aber nur, wenn sie dabei Mäuschen spielen dürfe.

Trotz der zwischenzeitlichen Missstimmung wegen Hanne Wiedmann ging Bernhard an diesem Abend mit einem Gefühl tiefer Zufriedenheit ins Bett. Und da war doch auch wirklich nichts Unschickliches zwischen ihm und Hanne; lediglich verschiedene Käsesorten und eine andere Welt als die gewohnte im Storchenweg machten den Unterschied. Das würde er Hildegard schon in einem passenden Moment erklären. Es hätte nicht viel gefehlt, und Bernhard hätte den Styroporquadraten an der Decke den Stinkefinger gezeigt, so wie es letztens der jugendliche Held im Fernsehen getan hatte, der auf einer durch und durch staubigen Straße irgendwo im amerikanischen Mittelwesten stand, als er spontan beschloss, dem heimatlichen Kaff endgültig den Rücken zu kehren, um in ein verheißungsvolles neues Leben aufzubrechen. Wo selbstredend alles besser war. Klar.

*

»Die kommen nicht«, frohlockte Edith fünfeinhalb Wochen später. Recht zu haben war doch etwas ausgesprochen Feines, dachte Bernhard und zwang sich, nicht mit den Zähnen zu knirschen. Zu viert saßen sie in der billerschen Küche und warteten auf Murad und Kai. Sowohl Heiner als auch Edith hatten zwar in den letzten Wochen stets wie zwei brave Kinder genickt, wenn Bernhard oder Hildegard ihnen erzählten, dass die Jungs – trotz der Haare, des Totenkopfs und ihres Alters – wirklich in Ordnung seien, aber sobald sie das hartkesche Wohnzimmer wieder verlassen hatten – Bernhard hätte das auf alle heiligen Bücher dieser Welt geschworen –, fielen die Vorurteile wie eine der Schwerkraft gehorchende Kugel wieder an ihren angestammten Platz zurück. Denn einen Tag später stand die Front wieder, als sei nichts geschehen, und sie konnten von vorn anfangen. Vernagelt, hatte Hildegard eines Tages düster beim Kaffee gemeint. Total vernagelt, da helfe auch der Job als Backfee und TikTok-Größe nichts, den Edith lediglich verschwiegen hatte, »weil ihr mit dem Netz so gar nix am Hut habt«, so hatte sie es ausgedrückt, als sie sie auf ihr Schweigen in dieser Hinsicht angesprochen hatten. Bernhard hatte seiner Frau nicht widersprochen, sich allerdings zum wiederholten Mal gefragt, wieso sie ausgerechnet mit Edith und Heiner Hartke vierzig Jahre ihres Lebens verbracht hatten. Dabei wusste er es ganz genau: Es hatte sich so ergeben, war damit so und fortan niemals infrage gestellt worden.

»Die haben natürlich etwas Besseres vor. Genau wie unser Volker.«

»Heiner!« Prompt erscholl der Ordnungsruf von der liebenden Mutter. »Das kannst du so nicht sagen.«

»Aber es stimmt doch. Das haben die immer. Na ja, junge Leute eben«, schob Heiner in einem Tonfall hinterher, als sei jeder unter dreißig allein schon qua Geburtsdatum hochgradig kriminell oder zumindest verhaltensgestört. Bernhard wollte bereits widersprechen, schloss jedoch den Mund hastig wieder, als ihm einfiel, dass er damit höchstwahrscheinlich morgen sogleich auf dieser X-Plattform landete. Denn Heiner, so hatten sie herausbekommen, twitterte – oder x-te? – mittlerweile immer mehr mit einer Leidenschaft Wichtiges und Unwichtiges, die schon ans Pathologische grenzte. Sein Schwerpunkt lag zwar nach wie vor auf regionalen und lokalen Ereignissen (»Haben sich die Damen und Herren in der Ratsversammlung vielleicht einmal überlegt, welchen Schattenwurf die alte Eiche am Spielplatz verursacht? Nein, ganz bestimmt nicht. Ich dagegen bleibe dabei: Der Baum muss weg!«), die Tendenz ging jedoch mehr und mehr auch zu internationalen Konflikten, Entwicklungen und Kriegen. Heiner löste alle Probleme über kurz oder lang, das heißt, manchmal brauchte es nicht nur einen, sondern eben fünf Tweets (»Entwicklungshilfe komplett einstellen: Selbst ist der Mann. Dieser hehre Grundsatz gilt immer und überall, also auch in Mali oder Somalia!«). Heiner Hartke, hatte Bernhard eines Abends nach der Tagesschau erbost geknurrt, als es an allen Ecken und Enden der Welt wieder einmal krachte und brannte, lasse die UNO wahrhaft alt aussehen. Was eindeutig daran läge, wie bei allen Besserwissern, die besonders stark im Glauben an sich selbst wären, dass ihnen das Wort »komplex« völlig fremd sei.

Hildegard und er hatten lange überlegt, ob sie die beiden jungen Männer überhaupt anrufen sollten. Fünf Wochen waren eine lange Zeit, und eigentlich kannten sie sie ja überhaupt nicht. Doch als der Termin näher rückte, hatte Hildegard entschieden, es einfach zu tun, denn sie konnten Hilfe wirklich gut gebrauchen. Vier starke Arme wirkten da wahre Wunder, hatte sie gemeint. Wenn an diesen Armen bloß nicht vier linke Hände baumelten, hatte Bernhard zu bedenken gegeben. Woraufhin ihm Hildegard einen ihrer Sandkastenblicke zugeworfen hatte. Sie hatte ja recht: Wenn die Jungs »Nein« sagten, waren sie eben genauso dran wie zuvor. Und was die linken Hände anging, musste man halt sehen – wenn es denn in dieser Hinsicht etwas zu sehen geben würde.

Hildegard schaute auf ihre Uhr. Zehn nach neun. Um neun hätten Murad und Kai bei ihnen sein sollen. Heiner und Edith waren bereits um zehn vor neun erschienen, um ja nichts zu verpassen.

»Wir warten noch fünf Minuten«, verkündete sie.

»Ach was, das ist doch völlig sinnlos«, triumphierte Heiner und lehnte sich feixend zurück. Er und Edith hatten sich extra fein gemacht für diesen Tag. *Ihre* Hilfe habe man ja abgelehnt, wie sie in den letzten Wochen nicht müde geworden waren zu betonen, nachdem Bernhard ihnen von Kais und Murads Angebot erzählt hatte.

In diesem Moment klingelte es. Bernhard federte hoch wie eine kaputte Sprungfeder und eilte zur Tür.

»Kai, Muri, kommt doch rein«, trompetete er so laut, dass man es in der Küche auch im Falle von altersbedingter Harthörigkeit problemlos vernehmen konnte.

»Sorry, wir haben den Bus verpasst, und der zweite blieb stecken. Ein Unfall. Aber nicht weiter schlimm. Ist niemand verletzt worden«, berichtete Murad schnaufend, während Kai sich an ihm vorbeidrängte. »Alles okay, Mann?«

»Alles bestens«, versicherte Bernhard. »Dann kann's ja losgehen.«

»Hi«, begrüßte Kai wenig später Edith und Heiner, die sich gleichzeitig abmühten, nicht allzu betrübt zu gucken und ihn nicht mit offenem Mund anzustarren wie einen Dackel mit drei Köpfen. Der blaue Haarkamm war frisch nachgefärbt, und den Totenkopf hatte Bernhard kleiner in Erinnerung, irgendwie unauffälliger, auch wenn das kaum möglich schien. Er unterdrückte mit aller Macht ein nervöses Gehüstel. Edith fasste sich als Erste und klappte den bis dahin offen stehenden Mund wieder zu. Na ja, als Show- und Tiktok-Größe beherrschte man seine Mimik sicherlich entsprechend; da bekam man bei der Schauspielerei Routine, ob man wollte oder nicht.

»Ich bin Kai.«

»Hartke«, schnarrte Heiner mit der fast schon ins Brüchige übergehenden Stimme eines alten Griesgrams und machte dabei keinerlei Anstalten, höflicherweise den Hintern zumindest ansatzweise zu heben.

»Guten Tag, Herr Hartke«, flötete Murad, dem das nicht entging, »und so charmant wie immer.« Bernhard erstarrte. Der Junge hatte Heiners 007-Nummer an der Tür augenscheinlich nicht vergessen. »Auch zum Anpacken hier? Nein, wohl eher nicht. Dafür sind Sie und Ihre Gattin – einen wunderschönen guten Tag auch Ihnen, Frau Hartke – zu gut gewandet. Hab ich recht?«

»Muri«, murmelte Kai begütigend. »Lass stecken.«

Heiner erhob sich mit knackenden Gelenken, was dem geplanten Abgang irgendwie die Wucht nahm.

»Na, wir gehen dann wohl besser. Komm Edith.« Es klang wie »Mir nach, Männer«, ein Ausruf, den die Kommissare nach Bernhards Erinnerung in den Schwarz-Weiß-Filmen der fünfziger Jahre von sich zu geben pflegten, sobald irgendwo eine Leiche auftauchte. Ralph Wenatzki hätte sicherlich deren Namen gewusst.

Niemand widersprach. Und keiner erwähnte den Vorfall. Stattdessen legten sie in stillem Einvernehmen los. Erst ging es den Hängeschränken an den Kragen, dann machten sich die Jungs mit einem Kuhfuß an die Küchenzeile. Es splitterte und krachte, als rohe Gewalt auf Resopalfurnier traf. Drei Tage lang hatten Hildegard und Bernhard die Schränke zuvor ausgeräumt, und das ganze Geschirr, das Besteck, die Pfannen, Bretter, Schüsseln und Töpfe im Flur und im Wohnzimmer gestapelt. Auf den ersten Blick war eine Menge Überflüssiges dabei; das wollten sie aussortieren, wenn sie die neue Küche bestückten. Jetzt nicht. Sie hatten es zwar versucht, aber es erwies sich doch als überaus schwierig, eine Auswahl zu treffen. An der alten Küchenmaschine, die Hildegard nach Bernhards Wissen seit mindestens dreißig Jahren nicht mehr benutzt hatte, hing ihr Herz. An der Mohnblumen-Schüssel mit dem geklebten Riss in der Mitte aus unerfindlichen Gründen seines.

Nach drei Stunden harter Arbeit hatte der Raum seine Persönlichkeit verloren und lag so blank und nackt da wie ein ausgeweideter, skelettierter Wal. Ein alter Rohransatz hinter der Spüle sah aus wie eine klaffende Wunde, aus der es unangenehm roch. Und dort, wo das Gewürzregal gehangen hatte, glänzte die ehemals hellgelbe Wand nun in einem schmierigen fettigen Braunton. Der ganze Raum mit seinen Schrammen, Flecken und Staubmäusen verströmte eine Atmosphäre von Alter und Verfall. Prompt fiel Bernhard das Gedicht der Künstlichen Intelligenz über die Küche ein. Irgendetwas mit einsam und leer hatte sie gedichtet, Lieder gäbe es keine mehr; wo man gelacht und gelebt habe, sei jetzt nur noch Stille. So ähnlich hatte es gelautet. Und genauso war Bernhard zumute. Ob diese Algorithmen doch bereits abgrundtief in die menschliche Seele schauen konnten, ohne dass diese menschliche Seele es ahnte? Gewundert hätte es ihn nicht.

Bernhard schielte zu Hildegard hinüber. Ihr Gesicht war zwar unbewegt, doch er sah ihr trotzdem an, dass es ihr ähnlich erging. Ihre Worte bestätigten seinen Verdacht.

»So schlecht war sie gar nicht, oder?«, fragte sie an niemand Bestimmten gerichtet.

»Es ist ja nur für zwei Nächte«, tröstete das sensible Kerlchen Murad sie und legte leicht den Arm um ihre

Schultern. »Morgen wird gestrichen, übermorgen wird eingebaut, und dann ist alles wieder gut. Abriss ist immer scheiße, Aufbau ist dagegen eigentlich immer schön. Und morgen freuen Sie sich … Frau … äh …«

»Hildegard«, sagte Hildegard zerstreut, als es klingelte. »Einfach nur Hildegard.« Bernhard trottete zur Tür und öffnete widerwillig.

Heiner und Edith, natürlich. Edith trug ein Kuchentablett wie eine Monstranz vor sich her, Heiner schräg hinter ihr schwenkte eine Thermoskanne. Hartkes hatten sich umgezogen und ihre Alltagsklamotten an: immer noch nichts, um tatkräftig mit anfassen zu können, aber auch nichts wie am Morgen, wo allein der Gedanke an ein Staubkorn, das Ediths Bluse oder Heiners Hemd berührt hätte, absurd erschienen wäre.

»Wir dachten, eine Pause würde euch guttun«, verkündete Heiner.

»Wir sind schon fertig.«

»Ach?«

»Ja, die Jungs haben tüchtig mit angepackt.« Bernhard zuckte mit den Schultern und war alles andere als erfreut; es würde Ärger geben und ziemlich knallen, darauf hätte er einen Eid geschworen. Und er hatte sich so auf eine gemütliche Kakao-Runde gefreut. Doch Heiner und Edith würden sich nicht leicht abwimmeln lassen. Die waren zäh und so neugierig wie ein ganzes Rudel halbstarker Waschbären. Das wusste er aus langjähriger Erfahrung. Na ja, zum offenen Krieg auf seiner Terrasse würde es schon nicht kommen, beruhigte er sich. Sticheleien würde es geben, ja, Unverständnis auf beiden Seiten, ja, aber Heiner würde Kai nicht den Kaffee über den Kopf schütten, um dessen blauen Haare braun einzufärben, und Kai oder Murad würden Heiner im Gegenzug nicht das Tablett aufs Haupt schlagen, um ihm die Vorurteile auszutreiben.

Bernhard gab den Weg frei. »Na, dann kommt mal rein. Ach nee, geht besser gleich außen rum zur Terrasse. In der Küche müssten wir nämlich auf dem Boden sitzen.«

10. Kapitel

Die Nachmittagssonne schien mittlerweile in voller Pracht, und es war so warm auf der von Kirschlorbeer und Buchsbäumen umsäumten Terrasse, dass man es gut in etwas Kurzärmeligem aushalten konnte. T-Shirt-Wetter im Frühherbst, ein Tag wie geschaffen, um bei offener Tür eine alte Küche herauszureißen; Bernhard schickte unwillkürlich einen stummen Dank gen Himmel. Oder ob der eigentlich dem Klimawandel gebührte? Rasch verdrängte er den Gedanken. Er hatte momentan andere Probleme.

Das Kuchentablett thronte mittig auf dem ehemaligen Küchentisch, und Edith hatte sogar an sechs Becher gedacht, die sie daneben schnurgerade aufgereiht hatte wie Zinnsoldaten. Das Milchkännchen zur Rechten sowie die Zuckerdose zur Linken begrenzten die Parade.

»Langen Sie doch zu«, forderte sie Kai und Murad auf, als Bernhard und Hildegard zu ihnen traten und sich suchend nach einer Sitzgelegenheit umschauten.

»Die alten Klappstühle im Schuppen«, wies Hildegard ihren Mann an, der hurtig davoneilte, um sie zu holen. Natürlich standen sie ganz hinten und waren mit Spinnweben und einer dicken Dreckschicht überzogen. Er sah sich suchend um, entdeckte einen betagten Handfeger und machte sich ans Werk.

»Butterkuchen. Selbstgemacht«, zwitscherte Edith indes auf der Terrasse und mühte sich dabei um einen bescheidenen Klang. Es wollte ihr nicht so recht gelingen.

»Bestimmt lecker«, vermutete Kai galant, nahm sich ungeniert ein Stück mit der Hand und biss herzhaft hinein. »Na ja, achtzehntausend Follower können nicht irren, sag ich nur.« Edith errötete leicht und schenkte derweil Kaffee ein, während Bernhard mit den einigermaßen sauberen Stühlen herangeeilt kam. Er klappte sie auf, Hildegard und er sanken dankbar auf die Sitzflächen und langten ebenfalls mit der Hand zu, wobei plötzlich wie ein Schlaglicht vor Bernhards innerem Auge der mit den Erbsen kämpfende Salman aufblitzte. Mit Ediths Kuchen hätte er keine Probleme gehabt. Der arme Kerl; man machte sich manchmal überhaupt nicht klar, woran etwas hapern könnte. Bernhard verdrängte den Gedanken rasch wieder, als er sich ein zweites Stück nahm. Er war hier gefordert. Doch da man mit vollem Mund bekanntlich nicht spricht, hing eine ganze Weile ein friedliches Schweigen über der billerschen Terrasse. Bis Heiner es nicht mehr aushielt und die Schlacht eröffnete.

»Und was machen Sie so?«, begann er an Kai gewandt. Der Tonfall war leicht aggressiv, und man hörte den Subtext »Wahrscheinlich nichts, und das von unseren Steuergeldern« deutlich heraus. Bernhard gab unwillkürlich einen Laut von sich, der irgendwo zwischen Wimmern und Stöhnen lag. Er dübelt, wäre ihm fast herausgerutscht; er konnte sich jedoch noch im letzten Moment beherrschen. Kai ließ die Hand mit dem angebissenen Butterkuchen in Zeitlupe sinken und blickte erst Heiner, dann Edith nachdenklich an. Beide hingen an seinen Lippen und verzogen dabei keine Miene.

»Nix«, verkündete er dann laut und eindeutig mit voller Absicht. Er hätte Heiner auch mit der Faust auf den halbgeöffneten Mund schlagen können. Der holte tief Luft, Edith gab ein Geräusch von sich, das Bernhard an ein quiekendes Mäuschen erinnerte.

»Kai ist noch nicht –«, warf er sich dazwischen.

»Und Sie?«, wandte Edith sich mit spitzem Mündchen an Murad.

»Oh … auch nix, glaube ich«, verkündete der heiter. Natürlich, man ließ den Kumpel nicht hängen und nutzte die Gelegenheit, um zwei Besserwisser mal so richtig schön auflaufen zu lassen. Denn der Junge log wie gedruckt. Murad hatte sich für eine Banklehre entschieden, die er demnächst beginnen würde. Seine Eltern hatten darauf bestanden, dass er sich »etwas Anständiges« suchte. Und etwas Handfestes sollte es zunächst sein, danach wollte er weitersehen. Das hatte er Hildegard so ganz nebenbei erzählt, als die mit ihm diesen Termin festgemacht hatte. Ab dem nächsten Monat könne er nur noch Samstag und Sonntag, hatten seine genauen Worte gelautet, da stecke ich unter der Woche im Anzug.

»Aber –«, versuchte es Bernhard noch einmal.

»Wir gammeln eben so rum«, komplettierte Kai die Vorstellung, ohne ihn zu beachten.

Bernhard hätte ihn am liebsten geschüttelt. Herrgott, er verstand die Jungs ja; Heiner und Edith forderten eine derartige Reaktion geradezu heraus, wie sie so dasaßen in ihrer personifizierten Rechtschaffenheit. Da weitete offenbar auch der extensive und souveräne Umgang mit dem Internet keinen Horizont. Trotzdem konnte er das nicht so stehen lassen. Weil es einfach ungerecht war! Und schief.

»Kai überlegt gerade, was er beruflich machen will«, mischte er sich daher entschlossen ein. »Welches Studium infrage kommt, ob es überhaupt ein Studium sein muss und –«

Kai gab einen schrillen Laut von sich. Er klang weder fröhlich noch unbeschwert, sondern eher gequält.

»Doch, muss. Mein Vater ist Arzt, meine Mutter Psychologin. Akademiker also. Da kann der Nachwuchs nicht einfach Klempner werden, auch wenn er Rohre über alles liebt. Das geht einfach nicht. Da bleibe ich total unter meinen Möglichkeiten.«

»Aber Klempner ist doch ein ehrbarer Beruf«, wandte Heiner hörbar indigniert ein. Bernhard wusste, was jetzt kam. Er hatte es oft genug gehört. Schon pikste Heiner mit dem Zeigefinger der rechten Hand in Richtung Kai. »Als ich in Ihrem Alter war, junger Mann, stand für mich durchaus zur Debatte, in einem Klempnerbetrieb in die Lehre zu gehen. Daraus wurde dann nichts. Na ja, ich bin Elektriker geworden.«

Er stierte Kai herausfordernd an.

»Schön«, sagte der. »Theoretisch fänden meine Eltern das sicher *vollkommen* okay. Und für andere wäre das auch *vollkommen* in Ordnung. Für ihren Sohn aber nicht. Der kann mehr. Der muss an sich arbeiten, denn alles andere wäre die reinste Verschwendung von Ressourcen.«

Das klang schwer nach Rita und Dennis, fand Bernhard.

»Selbstoptimierung?«, warf er zaghaft in die Runde.

»Und wie!«, bestätigte Kai genervt. »Immer und überall. Ohne Wenn und Aber.«

»Im Netz wird einem das ja auch unentwegt vorgelebt«, sprang Murad seinem Freund zur Seite. »Da sind die alle supertoll. Die sehen sagenhaft aus, die sind irre intelligent und haben blödsinnig viel Spaß und keinen Stress. Na ja, das ist die Messlatte, darunter geht gar nix.«

»Niemand ist ständig supertoll«, wandte Hildegard stirnrunzelnd ein. »Das gibt's doch gar nicht. Guckt euch doch einfach mal um. Und was seht ihr? Bernie und mich. Sind wir supertoll? Nein, normal, würde ich sagen. In echt sieht das ganz anders aus.«

»Weiß ich«, knurrte Kai. »Das weiß ja wohl so ziemlich jeder. Trotzdem wirkt es und sickert in einen ein. Und man kann nicht richtig viel dagegen machen.«

Heiner hustete.

»Ich würde das Internet nicht in Bausch und Bogen verteufeln.«

»Es hat auch ganz viele gute Seiten«, versicherte Edith.

Kai kräuselte voller Ironie die Lippen.

»Wie fast alles, nicht? Schwarz und weiß gibt es kaum, wenn man genau hinschaut, grau ist die Farbe der Farben hier auf dieser Welt.«

Für einen Zwanzigjährigen fand Bernhard das geradezu beängstigend reif.

»Hast du denn schon einmal richtig mit deinen Eltern über alles geredet?«, kehrte er zum eigentlichen Thema zurück und wähnte sich mit dieser Frage auf festem Boden.

Doch Kai warf erneut den Kopf zurück – so heftig, dass der Totenkopf in heftige Schwingungen geriet – und stieß sein meckerndes Lachen aus.

»Schon, ja, am Anfang. Und sie reden zwar manchmal mit mir, aber ich nicht mehr mit ihnen. Weil es einfach keinen Sinn macht. Die quatschen nur Blödsinn.« Es klang bitter. Heiner und Edith wechselten einen verständnislosen Blick.

»Was nennst du denn Blödsinn?« Hildegard biss so herzhaft in ihren Butterkuchen, dass ein Streuselstück auf ihrer Brust landete. Sie wischte es lässig mit der Hand weg und ließ es auf dem Boden liegen. Edith starrte sie entgeistert an, während Kai unsicher zu Murad hinüberschaute. Der verdrehte zwar die Augen, gab dem Freund jedoch gleichzeitig einen aufmunternden Klaps auf den Unterarm. Kai stöhnte.

»Na ja, sie sagen mir zum Beispiel pausenlos, dass ich ein selbstständiger erwachsener Mensch sei.« Er flüsterte jetzt fast.

»Aber da kann ich Ihren Eltern doch nur zustimmen«, schnaubte Heiner, als der Junge schwieg. »Als ich achtzehn war, musste ich Verantwortung übernehmen. Da hat niemand gefragt, ob ich das wollte, ob mir das vielleicht zu schwer war. Da hat mir niemand geholfen – «

»Aber du meinst das nicht?«, unterbrach Bernhard roh die sich anbahnende Tirade. Sollte Heiner seine Geschichte doch auf einer dieser Internet-Plattformen zum Besten geben. Hier ging es um Kai.

»Schon. Doch, ja«, gab Kai zögerlich zu. »Irgendwie stimmt das natürlich schon. Ich bin fast zwanzig. Aber irgendwie … also, manchmal fühle ich mich nicht so, verstehste?«

»Papperlapapp«, knurrte Heiner barsch. »Ausflüchte, nichts weiter.«

Niemand beachtete ihn. Nur Edith bedachte ihren Mann mit einem verstohlenen Blick, der zu fragen schien, wen zum Teufel sie da eigentlich geheiratet hatte, während Bernhard überlegte, ob das bei ihm genauso gewesen war. Er wusste es nicht mehr. Mit achtzehn hatte er kurz vor dem Abitur gestanden und war dann – wie Heiner höchstwahrscheinlich bereits mit sechzehn – mit neunzehn in die Ausbildung gerutscht. Aber an eines vermochte er sich noch glasklar zu erinnern: nämlich an die kindliche Vorstellung, wenn man erwachsen war, habe man alles im Griff. Man durchschaute die Welt und traf pausenlos richtige Entscheidungen. Denn das genau machte das Erwachsensein ja aus. Dass dem absolut nicht so war, dass Zweifel und Ängste auch noch mit fünfzig und darüber hinaus zum Leben gehörten wie das Atmen, hatte er erst viel später verstanden. Möglicherweise gab es ja solche Leute, die immer und überall wussten, wo es lang geht, aber er, Bernhard Biller, gehörte nicht zu ihnen.

»... und weil ich eben erwachsen und selbstständig bin, mischen sich meine Alten in nichts ein. Alles ist allein meine Sache.« Kai verzog das Gesicht. »Tja, dummerweise interessiere ich mich aber für viele Themen.« Er könne sich ein Studium der Archäologie vorstellen, aber auch Jura oder Volkswirtschaftslehre finde er interessant. Sein Abi-Durchschnitt sei gut. Eine eins vor dem Komma hat der Streber, teilte ihnen Murad wie ein stolzer Vater mit. Na ja, fuhr Kai achselzuckend fort, er könne so ziemlich alles studieren. Und da sei er also mal durch so ein Vorlesungsverzeichnis gescrollt und wäre fast wahnsinnig geworden. Allein in Deutschland gäbe es zehntausend Studiengänge. Er habe das Gefühl gehabt, es erschlage ihn einfach.

»Das ist wie mit unserer Küche«, bemerkte Bernhard.

Heiner starrte ihn an, als sei vor seinen Augen der Blitz in seinen Freund gefahren. »Wenn du Auswahlmöglichkeiten ohne Ende hast, lähmt dich das«, erklärte Bernhard ihm daher geduldig. »Erst sieht es wie die ganz große Freiheit aus, aber wenn du dich entscheiden musst, ist es schlimm. Und wenn dann noch diese Scheiß-Selbstoptimierung über allem hängt ... au weia, da schwirrt dir der Kopf.«

»Den du dann am liebsten in den Sand steckst«, sagte Kai und begleitete seine Worte mit einem derart kräftigen Nicken, dass der blaue Haarkamm wippte.

»Ach.« Das kam von Heiner. Es klang zweifelnd und nicht sehr überzeugt. »Wenn *ich* damals all diese Chancen gehabt hätte wie heute die Jugend …«

»Was hättest du dann gemacht?« Bernhard war ehrlich neugierig.

Heiner blinzelte überrascht. »Nun sag schon«, drängte Bernhard.

»Das geht nicht so auf einen Schlag«, wich Heiner aus. »Ich bin Elektriker geworden, weil … na ja, mein Vater war ja auch Elektriker.«

»Eine Stromdynastie also«, mischte sich Murad mit leisem Spott ein. »Wie bei Medizinern oder Juristen. Da studieren die Kinder auch oft das, was die Eltern studiert haben.«

»Aber du willst das nicht, Kai?«, fragte Bernhard, ohne sich aus dem Konzept bringen zu lassen.

»Nein! Ich kann kein Blut sehen –«

»Das ist schlecht«, stellte Hildegard trocken fest.

»Und mit dem Wühlen in fremden Seelen habe ich es auch nicht so«, gestand Kai.

»Also, Heiner«, nahm Bernhard den Faden wieder auf. »Nun sag schon: Was hättest du werden wollen?«

Der wand sich.

»Ist nicht so leicht«, blubberte er. »Nach all den Jahren.«

Doch Bernhard nagelte ihn unerbittlich mit den Augen fest. Heiner erwiderte den Blick finster. Verräter, las Bernhard in seinen Pupillen, Kleingeist, stand wahrscheinlich in seinen eigenen. Es war Murad, der die Situation rettete.

»Als Kai noch mit seinen Eltern redete, haben sie ihm ständig ins Gewissen gequasselt so nach dem Motto: Überlege dir gut, was du machst. Das Gehalt spielt eine Rolle und die Arbeitszeiten sind wichtig. Vom Sinn war eher nicht so die Rede. Hilft nicht direkt weiter, mhm?«

»Und wenn ich mich dann falsch entscheide, dann war's das doch«, brach es aus Kai heraus.

»Unsinn«, widersprach Bernhard. »Jeder hat mindestens eine grundlegende falsche Entscheidung im Leben frei.«

Kai schüttelte so heftig den Kopf, dass die Haare seines blauen Kamms bockten wie eine Segeljolle im Sturm.

»Ich hab Schiss, Mann, verstehste. Ich hab einfach Schiss, weil es doch eine Lebensentscheidung, so'n Ding fürs ganze Leben ist. Für immer und ewig sozusagen. Das ist ja nicht so, als wenn du dich zwischen Erdnussbutter und Haferflocken zum Frühstück entscheiden musst. Hier geht es um alles. Um mein ganzes beschissenes Leben! Und wenn ich das versemmle –«

»Das stimmt schon«, unterbrach ihn Hildegard ruhig. »Aber wie Bernie schon sagte: Man hat das Recht und die Möglichkeit, etwas zu korrigieren. Weil du nämlich ein Mensch bist und kein Computer oder Roboter, den man fehlerfrei programmieren kann. Menschen machen Fehler. Das gehört zu ihnen und wird sich deshalb auch nie ändern.«

»Aber das ist doch dann eine beschissene Niederlage.« Kai klang geknickt.

»Oder schlicht und ergreifend ein Lernprozess«, korrigierte ihn Hildegard. »Mehr nicht. Haben deine Eltern dir denn das nicht mal erklärt?«

Kais Augen hatten sich gerötet, und er biss sich auf die Lippe.

»Und wenn ich das Studium nun nicht schaffe, das ich mir ausgesucht habe? Davor hab ich nämlich auch Schiss.«

»Mit einem Abiturdurchschnitt von eins Komma irgendwas?«, hielt Bernhard dagegen. »Das kann doch nicht sein! Ich hatte eine drei vor dem Komma. Das war zu unserer Zeit ganz normal.«

»Heute geht ohne eine Eins vor dem Komma gar nichts mehr«, behauptete Kai düster. »Zumindest wenn du studieren willst. Da bist du mit einer Zwei aber so was von gekniffen. Da wird aus dir garantiert nix.«

»Sasha hat das ja auch behauptet«, meinte Bernhard nachdenklich. Hildegard sagte nichts, zog aber eine Augenbraue hoch; er sah es wohl.

»Unser Erdkundelehrer hat diesen Spruch gefühlt jede zweite Stunde von sich geben«, schnaubte Kai.

»Solche Pädagogen gibt es immer noch?« Bernhard klatschte sich mit der Rechten auf den Schenkel. Bei ihm war es der Mathelehrer gewesen, der mit derartigen Äußerungen Furcht und Schrecken verbreitet hatte, weil er sich anders nicht zu helfen wusste.

»Nichts als Drückebergerei«, meldete sich Heiner plötzlich zu Wort. »Ich hab da letztens eine Netzkolumne gelesen … Corona, die ach so arme Jugend, die um so vieles betrogen wurde durch diesen Lockdown. Das ist ja so typisch: Wenn heute keiner mehr weiterweiß, ist es immer die Seele.«

»Die gibt's«, bemerkte Hildegard anzüglich. Edith presste die ohnehin schmalen Lippen so fest zusammen, dass lediglich ein Strich nachblieb. Heiner räusperte sich.

»Hör mal«, begann er umständlich und schaute Kai an. »Wie lange gammelst du … äh … hängst du denn schon so rum? Das würde ich gern mal wissen.«

Bernhard kam es vor, als sinke die Temperatur auf der Terrasse um einige Grade. Ein derartiger Satz wäre in der Sie-Form eine glatte Beleidigung gewesen. Das vertrauliche Du nahm dem Ganzen zumindest etwas die Wucht. Oder bildete er sich das nur ein?

»Knappe zwei Jahre.«

»Und deine Eltern zahlen das alles, ohne zu murren?« Heiner hüstelte und hielt sich die Hand vor den Mund, um seine Entrüstung, ja sein Entsetzen zu verbergen. Bernhard verstand ihn. Natürlich vordergründig wegen des Geldes, das mal so eben locker rübergeschoben wurde bis zum Sankt Nimmerleinstag. Der Begriff »Freikauf« kam ihm in den Sinn, der getätigt wurde aufgrund einer Prise falsch verstandener Toleranz gepaart mit einem gehörigen Schuss Feigheit. Doch, ja, er hielt diese finanziell so großzügigen Eltern für schlichte Drückeberger. Sie ließen ihren Jungen mit einem Berg voller Zweifel allein, bei dem er dringend Hilfe benötigt hätte. Da stellte das viele Geld noch das geringste Problem dar. So einfach war das.

»Na ja, ich jobbe natürlich immer mal zwischendurch«, brummelte Kai. »Und manchmal sagen sie auch, es müsse nun endlich etwas geschehen, aber dann geschieht nichts.«

»Unverantwortlich«, schnaubte Heiner. »Ich hätte dir schon lange den Geldhahn zugedreht. Schon lange, kann ich dir sagen. Und wenn unser Volker sich so eine Gammelrunde erlaubt hätte … na, dem hätte ich aber …!

»Den Hintern versohlt?«, erkundigte sich Edith spitz.

»Quatsch.«

»Mit ihm geredet, ihn unter Druck gesetzt, ihm Alternativen aufgezeigt?«, nahm Bernhard den Faden auf und genoss Hildegards zustimmendes Gemurmel. Kai und Murad verfolgten den Schlagabtausch stumm.

»Halt du dich lieber da raus, Bernhard, du hast keine Kinder«, knurrte Heiner, was eines dieser Totschlagargumente war, ganz wie die Arbeitslosenzahlen, deren angeblich drohender Anstieg von interessierter Seite ebenfalls jedes Mal ins Gefecht geführt wurde, um irgendeine ungewollte Veränderung abzuwehren.

»Na und?«, widersprach Bernhard wider besseres Wissen. »Was willst du damit andeuten?«

»Das kann ich dir sagen.« Heiner fing mit der Rechten an zu fuchteln, was er stets tat, wenn er aufgeregt war. »Ich will damit sagen, dass du das alles nicht beurteilen kannst. Glaub mir, unser Volker –«

»Nun lass doch mal den Jungen aus dem Spiel«, mischte sich Edith scharf ein. »Der ist erwachsen und lebt sein eigenes Leben.«

Heiner stieß einen Ton aus, der an das gereizte Fauchen eines Katers erinnerte.

»Ach, und deshalb beehrt uns der Herr auch nur alle Jubeljahre mit seinem Besuch, mhm?«

Bernhard riskierte es.

»Vielleicht gehst du ihm mit deiner rechthaberischen Art ziemlich auf die Nerven? Kann das sein?«

Murad gab einen kaum unterdrückten belustigten Kiekser von sich, was Heiner nur noch wütender machte. Er schaltete das neben ihm liegende Smartphone auf stumm und setzte sich auf, den Rücken jetzt so gerade wie der eines Wachsoldaten vor dem Buckingham Palace.

»Dan-ke! Wie ich schon sagte, Hildegard und du, ihr habt keine Kinder. Wieso eigentlich nicht? Wolltet ihr nicht oder«, ein anzügliches Grinsen huschte über seine Züge, und er entblödete sich nicht, Bernhards Hosenschlitz mit einem flüchtigen Blick zu bedenken, »hat's nicht geklappt?«

Jetzt klang er richtig aggressiv.

»Heiner«, mahnte Edith entsetzt.

»Lass gut sein«, beschwichtigte Bernhard. Das ging zwar entschieden zu weit, doch jetzt war nicht der Zeitpunkt, um diesen Strauß auszufechten. »Kai?«

»Ja?«

»Willst du meine Meinung hören?«

Vielleicht lag es auch an Heiners abfälligen Worten sowie seiner penetranten Selbstgefälligkeit, dass Bernhard seine Selbstzweifel ignorierte. Denn aus seiner Perspektive gab es lediglich einen vernünftigen Rat, den er dem jungen Menschen geben konnte. Er war banal, aber trotzdem richtig. Davon war er überzeugt.

»Kann ja nicht schaden«, knurrte der Junge.

Alle Augen waren jetzt auf Bernhard gerichtet. Er war sich dessen wohl bewusst.

»Fang an. Fang irgendetwas an, aber häng nicht weiter so rum. Das geht nur abwärts. Du gerätst in einen Strudel, aus dem du aus eigener Kraft nachher nicht mehr herauskommst.«

Kai verzog das Gesicht.

»Das ist alles?«

Bernhard fuhr sich voller Nervosität mit der Hand übers Gesicht.

»Das ist alles, was ich zu bieten habe. Meinetwegen mach eine Liste, was dich an welchem Fach interessiert, wie sich aus heutiger Sicht die späteren Berufschancen darstellen, wie die Arbeitsbedingungen sind und was du verdienen wirst. Wer die meisten Punkte kriegt, hat gewonnen. Muri hilft dir bestimmt.« Er überlegte kurz, um dann umso entschlossener fortzufahren: »Ich würde ja auch, aber ich fürchte, ich hab einfach nicht genug Ahnung von der ganzen Sache. Das bringt dir direkt nichts. Aber wenn du mal so reden möchtest, kommst du einfach vorbei … das klärt ja auch die Gedanken.« Hatte er, Bernhard Biller, das wirklich gerade gesagt? Einem Zwanzigjährigen angeboten, ihm bei dessen Lebensplanung zu helfen? Na ja, oder ihm zumindest ein bisschen die Ängste vor dem Leben zu nehmen? Bernhard atmete tief durch. »Bei einem heißen Kakao mit Sahne vielleicht? Wir gehen ja auf den Herbst zu, und es wird bald richtig kalt. Und so ein Kakao bringt das Hirn garantiert auf Trab.«

»Kakaobruder.« Murad lächelte und blinzelte Bernhard anerkennend zu, der das wie einen Ritterschlag empfand.

Außerdem erzeugten Kakao und Sahne eine Atmosphäre von Gemütlichkeit und Wohlbehagen, in der es sich leichter reden ließ. Denn es ging ja gar nicht darum, dem Jungen einen fertigen Lebens- und Berufsweg aufzuzeichnen, erkannte Bernhard blitzartig. Nein, es ging schlicht und ergreifend darum, ihm zuzuhören, ohne gleich alles besser zu wissen, Bedenken aller Art zu äußern oder die Hände über den Kopf zusammenzuschlagen, wenn er etwas äußerte. Dann würde er irgendwann schon von ganz allein auf das kommen, was er wirklich machen wollte.

»Danke, Mann. Ist schon okay«, brummte Kai verlegen. »Ich wollte hier nicht meine Probleme … also echt nicht. Aber …, wenn diese Entscheidung nun tatsächlich falsch ist, oder ich alter Kakaobruder das nicht packe …?«

»Dann hör auf deinen Bauch. Das solltest du sowieso.«

Erstaunt lauschte Bernhard seinen Worten. Waren auch die tatsächlich soeben seinem Mund entschlüpft? Noch vor einem halben Jahr hätte er sich dafür selbst einen Vogel gezeigt und eine derartige Empfehlung als Tüdelkram abgetan. Aber das war er nicht. Im Geiste sah er Hanne Wiedmann vor sich, die seinen Ratschlag heftig beklatschte. Ob sie solche Gespräche auch mit Salman führte? Hatte sie das mit Lebenshilfe gemeint? Bernhard vermutete es stark. Salmans Schwierigkeiten waren vielleicht andere als Kais, aber durchgesprochen werden wollten die auch. Bernhard fühlte sich gut. Es mussten ja nicht gleich die Sterne oder irgendwelche Trolle sein, die einen Menschen durchs Leben lotsten, ein paar eigene Gedanken taten es auch. Gut gemacht, Bernie, hörte er Hanne zustimmend rufen, obwohl sie ihn ausschließlich Bernhard nannte. Doch noch etwas anderes trieb ihn um. Woher, zum Teufel, kam bloß diese tief sitzende Unsicherheit des Jungen? Die Kinder von heute wurden doch gelobt, gelobt und nochmals gelobt, sodass einem Hören und Sehen verging. Aus jedem kleinen bis kleinsten Schritt wurde ein Riesenaufriss gemacht. Das hatte er erst letztens mitbekommen, als er im Park eine Weile am Spielplatz gesessen hatte. Die Mamis – er hatte lediglich einen Vater ausmachen können – lobten den Nachwuchs ständig über den grünen Klee, auch wenn der nur in der Lage war, sich einen Lutschbonbon in den Mund zu stecken. Neben jeder Rutsche, hinter jeder Schaukel und am Klettergerüst »superte« es auf Teufel komm raus. Das müsste das Selbstbewusstsein doch eigentlich stärken wie nichts Gutes. Tat es aber nicht, das sah man an Kai. Irgendetwas lief da offenbar entschieden schief und in eine ganz andere als die gewünschte Richtung. Ob die Kleinen möglicherweise instinktiv ahnten, dass ein derartiges Dauer-Gesupere jedes ehrlich gemeinte und angemessene Lob entwertete? Vielleicht, Bernhard kannte sich in der kindlichen Seele nun wirklich nicht aus.

»Wenn du die falsche Entscheidung getroffen hast«, wiederholte er geduldig, »revidierst du sie nach reiflicher und ruhiger Überlegung. Und dann schaust du dich erneut um. Lebenswege dürfen auch krumm sein.« Fast hätte er schallend losgeprustet. Das musste ausgerechnet er behaupten, dessen Lebensweg so gerade wie ein Besenstiel gewesen war. Bis jetzt, fügte Bernhard gedanklich hinzu und kostete das Gefühl aus, das diese zwei Worte in seinem Inneren verursachten. Bis jetzt!

»Gut, also irgendwas mit Jura«, sagte Kai. »Das interessiert mich nämlich. Wirtschaftsrecht, VWL, BWL, Wirtschaftspsychologie oder –«

»Nein«, unterbrach Bernhard geradezu liebenswürdig diese Aufzählung. »Schreib dich für Jura ein oder Wirtschaftswissenschaften. Einfach Jura oder Wirtschaftswissenschaften. Und nach, sagen wir, einem

Jahr siehst du weiter und kannst bestimmt entscheiden, ob diese Wahl richtig war und in welche Richtung du zukünftig gehen willst. Erst die Grundlagen, dann die Spezialisierung. So macht man das.«

»Da hörst du's, Digga«, Murad schlug dem Freund auf die Schulter, dass es krachte. »Du wirst Verfassungsrichter oder Wirtschaftsweiser. Bernie hat's entschieden.« Jetzt wuschelte er Kai mitfühlend durch die blauen Haare. »Aber nicht mit der Frisur. Also lass wachsen, Alter, wasch dir die blaue Farbe vom Kopf und steck den Totenkopf in eine Schublade. Wenn du die Weltbank leitest, kannste ihn ja wieder rausholen.«

Selbst auf Heiners Gesicht erschien bei diesen Worten der flüchtige Ansatz eines Grinsens, während Edith ernst meinte: »Na, Hauptsache du siehst deine Zukunft nicht als Influencer und TikTok-Größe.«

»Nö.« Kais Lachen klang das erste Mal fröhlich. »Aus dem Alter bin ich raus. Wir machen beide erst mal was Vernünftiges, was, Muri?«

»Ach?« Edith beugte sich interessiert vor. »Was denn … äh … Muri?«

Bernhard wechselte einen Blick mit Hildegard, die die Szene ebenso mit Interesse folgte wie er.

»Bank«, grummelte Murad, eindeutig immer noch auf der Hut und keineswegs versöhnt. »Was Sicheres.«

»Er fängt nächsten Monat an«, verkündete Bernhard mit glockenheller Stimme.

»Dachte ich es mir doch.« Edith klang ungemein zufrieden. »Manchmal sieht etwas auf den ersten Blick ganz anders aus als man so denkt.« Und das von Edith. Bernhard starrte die alte Freundin überrascht an. Was da wohl noch in verborgenen Tiefen lauerte? »Nicht wahr, Heiner?« Zuckersüß hinterhergeschoben. Ob sie etwa damit den unmöglichen Auftritt ihres Mannes damals an ihrer Tür meinte? Live hatte sie den allerdings nicht mitbekommen, aber Heiner hatte ihr sicherlich in allen Einzelheiten davon erzählt.

Auf jeden Fall war da noch etwas anderes im Busch. Hartkes waren meistens einer Meinung. Das heißt, Heiner hatte eine Meinung, und Edith stimmte zu; zumindest laut. So kannten es die Billers. Bernhard hatte allerdings den Verdacht, dass Edith oft auf Durchzug schaltete und ihr eigenes Ding machte. Lediglich über ihren Sohn Volker stritten sie unentwegt.

»Wenn du meinst«, knurrte Heiner giftig. Jetzt war Bernhard sich sicher: Es musste am Morgen heftig zwischen ihnen gekracht haben. Vielleicht hatte Edith ja dreißig Follower mehr als ihr Mann. Das würde Heiner gar nicht passen. Oder irgendjemand hatte ihn im Netz wegen seiner Posts angepinkelt und Edith –

»Möchte jemand vielleicht noch ein Wasser oder einen Saft?«, unterbrach Hildegard die lastende Stille. »Mehr habe ich im Moment nicht zu bieten, und Kaffee ist alle.«

»Macht doch nix«, meinte Murad rasch. »Ich würde gern noch ein Glas Wasser nehmen.«

Hildegard stand auf, stemmte kurz die Arme in den Rücken und bog sich vorsichtig gerade.

»Nee, nun lass mal«, hielt der Junge sie prompt zurück. »Du hast heute genauso geschuftet wie wir. Nur weil du die Gastgeberin bist, musst du nicht springen. Ich gehe. Wo finde ich was?«

»Da hörst du's, Heiner«, bemerkte Edith zur Verblüffung aller süffisant, als Murad davonschoss, nachdem Hildegard »irgendwo im Flur« gesagt hatte. »Ich war ja schon immer für Gleichberechtigung.«

Es hätte nicht viel gefehlt und Bernhard hätte sich zu einem entgeisterten »Hört, hört!« hinreißen lassen. Die Spannung zwischen Edith und Heiner war mit Händen zu greifen. Doch in dem Moment kam Murad mit zwei gefüllten Gläsern zurück. Wortlos reichte er eines Kai, und die jungen Männer stürzten das Wasser in einem Zug ab. Dann stand Kai hastig auf.

»Komm, Muri. Wollen wir nicht lieber –?«

»Apropos Gleichberechtigung«, Hildegard ignorierte Kais Absetzbewegung souverän. Bernhard stöhnte. Er ahnte, was jetzt kam. Seine Frau machte das nächste Fass auf. Sie hatte es ihm bereits mehrmals erklärt. Es war ihr schon seit Jahren ein Herzensanliegen. »Da wollen wir doch einmal hören, was die jungen Leute dazu sagen. Denn solange die Klo-Architekten –«

»Und Architekt-Innen«, hickste Murad, den Blick gezielt auf Heiner gerichtet. Er hatte sich auf Kais Aufforderung hin nicht gerührt. Nun wischte er sich mit der Hand den Mund ab und wartete. Denn alle bis auf Kai, der sich im Gegensatz zu seinem Freund sichtbar unwohl fühlte, starrten ihn verständnislos an.

»Gendergerechte Sprache«, klärte er die Runde freundlich auf. »Das macht man heute so.«

»Ich nicht.« Heiner haute mit der Faust auf den Tisch.

»Bravo«, sagte Murad. »Das nenne ich mal ein schlagendes Argument.« Dabei lächelte er so sonnig, dass die Beleidigung fast durchgerutscht wäre. Bernhard litt. Es kam zum offenen Krieg auf seiner Terrasse.

»Natürlich hat mein Mann davon keine Ahnung«, fauchte Edith bissig. »Er kauft eher –«

»Ist mir piepegal«, platzte Hildegard ungerührt dazwischen. »Solange die nämlich nicht öffentliche Toiletten bauen, wo Frauen fünfzehn Kabinen zugestanden werden und Männern fünf, gibt es in puncto Gleichberechtigung noch viel zu tun. Trotz Quote. Da wird doch seit Jahrhunderten systematisch an den Bedürfnissen des weiblichen Teils der Bevölkerung vorbei gebaut.«

»Ganz genau«, stimmte Edith kernig zu. Bernhard und Heiner starrten ihre Frauen perplex an, während Kai und Murad sich seelenruhig noch ein Stück Butterkuchen nahmen und sich zurücklehnten, als wohnten sie einem Theaterstück bei; ihnen entging kein Wort. »Diese ewige Warterei vor den Toiletten, nur weil den Männern auch fünf Kabinen zugestanden werden, wo sie doch nur zwei bräuchten … das ist ganz großer … Mist!«

»Edith!« Heiner schnappte mehrfach vor Schreck nach Luft, als habe seine Frau sich vor aller Augen in eine weißbäuchige, sich anzüglich ringelnde Made verwandelt. Bernhard dachte unwillkürlich an Hanne Wiedmann. Sie hätte das mit Sicherheit ähnlich formuliert. Aber ausgerechnet die brave Edith? Da taten sich ja geradezu Abgründe auf! Für Heiner empfand er fast ein bisschen Mitleid. Die Frontlinie schien überhaupt nicht mehr so eindeutig zu sein.

»Aber es stimmt doch«, beharrte dessen Frau geradezu bockig. »Das kannst du nicht leugnen. Du hast eben keine Ahnung, Heiner. Ihr feixt euch doch einen, wenn ihr wie Könige an der Schlange der wartenden Frauen zu euren Pissoirs marschiert. Als ob die Art, wie ihr pinkelt, ein Zeichen von Überlegenheit wäre. Dabei seid ihr nur anders gebaut.«

Mit einem »Oh, oh«, befeuerte Murad die Auseinandersetzung.

»Also, ich tue das nicht«, protestierte Heiner empört. Murad und Kai verbissen sich ein Grinsen. Ihre Augen funkelten vor Vergnügen; sie genossen es zweifellos, dass der alte Stänkerer Heiner jetzt auch noch Feuer von seiner eigenen Frau bekam. Bernhard bemerkte es wohl.

»Oha«, bemerkte der Junge und lehnte sich entspannt zurück. »Jetzt wird es ernst.«

»Geschlechterkampf«, assistierte Kai.

»Unsinn«, knirschte Heiner. »So was gibt es bei uns nicht.«

»Ach? Dann stehen Sie mit männlich, weiblich, divers sozusagen auf du und du?«, legte Murad lustvoll noch eine Schippe drauf. Heiner schwieg, die Lippen zu einem Strich zusammengepresst. »Herr Hartke?« Ob der Junge vorhatte, den Mann wie einen Ochsen am Ring durch die Manege zu ziehen, schoss es Bernhard unwillkürlich durch den Kopf.

»Muri«, mahnte Kai, der Friedensengel.

»Nee. Und ich will das auch nicht«, nörgelte Heiner. »Ist doch alles Unfug. Wo soll das denn noch hinführen?«

»Das steht aber mittlerweile in jeder Stellenausschreibung«, erklärte Murad vergnügt. »Tja, so sieht es heutzutage in der Welt aus, Herr Hartke. Aber das wissen Sie ja sicher.«

»Mir alles egal«, grantelte Heiner. Murad grinste in sich hinein. Heiner reizte ihn ungemein, das war nicht zu verkennen. Bernhard verstand ihn. Heiner schnappte ja auch nach jeder provozierenden Bemerkung wie eine Forelle nach der Fliege.

»Tja, die Sache in der Toilettenfrage ist doch die«, setzte Murad mit Blick auf seinen Intimfeind noch eins drauf: »Wenn man also meint, nicht mehr festlegen zu können, welches Geschlecht sich jemand zugehörig fühlt, dann muss der Trend in der Klofrage logischerweise zu … na, Leute? Herr Hartke vielleicht?«

Schweigen. Das war Rache pur, schoss es Bernhard durch den Kopf. Kais Hände verkrampften sich, er selbst zuckte hilflos die Schultern, Hildegard griff nach ihrer Kaffeetasse, Edith senkte den Blick, und Heiner setzte seinen energischsten Gesichtsausdruck auf. Es half alles nichts.

»Zur Toilette für alle gehen«, vollendete Murad daher selbst den Satz laut. »Ist doch klar.«

»Er wollte mal Architekt werden«, erklärte Kai verlegen hüstelnd. »Hat sich aber zerschlagen. Wegen der Statik und der ganzen Rechnerei.«

»Kann ich mit leben«, versicherte Hildegard, und erst der nachfolgende Satz offenbarte, dass sie nicht Murads Berufswahl meinte. »Solange die Leute, die mit einem Penis pullern und deshalb des Öfteren danebenpinkeln, wenn sie sich nicht setzen, sich mal bücken würden, um ihren Scheiß selbst aufzuwischen, sehe ich da kein Problem.«

Heiner gurgelte undeutlich. Er gehörte zu den eingefleischten Stehpinklern und fürchtete um seine breitbeinige Männlichkeit, wenn er beim kleinen Geschäft Platz nehmen sollte.

»Denn es geht nun einmal dauernd etwas auf die Brille oder auch voll daneben. Und ich selbst habe keine Lust, beim Pinkeln durch einen See zu waten oder im Feuchten sitzen zu müssen«, schloss Hildegard ihre Klage.

»Träum weiter«, sagte Edith und bedachte ihren Gatten dabei mit dem königlichen Blick einer Amazone, der ihn neben ihr in Windeseile auf Gnomgröße schrumpfen ließ. Bald darauf verabschiedeten sich die Hartkes; Heiners Migräne machte sich bemerkbar. Bernhard hatte sie zur Vorgartenpforte begleitet.

»Ganz schön kiebig, deine neuen Freunde, na, und besonders dieser Dunkle«, hatte Heiner gesagt.

»Murad«, hatte Bernhard scharf erwidert, »er hat einen Namen und heißt Murad.«

Heiner hatte nur unwillig den Kopf geschüttelt und Bernhard dann zu dessen Überraschung mit dem Zeigefinger auf die Brust getippt und dabei aus heiterem Himmel so überlegen und siegesgewiss gegrient, als spielten sie »Ich weiß etwas, was du nicht siehst, und das ist …«

»… rot«, wie sich zwei Tage später herausstellen sollte. Von sich gegeben hatte Heiner jedoch keinen Ton, obwohl er sich mächtig zusammenreißen musste. Das war Bernhard keineswegs entgangen. Aber in jenem Moment hatte er sich nichts dabei gedacht und das Zeigefingergetippe auf seiner Brust als bloße Marotte Heiners abgetan. Rasch war er auf die Terrasse zurückgeeilt, denn da spielte momentan die Musik. Hildegard und er hatten noch eine Weile friedlich mit Murad und Kai zusammengesessen, dann waren auch die beiden gegangen; nicht ohne sie nur halb im Scherz zu ermahnen, die neue Küche ja nicht ohne sie einzuweihen.

»Mögt ihr Fisch? Oder lieber Fleisch?«, hatte Hildegard die kulinarischen Vorlieben der beiden jungen Männer in Erfahrung zu bringen versucht.

»Sehr gern«, lautete Murads Antwort. »Geht beides.« Kai schwieg.

»Kai?«

»Er ist seit zwei Wochen Vegetarier. Wegen der Tiere und dem Klima und so«, erklärte Murad. »Das liegt an

Vanessa. Die will nicht mit ihm zusammen sein, wenn er nicht –«

»Geht's vielleicht noch detaillierter?«, unterbrach Kai den Freund wütend. Seine Wangen brannten. »Du könntest es auch ins Netz stellen.«

Murad hob beide Hände.

»Tschuldigung, Mann. Ich sag ja schon nichts mehr.«

»Keine Sorge, das kriegen wir hin«, erklärte Hildegard, ohne mit der Wimper zu zucken. Bernhard war sich da nicht so sicher. Seine Frau hatte, so lange er denken konnte, stets »wie bei Muttern gekocht«, das heißt, ein ordentliches Stück Fleisch gehörte zu jeder anständigen warmen Mahlzeit dazu. Bis auf den Abend im Kochkurs mit dem unsäglichen Ralph und der sternengläubigen Claudia hatte sie sich noch nie an Vegetarischem versucht. Doch, Milchreis gab es manchmal, aber das war eigentlich keine richtige Mahlzeit. Egal. Man konnte es zweifellos lernen, beruhigte Bernhard sich.

»Ich würde gern nur noch einmal im Monat zu Edith und Heiner rübergehen«, platzte er heraus, kaum dass sie allein waren. Hildegard war inzwischen ins Wohnzimmer umgezogen, denn draußen war es kühl geworden. Die sommerliche Grundwärme hatte einer herbstlichen Feuchtigkeit und Kühle Platz gemacht, sobald die direkte Sonneneinstrahlung fehlte.

»Das geht nicht. Das würden sie nicht verstehen. Es sind unsere Freunde, Bernhard.«

»Aber es ist meine Lebenszeit, Hildegard.«

»Unsere«, verbesserte sie ihn. Dann fing sie an, an ihrer Unterlippe zu saugen, untrügliches Zeichen dafür, dass sie nachdachte.

»Jeden zweiten Samstag«, schlug sie nach einer Weile vor.

»Für den Anfang«, kam Bernhard ihr entgegen. Das ging hier ja zu wie auf einem orientalischen Basar.

»Gut. Ich kläre das bei Gelegenheit mit Edith.«

Automatisch nahmen sie auf ihren angestammten Sesseln Platz, Hildegard griff nach der Fernbedienung, legte sie dann jedoch wieder auf den Tisch und schaute zu ihm herüber.

»Das war ein schöner Tag, nicht? Alles hat wunderbar geklappt. Weißt du, es hat mir nämlich schon bevorgestanden. Aber nun ist die Küche draußen.«

»Ja.«

»Und die Unterhaltung auf der Terrasse … Erst hab ich gedacht, das funktioniert gar nicht, und die gehen sich gegenseitig an die Gurgel. Aber Muri und Kai haben Heiner dann ja ziemlich elegant in die Schranken gewiesen.«

»Und wie.«

Hildegard lächelte versonnen in sich hinein.

»Ich fand's schön. Die Gesprächsthemen war so anders. Man hat ja keine Ahnung, was junge Leute heute so umtreibt. All die Ängste … Ich habe das nicht gewusst. Du?« Es war eine rhetorische Frage, denn ohne seine Antwort abzuwarten, fuhr sie fort: »Aber es ist gut, wenn man mal so miteinander reden kann, finde ich. Das ist ja fast wie eine Frischzellenkur für unsereins.«

»Kein bienstockscher Mülltonneninhalt, keine Wetter-App, keine überhängenden Zweige oder kaputten Knie«, spottete Bernhard. »Na, ich fürchte, Heiner sieht das vollkommen anders. Muri hat ihn wirklich ganz schön vorgeführt.«

»Da muss der alte Stiesel durch«, entgegnete Hildegard so kämpferisch, dass Bernhard ein Lächeln kaum unterdrücken konnte. »Edith war ja auch nicht gerade gut auf ihren Mann zu sprechen. Hast du eine Ahnung, worüber sich die beiden dermaßen in die Wolle gekriegt haben? Dass bei ihnen schlechte Stimmung herrscht, geht ja schon seit mehreren Wochen so.«

»Ja, hab ich auch bemerkt«, stimmte Hildegard ihm zu. »Aber was der Grund dafür ist, nein, keine Ahnung. Edith hat nichts gesagt.«

»Es muss etwas Wichtiges sein«, orakelte Bernhard. »Sonst hätten sie sich nicht in Gegenwart von Muri und Kai beharkt. Edith war auf der Zinne. Und Heiner ist total verschnupft. Was willst du eigentlich kochen, also vegetarisch, meine ich.«

Hildegard drohte ihm mit dem Zeigefinger.

»Wir, Bernhard«, korrigierte sie ihn. »Von jetzt an kochen wir gemeinsam, schon vergessen? Und *uns* wird schon etwas einfallen. Da mache ich mir überhaupt keinen Kopf.«

»Dein Wort in Gottes Ohr«, seufzte Bernhard. »Wir schaffen das … schon.« Einen kurzen Moment lauschte er dem Klang des berühmten Satzes hinterher. Der gehörte zweifellos ins Geschichtsbuch. Und vielleicht zumindest ansatzweise auch ins billersche Wohnzimmer? Könnte sein. Ja, könnte tatsächlich sein, stellte er zu seiner eigenen Verwunderung fest. »Weißt du, es würde mich überhaupt nicht wundern, wenn Edith und Heiner uns im Stillen um Kai und Murad und unsere neue Küche beneiden. Aber sie werden den Teufel tun und das zugeben.«

11. Kapitel

Zwei lange Tage hatte es gedauert, bis die neue Küche tatsächlich so aussah wie auf dem Display von Kais iPad. Als sie endlich fix und fertig war – und das stolze Besitzerpaar mit ihr –, sich jeder Haken an seinem Platz befand, der Problemfall »linker Hängeschrank« bombenfest an der Wand hing und das Wasser von der Spüle abperlte wie von dem Gefieder einer Ente, stand ein quietschroter Geländewagen auf Heiners und Ediths Auffahrt. Hildegard entdeckte ihn, als sie nach dem Frühstück die Blumen im Wohnzimmer goss und routinemäßig ihren Blick über den Storchenweg gleiten ließ.

»Wer ist das denn?«, fragte sie Bernhard, der hinter ihr am Tisch saß und in der Zeitung blätterte. Er hob den Kopf.

»Keine Ahnung«, meinte er achselzuckend. »Vielleicht eine neue Twitterbekanntschaft oder der Regisseur von Ediths neuem Back-Streifen im Netz. Aber komm, lass uns endlich in die Küche gehen und –«

»Gleich. Warte!« Die Gießkanne verharrte auf Hüfthöhe. »Jetzt kommt Heiner aus dem Haus. Er geht um das Auto herum … und steigt auf der Fahrerseite ein!« Ihre Stimme war in die Höhe gerutscht, sodass sie fast quietschte.

Bernhard faltete die Zeitung zusammen, trat eilends neben seine Frau, und fing an, schwer zu atmen.

Tatsächlich, da saß Heiner Hartke hinter dem Steuer und fummelte an dem Rückspiegel herum, als gehöre ihm das rote Monstrum. Schlagartig fielen ihm dessen Brustgetippe und der triumphierende Gesichtsausdruck an ihrem Vorgartentor wieder ein.

»Er lässt den Motor an«, stellte Bernhard fest, als ein sattes Brummen zu ihnen herüberwehte. Stumm sahen sie zu, wie Heiner den Gurt anlegte. Dann trat Edith in ihrem Sonntagsstaat aus dem Haus, schloss umständlich die Tür ab und stolzierte die wenigen Meter zum quietschroten Jeep, um geziert – der ungewohnte Rock zwang sie, ihre Beine wahrhaft damenhaft und gleichzeitig in das Gefährt zu wuchten – auf dem Beifahrersitz Platz zu nehmen. Sie ruckelte sich zurecht, legte ebenfalls den Sicherheitsgurt an, drapierte sodann die Handtasche auf ihre Oberschenkel, um sie anschließend mit beiden Händen zu umklammern. Ganz wohl schien sie sich nicht zu fühlen, wie ihr steifer Rücken verriet.

Heiner nickte seiner Frau geradezu hoheitsvoll zu, gab etwas zu viel Gas, sodass der Motor aufheulte, und dann schossen sie wie der Korken aus der Flasche aus ihrer Einfahrt. Natürlich bogen sie links in die billersche Richtung ab! Bernhard, dessen Blutdruck kaum mehr messbar war, hätte es schwören können. Dreimal hupend und lässig winkend glitten Hartkes nun auffallend langsam an seinem Vorgarten vorbei. Und genau das und nichts anderes war natürlich der Sinn der Übung!

»Wie die selige Queen«, knurrte Bernhard erbost. »King Heiner der Erste. Und wir sollen bitteschön die Fähnchen schwenkenden Untertanen geben. Da hat er sich aber geschnitten! Nix hat er gesagt. Keinen Ton!« Richtig, das hatte Heiner nicht, aber dass etwas im Busch gewesen war und zwischen Edith und Heiner dicke Luft herrschte, hatten sie doch beide bemerkt. Edith schien mit diesem Monstrum von Auto nicht einverstanden gewesen zu sein; vielleicht hätte sie auch lieber eine neue Küche gehabt. Aber Heiner hatte sich offenkundig durchgesetzt. Das war also der Grund für das eheliche Geplänkel auf ihrer Terrasse und die seit Wochen anhaltende Missstimmung zwischen Edith und Heiner gewesen. Darauf wäre höchstwahrscheinlich nicht einmal Volker gekommen, denn bis dato hatte sein Vater keinerlei Affinität zu einer derartigen Protzkiste an den Tag gelegt. Und so kämpfte Bernhard mit zusammengebissenen Zähnen gegen das unangenehme Gefühl an, eben noch in warmer Zufriedenheit gebadet zu haben, um jetzt unter dem Strahl einer eiskalten Dusche zu stehen.

»Einmal ganz abgesehen von der Frage, was er mit solch einem Monstrum von Auto hier in der Stadt will«, meinte Hildegard nachdenklich. »Wölfe jagen? Bienstocks haben einen Dackel, Senkbleis einen Retriever, und die alte Frau Schuster hinten an der Ecke zum Schwanenweg besitzt seit Menschengedenken eine Katze. Da gibt es nicht viel zu jagen, wenn du mich fragst.«

Bernhard interessierten die tierischen Bewohner im Storchenweg herzlich wenig. Er fühlte sich verraten, nein, hintergangen traf es eher. Und besonders abscheulich und übel war es ja wohl von Heiner, dass er mit dieser feuerroten Angeber-Karre auf seltsame Weise – das erkannte Bernhard mit völliger Klarheit – seine neue Küche abwertete. Als habe der Hartke einen Zeppelin gemietet, der langsam über den Himmel Dellenheims zog, ein überdimensionales Spruchband hinter sich herziehend, auf dem für alle sichtbar, aber besonders für ihn, Bernhard Biller, in mannshohen Lettern die Worte prangten: Neue Küche? Pah, was ist das schon! Schaut her, ihr Leute. Das kann ich auch und sogar noch besser. Bernhards Laune befand sich im Keller.

»Typisch«, schnaubte er an Hildegards Seite. »So ein dummer Hund.« Sie hatte jetzt die Gießkanne auf die Fensterbank gestellt und die Arme vor der Brust verschränkt. »Heiner ist da also dieser unsäglichen Werbung im Fernsehen auf den Leim gegangen; wo die immer auf spektakulären Serpentinen auf noch spektakuläreren Klippen direkt am Meer entlangkurven und dabei so erfolgreich und glücklich ausschauen, als gäbe es nicht Schöneres auf Erden als auf diesen blöden Straßen rumzubrettern.« Bernhard schluckte und setzte energisch hinzu, um die Sache noch weiter auf den ihr gebührenden Platz zu verweisen und um seinen Seelenfrieden wiederzufinden: »Von wegen grenzenlose Freiheit und so. Alles Mumpitz, wenn du mich fragst.«

Hildegard entknotete ihre Arme und griff erneut zu der Gießkanne.

»Das ist es nicht«, widersprach sie ihm gelassen. »Heiner steht nicht auf solchen Kram. Nein, er ist ein Mann jenseits der fünfzig.«

Und damit schwieg sie, als sei nun alles klar, und widmete sich angelegentlich dem Ficus, der zwischen beiden Fenstern stand und schon lange umzukippen drohte, weil sein Topf zu klein geworden war und er durch die prachtvollen Blätter Übergewicht nach rechts hatte. »… endlich Erde besorgen«, hörte er sie mit sich selbst reden, während sie mit dem Zeigefinger im Topf herumbohrte.

»Ja und?«, stupste Bernhard sie ärgerlich an. Das half ihm auch nicht weiter. Er war ebenfalls jenseits der fünfzig und fuhr keinen derartigen Schlitten, sondern einen Nissan! Ob ihr das vielleicht entgangen war?

Hildegard richtete sich auf und drehte sich zu ihm um. Mit unbewegter Miene schaute sie ihn an.

»In solchen aufgetakelten Autos mit ordentlich viel Wumms unter der Motorhaube sind serienmäßig sämtliche Spiegel manipuliert«, erklärte sie ernst. »Wie bei den Abgaswerten bei VW damals. Da hat ja auch niemand von gewusst.« Ihr Gesichtsausdruck blieb ausdruckslos, während Bernhard sie verständnislos ansah. »Pass auf. Wenn du als Herr der Schöpfung in so einen Spiegel schaust, siehst du zuverlässig ein Mannsbild, das voll im Saft steht – auch wenn du im wahren Leben bereits auf die siebzig zugehst und knitterst wie ein alter Apfel.« Jetzt hoben sich ihre Mundwinkel, und sie kicherte wie ein junges Mädchen, während sich auf Bernhards Gesicht langsam, ganz langsam, ein Grinsen breitmachte: Es begann bei den sanft zuckenden Lippen, straffte die Wangenmuskulatur und setzte sich über die belustigt funkelnden Augen fort. Hildegard entging seine Reaktion nicht. »Die Haare sind plötzlich wieder voll und ohne eine einzige graue Strähne, die sonnengebräunte Haut ist faltenfrei bis auf die ansprechenden Lachfältchen um die Augen; das Kinn erinnert an das markante von Kirk Douglas … das war der Schauspieler mit dem Grübchen. Sein Sohn ist mittlerweile auch fast achtzig, glaube ich. Na ja, ist schon eine Weile her, aber das Kinn hatte es in sich.«

»Tatsächlich«, brummte Bernhard interessiert. Er hatte gar nicht gewusst, dass Hildegard Männer in dieser Form wahrnahm. Sie hatte nie etwas in dieser Hinsicht verlauten lassen.

»Ich bin noch nicht fertig«, fuhr sie fort. »Wichtig ist natürlich auch der Blick. Knallhart wird der nämlich durch diesen Spiegel. Der Mann, der dich daraus ansieht, ist zweifellos kein Weichei, sondern ein echter Macher.«

»Und Macho«, ergänzte Bernhard vergnügt, der keine Ahnung hatte, wie man das Wort schrieb. Hanne hatte es bei ihrer ersten Käseverkostung gebraucht, als sie einen ihrer verflossenen Ehemänner charakterisiert hatte; zu seinem Wortschatz hatte es bis dato nicht gehört. Aber der alte Heiner und dieses Bild von einem

Mann – herrlich. Das hatte etwas. Bernhards Laune besserte sich sekündlich.

»Genau. Macher, Macho, das ist alles eins. Und neben diesem unverschämt attraktiven Kerl im Wunder-Spiegel sitzt eine fünfundzwanzigjährige Mischung aus Marilyn Monroe und Brigitte Bardot und himmelt ihn an, als könne sie es kaum erwarten, von ihm auf der Stelle ins Gebüsch gezerrt zu werden«, spann Hildegard den Faden weiter.

Die Uhr im Flur schlug halb elf. Bald kam die Post. Bernhard erwartete nichts, trotzdem horchte er aus alter Gewohnheit, ob der Briefkasten klapperte. Nein, da tat sich nichts. Wie auch? Er hätte die nette junge Frau doch kommen sehen müssen.

»Gebüsch?«, fragte er zweifelnd. »Na ja, stimmt schon, Heiner hat ja Bandscheibe, da ist die Rückbank dieses Trumms passé, auch wenn sie noch so groß, bequem und breit ist wie ein Doppelbett.« Er feixte. Es versprach wirklich einer der letzten herrlichen Herbsttage des Jahres zu werden. Großzügig meinte er: »Vielleicht hat er dieses Biest ja auch gekauft, weil das mit dem Einstieg bequemer ist. Der ist höher, und wenn man im Alter Rücken hat …«

»Nein«, widersprach Hildegard kategorisch. »Es liegt am Spiegel, glaube mir.«

Das tat Bernhard nur zu gern. Einträchtig winkten sie Maria Bienstock zu, die in diesem Moment ihre hochbegabte Enkelin im Kinderwagen an ihnen vorbeischob. Der Petropark schien ihr Ziel zu sein.

»Und Edith? Wie passt die hinein?« Bernhard war ehrlich neugierig, wie seine Frau die Freundin ins Bild einbauen würde. »Ich meine, der Beifahrersitz ist ja nun besetzt.«

»Das weiß sie ja nicht«, entgegnete sie. »Vielleicht ahnt sie es, aber Heiner wird nie etwas sagen. Das Ganze spielt sich nur zwischen dem Spiegel und ihm ab. Sie wird einfach einsteigen, wie sie es eben getan hat.«

»Und in ihren eigenen Spiegel schauen?«

»Ja«, sagte Hildegard nachdenklich. »Das könnte sein. Sie wird vielleicht ihren Träumen nachhängen. Frauen fantasieren sich da ja eher Geschichten von edlen Rittern zusammen, die sie aus ihrem Trott und vor dem mordslangweiligen Ehemann retten.« Einen winzigen Moment war Bernhard konsterniert. Doch sie fuhr einfach fort: »Oder sie stellen sich vor, dass sie umgekehrt ihn, den Helden, retten und damit selbst zur Heldin werden.«

Mit diesen Worten wandte sich Hildegard erneut dem Ficus zu und wischte ihm zart über die Blätter.

»Und dann leben sie glücklich und bis an ihr Lebensende zusammen in ihrem Haus im Grünen?«, spottete Bernhard. »So ein Schmarrn.«

»Kuss- und Schlussgeschichten, genau«, stimmte seine Frau zu. »Doch von der … wie sagt man? Ja, ich glaube, Funktion ist in diesem Fall das treffende Wort. Also von der Funktion her ist das ähnlich wie bei den Spiegeln in solchen Autos für Männer.« Sie warf ihm ein honigsüßes

Lächeln zu. »Der Unterschied liegt lediglich darin, *wie* man der Wahrheit, der Realität oder wie du es nennen willst, entflieht. Darüber, *ob* man es tut, besteht ja wohl kein Zweifel. Das ist wie beim Herzinfarkt; der kündigt sich ja bei Frauen auch anders an als bei Männern. Ihr Körper reagiert anders, auch auf Medikamente. Das weiß man erst seit Kurzem, weil man nach den Frauen nie gefragt hat. Mensch ist eben gleich Mann, so steht's geschrieben. Nein, Männer und Frauen haben halt unterschiedliche Bedürfnisse; das eine ist nicht schlechter, verwerflicher oder blöder als das andere.«

»Nein«, stimmte er nach kurzer Überlegung verdattert zu. Waren das etwa die häuslichen Nachwehen der Terrassengesprächs? Was da wohl noch drohte? »Na ja, aber das stimmt wohl.«

Seine Hildegard. Er hatte sie offenbar lange nicht richtig gekannt und wahrgenommen, wenn er ehrlich war. Bernhard beschloss, das umgehend zu ändern.

»Komm, lass uns in die Küche gehen«, schlug er friedlich vor. »Meinen zweiten Kaffee möchte ich gern dort trinken. Und dabei können wir darüber nachdenken, wie wir das Prachtstück einweihen: Mit einer Gans vielleicht, einem Lachs für uns beide oder einer … vegetarischen Käseplatte.«

»Bernie Biller«, Hildegard warf ihm einen fast schon liebevollen Blick zu, »das willst du seit genau zwei Tagen jeden Vormittag. So langsam wird das mit der Einweihung zur Gewohnheit.«

»Bloß das nicht.« Er hob in gespieltem Entsetzen die Hände. »Die hatten wir zur Genüge. Jetzt heißt es: Auf zu neuen Ufern!«

*

Fortan mieden Hildegard und Bernhard das Wohnzimmer und lebten überwiegend in der neuen Küche. Sie sprachen zwar nicht darüber – es war eine stillschweigende Übereinkunft und hatte sich so ergeben –, aber Bernhard hätte schwören können, dass dieses Wohnzimmer, in dem sie klaglos Jahrzehnte ihres Lebens verbracht hatten, seiner Frau mittlerweile genauso altbacken und muffig vorkam wie ihm. Plötzlich roch es nach verstaubter Couch, die sie zu Beginn ihrer Ehe von seinen Eltern geschenkt bekommen hatten und die ihre Zeit eindeutig hinter sich hatte; es müffelte nach dauergereinigtem Teppich, der noch aus der Zeit stammte, als er vom Sachbearbeiter Tier zum Sachbearbeiter Unfall befördert worden war – das war kurz nach dem Fall der Mauer gewesen –; und über allem lag eine Geruchsmischung aus Möbelpolitur und unzähligen immer gleich verlaufenen Fernsehabenden, an die er sich im Einzelnen kaum mehr zu erinnern vermochte. Mittlerweile unterschied Bernhard für sich zwischen der Vorkäsezeit und der danach. Ja, er empfand sein Leben als zweigeteilt, wobei er dummerweise das Zweidrittel-Kontingent der Vorsockenzeit bereits hinter sich gebracht und verlebt hatte. Ein Drittel blieb ihm hoffentlich noch. Denn gesundheitlich ging es ihm für sein Alter erstaunlich gut; sein Körper tat nach wie vor brav seinen Dienst. Gut, ein zu hoher Blutdruck war schon da, doch dagegen nahm er morgens und abends eine Pille, und die Cholesterinwerte entsprachen ebenfalls nicht mehr denen eines zwanzigjährigen Veganers, aber ansonsten fehlte ihm nichts, soweit er wusste. Denn er gehörte nicht zu den Menschen, die ihre freie Zeit liebend gern in Wartezimmern von Ärzten verbrachten und von Facharzt zu Fachärztin – prompt sah er Muris rundes spöttisches Gesicht vor sich – pilgerten, um immer noch eine Letztmeinung einzuholen, sobald es in der Leistengegend zuweilen stach. Nein, wenn es irgendwie ging und irgendwo etwas zwackte, was in seinem Alter völlig normal war, da machte er sich nichts vor, tat er das zunächst als Zipperlein ab. Schließlich war der Alterungsprozess auch bei allen Bemühungen nicht aufzuhalten. Und dann sah man weiter, irgendwann. Bislang hatte sich diese Strategie wunderbar bewährt, deshalb hatte er auch nicht vor, daran etwas zu ändern. Nein, daran ganz sicher nicht, an allem anderen allerdings schon.

Hildegard und er hatten sich gleich am nächsten Vormittag beim Kochkurs abgemeldet und Ralph sowie Claudia etwas von einem mysteriösen Rückenleiden vorgeflunkert, das ihn, den armen Bernhard, lahmlegte und Hildegard zu seiner Pflegerin machte. Die beiden hatten es nicht allzu betrübt hingenommen und ihnen alles Gute gewünscht. Danke auch und tschüss. Das war's. Stattdessen kochten er und Hildegard jetzt hingebungsvoll gemeinsam in ihrer neuen Küche. Wobei seine Frau lernen musste, ihm nicht ungeduldig die Gabel oder das Messer aus der Hand zu reißen, um etwas besser und schneller selbst zu erledigen, wenn er sich ihrer Meinung nach allzu töffelig anstellte. Er hingegen lernte, nicht ständig nachzufragen, wenn er unsicher war, sondern einfach zu machen und etwas auszuprobieren, was manchmal zu abenteuerlichen Geschmacksrichtungen und -kreationen führte. Die Knoblauch-Minz-Soße zur Lammkeule letztens fand er beispielsweise äußerst gelungen, während Hildegard davon Sodbrennen bekam. Sie behauptete steif und fest, dass eine ganze Knolle von dem »Zeugs« zuverlässig jeden Magen ruiniere – außer seinem offenbar. Doch insgesamt ertrug Hildegard seine Kochversuche mit bewundernswerter Gelassenheit, wie er fand. Und das sagte er ihr auch, was sie wiederum sichtbar freute. Abends hörten sie jetzt öfters gemeinsam Radio, denn den Fernseher in die Küche zu stellen oder sich ein kleineres Zweitgerät anzuschaffen, kam für sie beide nicht infrage. So ein Dauer-Gedudel nebenbei störe nur, hatte Hildegard gemeint, als er das Thema einmal vorsichtig angesprochen hatte, weil es eine Show mit Roland Kaiser geben sollte. Außerdem hätte es die wundersame Küchen-Atmosphäre geradezu entweiht und damit zuverlässig zerstört. Also lauschten sie nach dem Abendbrot jetzt mitunter – Hildegard strickenderweise, er mit geschlossenen Augen –

Hörspielen und waren davon bereits nach kurzer Zeit fasziniert gewesen. Angefixt, hätte Kai das bestimmt genannt, hatte Bernhard eines Abends zu Hildegard gesagt. Sie war ganz seiner Meinung gewesen. Hildegard liebte die Serie um Sherlock Holmes und Dr. Watson mit Christian Rohde und Peter Groeger als Sprecher, die aus der Zeit der Jahrtausendwende stammte und gerade wiederholt wurde. Sie waren durch Zufall da hineingerutscht. Watson-Groegers gestammeltes »Wie denn, was denn?«, wenn er dem Superhirn Holmes überhaupt nicht folgen konnte, brachte sie jedes Mal zum Schmunzeln. Er hingegen fand die noch aus dem letzten Jahrhundert stammenden Geschichten um Professor Dr. Dr. Dr. Augustus van Dusen alias F. W. Bauschulte schöner. Der eitle Professor, der um die Wende vom 19. zum 20. Jahrhundert mit seinem ebenfalls nicht sehr hellen Adlatus Hutchinson Hatch in der ganzen Welt ermittelte, hatte es ihm angetan. Und dieser Klaus Herm als »mein lieber Hatch«, wie der Professor ihn in seinem unnachahmlichen Tonfall zu nennen pflegte, war wirklich – wie sein professoraler Gegenspieler – ein begnadeter Sprecher gewesen. Bernhard hatte bis dato nicht gewusst, wie facettenreich man allein mit der Stimme spielen konnte.

Natürlich sahen sie auch weiterhin fern. Aber das geschah nicht mehr wahllos und jeden Abend, sondern nur noch manchmal und gezielt. Außerdem hatten sie sich angewöhnt, im Küchenradio Podcasts zu aktuellen Themen zu lauschen und waren erstaunt, was es da alles gab. Ob Hintergrundanalysen zu den Großthemen der Zeit wie etwa den Kriegen, dem Klimawandel, den zunehmenden Flüchtlingsströmen, ob zur gesunden Ernährung, zu stressfreiem und gleichzeitig umweltschonendem Reisen oder ob es um die optimale Anlage eines Biogartens auf dem Balkon ging – die Vielfalt war immens. Was Bernhard jedoch besonders gefiel, war das gemeinsame Reden über das soeben Gehörte direkt dabei oder im Nachhinein. Hildegard und er waren zwar oft einer Meinung, aber es gab auch Differenzen, die sie geradezu lustvoll und ohne Verletzungen ausdiskutierten. Es war ein ganz neues Ehegefühl, gestand Bernhard sich ein. Hauptsache, sie gingen nicht mehr schweigend zu Bett. Zwar zählte er manchmal noch die Styroporplatten an der Decke ihres Schlafzimmers, aber es gab jetzt immer mehr Abende und Nächte, in denen er sie weder mit zwei multiplizierte noch ihre Summe durch drei dividierte. Er schlief viel eher ein, nachdem er Hildegards Rücken mit einem geradezu innigen Blick bedacht hatte.

Und was die samstäglichen Rommé-Abende mit den Hartkes betraf, hatte Hildegard sich tatsächlich eines Tages aufgerafft und mit Edith geredet. Das Ergebnis des Gesprächs war bemerkenswert gewesen. Auch Heiner und ihr, Edith, kämen diese ewig gleich ablaufenden Stunden mittlerweile zu den Ohren heraus, hatte sie laut Hildegards Schilderung nach einer Schrecksekunde mit frostiger Miene erklärt. Außerdem hätten Heiner und sie ja jetzt dieses neue Auto – sie habe es einen geradezu »himmlischen« Wagen genannt, berichtete Hildegard, ein Wort, das brandneu in Ediths Wortschatz war, wie Bernhard schwor –, und da käme man ja nun viel mehr herum, müsse haufenweise neue Eindrücke verarbeiten und sei abends müde und groggy. Deshalb sei es ü-ber-haupt kein Problem, wenn sie sich nicht mehr so oft träfen. »Wer's glaubt, wird selig«, hatte Bernhard lediglich geknurrt. »Edith wollte den Schlitten doch gar nicht. Nee, die sind so was von sauer, das sag ich dir.« Hildegard hatte ihm uneingeschränkt zugestimmt. Doch insgeheim waren beide schon ein bisschen enttäuscht, dass Edith und Heiner sie derart leicht ziehen ließen. Es hätte dem Ego durchaus ein bisschen mehr geschmeichelt, wenn Edith beispielsweise in Tränen ausgebrochen oder so richtig wütend geworden wäre. Aber Bernhard hätte sich eher die Zunge abgebissen, als dies zuzugeben. Ob es Hildegard damit genauso ging? Er vermutete es, aber darüber sprachen sie in stillschweigender Übereinkunft nicht. Sollte Heiner Hartke doch in seiner roten Protz-Kiste durch die Landschaft brettern, wie er mochte. Er, Bernie Biller, würde das mögliche Angebot einer gemeinsamen Spritztour höflich, aber entschieden ablehnen. Denn so etwas war kindisch und verriet lediglich den Mann in der Midlife-Crisis, dessen angeknackstes Ego auf Wunder-Spiegel angewiesen war. Das hatte er nicht nötig!

Kai und Murad hatten sie nach reiflicher Überlegung und einigem Hin und Her Sushi serviert. Kai hatte das zaghaft vorgeschlagen, als Hildegard mit ihm telefoniert hatte, um einen Essenstermin abzumachen. Bernhard war zunächst gar nicht begeistert gewesen. Die Funke aus der Rechtsschutz hatte nämlich in der Kaffeeküche gefühlt jeden zweiten Montag von diesem japanischen Essen geschwärmt. Er hatte sich stets geschüttelt, und Schauer waren ihm allein bei der Vorstellung über den Rücken gelaufen, so etwas zu essen: roher Fisch mit kaltem Reis, und das Ganze auch noch eingewickelt in einer getrockneten Alge. Du meine Güte. Darauf musste man erst einmal kommen. Doch Hildegard hatte den Vorschlag ohne mit der Wimper zu zucken aufgenommen und sich dann umgehend schlau gemacht. Bernhard bewunderte sie dafür und nahm sich fest vor, zumindest einmal zu probieren. Das war er der Nach-Socken-und-Käse-Zeit eindeutig schuldig. Also hatte er sich am Vormittag des bewussten Tages zum Asialaden in der Stadt aufgemacht und alle Zutaten besorgt. Bereits am Nachmittag hatten sie mit der Vorbereitung begonnen. Während der Reis in der Gewürzflüssigkeit köchelte, hatten er und Hildegard geschnippelt wie die Weltmeister: Avocado, Tunfisch, Bambus, Lachs, Scampi, gekochte Möhren und Gurke für Hildegard, Murad und ihn. Nur Gurke, Avocado, Bambus und Möhren für Kai. Seiner Meinung nach reichte es locker für ein ganzes Bataillon, aber Hildegard war der Ansicht, dass junge Männer – das wisse schließlich jeder – nun einmal anständig Appetit hätten. Nach einem kritischen Blick auf ihre Zutatenberge hatte sie ihn deshalb noch einmal losgeschickt, Nachschub zu holen. Ganze drei Sushirollen hatte er anschließend »verdreht«. Denn die ersten glichen dicken, verbeulten Ofenrohren, aus denen der Reis an beiden Seiten herausquoll. Danach wurde es Stück für Stück besser. Und schließlich hatte er den Bogen tatsächlich rausgehabt und schlanke, glatte Zylinder in Serie produziert. Als Kai und Murad gegen Abend erschienen, prangte eine riesige Platte mit appetitlich arrangierten Sushi-Röllchen auf dem Küchentisch. Dazu hatte die junge Frau im Asialaden eingelegten Ingwer (»scharf, ein bisschen«) und Wasabipaste (»höllenscharf, Vorsicht, nur Klacks, sonst brennt Mund«) empfohlen. Und es hatte ihm nach dem ersten Fremdeln tatsächlich geschmeckt. Ungewohnt war es, sicher, aber zweifellos essbar. Nur bei den Stäbchen, die die Verkäuferin dazu eingepackt hatte, musste er passen, während Kai und Murad das ungewohnte Essbesteck so souverän handhabten, als seien sie damit großgeworden. Für Hannes Salman, hatte Bernhard bei sich gedacht, als er die beiden beobachtete, bestand also durchaus Hoffnung, dass er mit Messer und Gabel sowie selbst mit gekochten Erbsen noch warm wurde. Beim Essen hatten sie querbeet über alles Mögliche gesprochen, nur nicht über die Zukunft der jungen Männer. Es sollte schließlich ein schöner Abend werden. Und das gelang. Als sich Kai und Murad verabschiedeten – es war weit nach zweiundzwanzig Uhr –, verabredete man, in loser Verbindung zu bleiben. Bernhard entging nicht, dass sich bei Hartkes die Gardine bewegte, als ihre

Gartenpforte quietschte, was ihm ein ungeahntes Hochgefühl bescherte. Denn es waren derartige Besuche, die zählten, und nicht so ein Haufen rotes Blech auf Rädern vor der Tür. Da konnte Heiner Hartke reden, bis sein Mund fransig wurde.

Was Bernhard jedoch besonders freute, war Hildegards neue Angewohnheit, ihn jetzt nur noch Bernie zu nennen, was bei Edith und Heiner zuverlässig zu einem ebenso verräterischen wie verächtlichen Zucken der Mundwinkel führte. Lediglich wenn sich seine Frau über ihn ärgerte, wurde er wieder zu Bernhard. Doch das kam nicht allzu oft vor.

Das Thema Hanne Wiedmann hatten sie in der ganzen Zeit nicht angesprochen; Hildegard hatte sich eisern an ihr Versprechen gehalten. Bernhard bewunderte seine Frau dafür und hatte gleichzeitig ein schlechtes Gewissen. Zwar hatte er Hanne auch nicht mehr besucht, doch ihre bloße Existenz stand unausgesprochen stets und ständig zwischen ihnen. Sie wussten es beide. Und wenn er die neue Atmosphäre im billerschen Haushalt nicht auf Dauer gefährden wollte, musste er sein Schweigen möglichst bald brechen. Daran gab es nichts zu deuteln. Die riesengroße Frage war lediglich, wie er die Sache anfangen sollte. Immer wieder hatte er darüber nachgegrübelt, doch der Königsweg wollte und wollte sich ihm einfach nicht erschließen. Bei einem entspannten Spaziergang vielleicht? Und irgendwie einfach so nebenbei, um die Nebensächlichkeit der ganzen Angelegenheit zu betonen? Oder bei einer opulenten Essenseinladung zum Inder? Nein, da konnte er grübeln, solange er wollte, das überzeugte alles nicht. Also würde er am besten nicht lange fackeln und den Stier bei den Hörnern packen, beschloss Bernhard daher eines Morgens mutig, und ohne viel Brimborium und Trara berichten, wie es gewesen war.

Es regnete feinfieselig und stetig an diesem Tag und gerade so, als würde es die nächsten zehn Jahre nicht aufhören wollen zu drippeln. Die graue Wolkenschicht glich geschmolzenem Blei und lag wie ein luftdichter Deckel über dem Storchenweg. Kein einzelnes Wölkchen war erkennbar, sodass sich für das menschliche Auge am Himmel nichts rührte.

»Ich hab da ja diese Frau kennengelernt«, bemerkte Bernhard, als er sich seine zweite Tasse Kaffee eingoss. Bislang hatten sie an diesem Morgen einvernehmlich festgestellt, dass es heute ganz besonders pladderte. Jetzt schickten sie sich an, den Ablauf des Tages genauer zu besprechen. Hildegard hatte eigentlich die Fenster im Untergeschoss putzen wollen, peilte nun jedoch wegen des Wetters den Kühlschrank und die Gefriertruhe an; er hatte geplant, den Schuppen endlich einmal von all dem Gerümpel der Jahrzehnte sowie etlicher Generationen zu befreien: Von Holzwürmern angefressenen Besenstielen ohne Besen, Gartenstühlen mit nur noch drei Beinen sowie rostigen stumpfen Sägeblättern sollte es an den Kragen gehen. Und zuallererst wollte er das zerschlissene, komplett durchgesessene Uraltsofa aus Opas Zeiten herauszerren, denn in drei Tagen hatte er den Sperrmüll bestellt.

Der Satz war ihm ohne sein Zutun herausgerutscht; so fühlte es sich zumindest an. Bernhard war selbst ein bisschen überrascht. Plötzlich war er ausgesprochen und hing zwischen ihnen wie eine überdimensionale Gewitterwolke. Augenblicklich war ihm klar, dass er es anders hätte anfangen sollen. Jetzt war es zu spät. Beklommen beobachtete er, wie alles an Hildegard erstarrte. Dann ging ein kaum wahrnehmbarer Ruck durch ihren Körper, und sie stellte die Kaffeetasse, die kurz vor ihrem Mund schwebte, behutsam und ohne das leiseste Klirren zu verursachen, wieder auf dem Unterteller ab. Wortlos und ohne Hektik griff sie anschließend zu ihrer Stoffserviette und betupfte sich damit sorgfältig die Lippen.

»Diese Frau, ja. Hanne Wiedmann«, wiederholte sie sodann mit ausdrucksloser Stimme, doch in ihrer Miene arbeitete es. Bernhard hätte sich ohrfeigen können. Ungeschickter ging es nun wirklich nicht. Manchmal war er schlichtweg ein Idiot.

»Nein, nein«, versuchte er hastig zu retten, was kaum noch zu retten war. »Es ist wirklich nicht so, wie du denkst. Ich sagte doch, wir essen nur Käse zusammen, mehr ist da nicht.« Die Gewitterwolke nahm die Farbe von Höllen-Schwarz an.

»Ihr esst Käse zusammen«, wiederholte Hildegard dumpf. Sie war blass geworden, wodurch sich die beiden leuchtend roten Flecke auf ihren Wangen besonders absetzten.

»Genau. Aber nicht allzu oft«, erklärte er hastig, während die Regentropfen in schöner Regelmäßigkeit die Scheibe hinabschlidderten. »Also, genau genommen nur zwei Mal. Es hat sich einfach so ergeben, weißt du. Ich stand damals im Supermarkt vor dem Kühlregal mit dem Käse, weil ich ja erst Butter und dann die Scheibletten … äh, also unsere Scheibletten kaufen sollte. Das war im Frühjahr, kurz nach meiner Pensionierung. Ich denke, es wird im April gewesen sein. Das genaue Datum ist mir entfallen. Ich kannte mich da ja noch nicht so aus. Und da war auch anderer, natürlich. Also, Käse, meine ich. Na ja, und da sah sie meine Socken, die eine war blau geringelt, die hast du mir ja geschenkt, und die andere war schwarz. Sie hat etwas von Hundertwasser gesagt, das ist … war ein Künstler. Und ich hab sie erst gar nicht verstanden. Na ja, und da hat sie mich eingeladen. Zu sich nach Hause. Also, es war natürlich keine richtige Einladung«, haspelte er weiter, als Hildegard nicht reagierte, sondern ihn lediglich stumm ansah, »sie hat nur gemeint, dass es noch anderen Käse gäbe als … äh … unseren.« Hildegard starrte ihn mittlerweile an wie einen Fremden, und ihm wurde zunehmend unbehaglich.

»Es ist wirklich völlig harmlos«, beteuerte Bernhard, machte es dadurch jedoch offenkundig nur noch schlimmer. »Letztens war sogar ein junger Mann dabei. Wir waren also gar nicht allein. Zum Erbsenessen war er da. Mit der Gabel. Das ist gar nicht so leicht, wenn man damit nicht groß wird. Er ist ein Flüchtling, also ein ehemaliger natürlich, denn jetzt wohnt er ja hier, und er streicht ihr die Küche. Oder war es das Schlafzimmer? Und sein Cousin kommt auch. Also höchstwahrscheinlich, weil Hanne dem beim Führerschein geholfen hat.« Plötzlich saß Hildegard da wie eine Puppe, der man die Luft abgelassen hatte: zerknittert, schief und kurz davor, in Tränen auszubrechen. »Deshalb dachte ich … ich war lange nicht mehr bei Hanne …«

»Zum Käse- oder zum Erbsenessen?« Ihre Stimme klang dunkel und trostlos. Oh Gott, was hatte er da bloß angerichtet?

»Käse natürlich, Erbsen kann ich«, versuchte er es mit einem schwachen Witz, der allerdings nicht zündete. Hildegard verzog keine Miene. »Und weil es alles wirklich völlig harmlos ist, dachte ich, wir könnten vielleicht einmal zusammen zu Hanne gehen und sie besuchen. Das fände ich schön.«

»Zum Käseessen.«

Er nickte heftig, obwohl ihm ihr skeptischer Tonfall nicht entging. Sie glaubte ihm offenbar kein Wort.

»Und nur dazu, Ehrenwort. Du, die Frau hat wirklich richtig Ahnung von Käse. Das ist schon toll.«

So, jetzt hatte er sich alles von der Seele geredet und reinen Tisch gemacht. Nicht sehr geschickt vielleicht, aber er hatte es endlich getan. Darauf kam es an. Aufatmend lehnte Bernhard sich auf seinem Stuhl zurück. Und wenn Hildegard dann mitkam, würde sie sich selbst überzeugen können, dass alles vollkommen unproblematisch und schicklich war, wie seine Mutter es ausgedrückt hätte. Genau wie er es versprochen hatte eben. Da war es nur kontraproduktiv, jetzt weiterzureden. Das führte zu nichts.

»Die Dame ist natürlich alleinstehend«, bemerkte Hildegard plötzlich mit ihrer Sandkastenstimme, die ihn blitzartig erneut in erhöhte Alarmbereitschaft versetzte.

»Soweit ich weiß, ja. Sie ist mehrfach geschieden.«

»Ah.« Die eine Silbe klang, als sei damit der Stein der Weisen gefunden. Hildegard schürzte die Lippen. Zu seiner Erleichterung bekam ihr Gesicht wieder ein bisschen Farbe. »Und du bist ganz sicher, dass diese … Käseeinladung auch für mich gilt?«

»Was? Wieso? Natürlich bin ich sicher«, versetzte er indigniert. Genau das hatte Hanne Wiedmann damals doch im Supermarkt vorgeschlagen. Er war derjenige gewesen, der das abgelehnt hatte. Aber das musste Hildegard ja nicht wissen. »Hanne will dich gern kennenlernen. Ihr werdet euch ganz ausgezeichnet verstehen.«

*

Selten hatte er sich dermaßen geirrt. Von Anfang an umkreisten und belauerten sich die beiden Frauen wie Catcherinnen in einem Drahtkäfig, die die Gegnerin unbedingt und mit allen Mitteln auf den Boden zwingen wollten. Lediglich das johlende und pfeifende Publikum fehlte, weil es nur aus ihm bestand. Und er kam über einen gestammelten Halbsatz nicht hinaus. Bernhard Biller stand eine der längsten halben Stunden seines Lebens bevor.

Mit den Worten »Hildegard, das ist Hanne. Hanne, das ist meine Frau Hildegard, von der ich dir schon so viel erzählt habe«, stellte er die beiden Frauen einander vor, nachdem er geklingelt hatte und die Tür schwungvoll aufgerissen wurde. Worauf Hanne bei ihrem Anblick für Sekundenbruchteile den Kopf senkte und in einer Geste der Ratlosigkeit die geöffneten Handflächen hob, während Hildegards Züge gleichzeitig mitten im halbherzigen Begrüßungslächeln festfroren.

»Nur Gutes, will ich hoffen«, bemerkte sie spitz, während sie Hannes fröhlich-buntes Hauskleid von oben bis unten einer Musterung unterzog. Bernhard wusste, was sie jetzt dachte: In ihrem Alter! Hildegards Sachen war eher gedeckt.

»Aber ja. Selbstverständlich«, versicherte er hastig.

»Kommen Sie … kommt doch herein«, forderte Hanne sie endlich auf. Ihre Miene war ernst. Es dauerte ein paar Sekunden, bis Bernhard klar wurde, dass er die Zahnlücke zwischen den Schneidezähnen vermisste, die sonst unübersehbar war, wenn sie ihn begrüßte und dabei breit lächelte. »Das ist aber nett. Ein Spontanbesuch. Hättet ihr doch bloß angerufen. Um ehrlich zu sein, passt es nämlich nicht ganz so gut, aber Flexibilität ist alles, sage ich immer, nicht wahr?«, versuchte sie die Kurve zu kriegen.

»In Maßen«, versetzte Hildegard, deren Gesichtszüge sich von der Vorstellung immer noch nicht ganz erholt hatten, »lediglich in Maßen würde ich meinen. Man muss auch zu seinen Ansichten stehen, wenn es nötig ist.«

Bernhard, dem langsam schwante, dass dieser Besuch vielleicht doch nicht ganz so problemlos verlaufen würde wie gedacht, legte Hildegard die Hand auf den Rücken und schob sie entschlossen in den Flur. Hanne dirigierte sie beide ins Wohnzimmer.

»Nehmen Sie doch bitte Platz. Was darf ich Ihnen denn anbieten? Kaffee, Tee, Wasser? Oder auch etwas Stärkeres vielleicht?«

»Nichts, danke. Für etwas Alkoholisches ist es ja noch viel zu früh. Mein Mann und ich sind das nicht gewohnt. Und wir möchten Ihnen natürlich keine Umstände bereiten«, erklärte Hildegard, bevor Bernhard auch nur einen Pieps von sich geben konnte.

»Aber es macht keine Umstände. Ich wollte sowieso gerade einen Kaffee aufsetzen. Für –«

»Wir haben Käse mitgebracht und eine Flasche Wein«, unterbrach Bernhard hastig ihre Beteuerung und setzte sich demonstrativ. Die Sache zog er jetzt durch. Basta! Denn für einen zweiten Anlauf würde er nicht die Kraft aufbringen, das spürte er.

Hildegard tat es ihm zögerlich nach, während ihre Augen die Wohnung einer Musterung unterzogen. Einen Augenblick blieben sie auf dem Riesenbär im Matrosenanzug hängen, dann wanderten sie – suchend, wie es Bernhard schien – weiter zu dem alten grünen

Sessel. Doch es war darauf weit und breit kein Kissen zu entdecken, das man mit einem Handkantenschlag hätte in Form bringen können; bislang hatte Bernhard das nicht vermisst, aber jetzt kam es ihm so vor, als spitzte sich der Unterschied zwischen den beiden Frauen genau auf diesen kritischen Punkt zu: Kissen oder Nicht-Kissen, das war hier die Frage. Er fand es nicht witzig.

»Also soll es doch lieber etwas Stärkeres geben«, sagte Hanne mit leisem Triumph in der Stimme.

»Oh nein, denn Wein zählen wir nicht dazu, oder, Bernie?«, erwiderte Hildegard in einem gnadenlos höflichen Ton, der ihm die Zehnägel aufrollte. Er stand kurz davor, sich die Haare zu raufen. Wo war bloß die lockere Hildegard geblieben, die ihre Küche genoss, ihm die wahre Funktion von Heiners Autospiegel erklärte und wunderbar mit Kai und Muri klarkam?

»Nicht. Ach so. Und ich dachte, na, das ist ja jetzt auch egal.« Hanne schaute auf ihre Armbanduhr. »Stefan und Sophie müssten gleich eintrudeln.« Sie wandte sich an Hildegard. »Mein Lebensgefährte mit seiner Enkelin. Ihre Mutter ist für kurze Zeit im Krankenhaus, nichts Ernstes. Und Opa passt auf die Kleine auf.«

Hildegard schnellte von der Couch hoch, als habe ihr jemand mit einer Nadel in den Allerwertesten gestochen, während Bernhard diese unerwartet neue Information erst einmal verdauen musste. Lebensgefährte? Bei seinem ersten Besuch hatte sie lediglich von ihren Verflossenen geredet. Von einem aktuellen Partner war nicht die Rede gewesen. Er fühlte sich hintergangen.

»Ach Gott, na, dann werden wir selbstverständlich nicht weiter stören«, erklärte Hildegard gestelzt. »Komm, Bern … Bernie. Du hörst es, es kommt Besuch.«

»Moment«, sagte Hanne und hob beschwichtigend beide Hände. »Das ist wirklich nicht nötig. Behalten Sie doch bitte Platz. Stefan ist immer neugierig auf neue Menschen. Und Sophie ist eine ganz Liebe.«

Hildegard war sichtbar unschlüssig. Doch Bernhard blieb einfach sitzen und verwandelte sich innerlich in einen Granitblock, den lediglich ein Hochleistungskran hätte versetzen können. Den Mann musste er kennenlernen. Nach einem Blick in sein störrisches Gesicht setzte sie sich wieder.

»Ich meine, da können wir doch alle gemeinsam zusammen Käse essen«, fuhr Hanne mit künstlicher Fröhlichkeit fort. »Da sehe ich überhaupt kein Problem. Sie doch bestimmt ebenfalls nicht, oder?«, Hanne bedachte Hildegard mit einem strahlenden Lächeln, bei dem Bernhard Angst und Bange wurde. »Was habt ihr denn Leckeres mitgebracht, Bernhard?«

»Oh, einen Cheddar, einen Italiener und … äh …« Hilflos blickte er zu Hildegard hinüber. »Noch einen.«

»Gorgonzola«, sagte sie nur. Ihre Schultern wirkten verkrampft; die Sehnen an ihrem Hals traten deutlich hervor, und ihre Hände, die in ihrem Schoß lagen, bildeten ein unentwirrbares Knäuel.

»Ja, richtig, einen Blauschimmel-Käse, weil du den doch besonders gern magst«, setzte Bernhard lahm hinzu. Literweise Schweiß hatte sich mittlerweile in seinen Achselhöhlen gesammelt, und er spürte, wie sich mehrere Tropfen selbstständig zu machen drohten, um der Schwerkraft gehorchend den Weg über Oberkörper und Hüfte nach unten anzutreten. Vor seinem inneren Auge erschien prompt das unappetitliche Bild eines Mannes, dessen riesige Schweißflecken unter den Armen niemand übersehen konnte. Wenn er bloß nicht auch noch anfing zu stinken!

»Schön.« Hanne schickte sich an, in die Küche zu gehen. »Ich hole dann mal ein Brett, Besteck und Teller. Dauert nicht lange. Und macht keinen Unsinn, ihr zwei.« Sie versuchte es mit einem launigen Zwinkern Richtung Hildegard, das allerdings abprallte wie ein Flummi, den man gegen eine Betonwand schleuderte.

»Ein bisschen freundlicher könntest du schon sein«, zischte Bernhard aus den Mundwinkeln heraus, kaum dass sie allein waren.

»Sie ist es doch auch nicht«, zischte Hildegard zurück. »Außerdem hätten wir uns anmelden sollen. Von wegen, das ist nicht nötig. Sie kriegt Besuch, und jetzt haben wir den Salat.«

»Dafür ist es zu spät. Und Hanne ist sonst nicht so … äh … na so eben«, behauptete Bernhard, was ihm umgehend einen weiteren vernichtenden Blick seiner Frau einbrachte.

»Schon mal etwas vom Mann als knappem Gut gehört, Bernhard Biller?« Oha, sie waren wirklich meilenweit von dem entspannten »Bernie« entfernt. Ratlos glaste er sie an. Hildegard beugte sich zu ihm hinüber, sodass ihre Lippen fast sein Ohr berührten. Aus der Küche klangen klappernde Geräusche. Hanne Wiedmann knallte mit Aplomb das Geschirr aufs Tablett. »Was meinst du denn, was diese Frau im Schilde führt? Von wegen Käse und so. Phhht. So ein Schwachsinn. Die Dame ist auf der Jagd, wenn du mich fragst. Aber das tust du natürlich nicht. Weil du immer alles besser weißt.«

»Hanne jagt nicht«, erwiderte Bernhard dümmlich. »Zumindest hat sie nie etwas in der Richtung angedeutet.«

»Auf *Männer*jagd, mein Lieber. Und du bist die Beute.«

»Das glaube ich nicht«, protestierte er. »Sie hat doch diesen Stefan.«

»Fürs Ego können zwei Männer auch nicht schaden«, versetzte Hildegard daraufhin in einem Ton, als hause unter Hanne Wiedmanns Bett ein männlicher Harem. »Du bist sträflich naiv, wenn du mich fragst.«

»Aber ich würde doch nie –«

In diesem Moment hörte das Klappern auf, und Hanne stand mit dem Tablett in der Tür.

»Bernhard, öffnest du bitte die Flasche? Der Korken geht so schwer raus.« Sie schaute Hildegard an. »Sonst bin ich bei so etwas natürlich nicht auf männliche Hilfe angewiesen.«

»Ach nein?«, flötete Hildegard. »Also bei uns öffnet Bernie immer die Wein- und Sektflaschen. Das hat sich so ergeben, wissen Sie. In einer langjährigen Ehe hat ja jeder so seine Aufgaben.«

Bernhard musste sich zwingen, seine Frau nicht erstaunt anzustarren. Zum einen tranken sie mittlerweile meist Wein aus Flaschen mit Schraubverschluss, zum anderen gab es im Hause Biller zu feierlichen Anlässen wie Geburtstagen oder Weihnachten höchstens zwei- bis dreimal im Jahr eine Flasche Sekt. Und die öffnete stets Hildegard, weil er ganz am Anfang ihrer Ehe die Deckenlampe im Wohnzimmer mit einem widerspenstigen Korken abgeschossen hatte. Über einhundert D-Mark hatte die neue gekostet. Das war für sie als junges Paar damals eine Menge Geld gewesen. Manchmal hielt sie ihm das noch heute vor.

Hildegard erhob sich halb, griff nach der Weinflasche und rammte sie ihm in die Rechte. Umständlich langte er nach dem Korkenzieher, den Hanne mitgebracht hatte. Der Korken zierte sich wirklich ein bisschen, doch mit ein bisschen Ruckeln und Ziehen hätte sie das zweifellos selbst geschafft. Verdutzt schaute er zu ihr hinüber.

»Prima. Ich danke dir. Holst du bitte die Gläser, Bernhard?«, säuselte Hanne nun ebenfalls. Es klang unangenehm schrill in seinen Ohren. »Im Hängeschrank, oben links.«

Augenblicklich sprang er auf und eilte in die Küche. Seine Gedanken überschlugen sich. Lag Hildegard vielleicht tatsächlich richtig, überlegte er, während er ins obere Regal nach den Gläsern griff. War er als Mann in diesem Alter allen Ernstes ein »knappes Gut«? Trotz Stefan? Ohne sein Zutun machte sich bei diesem erhebenden Gedanken ein breites Grinsen auf seinen Gesichtszügen breit. Nein, selbstverständlich war das Quatsch, aber allein die Vorstellung gefiel ihm. Ja, sie gefiel ihm nicht nur, sie tat ihm gut und streichelte sein manchmal beträchtlich schwankendes männliches Ego. Von einem Hahn im Korb hätte man wohl in früheren Zeiten gesprochen. Das war natürlich vorbei. Hähne und Hühner gab es ja heute nur noch in Legebatterien und in irgendwelchen mehr oder minder tiergerecht gebauten Ställen. Heutzutage prägten Wirtschaftskategorien und Marketingbegriffe das Leben. Und zwar das gesamte Leben. Aber ob nun »Hahn im Korb« oder »knappes Gut« – Bernhard zog unwillkürlich den Bauch ein, als er mit den Gläsern in der Hand zurück ins Wohnzimmer eilte.

»Bitteschön die Damen«, sagte er laut, als er sie schwungvoll auf den Tisch gestellt hatte und den Rotwein eingoss.

Die beiden Frauen hatten sich offenbar während seiner Abwesenheit für das unverfängliche Thema Reisen entschieden, stellte er voller Erleichterung fest.

»… in Kanada die leckersten Hummer meines Lebens gegessen«, erklärte Hanne gerade, als er seinen alten Platz wieder einnahm. »Während ich in Australien –«

»Sie reisen viel?«, erkundigte sich Hildegard mit sachlicher Stimme.

»Viel und leidenschaftlich gern«, erklärte Hanne, schnitt ein winziges Stück Cheddar ab, steckte es in den Mund und kaute so vorsichtig, als äße sie Schlangenfleisch, von dem nicht bekannt war, ob es giftig war oder nicht.

»Schmeckt's?«, erkundigte sich Bernhard beklommen.

»Doch. Ja«, erwiderte sie höflich. Echte Begeisterung klang anders. »Hildegard hat den Käse ausgesucht«, schob er hinterher.

»Ach, tatsächlich?«

Es klang dermaßen erstaunt, als habe Bernhard ihr mitgeteilt, seine Frau würde diesen Winter eine Solo-Polarexpedition auf einem Hundeschlitten planen.

»Nach Corona reist die ganze Welt ja wieder, als gäbe es weder ein Morgen noch die Klimakrise«, bemerkte Hildegard mit schmalen Augen, als habe Hanne nichts zu ihrer Käseauswahl gesagt. Dann schnitt sie sich ein ordentliches Stück von dem Cheddar ab, steckte es in den Mund und kaute genüsslich. Was getrost als Kampfansage durchgehen konnte; nach sechsunddreißig Jahren Ehe kannte Bernhard die Anzeichen genau: Kaum, dass sich das letzte Fitzelchen vom Cheddar in der Speiseröhre befand, bildete Hildegards Mund auch schon eine harte Linie; ihre Augen hatten sich noch weiter verengt, und um das Kiefergelenk herum spielten die Muskeln. Ihm sank das Herz in die Hose. Er wusste, was jetzt kam. Denn erst letzte Woche hatten sie gemeinsam einen Podcast zum Thema Reisen, Flugscham und Klimakrise gehört. Die Studiogäste der anschließenden Diskussionsrunde hatten sich nichts geschenkt und sich so heftig und unversöhnlich gestritten, dass es schwer auszuhalten gewesen war. Einen »ideologischen Grabenkampf« hatte es der Moderator zum Schluss genannt.

»Alle Welt findet offenbar, dass sie ein Recht darauf hat«, fuhr Hildegard ungerührt fort. »Ich meine aufs Reisen. Ich frage mich ja immer, woher dieses Recht wohl kommen soll und gegenüber wem man dieses Recht zu haben meint.«

Bei diesen Worten inspizierte sie angelegentlich die Käseplatte und entschied sich für den Gorgonzola.

»Köstlich«, bemerkte sie, während sie schluckte. Mittlerweile war auch Bernhards Rücken klatschnass. Was, um Himmels willen, hatte sein Frau vor? Wollte sie etwa einen offenen Schlagabtausch provozieren? Ob er das Unheil abwenden konnte, wenn er brachial von dem Kochabend mit Ralph und Claudia anfing? Nein, das war keine gute Idee und würde nur noch Öl ins Feuer gießen.

»Sie reisen nicht?« Hannes Stimme klang watteweich, als streichele sie einen knuddeligen Welpen. In diesem Tonfall hatte er sie noch nie reden hören. Und in ihren Augen lag ein Ausdruck, der Caesar samt sämtlichen römischen Kohorten umgehend aus Gallien vertrieben hätte.

»Wenig«, gab sich Hildegard total gelassen.

»Und wenn, sicher eher zu nahe gelegenen Zielen, vermute ich? Im Sauerland oder im Harz gibt es ja auch wunderschöne Ecken. Der Wein ist nett, Bernhard«, fuhr Hanne strahlend fort und nahm einen Schluck. »Hast du den ausgesucht?«

Bernhard hatte mittlerweile das Gefühl zu ersticken. Er war beileibe kein Experte in Sachen Kampfansagen des weiblichen Geschlechts. Doch jetzt hätte er schwören können, dass Hanne den Fehdehandschuh aufgenommen hatte und entschlossen war, den Sieg davonzutragen. Es würde zum Gefecht kommen, eindeutig. Und er konnte nichts dagegen tun.

»Ja, der war Bernhards Idee«, antwortete Hildegard an seiner Stelle. »Und Deutschland hat sicher viele hübsche Flecken. Ich kenne die Gegenden zwar nicht, die Sie im Auge haben, aber Sie werden es wissen. Wo waren Sie denn im Harz und im Sauerland? In Braunlage vielleicht? Oder im Elend?« Sie lachte, als sei das ein besonders guter Witz, dabei hieß ein Ort so, was sie sehr genau wusste. »Oder bevorzugen Sie Lüdenscheid und Iserlohn? Ich kenne mich da wirklich nicht so gut aus, tut mir leid.«

Bernhard hustete verzweifelt und versuchte gleichzeitig, Hildegard mit telepathischen Signalen von ihrem Konfrontationskurs abzubringen. Vielleicht hätten der Friedensstifter Kai oder der Schwingungs-Profi Claudia da mehr Erfolg gehabt, doch er als Laie in beiden Bereichen hatte keine Chance; natürlich nicht, wenn sich seine Frau auf dem Kriegspfad befand.

»Na, es ist ja auch einerlei. Sie jetten lieber um die Welt, entnehme ich Ihren Worten.« Ein unüberhörbar pseudoverständnisvolles Lachen begleitete Hildegards nächste Spitze. Dann setzte sie sich womöglich noch ein wenig gerader auf, entknotete ihre Hände und fixierte Hanne Wiedmann wie die Schlange das Häschen. Bernhard hätte fünf Jahre seines Lebens für einen der Umhänge von Harry Potter gegeben, unter denen dieser unsichtbar wurde. »Wobei ich ja entschieden den Standpunkt vertrete, dass Mobilität nicht mit geistiger Flexibilität verwechselt werden darf. Das tun ja so viele heutzutage. Reisen, reisen, reisen lautet das Mantra der Senioren mit Geld. Und dann kommen diese Menschen aus den hintersten Winkeln der Erde zurück und sind genauso … Verzeihung, dumm und engstirnig wie vorher.«

»Hildegard«, keuchte Bernhard. Für einen Moment schloss er die Augen. Wenn Hanne über den Tisch hechtete, um seiner Frau an die Gurgel zu springen, konnte er es sich zumindest ersparen, dabei zugucken zu müssen. Die etwaige Geräuschkulisse würde ihm allein schon reichen.

»Ja, Bernie?« Er zuckte zusammen; er hatte nicht gewusst, dass man seinen Namen auch so aussprechen konnte: zugleich scheißfreundlich, aber hörbar mit einem Dolch im Gewand. »Wolltest du vielleicht ebenfalls etwas zu dem Thema bemerken?«

»Äh …«, stammelte er, während albtraumartige Bilder von Hildegard, die Hanne den Cheddar in den Hals drückte, um sie zu ersticken, über seine Netzhaut flackerten. Wenatzki würde sich auf die Schenkel klopfen vor Freude über diese ausgefallene Mordmethode. Oder Hanne, wie sie den Gorgonzola in Hildegards Nasenlöcher schmierte, um …

»Also nicht«, lautete Hildegards Kommentar. »Das dachte ich mir.« Dann wandte sie sich wieder Hanne zu und deutete auf einen Flyer der Grünen, der auf dem Tisch unter der Zeitung hervorlugte. Bernhard hätte einen Eid darauf geschworen, dass seine Frau den schon früher bemerkt, ihn jedoch als Waffe für den ultimativen Schlag aufgehoben hatte.

»Lassen Sie mich raten: Sie wählen die, richtig?«, fragte sie Hanne ganz direkt. Hildegard und er tendierten nicht zu dieser Partei. Deren Themen ja, die waren teilweise schon wichtig, auch wenn er manches übertrieben fand, doch es waren die Leute, mit denen er nicht warm wurde. Die lebten in einer anderen Welt als seiner. Abgehoben kamen die ihm immer vor. Außerdem waren die Billers seit jeher eigentlich eher unpolitisch gewesen. Sie gingen zur Wahl, selbstverständlich, denn das gebot die Bürgerpflicht, wie sein Vater stets betont hatte, wenn die Eltern am Wahltag mit dem kleinen Bernhard an der Hand ins Wahllokal marschierten. Aber zumindest er entschied sich erst in der Kabine für eine der großen Volksparteien. Na ja, ehemals großen Volksparteien, musste man wohl sagen. Da konnte man nichts falsch machen. Und einmal, es war sicher über dreißig Jahre her, hatte er sogar die Freien Demokraten gewählt. Weshalb, wusste er nicht mehr.

»Bitte, Hildegard!« Bernhard gelang mittlerweile nur noch ein Krächzen. Das ging nun wirklich entschieden zu weit. Das machte man einfach nicht, zumindest nicht in diesem Stadium der Bekanntschaft. Da hätte sie auch gleich nach Hannes Religionszugehörigkeit oder der Höhe ihrer Rente fragen können.

»Lass mal, Bernhard«, verwies ihn ihre Gastgeberin auf seinen Platz. Hannes Augen hatten sich verengt, auf ihrer Miene war nicht mehr der Hauch eines Lächelns zu erkennen. »Und jetzt lassen Sie *mich* einmal raten«, fuhr sie dann scharf an Hildegard gewandt fort. Alles Watteweiche hatte sich verflüchtigt. »Sie finden bestimmt«, ihre rechte Hand mit dem ausgestreckten Zeigefinger deutete direkt auf Hildegards Herz, »dass meine Reiserei mit meiner politischen Überzeugung nur schwer zu vereinbaren ist. Ich dürfte überall hinsegeln, aber kein Flugzeug benutzen wegen des CO2-Ausstoßes. Dumm nur, dass ich nicht segeln kann und mich auch nicht mal so eben von einem Berufsskipper über den Atlantik schippern lassen kann wie Greta.« Ihre Augen funkelten.

»Tja«, sagte Hildegard gedehnt, als wäre sie die Ruhe selbst, »das ist ganz allein Ihr Problem, würde ich sagen. Glaubwürdig ist das ja nicht gerade. Aber mit diesem Widerspruch müssen Sie dann wohl leben. Wenn Sie es sich zurechtargumentieren können und es Ihnen kein schlechtes Gewissen bereitet …«

Sie hatte Oberwasser. Und sie wusste und genoss es sichtlich, weil auch Hanne es wusste. Bernhard betete inzwischen inbrünstig darum, endlich in Ohnmacht fallen zu dürfen. Ein ehrlicher Boxkampf, in dem man sich mit gezielten Hieben die Nase brach oder gegnerische Augenbrauen zum Platzen brachte, war ihm entschieden lieber als dieser verbale Schlagabtausch, in dem die Verletzungen unter der dicken Zuckergussschicht der Worte zwar nicht zu sehen, aber trotzdem massiv waren.

»Ich meide Inlandsflüge und lege unserem Vermieter ständig in den Ohren, dass er eine Photovoltaikanlage auf dem Dach installiert«, verkündete Hanne.

»Na, immerhin«, meinte Hildegard achselzuckend und in einem derart abfälligen Tonfall, dass die guten Absichten Knall auf Fall zu Kinkerlitzchen degradiert wurden. Vor Schreck entfleuchten Bernhard zwei Darmwinde.

»Verzeihung.«

Die beiden Damen beachteten ihn nicht.

»Wissen Sie, Hildegard«, Hanne drehte gedankenverloren das Weinglas in der Rechten, »jeder und jede sollte in diesem Kampf gegen den Klimawandel tun, was er oder sie kann. Das ist meine Meinung. *Ich* neige da nicht so sehr zu einem verkniffenen Dogmatismus.« Hildegard sog zischend die Luft ein; Hanne hatte eindeutig einen Wirkungstreffer gelandet. »Die einen verzichten auf Fleisch, die anderen schränken das Reisen ein. Alles zusammen bringt nicht genug, leider, aber seien wir doch ehrlich. Jeder verzichtet nur da, wo es ihm persönlich nicht allzu weh tut.« Sie bedachte Hildegard mit einem dermaßen liebenswürdigen Blick, dass Bernhard erneut versucht war, sich in Luft aufzulösen. »So ist der Mensch nun einmal. Oder sehen Sie das anders?«

Touché, dachte er unwillkürlich. Das war ein Stich mitten ins Herz. Hildegard schien das genauso zu spüren wie er, denn es dauerte etwas, bis sie bedächtig den Mund öffnete, um zum Gegenschlag auszuholen. Wie genau der ausgesehen hätte, blieb ihm jedoch verborgen, denn in diesem Moment ließ ein gnädiger Gott die Türklingel schrillen.

»Es klingelt«, rief Hildegard hörbar erleichtert.

»Das sind bestimmt Stefan und Sophie«. Auch Hanne klang wie erlöst.

»Ich gehe«, bot Bernhard spontan an und sprang leichtfüßig auf. Er hätte auch dem Teufel persönlich die Tür geöffnet, wenn er nur aus diesem Wohnzimmer fliehen konnte.

12. Kapitel

Mit ihrem misstrauischen, ja missgünstigen Gesichtsausdruck erinnerte die Frau Bernhard spontan an seine Mutter, als sie die fünfundsiebzig überschritten hatte. Die Sinne hatten zu der Zeit schon nicht mehr richtig mitgemacht, sie hörte und sah schlecht, was dazu führte, dass sie sich oft unsicher, in der Folge ausgeschlossen und von ihrer menschlichen Umwelt generell über den Tisch gezogen gefühlt hatte. Doch das war es nicht nur, was zu diesem Gesichtsausdruck geführt hatte: Seine Mutter war vom Charakter her zeit ihres Lebens kein offener, liebenswerter und positiv denkender Mensch gewesen, und das hatte man ihr – wie dieser Frau dort an der gegenüberliegenden Wohnungstür – mit der Zeit immer deutlicher angesehen. Jetzt stierte Hannes Nachbarin mit halb offenem Mund zu ihm herüber und wackelte mit dem Kopf, sodass ihr sorgsam über den Schädel gekämmtes dünnes, fahlgelbes Haar verrutschte und ihre rosige Kopfhaut freilegte, was sie verletzlich erschienen ließ, ihn jedoch trotzdem nicht besänftigte.

»Ist was?«, fragte Bernhard aufsässig wie ein Kind.

Die Alte antwortete nicht, sondern drehte ihm schweigend den Rücken zu und fummelte mit arthritischen Händen ungeschickt am Schloss herum. Als sie es endlich geschafft hatte, die Tür zu öffnen, und in die Diele getreten war, zog sie sie mit einem beredten Rums hinter sich zu. Die Seniorin verstand die Welt nicht mehr und war zweifellos nicht mit ihr einverstanden; der Knall galt ebenso Hanne wie ihm oder Stefan und seiner Enkelin.

Denn die beiden erschienen jetzt auf dem Treppenabsatz; ein unscheinbarer älterer Herr, neben sich ein Mädchen von ungefähr … nein, Bernhard konnte es altersmäßig nicht einschätzen: Für ihn gab es lediglich »mit Windel, also sehr klein«, »weitgehend ohne Schneidezähne und oft ziemlich vorlaut«, »Pubertät, mit unterirdischem Benehmen,« und »fast erwachsen«. Er siedelte sie altersmäßig irgendwo zwischen »ohne Schneidezähne« und »Pubertät« an, denn das Gebiss war zwar vollständig, aber der Körper war noch nicht entwickelt. Das Mädchen trug eine leichte Jacke und war flach wie ein Brett.

»Jesses«, stöhnte Hannes Liebhaber, während die Kleine neben ihm mühelos die letzten Stufen heraufhopste.

»Herr … äh …« Mist, er kannte lediglich den Vornamen des Mannes.

»Demuth. Stefan Demuth«, stellte der sich vor.

»Bernhard Biller.«

»Ah ja. Der Käsekoster. Angenehm.«

Er war etwas kleiner als Bernhard; eine Kugel saß auf seinem kurzen dicken Hals, was die schimmernde Glatze samt weißem Haarkranz besonders zur Geltung brachte. Zudem schob er gut sichtbar auch noch unter dem Pullover einen beachtlichen Bauch vor sich her. Bernhard musste sich zwingen, den Mann nicht anzustarren. Hanne Wiedmann hatte er etwas …

Kraftvolleres, Männlicheres zugetraut. Dieser Wicht hier hatte mit Arnold Schwarzenegger so viel gemein wie mit einer Wüstenspringmaus. Bernhard war enttäuscht und erleichtert zugleich.

»Und du bist Sophie, richtig?«, quetschte er hervor, während sein Blick an Stefan Demuths rechter Seite einen halben Meter tiefer rutschte.

Das Mädchen nickte schüchtern und griff nach der Hand ihres Großvaters. Immerhin hieß das Kind nicht Vivian-Celine oder Rosetta-Cheyenne, wie die Enkelin von den Grebers aus dem Schwanenweg. Sophie fand er ganz passabel, ja, er mochte den Namen sogar. Denn er war bodenständig, nicht überkandidelt und klang freundlich. Zudem konnte man ihn sich gut merken.

»Na, dann mal herein mit euch in die gute Stube«, zwang er sich jovial zu sagen und trat zur Seite. Für Hildegard mochten Hanne *und* das Gespann Stefan / Sophie vielleicht etwas zu viel des Neuen sein, aber mittlerweile schien Bernhard alles besser als diese unselige Reisediskussion, die keine war – was zudem niemandem verborgen geblieben war. Er hätte nicht nur den Teufel, einen hungrigen Grizzly oder zur Not auch eine Vivian-Celine aus irgendeiner Doku-Soap hereingebeten, um dem gnadenlosen Kampf der beiden Frauen ein Ende zu bereiten.

»Hildegard«, übernahm er im Wohnzimmer die Vorstellung, als Hanne zwar aufstand, um die beiden Neuankömmlinge in den Arm zu schließen, jedoch keinerlei Anstalten machte, ihre neuen Gäste einzuführen. »Das sind Herr Demuth und Sophie. Herr Demuth und … äh … Sophie, das ist meine Frau Hildegard … äh … Biller.«

»Stefan bitte.«

»Ja, ach so, natürlich. Bernhard.«

»Hildegard«, sagte Hildegard mit steinerner Miene.

Bernhard setzte sich, das heißt, er plumpste in seinen Sessel, richtete seinen Blick auf einen Punkt links hinter Hannes Kopf und schloss die Augen. Sollte das Schicksal seinen Lauf nehmen. In diesem Moment beneidete er Claudia aus tiefstem Herzen, bei der alles von den Sternen und irgendwelchen ominösen Mächten abhing und so ein Erdenwurm wie er sowieso nicht viel gegen die Allmacht von Was-auch-Immer auszurichten vermochte. Als er die Augen wieder einen Spalt breit öffnete, hatte Hannes Liebhaber auf dem alten grünen Sessel Platz genommen, während das kleine Mädchen auf dessen breite Lehne geklettert war, sich an seinen Opa schmiegte und sich an seiner Hand festhielt.

»Und wie läuft's denn so mit euch beiden?«, wandte sich Hanne an Stefan.

Statt einer Antwort strich er der Kleinen eine Haarsträhne aus dem Gesicht. Diese Geste war derart zärtlich, dass sich eine Antwort erübrigte. »Prima also. Ich hatte auch nichts anderes erwartet. Und bei dir, Sophie? Alles gut?«, erkundigte sich Hanne bei dem Kind in einem Tonfall, als stellte sie die Frage dem Vorstandsvorsitzenden eines milliardenschweren DAX-Konzerns; respektvoll und ehrlich interessiert. Dazu hatte sie sich vorgebeugt und schien nur noch das Mädchen zu sehen. Bernhard kam unwillkürlich das nicht nur von den Medien zu Tode gerittene »Auf Augenhöhe« in den Sinn. Er hatte es stets für eine Floskel gehalten – die sich gut in irgendwelchen Kommentaren machte, aber nicht allzu viel aussagte –, doch hier wurde ihm zum ersten Mal bewusst, was konkret damit gemeint sein konnte. Hanne nahm das Mädchen ernst, bezeugte ihm Respekt und zeigte es ihm.

»Ja.« Sophie antwortete genauso ernsthaft. »Alles okay. Ich hab letzte Woche eine Zwei in Deutsch geschrieben, und in Mathe hab ich vorgestern eine Drei plus gekriegt.«

»Super«, lobte Hanne, ganz wie die Mamas auf den Spielplätzen, aber immerhin ohne dabei die Stimme zwei Oktaven hochzuschrauben, während Hildegard die Szene stumm beobachtete. Ihre Miene war ausdruckslos und von einer Glätte wie die teflonbeschichtete Pfanne, in der Bernhard letztens die Koteletts gebraten hatte. Er hätte nicht sagen können, wie es im Inneren seiner Frau in diesem Moment aussah und überlegte ernsthaft, sicherheitshalber aasige Kopfschmerzen, einen Magendurchbruch oder, wenn alles nichts half, einen akuten Herzinfarkt vorzutäuschen.

»Sophie ist verdammt schlau«, bemerkte Stefan mit einem stolzen Seitenblick auf seine Enkelin. »Sie ist richtig gut in der Schule.«

»Weil ich nämlich Ärztin werden will«, erklärte das Kind mit ernster Miene, und der Griff um die Hand des

Großvaters lockerte sich dabei ein wenig. »Wie die von meiner Mama. Da muss man viel lernen und wissen, sagt Frau Berneke.«

»Das stimmt«, meinte Hanne.

Hildegard räusperte sich, Bernhard zuckte zusammen, erstarrte zur Salzsäule und umklammerte die Armlehnen fester. Sie würde doch jetzt nicht dem Mädchen erklären, dass das ja wohl in weitester Ferne liege und sie sich keine Flausen in den Kopf setzen sollte. So hatte es seine Schwiegermutter stets formuliert, wenn man sie in irgendetwas einweihte, was ihr nicht in den Kram passte. Ja, hochtrabende Pläne und nichts als Flausen im Kopf waren das dann gewesen, keinesfalls wert, darüber weiter zu sprechen. Bernhard hatte es irgendwann aufgegeben, Hildegard hatte etwas länger gebraucht. Und wenn seine Frau jetzt in der unseligen Tradition ihrer Mutter… nur um Hanne eins auszuwischen …

Nein, das tat sie nicht. Er kannte sie doch, und er hätte es besser wissen müssen. Mit Kai und Muri war sie schließlich auch gut ausgekommen, wobei das noch untertrieben war. Sie mochte die beiden jungen Männer gern und hatte sich erstaunlich mühelos auf sie und ihre Gesprächsthemen eingestellt. Für einen kurzen Moment zwackte ihn sein schlechtes Gewissen.

»Ja, richtig gute Zeugnisse musst du dafür schon haben«, bemerkte Hildegard nun sachlich, doch die Teflonmiene war rissig geworden; Bernhard meinte sogar ein leichtes Kräuseln der Lippen erahnen zu können. »Aber wenn dir das Lernen so viel Spaß macht und du jetzt schon weißt, was du später einmal werden möchtest, ist das bestimmt keine schlechte Sache.«

»Ja, tue ich.« Sophie taute immer mehr auf. Vertrauensvoll guckte sie zu Hildegard hinüber, die ihr jetzt aufmunternd zunickte. Mittlerweile hatte das Mädchen die Rettungsleine zu seinem Großvater ganz gekappt, beide Hände lagen jetzt im eigenen Schoß; jederzeit bereit an den Armen herumgefuchtelt zu werden, um wichtigen Worten Nachdruck zu verleihen. Bernhard befeuchtete vorsichtig seine Lippen. »Birger findet das alles total blöd. Der sitzt neben mir seit der ersten Klasse. Ich finde ihn voll doof, weil er immer Streberin zu mir sagt. Andauernd versucht er abzuschreiben, weil er eben so blöd und faul ist. Hausaufgaben macht der nie. Ich lasse ihn aber nur manchmal abschreiben.«

Hanne und Hildegard tauschten einen kurzen Blick, und Bernhard biss sich auf die Lippen. Himmel, klang das in seinen alten Ohren unschuldig. Und während er noch überlegte, welche pädagogisch wertvolle Antwort ein Erwachsener heutzutage auf ein derartiges Geständnis wohl geben sollte, hatte Hildegard sich bereits entschieden.

»Das finde ich richtig großzügig von dir, Sophie.« Bernhard schielte unwillkürlich zu Hanne hinüber. Zwinkerte die ihm etwa zu? »Das mit dem Abschreiben, meine ich«, fuhr Hildegard fort. »Damals in der Schule saß neben mir auch so ein stinkfauler Junge, der alles besser wusste, aber keine Lust hatte zu lernen. Der wollte immer nur abschreiben, aber irgendwann hab ich ihn gar nicht mehr gelassen. Felix hieß der.«

Felix Exner. Bernhard sah ihn vor sich. Ein pummeliges pickeliges Kerlchen mit einem fiesen Grinsen auf der Visage, der es liebte, Fliegen die Flügel auszureißen. War der nicht später »unter die Räder gekommen«, wie es sein Vater formuliert hätte? Irgendwas mit Drogen und keine Arbeit. Er musste Hildegard interviewen; ihr Gedächtnis war in allem, was die Vergangenheit betraf, weitaus besser als seines.

Sophies kindlich-weiche Züge hatten sich bei Hildegards Worten schlagartig erhellt.

»Echt jetzt?« Sie begann mit dem rechten Zeigefinger hingebungsvoll in ihren dunklen Locken zu ringeln.

»Echt jetzt«, bestätigte Hildegard ernst. Bernhard sah ihr an, dass ihr die Unterhaltung Spaß zu machen begann. Erneut linste er verstohlen zu Hanne hinüber, die sich hingebungsvoll Käse und Wein widmete. Doch auf ihrem Gesicht lag ein breites Lächeln, das ihre Zahnlücke auf das Schönste zur Geltung brachte. Bernhard rutschte tiefer in seinen Sessel hinein und deponierte seinen rechten Knöchel auf dem linken Knie; am liebsten hätte er auch noch mit dem Kopf gerollt, um die verspannte Nackenmuskulatur zu lockern. Doch er beherrschte sich, um da ja nichts zu gefährden. Wenn schon kein Friedensschluss in Sicht war – und da machte er sich nichts vor, so weit waren sie noch lange nicht –, winkte zumindest ein

Waffenstillstand am Horizont. Der musste fürs Erste reichen.

»Am meisten schreibt Birger immer in Deutsch ab«, verkündete Sophie nun, die es sichtlich genoss, im Mittelpunkt von vier Erwachsenen zu stehen. »Da ist Birger o-ber-grot-ten-schlecht. Letzte Woche hat er eine Fünf geschrieben. Und davor eine Vier, aber die war minus. Ich hatte eine Zwei. Mit einem Plus.« Sie grinste. Die Zahnreihen waren tatsächlich komplett, stellte Bernhard fest. Also war sie schon ein bisschen älter. Acht vielleicht? Oder neun? Denn von der Pubertät war sie noch meilenweit entfernt. Das erkannte selbst er. »Ich finde Deutsch gut. Und Erdkunde auch. Na ja, Sachkunde mag ich auch. Und Mathe. Frau Bilak ist nämlich total nett. Sie kann tierisch gut erklären, deshalb verstehe ich auch fast alles. Birger versteht das bloß nicht, weil er doof ist. Und faul.«

»Sophie«, mahnte ihr Großvater leise und strich ihr über den schmalen Rücken.

»Ist doch wahr!«, erklärte sie empört. »Der ist so was von doof. Und das wissen alle.«

»Sophie, das sagt man nicht«, rief Stefan sie erneut zurecht.

Hanne stieß einen quietschenden Laut aus, und Bernhard wusste augenblicklich, was in ihr vorging. Ein derartiger Satz hätte auch von seiner Mutter stammen können. Oder von Heiner. Trotzdem fand er ihn nicht völlig falsch. Es gab nun einmal Dinge, die man einfach nicht tat oder aussprach, zumindest nicht so deutlich.

Das musste nicht immer weitschweifig begründet werden, denn die meisten Kinder besaßen vermutlich auch heutzutage in dieser Hinsicht einen intakten Kompass.

»Aber wenn es doch die Wahrheit ist«, protestierte Sophie und ruderte mit den Armen.

Es war Hildegard, die Stefan zu Hilfe kam, indem sie demonstrativ ihr Glas hob.

»Auf Frau Bilak«, sagte sie. Bernhard und Hanne taten es ihr eiligst nach.

»Entschuldige, Stefan, darf ich Ihnen auch etwas einschenken?«, erkundigte sich Bernhard höflich, als er sein Glas abgesetzt hatte.

»Nein danke. Sophie und ich nehmen Saft. Ich hole uns rasch welchen.« Und damit setzte er seine Enkelin gerade auf die Lehne, gab ihr einen kleinen Klaps auf die Schulter, erhob sich und entschwand in der Küche. Bernhard räusperte sich. Natürlich kannte der Mann sich bei Hanne bestens aus. Er war ihr Lebensgefährte, Herrgott noch mal, auch wenn sie nicht zusammen wohnten. Was hatte er denn wohl gedacht? Dass sich die beiden ausschließlich auf neutralem Boden trafen, um Kaffee zu trinken oder indisch zu essen und nicht … Bernhard Biller, rief er sich an dieser Stelle streng zur Ordnung, halt die Luft an! Trotzdem versetzte ihm diese Selbstverständlichkeit einen Stich. Aber Hanne Wiedmann gehörte nun einmal zu den Menschen, die alle willkommen hießen und bei dem sich alle wohlfühlten, versuchte er den Schlag etwas abzumildern. Hildegard und er waren nie so gewesen. Besuch hatte sich besser anzukündigen, damit man etwas vorbereiten konnte. Diese Lässigkeit, mit der Hanne die Welt und ihre Menschen betrachtete, ging ihnen ab. Bernhard machte sich da nichts vor – sie würde ihnen auch in Zukunft abgehen. So waren sie nun einmal. Und einem alten Esel brachte man keine allzu schweren und neuen Kunststücke mehr bei. Manchmal wäre Bernhard auch noch im Nachhinein gern ein anderer gewesen.

»… über Jesus gesprochen«, drang Sophies helle Kinderstimme an sein Ohr. »Den haben sie ans Kreuz genagelt, und da ist er gestorben.« Ernst und durchdringend schaute sie die Erwachsenen der Reihe nach an. »Ich fand das ganz schön gruselig.«

Stille. Den reiferen Jahrgängen war sichtbar unwohl in ihrer Haut. Doch in diesem Moment kam Stefan mit dem Saft und zwei Gläsern zurück, stellte alles auf den Tisch und schenkte seiner Enkelin und sich ein.

»Lass mich raten. Du bist wieder einmal bei Jesus, mhm?«, seufzte er und winkte gleichzeitig ab. »Sie erzählt uns seit gestern nichts anderes.«

»Und das wundert dich? Sie ist eine Demuth, und ihr habt es doch alle mit Kirchens.« Hanne nahm einen Schluck Wein und fügte spitz hinzu: »Trotz Missbrauch und diverser sonstiger Skandale.«

»Ein anderes Mal, Hanne.« Stefan legte demonstrativ eine Hand auf Sophies Schulter. »Außerdem machen Skandale nicht die Kirche aus.«

»Da kann man geteilter Ansicht sein«, erklärte Hanne.

»Ist Jesus schnell gestorben?«, flüsterte Sophie in das anschließende Schweigen hinein. »Das muss doch weh getan haben.«

Bernhard verschluckte sich. Fragen stellte dieses Kind! Damit hatte er sich noch nie befasst. Und er konnte sich auch nicht erinnern, dass damals darüber im Konfirmandenunterricht gesprochen worden war. Da war es … nebulöser zugegangen. Der Mensch, also das Körperliche, der Leib – war das der zutreffende Begriff? Er wusste es nicht –, hatte nicht so eine Rolle gespielt, meinte er sich dunkel zu erinnern. Es ging stets und ausschließlich um die Seele und die Auferstehung. Und ja, das Leiden wurde auch erwähnt, aber irgendwie theoretischer und auf keinen Fall so drastisch. Doch Sophie hatte ja recht, stellte er verdutzt fest. Das war eine legitime Frage. Und die kam ausgerechnet von einem so jungen Menschen. Erstaunlich.

»Und ziemlich heiß war es da bestimmt auch, oder? Er hat doch in der Sonne gehangen. Ich meine, wenn das im Sommer war, dann hatte Jesus wahrscheinlich ziemlichen Durst«, fuhr die Kleine unbeirrt fort. Das Thema trieb sie augenscheinlich mächtig um. »Alisha sagt, die haben ihm bestimmt nichts zu trinken gegeben. Die fand das auch ganz schön gruselig.«

»Nein, wohl nicht«, bemerkte Hildegard vorsichtig, warf erst Bernhard, dann Hanne und Stefan einen unsicheren Blick zu. »Und es war im Frühling. Am Karfreitag. Ob es schnell ging –«

»Also theologisch kann man da sicher –«, hob Stefan an.

»Doch, das ging es«, unterbrach Hanne ihn mit fester Stimme. »Ganz bestimmt.« Bernhards Miene vereiste vor Schreck. Lass das Kriegsbeil in der Erde, flehte er stumm, während er seine Frau erneut mit telepathischen Friedensbotschaften bombardierte. Und siehe da … Hildegard stutzte lediglich kurz, dann gestikulierte sie so heftig, dass ihr dabei das Käsestück von der Gabel rutschte und unter den Tisch fiel.

»Klar, da wird man ganz, ganz schnell bewusstlos und merkt überhaupt nichts mehr«, assistierte sie Hanne mit einer Selbstsicherheit, die keinen Zweifel zuließ. »Überhaupt nichts mehr«, bekräftigte sie, während sie sich nach dem Käsestück bückte, um es auf den Rand ihres Tellers zu legen.

»Stefan, bist du vielleicht anderer Meinung?«, stichelte Hanne. Bernhard beobachtete den Mann gespannt. Wofür entschied er sich: Für den großen theologischen Wurf oder für den ruhigen Schlaf seiner Enkelin?

»Nein.« Um Demuths Lippen spielte ein feines Lächeln. »Zumindest im Moment nicht.« Für das Kind, aha! Aber Bernhard hätte schwören können, dass es eine hitzige Diskussion geben würde, sobald die beiden allein waren; ein Schlagabtausch über Themen, die über die morgendliche Einkaufsliste oder die Frage, welches Fenster geputzt werden musste, weit hinausgingen; ohne aggressiv zu werden, aber mit Leidenschaft. Hanne und Stefan unterhielten sich über Religion sicherlich nicht zum ersten Mal. Zu seinem Erstaunen beneidete er sie darum.

»Frau Meineke hat aber gesagt –«

»Sophie«, mahnte Stefan.

Das Mädchen drehte sich blitzenden Augen zu seinem Großvater um.

»Das hat sie aber gesagt. Ich lüge nicht!«

»Was hat sie gesagt?«, fragte Hanne, fixierte Stefan kurz und schüttelte kaum merklich den Kopf.

»Frau Meineke hat gesagt, dass es lange gedauert hat«, verkündete Sophie laut und triumphierend. »Und dass Jesus für uns gelitten hat und ziemlichen Durst hatte. Und dass die Nägel ihm auch wehgetan haben.«

»Blöde Ziege«, rutschte es Bernhard heraus. Stefan verzog kurz das Gesicht zu einem Grinsen, hatte sich aber sofort wieder in der Gewalt. Sophie kicherte und entspannte sich sichtbar. Wenn sie jünger gewesen wäre, hätte sie zweifellos mit einem triumphierenden »Das sagt man nicht!« reagiert. Doch so biss sie sich lediglich kurz auf die Lippen.

»Lehrerinnen haben auch nicht immer recht«, erklärte Hanne kategorisch.

»Außerdem war Frau Meineke ja nicht dabei«, assistierte Hildegard. »Die kann das also gar nicht so genau wissen.« Hanne nickte beifällig. Stefan hustete. Und Bernhard? Hätte am liebsten laut gelacht. Was für ein Argument. Ohne jeden Zweifel richtig und doch aber so was von voll daneben, wie Muri es formulieren würde, weil komplett am Thema vorbei. Ach Hildegard …!

Doch Sophie stutzte, dachte angestrengt über die Behauptung nach, was sich an einer steilen Falte auf ihrer ansonsten glatten Stirn bemerkbar machte, und nickte dann langsam, wenn auch nicht restlos überzeugt.

»Mhm«, meinte sie lediglich. »Ich frage Frau Meineke noch mal.«

»Sophie!«, rief Stefan.

»Frau Meineke hat gesagt, wir sollen fragen, wenn wir etwas nicht verstehen. Das hat sie gesagt«, bekräftigte sie.

»Na ja, und es stimmt ja auch«, meinte Hanne versöhnlich.

Bernhard hatte weder Ahnung von theologischen Mysterien und religiösen Zankäpfeln, noch hatte er sich jemals Gedanken darüber gemacht. Er wusste lediglich, dass es sich in deren Namen offenbar guten Gewissens wunderbar morden ließ, wenn man an die Hexenverbrennungen, die Kreuzzüge oder heutzutage an diese ganzen islamistischen Terroristen dachte. Zu seiner Zeit als Kind zu Hause am Abendbrottisch war nicht über Religion gesprochen worden, und den Konfirmandenunterricht hatte er lediglich besucht, weil man es eben so machte. Es gehörte sich so. Die Eltern hätten sich damals erklären müssen, wenn sie ihren Sohn nicht hingeschickt hätten. Doch dass Hanne und Hildegard mit ihrer kinderfreundlichen Argumentation ganze Bibliotheken theologischer Ergüsse aus zwei

Jahrtausenden schredderten, entging ihm trotz mangelnder Nähe zu Kirche und Glauben keineswegs. Ebenso wenig wie ihm entging, dass sich das Verhältnis der beiden Frauen in dem gemeinsamen Bemühen, Sophie keine Albträume zu bescheren, rapide gebessert hatte. Das stimmte ihn froh. Und wenn es dazu religiöser Unbegreiflichkeiten und Rätsel bedurfte, bitteschön, er hätte auch eine Unterhaltung über Schweißfüße von Pavianen gut gefunden, wenn sie nur diesem Zweck diente.

»Noch ein Schluck Wein, die Damen?«, erkundigte er sich mit der neu gewonnenen Lockerheit. Er hätte nicht sagen können, weshalb ihm ein gutes Verhältnis der beiden Frauen so außerordentlich wichtig war. Nur dass es so war, das wusste er genau. Hanne und Hildegard schoben ihm ihre Gläser zu, und er teilte den Rest gerecht auf. Für ihn selbst blieben noch drei Tropfen. Es störte ihn nicht. Sobald Hildegard ausgetrunken hatte, würden sie sich auf den Heimweg machen.

»Und Sie sind im Frühjahr in Rente gegangen, Bernhard, erzählte mir Hanne?« Stefan lachte. »Haben Sie denn schon in diesem Sommer Ihren Garten sträflich vernachlässigt, oder ist die große Reise erst für das nächste Jahr geplant?«

Bernhard spürte, wie Hildegard und Hanne mitten in der Bewegung erstarrten, und er selbst fühlte sich an den Nachmittag auf ihrer Terrasse mit Kai und Muri erinnert. Nur dass Heiner das Bömbchen ganz bewusst gezündet hatte, während Stefan keine Ahnung hatte, in welches Wespennest er mit seiner Frage stach.

»Wir werden nicht wegfahren«, antwortete Hildegard da auch schon schmallippig.

»Nicht? Nanu«, wunderte sich Stefan, »die meisten Leute, die ich kenne, wollen nach der jahrelangen Fron erst einmal die große Freiheit genießen. Abenteuer, Wind und Sonnenschein. Na ja, ein Wohnmobil mit allem Komfort und Campingplätze mit garantiert heißen Duschen tun es auch. Ist immer noch umweltverträglicher als eine Weltreise im Flieger, nicht?«

Bernhards Brust entrang sich ein Stöhnen. Ein Königreich für ein anderes Thema, betete er. Doch ihm wollte partout nichts einfallen. Hilfe suchend blickte er zu Hanne hinüber, die endlich aus ihrer Erstarrung erwachte und lässig meinte:

»Ach komm, Stefan, dieses ewige Reisethema – Wer fährt am weitesten? Wer fährt zu den exotischsten Zielen? Wessen Bilder machen im Netz am meisten her? – ist doch langweilig. Da finde ich Sophies Fragen weitaus interessanter.« Das Kind fing bei diesen Worten an zu strahlen und nickte heftig. »Oder, Hildegard?«

»Aber ja«, stimmte Hildegard, die das Manöver zur Rettung des Nachmittags durchschaute, bereitwillig zu.

»Jesus –«, begann Sophie mit neu erwachtem Feuereifer.

»Den lassen wir jetzt mal da hängen, wo er hängt«, unterbrach Hanne die Kleine rigoros, bevor sie sich an Bernhard und Hannelore wandte. »Sagt Ihnen übrigens der Name Drewermann noch etwas? Eugen Drewermann?«

»Äh … tja …«, stammelte Bernhard unsicher. Was kam denn jetzt? Eine philosophische Betrachtung über das Sein als solches vielleicht? Oder hatte der Kerl sich etwa ebenfalls einen Namen als Maler gemacht? Wie dieser Hundertwasser mit den Socken?

»Nur vage«, gab Hildegard zu.

»Hanne, muss das sein?« entfuhr es Stefan hingegen genervt. Er wusste zweifellos, was kam. »Keine Verschwörungstheorien, bitte.«

»Keine Angst, der Mann hat schließlich in früheren Zeiten auch eine Menge Kluges von sich gegeben«, gab Hanne ebenso liebenswürdig wie hartnäckig zurück und wandte sich jetzt wieder direkt an Hildegard und Bernhard. »Drewermann ist ein katholischer Priester und Wissenschaftler.«

»Psychoanalytiker oder Psychologe. Irgendwas mit Psycho jedenfalls«, brummte Stefan. Hanne schenkte ihrem Lebensgefährten ein strahlendes Lächeln.

»Sag ich doch, ein Wissenschaftler eben. Der sich Gedanken darüber gemacht hat, was einen Mann wohl dazu treibt, überhaupt Priester zu werden. Ist ja auch eine äußerst spannende Frage, finde ich. Wer oder was lockt da eigentlich wen an? Vor allem bei den heutigen Missbrauchsproblemen, die die Kirchen mit ihren Leuten haben.« Hanne beugte sich vor, ihre Augen blitzten. Die Frau war eindeutig in ihrem Element, erkannte Bernhard. Hildegard hatte ihn noch nie mit so einem inneren Glühen angefunkelt.

»Tja, trotzdem war das natürlich die komplett falsche Perspektive. Der gute Eugen guckte sozusagen von unten auf das Thema, während die ollen Knilche im Vatikan« – Murads »alte weiße Säcke« kamen Bernhard unwillkürlich in den Sinn – »seit schlappen zweitausend Jahren davon ausgehen, dass eine Berufung zum Verkünder des Herrn selbstverständlich von oben, also von Gott höchstpersönlich erfolgt. Der Herrgott sucht sich seine brillantesten Kandidaten selbst aus, denn er kann ja nicht irren.« Sie wartete zwei Sekunden, bis das ins Bewusstsein ihrer Zuhörerschaft sackte. »An der verkorksten Kindheit der Männer liegt hingegen gar nichts, mhm, Stefan?«

»Da sind wir tatsächlich einmal einer Meinung«, sagte der eine Spur zu laut. »Aber im Gegensatz zu dir denke ich –«

»Cool bleiben, Opa.« Sophie hob so lässig die Hand wie eine Schiedsrichterin in der Champions League.

»Das sagt sich so leicht, mein Schatz«, meinte der Großvater seufzend zu seiner Enkelin. »Aber du hast natürlich recht.« Die strahlte. Offenbar kannte die Kleine das Geplänkel zwischen Hanne und Stefan zu Genüge und genoss es, auch wenn sie deren Inhalt nicht verstand. Denn darauf hätte Bernhard glatt seine neue Küche verwettet. Er schielte vorsichtig zu Hildegard hinüber. Langweilte sie sich? Nein, er hatte nicht den

Eindruck. Im Gegenteil, ihre Augen blickten hellwach, interessiert und auch ein bisschen amüsiert.

»Wenn nämlich der Entschluss, Priester zu werden, beim kleinen Martin oder dem dicken Bonifaz liegt und nicht bei dem da oben«, fuhr Hanne mit dem Beharrungsvermögen einer Katze vor dem Mauseloch fort und deutete dabei mit dem Daumen gen Decke, »dann wackelt natürlich das amtskirchliche Fundament. Dagegen ist jedes Erdbeben ein Häuchlein. Ach, was sage ich? Es kriselt in den Grundfesten, weil dann die Gläubigen unweigerlich auf die Idee kommen, Fragen zu stellen. Priester sind dann ja nicht mehr heilig, sondern plötzlich ganz normale Männer. Oder eben das gerade nicht. Und das ist für die Jungs in Rom ganz, ganz schlecht. Deshalb haben die auch damals reagiert, als sei der Teufel in den armen Drewermann gefahren.« Hanne zuckte mit den Achseln. »Na, für die Prälaten und Kardinäle war es ja wohl auch so.«

Hildegard nickte nachdenklich.

»Ja, jetzt, wo Sie es sagen … Doch, ich erinnere mich. Das war ein Skandal damals. Haben Sie den nicht rausgeschmissen?«

»So könnte man es nennen«, lautete Hannes trockene Antwort.

Drewermann? Drewermann? In Bernhards Hinterkopf bimmelte es bei diesem Namen hingegen nur ganz sacht. Das war wohl irgendwann in den Achtzigern gewesen, vermutete er. Auf jeden Fall war die Sache lange her. Die Kirche kam mittlerweile ja weitaus seltener in der Öffentlichkeit vor als noch vor zwanzig oder dreißig Jahren. Es sei denn, da hatte wieder einmal einer der Brüder nicht an sich halten können und sich an Kindern vergriffen. Heute war es ja nicht mehr so leicht, das unter der Decke zu halten. In früheren Zeiten, vermutete Bernhard, war es bestimmt keinen Deut besser gewesen. Da wurde ebenfalls gefummelt, was das Zeug hielt. Doch da hatte sich niemand um die Kinder gekümmert. Da war der Herr Pfarrer eine Respektsperson gewesen, auch wenn er bekanntermaßen mit einem Schlitz in der Soutane herumlief. Einen kurzen Moment versuchte Bernhard sich seine Eltern vorzustellen, wie sie im Fall der Fälle voller Empörung auf den Pastor einredeten. Es wollte ihm nicht gelingen. Vor seinem inneren Auge lächelten sie lediglich verzagt und spielten die Sache herunter, herunter und noch einmal herunter, bis er das Nachsehen hatte. Kai und Muri hätten ihnen hingegen heute die Faust gezeigt und so einen Schweinigel von heiligem Mann vor den Kadi gezerrt. Der Gedanke gefiel Bernhard außerordentlich.

»Na ja, Rom hin, Rom her, ist euch eigentlich schon mal aufgefallen, dass sie mittlerweile in den Kirchen Jesus am Kreuz mehr und mehr vom Altar verbannen?«, rief Hanne. Der Cheddar lag weitgehend unberührt auf ihrem Teller. Sophie setzte sich bei diesem Stichwort prompt auf, die Ohren gespitzt. »Ach, ich finde solche Themen richtig spannend. Wunderbar, dass ihr das auch so seht!«

»Hanne …« Stefan nannte ihren Namen leise und ohne allzu viel Hoffnung. Bernhard unterdrückte ein Hüsteln. Hildegards Mundwinkel zuckten, doch sie widersprach nicht.

»Nein, das ist mir neu«, gab sie stattdessen ehrlich zu, was selbstverständlich eine Steilvorlage für Hanne war. Ob seine Frau das extra machte? Fast hatte Bernhard den Verdacht. Um ihm vor Augen zu führen …? Ja, was vor Augen zu führen? Er wusste es nicht. Dabei pflegten sie nie einen Gottesdienst zu besuchen, und die letzte – und einzige – Kirche, an deren Innenraum Bernhard sich vage erinnerte, war seine Konfirmationskirche gewesen. Hildegard ging es sicher ähnlich.

»Ich bin wahrlich nicht religiös –«, fuhr Hanne fort

»Hört, hört«, knurrte Stefan, dessen Gesicht mittlerweile eine bedenkliche Farbe angenommen hatte.

»Nun komm mir bitte nicht so«, schnaubte Hanne.

»Was immer du mit ›so‹ meinst, könntest du schon mal auf meine religiösen Gefühle Rücksicht nehmen«, gab Stefan aufgebracht zurück.

»Tue ich doch«, konterte Hanne. »Vielleicht merkst du es nicht, aber genau das tue ich.«

Stefan stöhnte, während Sophie begeistert quietschte: »Kommt runter, Leute.« Bernhard fuhr erschrocken zusammen. »Das sagt mein Papa immer. Und keine Angst, die kriegen sich wieder ein. Hanne und Opa streiten sich bloß gern.«

Postwendend sah Bernhard die beiden vor sich, wie sie am Frühstückstisch die Zeit über die Frage vergaßen, ob

Allah, Jahwe und der Herrgott nicht doch eher ein Gott mit unterschiedlichen Namen war oder ob es sich um drei verschiedene Götter handelte. Früher war es natürlich so. Da wäre derjenige in allen drei Religionen auf der Stelle gelyncht worden, der mit der Drei-in-eins-These gekommen wäre. Heute dagegen entsprach diese Sichtweise dem Zeitgeist, na ja zumindest dem europäischen. Er musste das einmal mit Hildegard besprechen.

»Wir diskutieren, mein Kind«, verbesserte Hanne Sophie würdevoll. »Und je eher du lernst, wie das geht, umso besser.« Sie nahm einen Schluck Wein. »Wo war ich? Ach ja, ich bin also nicht religiös, das ist kein Geheimnis, aber ich gehe gern in Kirchen und schaue sie mir an. Ist ja schließlich unsere Kultur und Geschichte, auch wenn ich damit manchmal Probleme habe. Und ich mag die Stille. Aber das ist ein anderes Thema. Also, in den Kirchen fällt mir seit geraumer Zeit auf, dass Jesus am Kreuz immer abstrakter dargestellt wird. Nicht mehr als Mensch mit hängendem Kopf und Blut an den Händen, die Dornenkrone auf dem Haupt ans Kreuz genagelt, sondern eher stilisiert. Damit man von eben dem, was Sophie so schrecklich findet, wegkommt, nehme ich an.« Sie angelte rasch nach einem Taschentuch und schnäuzte sich, bevor sie fortfuhr: »Denn das passt nicht mehr in unsere Zeit. Genauso wie es heute die zarten Seelen der Gläubigen nach einem netten, zugewandten, verständnisvollen Therapeuten-Gott dürstet, dem sie ohne Angst ihr Herz ausschütten können. Da geht so eine rachsüchtige Krachmandel wie im Alten Testament, die ihnen pausenlos mit Höllenstrafen droht, gar nicht mehr. Der Mann war ja genau genommen ein alter Sadist. Das ist ein Mensch, der andere quält und das gut findet, Sophie.«

»Herrgott, Hanne, das sind Bilder. Uralte Mythen.« Stefan verdrehte die Augen, riss sich jedoch rasch zusammen, als er die neugierige Miene seiner Enkelin sah. Ganz ohne Aggression ging es also doch nicht im wiedmannschen Haushalt zu. Bernhard nahm es mittlerweile mit Genugtuung zur Kenntnis. Und noch eines gestand er sich ein: Hanne Wiedmann war unbestritten attraktiv und ganz anders als Hildegard. Aber sie konnte als Partnerin auch ganz schön anstrengend sein! Er beneidete Stefan Demuth nicht, wenn er ehrlich war.

»Weiß ich doch, mein Lieber, weiß ich doch. Trotzdem ist er einer; ein Sadist und ein Mann. Frauen kommen in der Götterwelt ja heutzutage nur am Rande vor. Na ja, eben ganz wie in den wichtigen Positionen des richtigen Lebens halt.«

»Hanne«, protestierte er laut.

»Hanne, Hanne«, äffte sie ihn nach. »Ich bin sowieso der Meinung, dass der Mensch sich seinen Gott nach seinem Ebenbild schafft. Und nicht umgekehrt, wie es in der Bibel oder dem Koran steht«, wandte sie sich jetzt an Bernhard und Hildegard. »Und Sie?«

»Hanne«, bat Stefan jetzt geradezu flehentlich. »Können wir das mit der Religion nicht endlich lassen? Ich fürchte, wir langweilen unsere Gäste.«

»Tatsächlich?« Ihre Gastgeberin schien ehrlich erstaunt, als Bernhard und Hildegard verlegen schwiegen.

»Ah. Dann bitte ich vielmals um Entschuldigung, manchmal gehen mit mir einfach die Pferde durch.« Hanne machte ein zerknirschtes Gesicht und griff nach ihrem leeren Glas. »Ich höre schon auf. Gibst du mir mal meine Tabletten rüber, Bernhard? Hinter dir, auf dem Regal. Und, Stefan, ich komme hier so schlecht raus, füllst du mir das mal eben bitte?«

Stefan entschwand, während Bernhard sich schwerfällig umdrehte, nach dem Pillenturm griff und ihn ihr reichte. Edith und Heiner besaßen mittlerweile auch jeder so einen. Er sei ungemein praktisch, hatte Edith an einem der Rommé-Abende versucht, ihnen den schmackhaft zu machen: Schublädchen für morgens, mittags, abends, nachts, für sämtliche Tage einer Woche. Die befüllst du jeden Sonntag nach dem Mittagessen; so vergisst du keine Pille mehr, hatte sie enthusiastisch erklärt. Hildegard hatte sich nicht dazu geäußert, Bernhard hatte lediglich leise durch die Nase geschnaubt. Sicher, so ein Übersichtshelfer war in der Tat äußerst hilfreich, wenn man im Alter nur noch dank mehrerer Tabletten pro Tag am Leben blieb. Trotzdem hatte er sich nicht dazu durchringen können. Ohne Chemie geht bei dir gar nichts mehr, schien dieser Turm zu verkünden. Und noch schlimmer war es, wenn er völlig selbstverständlich neben der Fernbedienung stand, wie bei Edith und Heiner, und zum Leben gehörte wie das Smartphone. Und das stimmte ja auch irgendwie. Ohne Chemie war man in ihrem Alter schon bald eine Leiche. Trotzdem … ob er einfach nicht alt werden konnte? Vielleicht war es so simpel. Er war unsinnigerweise enttäuscht von Hanne.

»Ich werde auf jeden Fall meine Augen offenhalten, wenn ich die nächste Kirche besuche«, meinte Hildegard versöhnlich, als Hanne ihm den Turm zurückgab und er ihn wieder ins Regal stellte. »Das mit dem abstrakten Jesus ist wirklich eine interessante Beobachtung. Und weißt du was, Bernie«, dieses Mal klang der »Bernie« völlig natürlich, »wir könnten doch einmal durch die Stadt bummeln und hin und wieder einen Kirchenbesuch einschieben.«

»Um zu gucken, wo der Gekreuzigte geblieben ist?«, fragte Bernhard skeptisch. »Also, ich weiß nicht. Das ist ja nicht so meins, wie dir bekannt sein dürfte.«

»Aber interessant ist es durchaus«, widersprach Hildegard sanft. »Da muss ich Hanne zustimmen.«

Bumm. Er wusste, wann er verloren hatte.

Hanne stach mit solcher Kraft in den Cheddar, als wollte sie ihn meucheln. Bernhard zuckte automatisch zusammen.

»Der ist übrigens wirklich lecker«, bemerkte sie sodann kauend. Stefan nickte zustimmend.

»Das freut mich«, meinte Hildegard überrascht. »Ich fand ihn auch ganz gut, obwohl er zweifellos mit einem Stilton, wenn man schon bei englischem Käse bleiben will, nicht mithalten kann.«

Bernhard schielte ungläubig zu seiner Frau hinüber. Seit wann hatte sie Ahnung von englischen Käsesorten?

»Nein«, gab Hanne ihr versöhnlich recht. »Ganz meiner Meinung. Der hat einfach mehr Wumms.«

»Und was sagst du dazu, Bernie?« Hildegard und Hanne schauten gleichzeitig und in schönster Eintracht zu ihm herüber, Hanne mit einem spöttischen Lächeln auf den Lippen, Hildegard mit diesem Funkeln in den Augen, das ihm signalisierte, dass sie sich prächtig amüsierte.

Er wand sich, fühlte sich ein bisschen von der Rasanz der Entwicklung überrumpelt. Vorhin noch Todfeinde, jetzt die allerbesten Freundinnen? Ein alter Mann war schließlich kein D-Zug, hatte sein Vater immer geknarzt, wenn ihm etwas zu schnell ging. In diesem Moment verstand er ihn.

»Oh, oh«, murmelte Stefan in genau dem gleichen Tonfall wie Murad es beim Thema Geschlechterkampf getan hatte, und in seinem Blick lag aufrichtiges Mitgefühl. Bernhard schluckte. Der Mann war ganz in Ordnung. Wenn er auch kein äußerer Schwarzenegger war, so entpuppte er sich sozusagen mehr und mehr als ein innerer Arnie.

»Ja, also … ich glaube, ich mag … beide, also die beiden«, versuchte Bernhard sich diplomatisch aus der

Schlinge zu ziehen, bevor ihm die Doppeldeutigkeit seiner Worte aufging.

Hanne drehte sich zur Seite und kaschierte ihre Erheiterung durch ein künstliches Niesen. Als das nichts half, hielt sie sich die Hand vor den Mund. Hildegard dagegen verdrehte die Augen und lieferte pantomimisch eine bühnenreife Vorstellung zum Thema »Männer!«. Sophie fing daraufhin hemmungslos zu kichern an, obwohl sie die inhaltliche Komik bestimmt noch nicht verstand. Stefan gab einen mahnenden Laut von sich, aber es half nichts. Sophie kicherte fröhlich weiter, während es nun auch um Hildegards Mundwinkel herum verdächtig zu zucken begann. Schließlich brachen alle drei anwesenden weiblichen Wesen in schallendes Gelächter aus.

Bernhard winkte ab.

»Frauen«, erklärte Stefan achselzuckend und in einem Tonfall, als sei er soeben mit dem Geheimnis der dunklen Materie konfrontiert worden.

»Sind schon seltsame Wesen«, ergänzte Bernhard. Die beiden Männer wechselten einen Blick voller Einverständnis. Was die seltsamen Wesen zu einer erneuten Lachsalve hinriss, die bei der griesgrämigen Alten von gegenüber die Suppenteller im Schrank tanzen ließ.

*

Zwei Stunden später sank Bernhard zu Hause ermattet auf seinen Küchenstuhl. Hildegard setzte sich ihm gegenüber und beobachtete ihn aufmerksam. Den Rückweg hatten sie weitgehend schweigend zurückgelegt, jeder hatte seinen Gedanken nachgehangen. Es war eine friedvolle und zufriedene Atmosphäre gewesen.

»Und, wie findest du Hanne?«, platzte es nun jedoch mit einer Vehemenz aus Bernhard heraus, die ihn selbst überraschte. Er meinte es plötzlich keine Sekunde länger aushalten zu können, im Ungewissen zu bleiben. »Sie ist doch sympathisch, oder? Anders zwar, aber sympathisch.«

»Doch, ja, anders ist sie in der Tat«, stimmte Hildegard ihm zu. »Wie Stefan. Beide sind nett.«

»Magst du sie wirklich?« Die Hoffnung in seiner Stimme entging selbst ihm nicht, doch er konnte nicht anders. Es war ihm wichtig.

»Ja«, sagte Hildegard einfach. »Ich denke, wir werden nie Busenfreundinnen werden, aber ich mag sie, ja. Und wenn wir beide die Krallen einfahren …«

»Ja?«

»… kann man sich mit ihr über ganz andere Themen unterhalten. Wie mit Kai und Muri.«

»Genau! Das ist ein guter Vergleich. Genau so ist es.«

Bernhard hätte jubeln mögen.

»Wir könnten Hanne und Stefan einmal in unsere neue Küche einladen«, schlug Hildegard vor. »Also, wenn

Sophies Mutter wieder zu Hause ist. Was hältst du davon?«

»Klasse Idee«, entfuhr es Bernhard; es kam aus tiefstem Herzen. Eine Welle der Erleichterung durchflutete ihn von den Haarspitzen bis zu den Zehen. Diese Heimlichtuerei hatte wirklich schwer auf ihm gelastet. »Es wird bestimmt ein schönerer Abend als mit Claudia und Ralph.«

Hildegard lachte.

»Ich kann mir nicht vorstellen, dass die beiden uns mit den Sternen, Knieproblemen, Herzattacken und Darmspiegelungen traktieren oder uns demonstrieren, wie man den Nächsten am besten um die Ecke bringt. Nein, da steht uns eher eine Diskussion über das Himmelreich bevor.«

»Ich fand's ganz spannend.«

»Ich auch. Das muss man zwar nicht immer haben, aber manchmal kann so etwas gut und gern sein.«

»Und die Kleine ist richtig schnuckelig. Macht sich Gedanken über sonst was. Waren wir auch so?«

»Nein, ich glaube nicht«, entgegnete Hildegard nachdenklich. »Aber mit uns wurde auch nicht so viel geredet. Unsere Meinungen wurden nicht sonderlich ernst genommen; wir waren ja nur Kinder. Das prägt.«

Bernhard nickte. Das tat es zweifellos. Man sah es an Kai und Muri. Oder eben an Sophie. Allerdings hatten diese Generationen nun andere Sorgen, die auch nicht von schlechten Eltern waren.

»Zumindest das ist heute besser als in unserer Kindheit, oder?«

»Ja, das finde ich auch«, pflichtete Hildegard ihm bei. »Unsere Altvorderen hat man noch zu Untertanen erzogen, heute versucht man Bürger zu formen.« Sie zwinkerte ihm zu. »Und Bürgerinnen selbstverständlich. Das klappt zwar nicht immer, aber der Ansatz ist schon eher meiner.« Sie erhob sich. »Ich würde gern noch ein Glas Wein trinken. Wie ist es mit dir, Bernie?«

»Ein eiskaltes Bier wäre mir lieber. Und ich finde es schön, wenn du mich Bernie nennst. Das gefällt mir sehr.«

Wenig später standen Gläser und Flaschen auf dem Tisch. Draußen war es mittlerweile stockdunkel, und der erste Herbstwind rauschte durch Kirschlorbeer und Buchsbaum und rüttelte an den belaubten Bäumen.

»Zum Wohl.« Sie prosteten sich zu.

»Wenn die Kasunke aus der Haftpflicht mich heute gesehen hätte … oder der junge Mehler aus der Reise, die hätten so viele Fotos geschossen, dass ihre Handys explodiert wären. Niemand hätte ihnen das geglaubt. Ausgerechnet der alte Biller, der Stinkstiefel und Sesselfurzer, bei dem alles immer so ablaufen musste wie gehabt, ausgerechnet der sitzt am helllichten Tag mit zwei …«, Bernhard stutzte, dann fuhr er vergnügt fort, »… nein, mit zweieinhalb Frauen und einem Lebensgefährten bei Käse und Wein und schwadroniert über Jesus, Gott und die Welt und lässt es sich dabei schmecken.« Er wackelte mit dem Kopf. »Am liebsten würde ich den Ex-Kollegen ein Bild schicken.«

»Dann tu es doch«, sagte Hildegard ruhig.

»Nee«, lehnte Bernhard ab. »Das ist vorbei. Für die bin ich Kompost, wie Muri sagen würde. Aber allein die Vorstellung macht mir Spaß. Die Fassungslosigkeit, die Ungläubigkeit auf ihren Gesichtern. Ich kann es mir richtig vorstellen. Möchtest du auch noch ein Glas Wasser?«

»Bitte, ja.«

Er wuchtete sich hoch, nahm zwei Gläser aus dem Schrank und füllte beide unter dem Wasserhahn.

»Fühlst du dich denn jetzt besser? Bist du zufriedener?«, erkundigte sich Hildegard mit einem ungewohnten Ton in der Stimme, nachdem sie getrunken hatten. Es klang drängend, ja, genau das traf es. Bernhard war gerührt.

»Und ob!« Die beiden Worte waren heraus, bevor er nachdenken konnte. »Doch, ja, ich glaube schon.« Er war nicht unglücklich gewesen all die Jahre, das konnte er nicht behaupten, es war eben so wie es war. Nein, er hatte einfach nichts hinterfragt, sondern alles hingenommen, war sich seiner verschütteten und verborgenen Sehnsüchte, wie Rita und Dennis es bestimmt in ihren Seminaren formulierten, nicht bewusst gewesen. So war das Leben eben. Man tat, was von einem erwartet wurde und was man tun musste. Punkt. Dass man der Kapitän des eigenen Lebensschiffes sein konnte – zumindest in einem gewissen Rahmen –, hatte ihm niemand beigebracht. Und dass das bereits bei der Käseauswahl anfing, hatte er nicht einmal in Ansätzen geahnt! Bernhard fuhr mit dem rechten Zeigefinger über den Glasrand und erzeugte damit einen summenden Ton. Hildegard beobachtete ihn stumm.

»Ich war wie ein Ackergaul, der in den eingefahrenen Bahnen latscht«, meinte er schließlich.

»Unsinn. Jetzt übertreib mal nicht. So schlimm war unser Leben nun auch wieder nicht«, widersprach sie leise. »Wir haben doch gelebt. Und zwar nicht schlecht.«

»Ja.« Bernhard überlegte. »Das stimmt schon, aber …«, er hüstelte, »erst jetzt habe ich das Gefühl, wirklich lebendig zu sein. Es tut mir leid.«

Er hoffte ehrlich, dass seine Worte sie nicht allzu sehr verletzten. Denn dass sie es taten, war ihm bewusst. Aber so war es nun einmal. Er konnte es nicht ändern.

»Das geht nicht gegen dich«, versicherte er hastig, jedoch ohne allzu große Hoffnung, als er ihren betroffenen Gesichtsausdruck sah.

»Ach nein?« Sie klang eher bedröppelt als sauer, fand er, was ihm erheblich mehr zu schaffen machte. Wenn sie ihn angeschrien, ihn mit ihrer Sandkastenstimme traktiert hätte, wäre das leichter zu ertragen gewesen. Doch diese Traurigkeit setzte ihm zu.

»Ich finde nämlich, dass ich eine Menge damit zu tun habe. Ich bin deine Ehefrau«, erinnerte sie ihn unnötigerweise.

»Schon, aber …«

»Noch«, setzte sie hinzu.

Bernhard schluckte und starrte sie voller Entsetzen an. Mit allem hatte er gerechnet, damit nicht.

»Willst du etwa sagen …, dass du mich nach sechsunddreißig Ehejahren verlässt? Nein, das glaube ich jetzt nicht.« Ihm drehte sich nicht nur einmal der Magen um. »Also … das kannst du nicht machen, Hildegard. Das geht nicht. Ich … wir gehören doch zusammen.«

Gut, es war kein leidenschaftliches Liebesgeständnis mit Kniefall, Tränen und gestammelten Schwüren à la Hollywood, aber er sah ihr an, dass seine Fassungslosigkeit ihr guttat.

»Oder hast du … ich meine, du hast doch nicht …?« Er stotterte wie ein Jüngling.

»Einen anderen?«, vollendete sie seinen Satz ruhig. »Nein.«

»Puh«, entfuhr es ihm.

Sie lachte.

»Ich habe keinen anderen, und ich war mit meinem, also unserem Leben bislang eigentlich ganz zufrieden.« Sie warf ihm einen nachdenklichen Blick zu. »Aber so, wie es jetzt ist, gefällt es mir auch ziemlich gut.« Sie stockte. »Ich muss über alles in Ruhe nachdenken. Gib mir etwas Zeit, ja? Und lass uns erst einmal bei dir bleiben, Bernie-Bernhard Biller«, fuhr Hildegard ganz vernünftig fort. »Denn du hast dich in der Tat im letzten halben Jahr verändert. Das ist der Ausgangspunkt.«

»Zum Besseren oder zum Schlechten?«, fragte er beklommen und ehrlich neugierig darauf, wie ihr Urteil ausfallen würde. Er wartete ungeduldig, denn Hildegard ließ sich Zeit mit der Antwort.

»Alles in allem zum Besseren, würde ich sagen«, meinte sie schließlich nach einer ganzen Weile. »Du wirkst zufriedener.« Sie griente. Ja, doch, es war kein Lächeln, es war ein verschmitztes Grienen, er sah es ganz genau. »Eben wie Bernie und nicht mehr wie Bernhard. Obwohl es den schon auch noch gibt.«

»Ja. Natürlich.«

Sie schwiegen. Auf der gegenüberliegenden Seite des Storchenwegs klapperte ein Mülldeckel. Es kam aus der bienstockschen Ecke. Gleich würde sich der selbsternannte Müllsheriff Heiner hinausschleichen, um den Inhalt der Tonne im Bild und für die Ewigkeit im Netz festzuhalten.

»Und du?«, erkundigte sich Bernhard mit belegter Stimme. Sie wollte ihm nicht so recht gehorchen. »Was ist mit dir?«

»Oh, ich kann damit umgehen«, erklärte Hildegard, was genau genommen ein Ausweichmanöver war.

»Kannst du nur damit umgehen, oder findest du es gut?«, insistierte er ganz gegen seine Gewohnheit, die Dinge eher im Unklaren zu lassen. Und das musste sie doch schließlich jetzt schon wissen!

Zu seiner Überraschung lachte sie erneut leise. Es klang merkwürdigerweise vertraut und unvertraut zugleich in seinen Ohren.

»Du willst wissen, ob ich lieber mit dem ollen Bernhard oder dem neuen Bernie verheiratet bin?«

So konnte man es ausdrücken. Hildegard hatte schon immer besser Fragen und Probleme auf den Punkt gebracht als er. Denn genau das wollte er wissen, ja.

»Mhm.«

»Sei ehrlich«, bat er, obwohl sich in seinem Inneren ein Gletscher breit zu machen begann und sich sein Magen bei diesen zwei Worten schlagartig verknotete.

»Mhm.« Sie schwieg. Ihm wurde schlecht, und er musste aufstoßen. Säure fand den Weg in seinen Mund. In einer Geste der Beschwichtigung presste er die Hand auf seinen Unterleib. »Mit Bernie, glaube ich«, erlöste sie ihn schließlich nach einer gefühlten Ewigkeit. »Bernhard kenne ich in- und auswendig. Bernie dagegen … noch nicht. Da gilt es eine Menge zu entdecken. Wie gesagt, lass mir noch ein bisschen Zeit. Lediglich darum bitte ich dich.«

Bernhards Magen reagierte mit Verzögerung und entknotete sich nur ganz langsam. Er nickte heftig, nahm einen Schluck Wasser und trank vorsichtig, um den widerlichen Geschmack aus dem Mund zu bekommen.

»Echt jetzt, um es mit Sophie zu sagen?«, gelang es ihm schließlich zu krächzen. Ihm war immer noch ganz zittrig zumute. Er meinte es bitterernst, so ernst, dass er nach ihrer Hand griff.

»Echt jetzt«, bestätigte sie und drückte sie. Eine ganze Weile saßen sie einfach nur stumm da.

Dann fing Bernhard geradezu feierlich an zu nicken, bevor er verkündete:

»Weißt du was? Gleich morgen früh werden wir anfangen, die verdammten Styroporplatten von der Schlafzimmerdecke zu reißen. Ich finde sie furchtbar, hab sie schon immer furchtbar gefunden, wenn ich ehrlich bin.«

»Einverstanden«, stimmte Hildegard sofort zu. »Aber ich möchte damit lieber erst nächste Woche anfangen. Wir sollten auch hier nichts überstürzen. Das wird sich nämlich zu einem Großprojekt auswachsen, wie ich uns kenne. Denn wenn wir die Decke in Angriff nehmen, sollten wir auch gleich das Schlafzimmer komplett erneuern.«

»Einverstanden«, pflichtete Bernhard ihr bei und hob den Daumen, wie Murad es tat, »sogar sehr einverstanden. Wir renovieren unser Haus.«

»Und fragen Kai und Muri, ob sie uns helfen!«

Es war ein schlichter Satz, so nüchtern und sachlich ausgesprochen, wie es lediglich Hildegard vermochte. Doch in Bernhards Ohren klang er wie Musik.

»Na also«, brummte er zufrieden – gar glücklich? – »geht doch.« Einen Moment lauschte er dem Klang dieser beiden für ihn so ungewohnten Worte hinterher. Zugegeben, er fremdelte noch ein bisschen mit ihnen, aber das würde sich mit dem Tod der Styroporplatten garantiert ändern. Bernhard horchte gebannt in sich hinein. Ja, er war neugierig auf den nächsten Tag, die nächsten Wochen, Monate und Jahre. Sehr neugierig sogar. Denn nach billerschen Maßstäben würden sie zweifelsohne höchst auf- und anregend werden. Er spürte, wie sich allein bei dieser Vorstellung ein ungewohntes Gefühl der Vorfreude, der Zuversicht und der Befriedigung in ihm ausbreitete und vom ihm Besitz nahm. Mehr konnte man vom Leben nicht erwarten.

ENDE

Kurz-Vita

Ute Haese geb. 1958, war zunächst als Wissenschaftlerin tätig. Neben Fachveröffentlichungen verfasste die promovierte Politologin und Historikerin in dieser Zeit auch zahlreiche journalistische Kommentare zu politischen und sozialen Themen sowie – teilweise gemeinsam mit ihrem Ehemann Torsten Prawitt – mehrere Sachbücher und zwei satirische Romane. Seit 1998 arbeitet sie hauptberuflich als freie Autorin und widmet sich ausschließlich der Belletristik (bislang vorwiegend im Krimi- und Satirebereich) sowie zusätzlich der Fotografie. Mit Kurzgeschichten ist sie auch in verschiedenen Anthologien vertreten. Wie die Protagonistin ihrer Krimi-Reihe um die Fast-schon-Privatdetektivin Hanna Hemlokk schreibt sie außerdem als »Tränenfee« unter mehreren Pseudonymen sogenannte abgeschlossene Liebesromane für diverse Frauenzeitschriften.

Ute Haese lebt am Schönberger Strand in Schleswig-Holstein. Sie ist Mitglied bei den *Mörderischen Schwestern – Vereinigung deutschsprachiger KrimiAutorinnen.*

Mehr unter: prawitt_haese[at]web.de

ISBN 978-3-8190-2097-1
9 783819 020971 00
www.epubli.com